U0917898

| 修订版 | 第一辑 |

# 蒋勋说红楼梦

蒋勋 著

中信出版集团 · 北京

图书在版编目（CIP）数据

蒋勋说红楼梦：全 8 册 / 蒋勋著 . -- 北京：中信出版社，2017.3（2021.6 重印）

ISBN 978-7-5086-7091-1

I. ①蒋…　II. ①蒋…　III. ①《红楼梦》研究　IV. ① I207.411

中国版本图书馆 CIP 数据核字（2016）第 300000 号

本著作物由作者蒋勋授权，在中国大陆出版、发行中文简体字版本。

蒋勋说红楼梦：全 8 册

著　　者：蒋　勋
文字整理：李炳青
出版发行：中信出版集团股份有限公司
（北京市朝阳区东三环北路27号嘉铭中心　邮编100020）
承 印 者：固安兰星球彩色印刷有限公司

开　　本：880mm×1230mm　1/32　　印　　张：89.25　　字　　数：2190 千字
版　　次：2017 年 3 月第 1 版　　印　　次：2024 年 7 月第 28 次印刷
书　　号：ISBN 978-7-5086-7091-1
定　　价：480.00 元（全 8 册）

# 序一

蒋勋

许多人说:《红楼梦》是可以读一辈子的书。

大部分的畅销书，在短短一两年，高踞消费排行榜，看到书商的夸张广告:每三十秒就卖出一本！令人咂舌。

但是，畅销书流行的热潮一过，就像一堆废纸，也在消费者的脑海、心灵上留不下任何痕迹。

所谓“畅销”，也就是快速“退流行”。

在急功近利的商人眼中，仍然追逐着短促的流行，追逐着假象的畅销。

书店里满坑满谷的书，有几本会是你读完以后舍不得丢掉的书?

书店里满坑满谷的书，有几本会是你读过一次还想再读的书?

书店里满坑满谷的书，有一本书可以永远留在身边，一读再读，在一生的不同阶段给你感悟、启发，给你反省、思考的吗?

《红楼梦》是可以读一辈子的书。

我们不只是在读《红楼梦》，我们在阅读自己的一生。

《红楼梦》其实是一本畅销书，三百年来，从手抄本流传，到木刻活字本，到石印本，一直转换成电影、连续剧，《红楼梦》不但没有随着时间“退流行”，还在不同的时代，发生了久远而广泛的影响。

书商在做一个月，或者一个星期的畅销排行榜时，无法理解《红楼梦》在长达一百年、两百年间真正永不消退的“畅销”。

但是，生命短促到只有一个月、一个星期的计较，当然看不到一百年、两百年。

《红楼梦》是三百年来的大畅销书，如同德国出版界以一千年统计，发现最大的“畅销书”是基督教的《圣经》。

所有的“经典”才是真正的畅销书。

以一千年、两千年为计算，有多少人阅读过《老子》、《论语》、《庄子》、《诗经》……

历史有另一张畅销书的排行榜。

作家迷恋短促的“畅销”，不可能是好作家。

读者迷恋短促的“畅销”，也不可能是好读者。

《红楼梦》的作者用十年的时间写一部没有写完的小说，他如果计较一个月的“畅销”，不会写这本书。

最早的《红楼梦》的读者，用手抄流传的方式，一字一字抄写，抄写完百万字，他们如果在意“畅销”，也不会做这件事。

让“畅销”归于“畅销”；让“经典”归于“经典”。

《红楼梦》仍然在许多人的床头，每天晚上睡前读一段，若有所悟，每次读都那么不同，就像在阅读自己的一生。

许多人会问《红楼梦》十二钗，你最喜欢谁？最不喜欢谁？

林语堂说：最喜欢探春，最不喜欢妙玉。

每个人心中或许都有“最喜欢”和“最不喜欢”。

反复看了二三十次《红楼梦》，我不敢回答看来这么简单的问题了。

人生看来很简单，却很难说“喜欢”或“不喜欢”。

探春是贾政的女儿、宝玉的妹妹，她的母亲是赵姨娘，一个丫头出身的妾。因为卑微的出身，赵姨娘似乎总是愤愤不平，嫉妒他人，总觉得自己受了天大的委屈，也把这委屈转化成报复他人的恶毒语言或行为，连自己亲生的女儿——探春，也不例外。

探春聪明、大器，极力想摆脱母亲卑贱的出身牵连，她努力为自己的生命开创出不同于母亲的格局。她处事公正不徇私，曾经在短时间代理王熙凤管理家务，有条不紊，兴利除弊，展现了她精明干练的管理才能。

林语堂深受欧洲启蒙运动影响，重视个人存在的自由意志，重视个人突破环境限制的解放能力。

林语堂一定喜欢探春，探春是他尊崇的生命典型。

但是妙玉呢？

妙玉是一个没落的官宦人家的女儿，因为家道败落，不得不出家为尼，她寄养在贾家的寺庙中，看来是修行，心中却积压着不可说的郁浊的苦闷。妙玉孤傲，看不起俗世的人，对乡下来的刘姥姥嗤之以鼻，她有严重的洁癖，孤芳自赏。这样的性格，即使在今日，恐怕也很难有朋友，在世俗社会，总是招人嫌怨。

但是，《红楼梦》的作者，很委婉地使人们感受到妙玉洁癖背后隐藏的热情，她极爱宝玉，但她的爱是不能说出口的。她的孤芳自赏也变成一种怕受伤的保护，像最柔软的蛤蜊，往往需要最坚硬的外壳来防卫。

妙玉的不近人情，正是一种防卫的硬壳。

我们能够“不喜欢”妙玉吗？

我们能够嘲笑妙玉吗？

《红楼梦》的作者，没有“嘲笑”，只有“悲悯”；没有“不喜欢”，只有“包容”。

《红楼梦》的作者引领我们去看各种不同形式的生命——高贵的、卑贱的、残酷的、富有的、贫穷的、美的、丑的。

《红楼梦》的作者通过一个一个不同形式的生命，使我们知道他们为什么“上进”，为什么“洁癖”，为什么“爱”，为什么“恨”。

生命是一种“因果”，看到“因”和“果”的循环轮替，也就有了真正的“慈悲”。

“慈悲”其实是真正的“智慧”。

《红楼梦》使读者在不同的年龄领悟“慈悲”的意义。

“慈悲”并不是天生的，“慈悲”是看过生命不同形式的受苦之后真正生长出来的同情与原谅。

《红楼梦》是一部长篇小说，但是，《红楼梦》的每一章、每一回都可以单独当成一个短篇小说来看待。

许多年来，《红楼梦》在我的床头，临睡前我总是随便翻到一页，随意看下去，看到累了，也就丢下不看。

事实上，《红楼梦》并没有一定的“开始”，也没有一定的“结束”。

如同我们自己的生活，即使琐琐碎碎、点点滴滴，仔细看去，也都应该耐人寻味。

《红楼梦》最迷人的部分全在生活细节，并不是情节。

因此，每天能阅读一点就阅读一点，反而可能是读《红楼梦》最好的方法。

《红楼梦》读久了，会发现自己也在《红楼梦》中，有时候是黛玉，喜欢孤独，有时候是薛宝钗，在意现实的成功，有时候是史湘云，直率天真，不计较细节。

十二金钗，或许并不是十二个角色，她们像是我们自己的十二种不同生命阶段的心境。

宝玉关心每一个人，关心每一种生命不同的处境，他对任何生命形式，都没有“不喜欢”，都没有恨，包括地位卑微的丫头、仆人，在他的心目中，都是应该被尊重的对象，都是可以被欣赏的美。

他在繁华的人间，看到芸芸众生，似乎每一个人，每一个生命，都像自然中的一朵花，他没有比较，只有欣赏，只有欢喜与赞叹。

宝玉，其实是《红楼梦》中的菩萨。

宝玉爱每一个人，他的爱都没有执着与占有。《金刚经》说“应无所住，而生其心”，正是宝玉的本性。

《红楼梦》的阅读，因此是一种学习“宽容”的过程。

少年时读《红楼梦》，喜欢黛玉，喜欢她的高傲，喜欢她的绝对，喜欢她的孤独与感伤；也会喜欢史湘云或探春，喜欢她们的聪慧才情，喜欢她们的大方气度，喜欢她们积极而乐观的生命态度。

《红楼梦》一读再读，慢慢地，看到的人物，可能不再是宝钗，不再是王熙凤，不再是风光亮丽的主角，而是作者用极悲悯的笔法写出的贾瑞，或薛蟠。他们陷溺在情欲中无法自拔，他们找不到生命上进的动机，他们或堕落，或沉沦，但作者却只是叙述，没有轻蔑或批判。

世界文学名著中很少有一本书，像《红楼梦》，可以包容每一本书中即使最卑微的角色。

我当然也会在自己身上看到贾瑞，看到薛蟠，看到自己堕落或沉沦的另外一面。

一本书，可以让你不断看到“自己”，这本书才是一本可以阅读一生的书。

《红楼梦》多读几次，回到现实人生，看到身边的亲人朋友，原来也都在《红楼梦》中，每个人背负着自己的宿命，走向自己的命运，或许我们会有一种真正的同情，也不再会随便说：喜欢什么人，或不喜欢什么人。

这几年，细读《红楼梦》，有一种领悟，觉得《红楼梦》其实是一本“佛经”。

我是把《红楼梦》当“佛经”来读的，因为处处都是慈悲，也处处都是觉悟。

# 序二

# 蒋勋谈《红楼梦》
# 青霞当安眠药

“永远的林青霞”有个“唯一的偶像”，就是蒋勋。

蒋勋的美学课堂从大学延伸到社会，将“天地有大美”当成一种信仰传播。文学、艺术于是成了心灵的功课，蒋勋总是带着所有学生，从美学反观生命的深层内在，参悟人生修行的基本功课。

总是被注视着的大明星，曾经每周一次飞到台湾，上蒋勋的美学课，听他讲《红楼梦》。“美的觉醒”之后，林青霞曾在雕像前感动落泪，也热衷于书法、画画，尝试写作，艺术燃起她的热情，甚至发愿：六十岁时要成为艺术家。

## 问：蒋勋什么时候变成您的偶像？

**林青霞**（以下简称林）：有朋友送我蒋老师讲《红楼梦》的光盘，我听了就很想见他。后来知道蒋老师在这儿开课，我就趁每星期回台湾探望父亲时来上课。蒋老师是我唯一的偶像，不能太接近，太接近我会怕，

哈哈。

**蒋勋**（以下简称蒋）: 杨凡（香港电影导演）笑她，你一定是一生都没有偶像，一定要找一个偶像。

**林**: 老师还是我的半颗安眠药。因为听老师讲《红楼梦》的光盘，心里很安定，就容易入睡。

**蒋**: 在捷运上也有人告诉我，他长期失眠，听我的有声书，一听就睡着，我的声音能让他安静。我很高兴。

## 问: 开《红楼梦》的私人讲堂是什么缘由?

**蒋**: 最早是一群好朋友希望在富裕的生活之外有不同的、精神上的追求，所以最早不只讲《红楼梦》，也讲中国美术史、西洋美术史; 只是个小班，一二十人，每星期五下午上课。

青霞刚来上课时，我蛮紧张的。她是大明星，借我们场地的卓太太店里的员工都跑来排两排等着要看青霞。媒体对她的塑造太多，我难免会受到干扰……

林：他的目光都不飘到我这边！我坐在边上，他快看到我了，目光又移过去了。我想，嗯，这样很安全，老师都不看我，我就戴上我的老花眼镜，没想到一抬头，哎呀，老师看到我了！

蒋：哈哈，一看到青霞戴上老花眼镜，大明星一下变成真实的人——她也会老花！从此以后我就好了，突然觉得好轻松，好像魔咒被解除了。所以，要一清如水去认识一个人的本质，是大修行，青霞是我很重要的功课。

那几年来上课的多是富贵中人，《红楼梦》讲的也正是富贵人家的事，也讲情深的苦。课结束一年多了，大家都有些变化，有些人走了。他们叫我老师，可是我从他们身上学到很多，因为我相信所有人要过富贵、过情深这一关都不容易。

## 问：林青霞曾经演过贾宝玉，读《红楼梦》有什么体会？

林：当时大家都猜是我演林黛玉，张艾嘉演贾宝玉，后来我们对调了。李导演（《金玉良缘红楼梦》的导演李翰祥）说，我身上有一种玉树临风的感觉，我也觉得我可以演得到。我演过的角色中，我最爱是男角：贾宝玉和东方不败。

蒋：我觉得李翰祥了不起。青霞眉眼之间有一种英气，他看出来了。我刚从巴黎回来看到这部电影，记得好清楚，她被贾政毒打时的那种惊心动魄！

林：那场戏，我的小女儿不敢看，脸红红地抱着我。我跟她说，其实我垫了毛巾，不怕、不怕。在真实生活中，有人猜我是薛宝钗，我希望能够是王熙凤，那么会管家，只是心不要那么毒。其实，我以前的性格中是有林黛玉讨人厌的部分，爱哭、敏感又多愁，别人看我一定觉得我别扭。

蒋：看青霞演的《窗外》，就知道她一定很别扭。她的脸像蒙着一层雾，喜悦和忧伤都混合在她脸上。

林：那时候太单纯了，刚刚高中毕业，才十七岁。但老师认识我的时候，我已经变成薛宝钗了，结婚以后，会很自然地变换角色。

蒋：我们性格里都有林黛玉和薛宝钗，我们永远都会面临两种性格的矛盾。林黛玉带着不妥协的坚持死去，薛宝钗懂得圆融，跟现世妥协活下来。我们要内在有自我的坚持，在外又能与人随和相处，能达致这两者平衡，真是大智慧。

林：讲得真好，就是这么回事！我十几岁时，爱赋新词强说愁，也不知道在愁什么，很不快乐；三十岁之前，我的痛苦占了百分之八十。有一次照镜子，问自己是谁呀？我原来是什么样子？谭家明导演跟我说："你如果能不在乎人家的看法，你就成功了。"

## 少女情怀如黛玉　嫁入邢府似宝钗

"潮来潮去，白云还在青山一角。"蒋勋写了诗，裱成挂轴送林青霞。很定静的字，他说是打坐四十五分钟之后才动笔的，把这份安静送她，让她打坐时可以观想。"真漂亮！像弘一大师的字，嗯，比弘一还好！"林青霞不住地赞叹，更为这份知心的体贴。

为了这场由《红楼梦》而起的师生对谈，林青霞特地从香港飞来，和"蒋老师"回到以前讲《红楼梦》的地方，但当年同窗有人已不在，比如王永庆长媳陈怡静。旧地开讲，老师还是蒋勋，学生只有林青霞一人。

曾有捷运上的陌生人对蒋勋说："你前世在庙里捐过一口钟，所以这一世会有很好的声音。"林青霞说蒋勋是她的"半颗安眠药"，他的声音中带着安定的力量。

蒋勋自称是"美学传道者"，他讲美，讲得极其动人，几乎具有宗教的感染力量。为富贵友人开的"红楼梦私塾"，像映照真实人生的隐喻；他说书，也看听课者的内心；林青霞仰望蒋老师的眼神，早已不限于红学，而是在寻求行走人生的指引。

蒋勋说，每个人都能在《红楼梦》人物中看见自己，即使是恶棍薛蟠或贾瑞。被导演徐克夸为"五十年才出一个的美人"林青霞看见自己年少性格中的敏感、别扭，有林黛玉的某个部分。但认识香港“邢太太”的朋友，却觉得她像是懂得人情世故的薛宝钗。

但她个人钦佩干练持家的王熙凤；刚甩脱“第一夫人”束缚的法国前总统夫人贝尔纳黛特也让她欣羡，“她怎能那么潇洒”？

穿过大明星光环，蒋勋以宽阔的人世历练看到林青霞作为常人的纠结与脆弱，还有作为母亲的欣喜，“我最爱看你跟女儿讲电话，整个脸都亮了”。蒋勋的理解和引领，也为林青霞在不准她肥、不许她丑的世界中，带给一片她能自在处世的空间。

三十岁之后就决定要快乐的林青霞，要自己多笑，“笑多了，就习惯了”。如今游刃有余：被拍到眉头皱，港媒猜她忧郁症上身；衣服宽松，八卦说她怎么变肥婆？林青霞豁达地说：“我不在乎他们怎么写，只要照片美就好啦！”喝着林青霞特地为他带来的手工米酒，蒋勋的脸微红，对着青霞点头。

人世有相知，也是让人窝心（在这里是暖心、温馨的意思）的美。窗外，霓虹灯一一亮起，林青霞笑中有泪地走出了《红楼梦》，连夜搭机回她的“邢国府”了。

文章原载于《联合报》（2007/11/06），

由《联合报》记者王惠萍、赖素铃、梁玉芳采写。

# 目录

## 第一回　甄士隐梦幻识通灵　贾雨村风尘怀闺秀

## 第二回　贾夫人仙逝扬州城　冷子兴演说荣国府

**第三回　贾雨村夤缘复旧职　林黛玉抛父进京都**

## 第七回　送宫花贾琏戏熙凤　宴宁府宝玉会秦钟

## 第八回　比通灵金莺微露意　探宝钗黛玉半含酸



## 第九回　恋风流情友入家塾　起嫌疑顽童闹学堂

# 第一回

甄士隐梦幻识通灵
贾雨村风尘怀闺秀

## 我的《红楼梦》记忆

我没有想到会讲《红楼梦》，一直不想开讲的原因，可能有一部分原因是因为我从十二三岁时开始读《红楼梦》，读得入迷，功课一塌糊涂。所以家里有一段时间禁止我读《红楼梦》。记忆很深的是在坊间买的一本《红楼梦》，是用当时一个电影明星（乐蒂）演的林黛玉剧照做的封面，晚上躲在棉被里面，用手电筒照着看。所以，《红楼梦》对我来说是特别的记忆，是青少年时期的一段私密感情的记忆。有时候觉得不应该跟很多人分享这种很个人的情感。

读大学时，很多科系里面，比如中文系，会开《红楼梦》的课，偶尔也去旁听一下，总觉得跟自己躲在棉被里面看《红楼梦》的感觉不一样。我相信很多大学研究所里开这个课，都比较着重于研究，一学期都在讲关于考证的部分，始终没有碰到小说本身。所以我一直在疑虑，我自己阅读《红楼梦》的方法，我和《红楼梦》间那种很私密的情感，适不适合跟很多朋友分享。

从清代乾隆年间开始，有很多《红楼梦》的手抄本流传。许多人不知道是谁写的，每个人读到的可能是散乱的一回两回，没有写完，最多到了第八十回就没有了。它在民间流传，大家也觉得可有可无，从来不是不得了的“文学”，也没有人注意它。可慢慢地，它变成了大家爱读的东西。这种“乐读”的快乐，就引发了《红楼梦》从手抄本变成印刷品出版。

人们大都知道程伟元这个人。程伟元是个出版商，他跟另外一个叫高鹗的写小说的人合作，在手抄本的《红楼梦》八十回后面又补了四十回，便成了一百二十回的《红楼梦》，并将其印刷出版，才有了普及的《红楼梦》。最早的《红楼梦》，就是手抄的。谁喜欢它，谁就手抄。现在的朋友会觉得不可思议，怎么用手抄？如今拿一部《红楼梦》来，我们光看印刷品都已经吓晕了，何况是手抄。可是对我这个年龄层的人来讲，完全可以理解。我在大学的时候还手抄过鲁迅的小说。因为当时复印机不发达，从台湾大学借到当时被列为“禁书”的鲁迅的《呐喊》和《彷徨》。偷偷借出来的朋友说，两天后你们一定要还。所以我们就连夜抄，一个人抄累了，就跑去睡，另外的人就接着抄。所以我知道什么叫作“手抄本”，“手抄本”说明你真喜欢那个作品，不能买，就用手抄。

《红楼梦》最早的手抄版本慢慢被人搜集，像后来的胡适这样受过西方严格考证学或文学史研究训练的人，回到中国，开始对这部作品进行研究，也开始探讨很多被我们今天列为“红学”的问题。

## 一本写青少年的书

我想，讲《红楼梦》，我不会碰太多的“红学”，红学简直像大海一样，掉进去就再也爬不出来了。我的很多学生现在还在修研究所的《红楼梦》课程，到最后碰不到太多跟小说有关的东西，一直在外围转，比如，作者是谁，作者的家世如何，宝玉影射谁——这叫作红学考证。不是说考证不重要，但是我们读小说的时候，它就是小说，读起来要很好看。我们要读进去，让它跟我们人生之间有一种对话，不一定要把它当成研究工作来做。可是在中国传统的文化道统当中，一般人觉得，任何一本书，如果能够流传，一定有文以载道的意义。“文”是文章，“道”是道统。一本书只有能承载一种道德，才有流传的意义，像《四书》、《五经》，都有重大的文化使命。我想，小说这种东西是从茶余饭后的消遣发展出来的，首先还是要“好看”、“有趣”。

我看到几个有趣的版本对《红楼梦》的考证，他们会把《红楼梦》牵强附会到说它要讲的是反清复明的故事。比如说有一个学者就是专门说里面哪一个人是明朝末年反清的哪一个人。《红楼梦》变得很奇怪，有一点像一个公式，每个人都可以附会出自己所要的东西。那个学者，心里只有反清复明，就在这里面套用反清复明的公式，讲得头头是道，而且完全能自圆其说。另外一个学者说，这个小说是讲清朝顺治皇帝跟董小宛的故事。顺治皇帝爱上了董小宛，后来出家，在五台山做了和尚，《红楼梦》隐喻这个故事，所以宝玉是谁，黛玉又是谁，一样头头是道，而且也可以自圆其说。我读了这些考证以后，发现《红楼梦》这本小说，你套用任何故事都可以言之成理。

我想，最早喜欢看《红楼梦》手抄本的人或许不在意它是不是文学，它会不会被放到文学系去作为研究的对象，重要的是它这么好看，好看到你十二岁看它，三十岁又看它，四十岁还看它。在不同的年龄去看《红楼梦》，感受不同，但是都“好看”。

小时候家里一方面禁止我看《红楼梦》，一方面说《红楼梦》真好看。大人的世界很矛盾。不准我看，又说好看得不得了。我当然好奇，躲在棉被里看《红楼梦》的时候，就想：说不定大人们以前也这样偷看。

《红楼梦》其实是写青少年的一本书，它今天变成了古典文学，很多人都觉得它是老年人读的书。被改编成了电影、电视连续剧，人物角色年龄也被加大，比如王熙凤，有时候是四十几岁的演员演。小说里面，王熙凤开始大概十七岁，林黛玉进贾府时应该是十二岁左右，贾宝玉大黛玉一岁，宝钗又大一点，他们在小说里都是十五岁上下的青少年。

所以，我第一个要讲的就是《红楼梦》中人物的年龄问题。他们全部是少年。想想看，我们家里十二岁的女孩子、十三岁的男孩子，他们在做什么事？他们就是《红楼梦》里面的林黛玉和贾宝玉。如果超过十五岁，他大概就不会这么呆了，像黛玉，整天没事在那边哭，无缘无故地就生气了，计较宝玉对别人好，嫌对她不够好，这就是少女情怀、小女孩情态。所以，读《红楼梦》，首先要做的事情是把人物还原到青少年。

## 秘密的青春王国

大观园里，薛宝钗大概十三岁半，比贾宝玉大一点点，贾宝玉十三岁，林黛玉十二岁，史湘云大概也十二岁。更小的是惜春，小说开始时她只有八九岁。就是这样一群小男孩、小女孩住在大观园里。所以我觉得，大观园是一个青春王国。

在传统的封建社会里，人是没有“青春”可言的。古代人没有像西方那样有一个叫作“青春”的东西，希腊文化一开始就歌颂“青春”。我们小时候读的唐诗宋词，被大人逼着背诵的《古文观止》、《朱子治家格言》，都充满了中年以后的沧桑感，“沧桑”不是“青春”。什么是“青春”？青春是不知天高地厚的，它有一种浪漫，刚刚发育，生理起了变化，对生死爱恨懵懵懂懂，充满梦幻、忧伤、不确定，充满性的欲望和爱的渴望，也开始尝到人生的失落与幻灭之苦。

这个年龄，是应该读《罗密欧与朱丽叶》，应该读《牡丹亭》的。可是大人觉得可以读《三国演义》，不要读《红楼梦》。《三国演义》完全是搞政治的权谋，其中的心机跟谋略，比现在搞政治的人还要厉害。十二三岁读这样东西，会造就什么样的人生？《西游记》是好读的，《西游记》里面有很多超现实、好玩的东西。《水浒传》呢，读了之后你最崇拜的大概就是混帮派的黑道。每一本小说都有它的偶像性，青少年男孩读了《水浒传》，他心目里面的偶像就是喝醉了酒可以把柳树连根拔起、醉打山门的鲁智深，或者是夜奔梁山的林冲，都是帮派大哥的角色。

《三国演义》、《西游记》、《水浒传》都好，但是缺少一个东西，就是《红楼梦》的“青春之歌”。对于刚刚发育，生理上正在变化，对性别刚有认识的青春时代，我们的文化传统始终没有深刻了解过、包容过、鼓励过。

读过《红楼梦》的人都会记得，有一次贾宝玉躲在花树下读《西厢记》。林黛玉来了，就吓唬贾宝玉说我去跟舅舅（贾宝玉的爸爸贾政）讲，看不把你打死。《西厢记》是他们那个时代的“禁书”。明明是禁书，家里却有，青少年就偷着看。《西厢记》里张生为了恋爱就跳墙去私会情人，正是“青春”对“禁忌”的叛逆。年轻人的青春王国里，对情欲和性已经开始懂了。就像今天，小孩子在网络世界看到什么东西，父母和老师都不知道。这个部分其实就是刚才提到的《红楼梦》里面私密的青春，它是非常迷人的。

我们很少看到传统文化中有对青春的描述，青少年的爱恨纠缠，包括性，《红楼梦》写得这么真实。《红楼梦》第五回，可以看到对贾宝玉的第一次性的描绘，我们现在的小说和文学里都没有这么真实。我们学校的课程里都回避了这个问题，而《红楼梦》几乎都谈到了。我有一个很大的愿望，希望《红楼梦》能在年轻人的世界里重新活过来。

## 《红楼梦》的结局

《红楼梦》夹杂了古典的诗词歌赋一类的文体，年轻的朋友刚接触，会觉得有隔阂。我曾推荐大一的学生读《红楼梦》。学生是认真的，回去就读，下一堂课就问我，老师，你可不可以介绍一本白话本的《红楼梦》？我第一次听到这个问题吓了一跳，原来年轻人觉得《红楼梦》不是白话！事实上，《红楼梦》是最好的白话文学。后来，我慢慢了解了学生的意思，他们认为“不是白话”，是因为里面夹杂的诗词。后来我就建议，第一次读（我的假设是你会读第二次、第三次），如果觉得诗词难理解，不妨先略读或者跳过。

《红楼梦》里很多诗词，都有暗喻，很像我们在庙里抽的签。现在年轻朋友也会到庙里求签。女朋友几天不理你，痛苦不堪，就会到庙里面抽一个签，看她到底还会不会理你。可是从抽出来的那个签看，还是不知道她到底会不会理你，因为所有的签都是诗，讲的也都是模棱两可的话。

《红楼梦》的诗词也是如此，有许多人生的隐喻。可以往正面解释，也可以往负面解释，不是确定的答案，因此，难的不是文字，而是对隐喻的哲学性解读。文学不是励志格言，不是非黑即白的答案，文学是对生命真实现象的理解与包容。

在文体上，《红楼梦》是我读过的中外小说里最特别的一本。《红楼梦》在小说的第五回，作者就把小说里所有人的结局全部告诉你了。可是每个人的结局是一首诗。你如果没有看下去，只是读了那些诗，读了，等于没有读。

贾宝玉喝醉了酒，做梦，梦中到了太虚幻境。贾宝玉在太虚幻境看到一个柜子，柜子有很多的抽屉，他就一一地打开，每个抽屉里面有一首诗。可是他看不懂，因为他只有十三岁，而且这些女孩子的事情都还没有发生，所以他不知道每首诗在讲什么。他就把抽屉一一关起来了，带他去看的警幻仙姑说，你真是蠢物，冥顽不灵，不能领悟，都给你看诗了，你却不懂。

人的一生，不到最后的终结，永远不知道它的结局。《红楼梦》一开始就把结局都告诉你，让你看着每一个人如何一步步走到他的结局去。大家可以想想看，哪有一部小说一开始就把结局先告诉你。结局告诉你了，你还想看下去吗？也许人生不是一个结局，人生是点点滴滴、一分一秒的过程累积起来的一种不可知的状态。也许到最后一天，还是搞不清楚自己这一生到底是怎么回事。

回看一生的荒唐、荒谬，错综复杂的喜怒哀乐、爱恨情仇的纠缠，其实是讲不清楚的。《红楼梦》让我们知道，结局本来就是假的，是我们自己虚拟的一个结局。什么叫作好，什么叫作坏，什么叫作命好，什么叫作命坏，大概也都很难确定。

## 最像镜子的小说

《红楼梦》我们可以一直读下去，在不同的年龄读它。因为《红楼梦》呈现的是一个人生的现象，它让你看到这些人经历的各种状态，这里牵涉到作者本身难得的包容心，以及他对生命态度的超越感。

假如我们眼前发生了一件事情，有朋友在谈这件事情，转述这件事情的时候，你就知道他喜欢谁，不喜欢谁，他赞成谁，不赞成谁，我们称之为主观。在文学里面有“全知观点”，就是有超越感，不成为小说里面任何一个角色。我们没有个别的爱恨，是在一个更高的、超越的环境里面把这些人呈现出来。就像镜子一样，镜子本身没有选择，也没有爱恨，你走近镜子，镜子完全呈现你的状态，是一个全然客观的状态。但是人很难做到像镜子一样，这种全知的超越感其实非常难把握。我读过的古今中外的小说中，最像镜子的小说就是《红楼梦》。

林黛玉的哭泣、薛宝钗的周到、王熙凤的精明，都只是在呈现而已，作者没有说他喜欢谁，不喜欢谁。

随着年龄的变化，你会喜欢不同的人，不同的年龄段会注意不同的人。大概第一次读《红楼梦》注意力多半是在宝玉和黛玉身上，看到这对男女的纠缠。我们那个时候也是十二三岁，不明白为什么每天少年男女两个人要挤在一堆，一下课以后还要赶快写一封信，然后又赶快跑到对方家门口丢进去，我们无法解释这个东西。林黛玉和贾宝玉就是这样的。

其实他们就住在大观园里面，走两步路就能在一起，可是他们老是觉得那两步路就是分离。这种分离永远是一种忧伤。所以在《红楼梦》当中，这条主线会构成一个神话的议题。

第二次看的时候，你会发现王熙凤这个角色写得极好。她十七岁就那么能干，嫁到贾家做儿媳妇时那种小心翼翼的状况，以及得到贾母的疼爱，有贾母撑腰，她可以管三百口人，行事利落漂亮。她的丈夫其实很窝囊，没事就在外面搞个小老婆，王熙凤还要替他去收拾烂摊子。这个十七岁的女孩子成了贾府里的女强人。王熙凤有时候会是一个厉害到让你害怕的角色；但有时候她又比谁都会撒娇，她懂得怎么让别人疼她，常常惹得贾母还来安慰她。

我有一个朋友在美国教书，主讲《红楼梦》。他说每一年教完有一个考试，要大家在十二金钗里面选他们最喜欢的角色，他说连续几年排在第一名的都是王熙凤，绝对不是林黛玉。我想大家可以理解，今天，尤其是美国学生，哪里会喜欢一个天天哭的女孩子？可是王熙凤不同，用今天的语言来讲，她就是企业里的女强人，她管着三百人，比我们今天管一个企业还要难。那三百个人分属不同的阶层，钩心斗角、错综复杂，她全要摆平。而且这个大家族的钱，进账越来越少，出账越来越多。所以她要把钱挪来挪去地放高利贷，你可以看到她厉害到什么程度。大家不要忘记，她当时只有十七岁到二十岁。

## 八十回的《红楼梦》

《红楼梦》是没有写完的一部书。一个好的作品，完不完成，不一定是最重要的事。很多音乐家最好的交响曲也不见得是完成的，很多的绘画不见得是完成的。这部小说也是没有完成的，其实就是写到他要走时就走了，小说没有完，时间没有完，人生没有完。我们永远不知道生命中接下来还会发生什么样的事情，所以续写红楼的人都是因为读了《红楼梦》以后觉得很不过瘾。后面到底怎么回事？贾宝玉到底最后娶了谁？就一定要想办法去弄来弄去的。高鹗和程伟元补写的后四十回在乾隆年间变成了大家最接受的一个“结局本”。

如果大家看一下张爱玲的《红楼梦魇》，张爱玲对高鹗是毫不留情的。她说《红楼梦》读到八十一回，她就不想读了。的确八十回以前和八十回以后的写法非常不一样。举最明显的例子，八十回以前林黛玉这么重要的一个女性，她出场的时候，没有描绘她身上穿什么衣服、戴什么东西。林黛玉像梦一样，忽然来了，忽然走了，有点像我们说来如春梦、去似朝云的感觉。八十回以后，对林黛玉有衣服的描绘，有脸上五官的描绘。这是非常大的不同。王熙凤一出来作者不惜重墨描写她身上的衣服，因为她是现世里的人。可是林黛玉像是一个从天上下来跟大家玩了一场又走掉的女孩子。等她走了，你忽然记得有她，可是你想不起她是什么样子，她的美像月光一样，不着痕迹，是船过水无痕的感觉。林黛玉的存在，是一种心灵的存在，不是物体性的存在，可是读到八十一回，你忽然发现林黛玉的衣服有颜色了，身上佩了什么东西也有交代，显然作者的层次比前一个作者低了很多。这是张爱玲对后面补的部分如此批评的原因。可是很多人还是觉得在古典小说当中，能够让林黛玉死去，而让薛宝钗和贾宝玉结婚，这边是婚礼的音乐，那边是焚稿断痴情的林黛玉的死亡，这种悲剧性跟喜剧性的对比是写得好的。

《红楼梦》最后的结局到底是什么，谁都不知道。很多人认为最后跟贾宝玉结婚的是史湘云，而不是薛宝钗，因为有一回的回目里面说“因麒麟伏白首双星”。史湘云有一个金的麒麟，金玉良缘是在讲贾宝玉口中含的那块玉，跟史湘云身上配的金麒麟，他们最后结婚，叫作金玉良缘。“因麒麟伏白首双星”，“白首”，这里是指夫妻白头偕老。这又掉到红学的考证里了，谁也不知道真正的结局是什么。

如果作者要写的是自己一生的梦幻，繁华根本是一场梦，他或许根本不在意结局。他只是告诉你，在所有的生命中，权力、财富、爱情，全部是一场空。他要告诉你，知道是空，你还是执着。知道归知道，执着归执着。《红楼梦》的迷人就在这里，明知道所有都是空的，可是每一刻又都在执着。

## 满纸荒唐言，一把辛酸泪

我常常跟很多朋友说起，大学的时候带着《金刚经》上山去庙里，住在狮头山的海会庵读《金刚经》。读了几天，觉得自己定力很够。忽然听到山下卖猪血膏，就狂奔下去大吃一顿。我想《红楼梦》常常让你啼笑皆非，是你忽然发现生命中的修行跟执着、痴迷是纠结在一起的。作者要讲的荒唐跟荒谬，交错在人生啼笑皆非的感觉中。好的小说家都是如此，如果不是如此，就是宗教家或者哲学家了。文学家在领悟的同时，都有很大的执迷。这本书好像要破除执迷，它一直在讲“警幻仙姑”，警告你，一切都是空幻的，可是无论怎么“警幻”还是执着，这就是红尘之楼的一场大梦吧。

刚才在谈到作者部分，我避开重点，我觉得红学的考证到现在没有真正的结论。《红楼梦》真正的作者是不是曹雪芹还有争议，不要让这个问题干扰我们，直接进入文本，去读一个曾经活过，曾经在人生中经历过这么多事件的一个人留给我们看的人生。所以如果避开考证，我不那么在意他是不是曹雪芹。我觉得只要曾经有这样一个人，跟我们一样在人生里活过，他回头去看自己一生的点点滴滴。当他有一天说“满纸荒唐言，一把辛酸泪”的时候，是他写这本小说写到一半，忽然感叹说：我这一生，真是“满纸荒唐言”，讲了一大堆乱七八糟的，跟考试做官、跟所有的现实都无关的东西。“荒唐”两个字，是他觉得回看自己的一生，没有做过什么正经的事情，写下来的也都不是什么正经的事情，不是伟大的东西。这两句话，可以用在所有的文学里，也可以用在我们每一个人身上。如果我们把自己的日记发表，相信都是“满纸荒唐言，一把辛酸泪”，好的文学是真实的人生，不是一定有道理可讲。任何人的一生，像镜子一样地呈现，都是“满纸荒唐言，一把辛酸泪”吧？

## “还”的哲学让人超越

“都云作者痴”，“痴”这个字，一个生病的“病”里面一个知识的“知”（繁体字里面是一个怀疑的“疑”），这个字是中国美学里最重要的一个字之一。这个字有两个意义完全不同的解释，我们讲“白痴”、“痴呆”，是不好的意思，智力受障碍的叫作“白痴”；可是我们说这个人“痴情”，就是另外一个意义了。这个“痴”字在美学上是说：理智逻辑无法解释的现象，就是痴。人生没有这个“痴”，也就无情。生命里执迷的东西，没有办法解释的“爱”，就是痴。

《红楼梦》在写这个“痴”字。林黛玉一直哭，没有办法解释，如果你家里面有一个女儿是这样子，如果你是一个老师，你有一个学生是这样子，没事就哭，你大概烦死了，你会找心理医生说她是忧郁症之类的。可是《红楼梦》解释说，多少多少年之前，在灵河岸边（灵河是什么，我们也不知道，就是一条心灵的河流吧），有一棵草叫绛珠草，这棵草快枯死了。旁边有一块石头，这个石头修炼成了神瑛侍者，变成了一块宝玉，他觉得这棵草非常可怜，就每天舀一点甘露去滋润它，这棵草因此得以久延岁月没有死掉，最后它也修炼，修成了女身。这块石头有一天忽然动了凡心，要去人间，经历一下繁华世界。这棵草就说，我受了他的甘露之惠，并没有这种水可以还他。因为你该还的东西没有还掉，五脏六腑郁结着缠绵不去的东西，就会“缠绵”。她说，他到人间去了，那我也去一遭吧。她就变成黛玉，她说，用我一生的眼泪来“还”他，大概也够了吧。所以黛玉是要一直哭的。

“还”这个字，相对于“痴”，是《红楼梦》的主题核心。所有的“痴”，都是因为要“还”一些东西。欠了别人东西，必须要还。东方哲学，相信轮回，我们的生命不只这一世的，是好多世的累积，所以这一世见面，大概都有前世缘分，缘分牵连复杂，是我们不可知的。我们要“还”各种不同的东西，父母可能要还孩子东西，孩子可能要还父母东西，老师可能要还学生东西，丈夫要还妻子东西，妻子要还丈夫东西。人世间如果是一个“还”的哲学，很多不可解的、荒谬的、啼笑皆非的现象，就有了懂得和超越。我觉得《红楼梦》是在谈这样的人世间的情缘，而这个情缘是常人不可解的现象。

## 真事隐去，心存悲悯

写这本书时，作者要把真正的事情隐去。小说里第一个出场的人名字叫作“甄士隐”。《红楼梦》里面人物的名字常有谐音，甄士隐，就是将“真事隐”藏了。作者在写自己的祖辈、父辈、同辈所有的人，都隐去真事。这跟我们今天八卦的态度不一样，有一种厚道在其中。对作者来讲，回看自己家族的历程，他既要透露，又要隐藏，在隐藏里包含着对活过的人的爱恨，他已经超然了，他要留给活着的人一点点可以活下去的安慰或者鼓励。他写《红楼梦》，不是要暴露隐私，而是悲悯的宽容，所以一开始就表示要把“真事隐去”。

考证家很努力地要把“真事”挖掘出来，恐怕也违反了文学创作的初衷，真正好的文学绝不是八卦。真正好的文学，一定是对人生在比较高的层次上的观察与领悟。它关心的不是挖掘“真事”出来之后的得意，相反，是悲悯，得意跟悲悯绝对不同。当一个事件发生，怀着悲悯之心去看，跟怀着幸灾乐祸之心去看，刚好就构成了文学跟八卦的差别。今天有这么多朋友喜欢《红楼梦》，因为《红楼梦》中有一个跟我们今天世俗道德很不同的人性的提高，你读它的时候，会感受到它是在写真人真事，可是将“真事隐”去，其中就有一种悲悯的态度，每一个人活得都不容易，因此下笔时不会赶尽杀绝。

我跟很多人提过《红楼梦》读到第三十几遍，里面最感动我的人是我在第一次读的时候最讨厌的人，一个是贾瑞，一个是薛蟠。这两个人大概是小说里一直被认为最下流的人，调戏女人，道德低劣。可是我最近几次，越读越觉得这两个人物写得动人。作者还是用镜子的方法，没有主观评说他们的好坏。他们的情欲已经到了自己无法克制的程度。贾瑞调戏王熙凤，被王熙凤所害，生了病，来了一个道士，这个道士给他一面镜子，说你可以看反面，不可以看正面。因为一看正面王熙凤就出来跟他做爱，看反面的话就是骷髅，可是他觉得骷髅好难看，就一直看正面，那王熙凤就一次一次地跟他做爱，最后贾瑞精尽而死。贾瑞，一个二十岁不到的男孩子，因为无法控制自己的欲望，痛苦到了这种程度。作者在写他的时候，用的也是悲悯之情。无法控制的情欲，正是《红楼梦》的重要主题之一。

## 最早的女权主义者

我不知道有没有很多朋友注意《红楼梦》的女性观点。比如他讲自己"今风尘碌碌，一事无成"，可是"忽念及当日所有之女子"，想到跟他一起成长的所有的女孩子，"觉其行止见识，皆出于我之上"。

中国古代封建文化当中，一个男性，能够用这样的态度去写女性，是非常少的。有意压低自己，说自己"一事无成"，去凸显所有女性的行止见识。这个作者，大概是最早的女权运动者。他自己的角色是男性，却能够跳脱他的时代以男性为中心的观点，为女孩子讲话。"何我堂堂须眉，诚不若彼裙钗哉？"这个"堂堂须眉"是中国男性自称伟大的意思，可是反而比不上这些裙钗女子。"实愧则有余，悔又无益"，惭愧后悔也没有用处，总觉得一生碰到最精彩的人都是女性。

他点出了写这本书真正的动机："则自欲将已往所赖天恩祖德，锦衣纨袴之时，饫甘餍肥之日，背父兄教育之恩，负师友规训之德，以至今日一技无成、半生潦倒之罪。”他要把自己的“一技无成、半生潦倒之罪，编述一集”。可是重要的是什么？下面说，“我之罪固不免”，“然闺阁中本自历历有人，万不可因我之不肖，自己护短，一并使其泯灭”，这一段话说到作者写《红楼梦》的真正动机，自己的一生潦倒也就算了，可是不能因为他的一事无成，这些闺阁当中他认识的精彩女子不被记录，所以，似乎他忍辱偷生活下来的目的，竟是为了给这些女子一一立传。这样的立论是够荒唐的，文天祥活下来、岳飞活下来，留下来的是《正气歌》、《满江红》，是要为了表彰尽忠尽孝的；而《红楼梦》是为了给女孩子立传的。

这本书里隐藏的现代元素，到现在，很多的人都还没有谈到，把它列在“古典文学”中。其实，它是古典文学的叛逆，它颠覆了古典文学。作者是一个极其富有颠覆精神的人，他并不喜欢儒家。中国有三个重要的道统，即儒家、老庄和佛家构成的思想体系，作者最不喜欢的是儒家，你可以看到他一听到《四书》、《五经》就头痛，因为《四书》、《五经》变成了考试做官的工具。他的父亲叫作贾政，“贾”（假）这个字后面加一个“政”（正），谐音透露了儒家的虚伪性。领悟人生的都是空空大士、渺渺真人、茫茫大士、癞头和尚、跛足道人。全部是老庄与佛教里面的人，这种看起来不正经，有一点旁门左道的人，他们是老庄与佛教的代表人物，批判或颠覆了儒家。

## 神话和名字的背后

我希望大家注意到神话的部分。《红楼梦》是从神话开始讲的，讲到那块石头，作者要说这块石头的来历是什么，讲到神话里面的女娲氏。

很多人知道这个神话故事，在中国上古洪荒之前，传说中有两个男神打仗，撞断了一根天柱，当时人相信天是由四根柱子撑起来的，柱子被撞断了一根，所以天就塌下来了。中国人也由此解释地理——西北比较高，东南比较低。天柱断了，西北天上破了一个大洞，老百姓没有天的覆盖，民不聊生。女娲就拿了很多不同颜色的石头去炼石，中国神话中，相信石头是液体，像地球中间的岩浆。石头是有熔点的，到一定高温会熔化，化成岩浆流出来。女娲把石头熔化成岩浆，然后去补天。好像我们画油画一样，用五色石炼出来的岩浆把天补起来。后来的中国神话告诉我们，傍晚往西北边看到的彩霞就是女娲氏补出来的天空。

孔子不喜欢神话，“子不语怪力乱神”，他不喜欢“哈利·波特”，不喜欢魔法，他喜欢理性，所以后来中国神话大量流失。《红楼梦》的作者却非常喜欢神话，他跟儒家不同，他觉得人的梦幻的空间其实是有很多性灵在里面的。

西方的文化里面有很重要的希腊神话作为基础，我们的神话，比如后羿射日、嫦娥奔月、女娲补天、夸父追日，其实是应该重新整理出来的原典神话。

《红楼梦》作者从神话讲起。女娲氏在什么地方炼石？大荒山，无稽崖，青埂峰，把这“山”、“崖”跟“峰”拿掉，剩下的“大荒”、“无稽”都在讲不可查考、不可考证。大荒是时间的最初，所谓的洪荒；大荒无稽，是查证不出时间的最初。青埂，有人认为它是“情根”两个字的谐音。情根，这本小说整个在讲“情”。

大荒山无稽崖青埂峰下，女娲开始炼石头了，此时用到数字，高十二丈，见方二十四。十二是月，二十四是节气，是一年的节气，都在讲时间。

炼成“顽石三万六千五百零一块”。三六五是一年三百六十五天，剩下一块没有用。那一块石头没有被用，心里面有好大的忧郁。因为忧郁，开始修炼，经过日月风霜，这块石头锻炼成人形，就变成了宝玉。《红楼梦》原来叫作《石头记》，是讲石头的故事。

这块石头修炼以后，有一天忽然觉得应该到人间去经历一下繁华，他碰到了两个仙人，仙人劝他不要去，说人生无论怎么繁华到最后都是空的。可是他凡心已动，“凡心已动”就是执迷，你跟他讲什么都没有用，这部小说相信真正的领悟是要经历一个过程的。有一点像我们在读赫尔曼·黑塞的《流浪者之歌》(又名《悉达多》)，作者把悉达多和佛陀，分成两个人来写，年轻的悉达多在寻求一个真理的老师，一旦找到真理的老师，就要跟他出家去修道悟道，有一天，他真的碰到了佛陀。别人就说你一生都在追寻真理的老师，现在碰到了，为什么不跟他出家去悟道？他在那一刻呆住了，他忽然想说我才二十几岁，好像我应该自己去经历一些事情。如果有所领悟，这个领悟不是别人给你的，是你自己要打着滚走过来的。小说写到他后来认识了妓女，跟妓女的情爱纠缠，走进赌场豪赌，把对情欲和财富的贪婪全部经历了，最后有一天走到河边，碰到一个渡船的人，那个渡船的人说：我一生就是把人从此岸渡到彼岸去。他就接了这摆渡的工作，赫尔曼·黑塞的这部小说跟《红楼梦》的观点非常像，就是历劫，这个劫难必须亲自去经历。

## 含玉而生的宝玉

一僧一道两位仙人把石头变成了一块鲜明莹洁的美玉，缩成扇坠大小。中国美术里面，石跟玉是不可分的。在西方，硬度很高的一种矿石叫作玉，在中国的《说文解字》里面则说："美石为玉。"石头经过人的亲近，经过血汗的沁润就会变成玉，玉跟石是同一个东西。宝玉生下来嘴里含了一块玉。他同时又觉得自己就是那块顽石，一无所用的顽石。顽石跟玉本身，看你怎么去看待，你爱它，它就是玉，你不爱它，丢在洪荒里，它就是青埂峰下的一块顽石。

贾宝玉出生的时候嘴里含了一块玉，这是一个不可解的神话，为什么作者会说他含玉而生？这个"玉"到底是什么？有人认为《红楼梦》善于用谐音字，所以"玉"这个字，其实就是欲望的"欲"，王国维认为是叔本华哲学里面讲的"意志"，玉一不见，他就失去"意志"，失了本性。"玉"在小说里面变成一个象征。

《红楼梦》里出现四个名字中有"玉"的人物，宝玉、黛玉、妙玉，还有一个蒋玉菡，只有四个人名字里有玉，其他人都没有玉。有一个丫头本来叫作红玉，后来王熙凤喜欢这个丫头，收在身边，说每个人都叫"玉"真烦死了，就把她改成小红，把玉改掉了。

玉不是每个人都可以用的，这四个玉之间的关系，宝玉和黛玉是有仙缘的，他们前一辈子是神瑛侍者和绛珠草；那妙玉是佛缘，妙玉非常喜欢宝玉，可她是出家人，不可讲"欲"；蒋玉菡是一个反串演旦角的男戏子，他是与贾宝玉有过性关系的一个伴侣，贾宝玉有一次几乎被他父亲打死，就是因为贪恋蒋玉菡。

《红楼梦》里面所有人的名字，都常有作者隐在里面的一些暗示。譬如一个丫头出来，这个丫头看到了一个男的，觉得长得不错，就回头看他。这个男的后来做了大官，想念这个丫头，念念不忘她曾经回头看过自己，就找到那个丫头，娶她做了妾。做妾以后第一年就生了一个男孩子，在家里地位立刻提高，第二年原配死掉，她被扶正，一生的命运都改变了，从一个低卑的丫头，忽然间变成一个大官的夫人，她的名字叫“娇杏”，娇滴滴的娇，杏花的杏，谐音就是“侥幸”。

## 神话情缘

作者在第一回借着甄士隐这个角色连接了一个神话故事，也同时把读者带回现实。《红楼梦》一直游离于现实和超现实之间。我们通常会把文学分成写实主义的作品或者超现实的作品。《红楼梦》一直交错两者，有的时候它在讲神话，有时候又忽然回到人世间，神话的部分给人感觉很像心理的描述。

第一回中，甄士隐在做梦，“梦至一处，不知是何地。忽见那厢来了一僧一道”。一僧一道又来了！一僧一道似乎永远是性灵里的一些提醒。人做梦是因为在现实里逃避掉真实之后，会面对性灵里的真实，所以一僧一道就来了。

一僧一道是要了结一段“风流公案”。“这一干风流冤家，尚未投胎入世。趁此机会，就将此蠢物夹带于中，使他去经历。”“风流冤家”，讲的就是宝玉、黛玉，“蠢物”指的是这块顽石，也就是宝玉。

和尚笑着说：“此事说来好笑，竟是千古未闻的罕事。只因西方灵河岸上三生石畔，有绛珠草一株。”“三生石畔”讲的是，唐代僧人圆泽去世的时候依依不舍地对朋友李源说，二十年后杭州西湖边见。李源不懂他的话，觉得很难过。二十年后，他到杭州西湖做官，忽然看到一个大概二十岁的牧童，骑在牛上唱着“三生石畔旧精魂”。他忽然就想到，圆泽临终跟他讲的那一句话。所以我们讲“三生石”是相信生命不只是我们目前所知道的这个缘分，生我之前谁是我，死我之后我是谁。这种缘分轮转的因果是《红楼梦》的主题。

## 黛玉还泪

“西方灵河岸上三生石畔，有绛珠草一株，时有赤瑕宫神瑛侍者。”瑛，指的是一种玉。作者常常用到“红”，跟红颜色有关。贾宝玉住在“怡红院”，曹雪芹住的地方叫作“悼红轩”，评这本书的人是“脂砚斋”，都是讲红。“红”是有重要的隐喻的。“赤瑕宫”的赤瑕，又是红色，红色的玉。赤瑕宫神瑛侍者，“日以甘露灌溉，这绛珠草（‘绛’又是红）始得久延岁月。后来既受天地精华，复得雨露滋养，遂得脱草胎木质，得换人形，仅修成个女体，终日游于离恨天外”。很难解释“离恨天”讲的是什么。感觉到“离恨”这两个字好像在说人心里面的郁结，一种无法完全释怀的东西。“饥则食蜜青果为膳，渴则饮灌愁海水为汤。”蜜青果、灌愁海，这样的字容易出现在十二三岁青少年的日记里，是很青春的忧郁。

“只因尚未酬报灌溉之德，故其在五内便郁结成一段缠绵不舒之意。”这是很特别的解释，别人对你有过好处，这个好处没有还报，五脏六腑，内心里面就郁结着一个化不开的东西。这是人与人之间无法解释的一种情感。比如在路上，在同事、同学中，你忽然被什么吸引住了，你的生命因为它而快乐或者不快乐。大概这就是作者要讲的那个“五内便郁结成一段缠绵不舒之意”，这个“缠绵”是讲牵连、拉都拉不断的一些东西。

“近日，这神瑛侍者凡心偶炽，乘此昌明太平朝世，意欲下凡，造历幻缘。”想要到人间“造历幻缘”走一遭，去经历一下所有像梦幻一样的缘分。

“已在警幻仙子案前挂了号”，非常有趣，下凡的时候，好像要去看病，去挂一个号。用很世俗的方法讲神话。下凡的人很多，需要登记、签证，才能下凡。

警幻是一个仙姑，常常出现，她永远要告诉你，你就是要经历人世间所有的爱恨，最后你才能够知道一切都是空的。她把你推入红尘，不经历这红尘，不可能“警幻”。

“警幻亦曾问及灌溉之情未偿，趁此倒可了结的。”警幻仙姑了解绛珠草的不快乐，准她下凡，把这个“情”还掉。

我们自己和身边最亲近的人，有时候真是牵连不断，你也不知道那是为什么，怎么会有这样的缘分、这样的关系。

下面是林黛玉讲的话，非常动人的一段话：“他是甘露之惠，我并无此水可还，他既下世为人，我也去下世为人。但把我一生所有的眼泪还他，也偿还的过他了。”这是非常现代的小说的写法。写到人世间的深情，非常动人。你一生为几个人流过眼泪，就会懂得这部小说要写的是什么。

人不会无缘无故地哭，黛玉永远为宝玉掉泪。宝玉爱她的时候她哭，宝玉对别人好一点她又哭，宝玉挨打她哭，宝玉被妈妈赞美，她也哭。她无所不哭，她一生的眼泪，就是要还给这一个人。别人都觉得，简直是疯了，一个小女孩整天这样哭。独独宝玉觉得他懂，他知道为什么她要这样哭。有神话里的前世深情，才有以后这人世间的“痴”。

## 生命的真相

甄士隐还在做梦，梦到进入太虚幻境，他越来越想知道，生命的真相到底是什么。他也想看那块通灵宝玉，一僧一道也把那块通灵宝玉给他看了。看了以后他很想多问几句。可是一僧一道大概觉得天机不可泄露，把玉抢过来就不理他了。然后，他们走过一个大的牌坊，牌坊上刻着对联："假作真时真亦假，无为有处有还无。"这个人叫作甄士隐，他就是真的，后来要出场的所有的人物都是假的，贾政、贾宝玉、贾琏，都是假的。这个小说就在"真"、"假"两个字上做文章。

"假作真时真亦假"，什么叫作"真"，什么叫作"假"，我们执迷不悟的常人大概就是要分真假，可是对于作者来说，经历了从繁华到幻灭，"真"跟"假"有那么大的差别吗？我们常常把生命里面最假的当成真的，而把生命里最真的当成最假的。

权力、财富、情爱，在执迷不悟的时候，都是真的；经历过了以后，可能都是假的。

"无为有处有还无"，"有"和"无"是一个相对的概念。老子常常提醒，一个杯子空、无，才可以装水。如果这个杯子没有空，根本不能装水。这是提醒"空"跟"无"的重要性。房间可以容纳这么多人，就因为它的空。

这副对联会一直出现。这部小说围绕两个家族的故事发展，一个是甄家，一个是贾家。所以甄士隐之外有一个叫作贾雨村。在第一回里，是用贾雨村和甄士隐来对比。真事隐去了，而"贾雨"是假的语言，"村言"就是街谈巷议小说之流。

小说里面有一个甄家，有一个贾家，有一个叫作贾宝玉，有一个叫甄宝玉。一直是两个，一“真”一“假”。

云门舞集编的《红楼梦》，舞台上是有两个宝玉的，一个甄宝玉，一个贾宝玉，是两个身体。我们每一个人，其实生命里可能都有两个“我”，一个是在人世间跟大家做朋友，去读书、考试、做官的“我”；一个是永远隐藏在自己内心真正的“我”。这是《红楼梦》中非常现代的写法。

甄士隐做了梦以后，他要开悟了。“假作真时真亦假，无为有处有还无”，这是点醒，就像我们在庙里面抽出的那支签。甄士隐醒过来这一段写得惊人。他刚开始是在做梦，在梦里听到关于林黛玉、贾宝玉前世的故事。一僧一道走过牌坊，他也想过去，可是他的人生还没有到领悟的阶段，他过不去，所以“方举步时，忽听一声霹雳，有若山崩地陷”，像大地震一样。“士隐大叫一声，定睛一看，只见烈日炎炎，芭蕉冉冉，梦中之事便忘了对半。”在梦里面山崩地陷，但是他醒过来后，看到院子的芭蕉和阳光，刚才梦的世界跟现在现实的世界交叠在一起。这是文学里惊人的转折。一下就转过来了，转过来以后他看到了什么？奶妈抱着他的女儿过来。这个女儿叫作什么？英莲。

## “命”与“运”的预言

英莲这个女孩子才三岁，抱在奶妈手中。她是《红楼梦》中的重要角色，是甄士隐的女儿。这个女孩子一出场，家族的命运就开始改变了。先是丢女儿，接下来，他们住的葫芦庙边，忽然香火烧起来，把整个一条街都烧光了，甄家的全部家产也都烧完了。所以，甄士隐只得退隐到乡下，在太太的娘家寄住。岳父封肃每天给他白眼，他领悟到生命空幻，出家了。

他醒过来，看到奶妈把女儿抱过来，女儿长得这么好，父亲非常疼爱她。这个时候来了一僧一道。刚才梦里就有一僧一道，现实世界也有一僧一道。梦里面碰到一僧一道，比较容易相信，在现实世界里碰到一僧一道，觉得他们简直是乞丐。和尚道士，跛足蓬头，疯疯癫癫。他们看到甄士隐抱着女儿，就说："施主！你把这个有命无运，累及爹娘之物，抱在怀里作甚？"

我们讲命运，"命"跟"运"是两个不同的东西。有一个朋友形容得蛮好，可以参考。他认为"命"是本命，命有点像车子，比如你是奔驰车，还是大发车，这是命。"运"，是那条路。你可以是奔驰，可是总开在坎坷颠簸的路上，那就是"命"好"运"不好。你是一辆小破车，可是开在坦途上就是"命"不好"运"好。

英莲生在一个很好的家庭，爸爸甄士隐是蛮有钱的地方乡绅，所以她命不错。可她的运不好。一僧一道在点醒甄士隐，甄士隐当然没有办法懂。

和尚说："舍我罢，舍我罢！"甄士隐很不耐烦，抱着女儿走了。和尚指着他大笑，念了四句诗。《红楼梦》里诗出来的时候都是预言。"惯养娇生笑你痴，菱花空对雪澌澌。"菱，是香菱，这个女孩子后来改名香菱；雪，是薛蟠。后来香菱被薛蟠买去做妾，一直受折磨。事情还没有发生，诗是看不懂的暗示。

这个隐喻就像刚才的牌坊，人生不到那个关头，是不会领悟的。没有经历自己人生的领悟多半是假的。英莲才三岁，"菱花空对雪澌澌"已经讲出了她的命运。

这有点像希腊悲剧的俄狄浦斯情结。俄狄浦斯王出生时在神殿抽出来一个签，预言他会杀父娶母。他爸爸妈妈吓死了，就把这个小孩子丢到旷野，派人把他杀死。可这个人下不了手，看小婴儿这么可爱，不忍杀他，就把他丢在旷野里，心想他反正一定会死。

另外一个希腊邻邦的国王和王后，年纪很大没有儿子，也去神殿抽签，签上说：上天会送给你们一个儿子。他们就去旷野里找，听到婴儿哭声，发现了俄狄浦斯，便把他带回去养大。

这个小孩也不知道他的父母不是他的亲生父母。长大以后，十几岁到庙里抽签，神说他会杀父娶母。他觉得自己跟父母感情这么好，怎么可以做这样的事。便决定一生不再见父母，去周游各国。

最后，他辗转回到自己原来的国家。在路上碰到自己的亲生父亲，两人发生冲突，杀死了他。接着国家遇到大旱，他亲生母亲执政，母亲说谁能够破解神咒谜语，她就下嫁谁为妻。结果俄狄浦斯破解了，就娶了他母亲。

这个悲剧是在讲，人怎么绕都绕不出宿命。这是让人痛苦的悲剧，一生无论怎么逃，就是逃不掉注定的命运。

这里讲的“菱花空对雪澌澌”也是一样，一个三岁的女孩子，她的终结已经被这句诗讲出来了。可是她爸爸不知道这个和尚在讲什么。和尚还说：“好防佳节元宵后，便是烟消火灭时。”意思是在元宵节之后，你们的缘分就尽了。

《红楼梦》觉得人活在迷梦当中，如果梦没有醒，没有办法知道梦的本质是什么。我们用各种方法，想去解释梦，可是梦超过我们理智可以达到的范围。就像“菱花空对雪澌澌”，或者“好防佳节元宵后”，即使已经点到眼前的灾祸，大祸临头了，还是听不懂。

## 贾雨村与娇杏

“士隐听得明白，心下犹豫”，好像知道在讲什么，可是又不确定。模模糊糊的，他要问，一僧一道已经走远。

这时候出现了一个人——贾雨村。士隐和雨村是他们的号。甄士隐的名字叫作甄费，真事“废”掉了，不用了。贾雨村的名字叫作贾化，其实就是用假的语言来讲人间的故事。这两个人是对比，甄士隐从一个有钱的家族，到女儿被拐，家族没落。贾雨村是一个非常穷的人，寄住在庙内的，碰到了甄士隐，甄士隐有一点惜才，想帮助他。这个时候，《红楼梦》写到了贾雨村跟前面讲到的娇杏丫头的故事。

“这里雨村且翻弄书籍解闷。忽听窗外有女子嗽声，雨村遂起身往窗外一看，原来是一个丫环，在那里撷花，生得仪容不俗，眉目清朗，虽无十分姿色，却亦有动人之处。雨村不觉看得呆了。那甄家丫环撷了花，方欲走时，猛抬头见窗内有人，敝巾旧服，虽是贫窘，然生得腰宽背厚，面阔口方，更兼剑眉星眼，直鼻权腮。”“权腮”就是颧骨很高的意思。这个描述这么长，表示丫头看了蛮久，颧骨看到了，眼睛眉毛也都看到了。男女授受不亲的时代，大部分女人看到男人就躲起来了，可是她看得如此仔细，可见这个丫头应当算是比较直接大胆的。“心下乃想：‘这人生得这样雄壮，却又这样褴褛，想他定是我家主人常说的什么贾雨村了，每有意帮助周济，只是无甚机会’。”

“如此想，不免又回头两次”，这完全不合做丫头的规矩了。这就是两个人的缘分。“雨村见他回头，便自为这女子心中有意于他，便狂喜不禁”，这个女孩多看他几次，他就觉得一定是对自己有意思。这个时候贾雨村非常落魄，是最穷困的时候，他“自为此女子必是个巨眼英豪，风尘中之知己也”。大概平常发达的时候，不会觉得女孩多看他几眼能怎么样，而在落难之时，便立刻觉得这个女孩子慧眼识英雄。“一时小童进来，听得前面留饭，不可久待”，雨村就走了。

刚好到了中秋，贾雨村看到月亮，就写了一首诗：“未卜三生愿，频添一段愁。闷来时敛额，行去几回头。自顾风前影，谁堪月下俦？蟾光如有意，先上玉人楼。”贾雨村在写他的抱负没有施展，也在写跟这个丫头之间的感觉。“蟾光”，就是月光，好像直接照到了她的楼上。写完以后，诗意未尽，便又高声吟出两句：“玉在匵中求善价，钗于奁内待时飞。”

## 放飞奁中钗

这里用了两个典故。有一次，子贡问孔子，如果你是一块玉，是标一个价来卖，还是觉得自己是无价之宝，不肯卖。孔子说，玉在柜子里，遇到真正能出好价钱的人我才卖，不是要一辈子做隐士。贾雨村觉得自己是一块美玉，怀才不遇，可是他要求到善价。有真正赏识他的人，他是要做官的。作者不喜欢儒家，在这部小说里，贾雨村是一个很能攀援的人，只要有钱有势的地方他都要去跑，这里用的是儒家的典故。这是“玉在匵中求善价”。

“钗于奁内待时飞”，传说，有一个仙女送给汉武帝一个发钗，他把钗放在奁内。女孩子放花粉、胭脂的盒子叫作奁。隔了两代以后，汉武帝的孙子——另外一个皇帝打开盒子，钗不见了，化成一只白燕飞走了。“钗于奁内待时飞”，是说等到时机来的时候，钗要变成仙鸟飞走。这里雨村是在讲自己的志愿。

古人常常用诗来表达意愿、传达心情，我们叫作“诗言志”，诗是传达心里的志愿的。贾雨村吟诗时，刚好甄士隐走进来，他说：“雨村兄真抱负不浅也！”他知道这两句诗里藏有很多心事，自比是一块怀才不遇的玉，是一支等待要高飞的钗。雨村当然谦虚，说这“不过偶吟前人之句，何敢狂诞至此”。他又问甄士隐：“老先生何兴？”甄士隐说，今天中秋，刚好是团圆节，想到贾雨村寄住在庙里面，没有家，要不要到家里来喝一点酒？贾雨村被邀去喝酒。酒后两个人高兴起来，带着七八分酒意，贾雨村又讲诗、写诗了。贾雨村这一天特别高兴，喝了酒一直作诗，也在透露他内心希望的东西。他要进京赶考，没有路费，甄士隐也听懂了。

贾雨村说：“时逢三五便团圆，满把晴光护玉栏。天上一轮才捧出，人间万姓仰头看。”这首诗是讲月亮，但其中暗含自己要出头。常年潦倒落难，穷困到寄住在庙里，可是今天时运要来了。“时逢三五便团圆”，时运来的时候，就会团圆。“满把晴光护玉栏”，讲月光之美。“天上一轮才捧出，人间万姓仰头看”，暗示自己要去考试，要做官。士隐听了以后：“妙哉！吾每谓兄必非久居人下者。”然后他说：“今所吟之句，飞腾之兆已见。”

贾雨村也没有客气，他说，不是酒后狂言，如果论学问，他今天也可以充数沽名，只是没有行囊路费。在此点出重点：自己是一个穷文人，没有钱，没有办法，可进京赶考是要盘缠的。甄士隐是个爱才的人，而且从来不惜钱财，就说，我一直想要帮助你，可是因为你没有提，所以“未敢唐突”。

甄士隐说：“愚虽不才，‘义利’二字却还识得。”便送了五十两白银给贾雨村。本来约好哪一天再见见面，找一个黄道吉日上路，可是当天贾雨村就走了。贾雨村是个无情的人。此后，他一路飞黄腾达，其间也几起几落。从作者角度来讲，贾雨村是走儒家路线的人，懂得现世当中如何去攀援成功。甄士隐是活在释道世界的人，他总是梦到一僧一道，也看到一僧一道。

## 繁华与幻灭

“真是闲处光阴易过”，用一句话带过了贾雨村的离开。

小时候写作文，不管什么题目，开始都是光阴似箭，作者也是用这话转折。

“倏忽又是元宵佳节矣”，前文提到“好防佳节元宵后”，现在，和尚的诗要应验了。元宵节时，士隐命家人霍启抱了英莲去看社火花灯。“霍启”，是“祸起”；“英莲”，是“应怜”，都是谐音。

“半夜中，霍启因要小解，便将英莲放在一家门槛上坐着。待他小解完了来抱时，那有英莲的踪影？急得霍启直寻了半夜，至天明不见，那霍启也就不敢回来见主人，便逃往他乡去了。”一个小小的人间故事，好像我们打开报纸看到的一个小角落里的社会新闻。这个社会新闻也许我们永远不会注意，可是作者忽然将它放进来，变成事件的开端。

甄士隐夫妇当然很难过，“夫妇二人，半世只生此女，一旦失落，岂不思想，因此昼夜啼哭，几乎不曾寻死”。

这是第一个灾难，再看第二个灾难。又到了三月十五日，他们家旁边，贾雨村借住的那个葫芦庙，因为炸供（用大油锅来炸供品）一不小心，油锅火逸，就烧着了窗纸。“此方人家，多用竹壁”，都是竹子木头结构的房子。“大抵也因劫数”，注意，“劫数”是在讲命运了。“于是接二连三，牵五挂六，将一条街烧得如火焰山一般。”甄士隐家就被烧掉了。第二个大祸来临，家里面早已烧成“一片瓦砾场”。“急得士隐惟跌足长叹而已，只得与妻子商议，且到田庄上去安身。”

女儿走丢，家里失火，最后只能到乡下栖身。他们算是乡绅，有一些田地租给佃农的。可是，第三个灾难又来了。“偏值近年水旱不收，鼠盗蜂起，无非抢田夺地，民不安生，因此官兵剿捕，难以安身。”甄士隐只好把田地都折变了，携了妻子和两个丫鬟投他的岳丈家去。

在古代社会，一个男子要去投靠妻子的娘家，已经是最不得已的状况，这个岳父一定是给他很难看的脸色。他的岳丈名唤封肃，谐音“风俗”这两个字。

封肃也不是坏人，但是看到落难的女婿来投奔，窝囊死了。

“幸而士隐还有质变地的银子未曾用完，拿出来托他随分就价，置些许房地。”可是，“那封肃便半哄赚些许”，把女婿的钱搞光了。甄士隐不懂得计较，账也算不清楚。岳父就趁这个机会，把他的钱都骗得差不多了。

“士隐乃读书之人。不惯生理稼穑等事，勉强支持了一二年，越觉穷了下去。封肃每见面时，说些现成话，且人前人后又怨他们不善过活，一味好吃懒做等语。”封肃讥讽他，嘲笑他，说难听的话。这个时候，对于甄士隐来说，已经从现实的打击变成心理的打击。“暮年之人，贫病交攻，渐渐地露出那下世的光景来。”下世，讲晚年临终的感觉。之前，僧道如何点化，他都执迷不悟，现在到了领悟的关口了。

一天，他拿了一根拐杖，本想到街前随便走走，散散心，此时跛足道人又来了。这个人前面出现过，“疯狂落脱，麻履鹑衣”，他穿的是麻布编的草鞋和很短的衣服。古代一般人衣服都是长的，穷人才穿短衣。鹌鹑的尾羽是短的，所以用“鹑衣”这个词形容穿得破破烂烂，衣服不周全。“口内念着几句言词”，就是第一回最重要的《好了歌》。

## 放下的领悟

甄士隐要开始领悟了，所有的词句就在“好”跟“了”里面。大家都很容易懂，完全是白话歌词的感觉。

“世人都晓神仙好，惟有功名忘不了！”《好了歌》在讲，你想要做神仙，希望生命活得很快乐幸福，可是你忘不了功名，整天为事业劳碌，为求官奔忙，忘不掉的事情就是使你不幸福的事情。

“古今将相在何方？荒冢一堆草没了。”追逐名利、权力的古今将相，现在都到哪里去了？不过是“荒冢一堆草没了”。

“世人都晓神仙好，只有金银忘不了！”你想幸福快乐，可是你又觉得要多赚一点，再多赚一点。“终朝只恨聚无多，及到多时眼闭了。”每天都觉得钱还不够，每次都告诉自己，这次做完就可以放手了，可是到时候还是不够。等到够多了，已经离死亡不远了。

“世人都说神仙好，只有姣妻忘不了！”“君生日日说恩情，君死又随人去了。”活着的时候每天恩恩爱爱，死了之后很快又嫁别人了。

“世人都晓神仙好，惟有儿孙忘不了！痴心父母古来多，孝顺儿孙谁见了？”

《好了歌》把人世间的东西，权力也好，财富也好，爱情或亲情也好，都当成“好”跟“了”来做点醒。

甄士隐疼女儿，一生大概也敛了很多钱财，变成富有的人，也做过官，有过功名，所有一切，这些“好”，到最后怎么“了”。人生中最后的领悟是怎么去跨过“好”这一关，变成了“了”。

甄士隐听了，就跑过来说，你唱什么东西？我只听到两个字：“好”、“了”。那道人就笑了说：“你若果听见‘好’‘了’二字，还算明白。可知世人万般好，便是了，了便是好，若不了，便不好；若要好，须是了。”白话用到非常精准的地步！

“了”是结束，就是了却了，了结了，了悟了。“好”，才有意义。

“士隐本是有些宿慧的”，“宿慧”，佛教里面讲的是经过好几世的修行以后累积出来的领悟能力，跟现实当中会考试的智商是不一样的。它是另外的一种能力，因为生命几次历劫之后，会有一种宿命的智慧，让你不执着。士隐大概修行了好几世吧，这一世他要碰到女儿被拐，家里失火，碰到一般人认为的悲剧，是为了要他领悟“了”这个字，“了”就是“放下”。“一闻此言，心中早已彻悟，因笑道：‘且住！待我将你这《好了歌》解注出来何如？’”跛足道人说：“你解，你解！”

## 解注《好了歌》

“陋室空堂，当年笏满床。”有一个戏叫作《满床笏》，讲唐朝郭子仪的故事。郭子仪的七个儿子、八个女婿全部在朝为官，郭子仪过生日的时候，七子八婿都来，满床都是上朝的笏板。一般人家里有一个笏板就不得了，而他们家是十几个堆在那里，所以这出戏叫《满床笏》。这里用了这个典故，意思是你不要看这个破破烂烂的房子，当年是不得了的，笏板满床。

“衰草枯杨，曾为歌舞场。”现在看到枯草和枯树，当年曾经是唱歌跳舞繁华的场地。

“蛛丝儿结满雕梁，绿纱儿今又糊在蓬窗上。”一座房子繁华过又没落了，结满了蜘蛛网，蜘蛛网扫掉，重新油漆粉刷，搬进来一个新官，又加了新纱窗，又繁华了。从“官邸”的角度来看，主人一直在转换。你会忽然发现，一切东西都是在“有无”跟“真假”里转来转去。

“说什么脂正浓、粉正香，如何两鬓又成霜？”对着镜子涂脂抹粉，用最好的化妆品，照着照着，两边的头发都白了，时间在消逝。

“昨日黄土陇头送白骨，今宵红灯帐底卧鸳鸯。”昨天才送走一个死亡的人，今夜却有洞房新婚，丧事跟喜事，交错重叠。如果红灯帐里卧鸳鸯是喜悦，不要忘记黄土陇头埋白骨的悲哀。这些，加起来才是人生的全部真相。

“金满箱，银满箱，转眼乞丐人皆谤。”当年金子一箱一箱的，银子一箱一箱的。转眼变成了乞丐，所有人都来侮辱你、笑骂你、诽谤你。

“正叹他人命不长，那知自己归来丧！”我们感叹哪个人得了癌症，其中包含了自己对身体随时会有病痛的恐惧。当他注解《好了歌》的时候，讲出我们心里恐惧的东西，它们可能是健康、亲人的幸福、爱、钱财、权力，一切你放不下的东西，《好了歌》告诉我们，总有一天都要放下。

“训有方，保不定日后作强梁。”训有方，家教最好、最严格的，父母每天叮咛的，保不定以后就做了盗匪了。

这里面暗示小说中不同角色的下场。“择膏粱，谁承望流落在烟花巷！”膏粱是指有钱人家，嫁女儿一定会选有钱的人家，女儿将来才有保障。“谁承望流落在烟花巷”是在讲这个家族后来很多人物的下场。

“因嫌纱帽小，致使锁枷扛。”一直觉得自己做的官还不够，还要再多一点，还要再大一点。到最后戴着枷锁，下了监牢。

“昨怜破袄寒，今嫌紫袍长。”昨天还在可怜自己穿了一件破衣服，过冬的时候不足御寒。今天会嫌身上穿的紫袍（一品大官的衣服）长。得到的“利”和“福”，也可能是“祸”。这就是《易经》讲的福祸相依、吉凶相依的关系。福来的时候要惜福，要很小心，因为它很可能转成祸，因为它们相依相存，“祸福”就在一念之间。此句跟作者的家族经验有关，他们做江宁织造、苏州织造、巡盐御史，别人都羡慕得要死，他们自己也很得意。可是其实这就是抄家的开始。如果他们不去做这样的官，或者不兼这么多的职，也不会遭遇抄家的命运。

“乱烘烘，你方唱罢我登场，反认他乡是故乡。”朝代兴亡就像演戏一样，你唱完了下台，轮到别人来唱。这里的故乡和他乡是讲归宿的意思，人到底要走向哪里去，什么是生命的本体。我们追逐的东西是不是生命里面真正最想要的，觉得最重要的。我们误认了世俗里面虚拟出来的假象，把它们当成了故乡，努力地飞奔而去。其实那只是“他乡”而已，并不是生命本质的东西。

“甚荒唐，到头来都是为他人作嫁衣裳。”甄士隐经历过这么大的家族劫难之后，忽然有了感悟，把《好了歌》做了这样的注解。做完注解后就出家了。

《红楼梦》第一回，不管是神话故事，还是现实故事，最后都终结在“好了”这件事情上。神话本身是要历劫情缘，现实当中也让你看到一切的东西就是过眼云烟。甄士隐梦一醒，看到的就是现实世界。接下来，他又看到跛足道人，又进入神话世界。整部小说中，梦的世界、现实的世界一直在交错。到第二回，这种交错还在继续，始终没有中断过。

不管夫妻的缘分、父子的缘分，还是朋友的缘分，缘分有长、有短，有深、有浅。甄士隐跟女儿只有三年的缘分，就了了，这女儿是来度化他的吗？

我不觉得《红楼梦》是一部让你领悟空幻的小说，即使一秒钟的缘分，如果珍惜，它就是很深的缘分。

作者写他这一生当中接触过的所有女性与朋友，他要一一记录下这些缘分。他不觉得短长深浅有什么重要，因为他们都是一起下“凡”历“劫”的。

# 第二回

贾夫人仙逝扬州城
冷子兴演说荣国府

## 多看一眼的情缘

第一回里的一个最重要的人物甄士隐，因为女儿被拐，家里失火，所有的田庄变卖，他终于听懂了《好了歌》。作者一直想让我们感受到，在整部小说里，《好了歌》一直是在耳边的。问题是，听不懂的时候是因为还没有可以听懂的机缘。作者是从宽容的角度去看待人生的。他一直让我们看到“假作真时真亦假”的牌坊，告诉我们时机没有来临的时候，你是走不过去的。文学里面所谓的宽容，是相信人性有一定的机缘。我们平常在阅读小说、看画、听音乐、看戏时，可能是在准备或者储蓄着一些可以了悟的资源，什么时候了悟，或者在什么状态下了悟，还需要其他条件。

在《好了歌》之后，甄士隐出家了。此时，他有一个动作，就是把跛脚的疯道士身上的褡裢抢过来搭在自己的身上。他放下人世间的一切，却抢了一个出家人的东西。这其实是一个符号。

他走了以后，小说又回到非常现实的一面。太太哭得死去活来，不晓得丈夫哪里去了。街坊邻居把这件奇怪的事情当成一个八卦在谈。岳父封肃觉得倒霉得要死，女儿好不容易嫁出去，现在又得养活她。然后话题就转了，转到甄家的丫头娇杏身上。

娇杏曾经多看了两眼贾雨村，贾雨村对她有印象，她也对贾雨村有了印象。甄士隐出家后，这个丫头一直陪着甄士隐的太太封氏。有一天天气还不错，她正到门口买针线，看到一队一队的刀斧手过去，抬着一个轿子，轿子里面坐着一个戴乌纱帽的大官。她觉得这个大官很面熟，可怎么也想不起来是谁了。所谓的缘分，从神话的世界来讲，可能要好几世去累积，可是也有一些在现世当中不经意留下的缘分，这个丫头回头多看了一眼，贾雨村留意了这一眼，他们的命运竟因此有了特别的牵连。

这一段写道："那甄家大丫头在门前买线，忽听街上喝道之声，众人都说新太爷到任。""新太爷"就是刚刚上任的地方官。这丫鬟于是"隐在门内看"，因为凡是有男性或者大官出来，女性要躲起来。她第一次看到贾雨村的时候没有躲起来，是一个不合规矩的状态。现在她隐在门后，要回避。"俄而大轿内抬着一个乌纱猩袍的官府过去。"乌纱，是指一种黑色透明的纱做的官帽。猩袍，是大红的袍子，就是做官的穿的红袍子。这个丫鬟就呆住了，她想这个做官的人好面善，她以前好像在哪里见过。可她已经想不起来了，于是进入房中，丢过不在心上。

## 章回与悬疑

这是第一回要结尾了，"至晚间，正待歇时，忽听一片声打的门响，许多人乱嚷，说：'本府太爷的差人来传人问话'。"这是很重的话，因为刚刚到任的地方官忽然派衙役来敲门，而且是晚上。"封肃听了，唬得目瞪口呆。”小说到了这里就结尾了，欲知后事如何，且听下回分解。

我们把古代小说叫作章回小说，就是一章一回的意思。《红楼梦》是写出来的一部小说，而《红楼梦》之前的大部分小说，包括《三国演义》、《水浒传》、《西游记》等，都是说给别人听的。因为过去能够认字的人非常少，在这种情况下，说书人发挥了很重要的文学传播功能。我们把它叫作说唱文学，不但能说，而且还能唱。过去，这一类活动都是茶余饭后到酒楼、茶楼里去，坐下来买一杯茶，听人说书。因为听众听一段时间就要回家睡觉了，所以说书人在结尾的时候一定要有一个东西让你觉得明天还要再来，叫作“吊胃口”，在现代文学里叫作悬疑手法。作者说听这一片敲门声，“不知道发生什么祸事，欲知后事，且听下回分解”。所有的结尾都是：你要知道以后的事情，你再来听，而不是看。这种小说叫作话本小说。话本小说的结构跟一般书写的小说结构非常不一样。因为它是口述的，所以它可以讲东讲西，串来串去。它的结构不像现在的小说主线这么清楚，但是它可以包容很多事情。而且不同的说书人，手上有一个话本，只有回目，但他自己说书时可以添油加醋。这一回叫作“贾夫人仙逝扬州城”，就是讲林黛玉的妈妈要在扬州死掉了，内容只有大纲，所以他只凭着他的口才，把这一章讲得非常好听，来吸引大家。

说书的内容可以有很多变化的。古代话本小说里，同一个事情会有不同的观点跟版本。我举个简单的例子。当时有一个新闻事件：有一个长相糟糕、个子矮矮的男人武大郎，在街上卖烧饼。他娶到一个非常漂亮的太太潘金莲。潘金莲后来有了外遇，跟西门庆在一起，变成街坊邻居的八卦了。武大郎的弟弟武松，一个打虎英雄，回家后发现嫂嫂跟奸夫西门庆合伙下毒药，把哥哥害死了。为了给哥哥报仇，他杀死了潘金莲，活活地把她的心脏挖出来祭哥哥。这个故事出现在两部不同的小说里，一个是《水浒传》。在《水浒传》里，潘金莲被写成淫妇，所以该死，武松是英雄。可是另外一部小说也写到这个故事，就是《金瓶梅》。你看《金瓶梅》的时候会发现，它的写法完全不一样。它会告诉你潘金莲小时候是一个长得非常漂亮的丫头，因为漂亮，长成以后就被他的主人逼奸了。逼奸后大太太就很恨她，认为她是狐狸精，就把潘金莲故意卖给武大郎这样一个矮矮小小的人，以此侮辱她。她的命运就被带出来，读者对于她后来跟男性的性关系会抱有一种同情。同样的故事，可是角度不一样。《水浒传》里只是把她当淫妇杀死，《金瓶梅》里就让你看到潘金莲成长背后整个的命运，她是一个完全操弄在有钱人手中，被卖来卖去的漂亮女孩子。她只是因为长得漂亮，命运就变得很悲惨，所以你不觉得她淫荡，她只是一个被玩弄的女人。可以看到，两个说书人听到同一个故事，会讲出两段不同的东西。因为角度不同，它可以提供你对一个事件两个不同的看法。潘金莲、武松、武大郎、西门庆的故事，绝对是当年发生的一个重大新闻事件。说书人会把它演变出来，因为说书人各有各的才华，会加重不同的地方。我母亲说，当年她们那个地方说书人讲得最精彩的，就是武松拳头举起来要打老虎，结果打了一个月，拳头都没有落下去。她每天一吃完饭就跑去听，总是欲知后事，且听下回分解。因为一拳头打下去之后，你可能就不来了。他一直在吊你的胃口，这就是说书的方法演变出来的话本形式。

《红楼梦》是写出来的，并不是话本，我们叫它仿话本，是模仿话本的小说。在它之前都是话本小说。我们说施耐庵、罗贯中写小说，其实他们可能只是最后整理的人，并不真的由他们创作。话本小说应该是集体创作的，你说一段，我说一段，慢慢演变出来一个故事。这种小说的形态跟今天的小说，尤其跟西方小说，在结构上最大的不同是，它分的每一章、每一回都有很强的独立性。你今天吃完饭没事来听，听了以后觉得蛮好，你明天想听就再来。也许你觉得不好听，不想听了，也无所谓，它是可以独立存在的。说书的人为了引诱你再来，会在结尾时弄得总是有一个什么事要发生，然后又不告诉你是什么事。大家读到第一回结尾就会想，到底发生了什么事？为什么半夜做官的人来敲门？其实不是祸事。你翻过来看第二回，发现原来是好事。

## 贾雨村的心机

新任的太爷，就是贾雨村，他在轿子里也看到那个丫鬟在买线。丫头认不出他，可是他认出了就是当年曾经回头看他，好像有意于他的甄士隐家的丫头。在落魄时有过的那个情缘，大概是最难忘掉的。这个女孩子曾经慧眼识英雄。贾雨村后来真的一考就中了进士，最后外放做官。他觉得这个女孩子跟他有一个很好的缘分，所以他就想要找这个女孩。可是他到地方做官，刚刚上任时，走过一条街看到一个好女子，就表示想要，不太好意思，所以他不会这样做事。贾雨村其实是一个非常有心机的人。第一，这个丫头是甄家的，他有一个很好的理由来找她，因为甄士隐当年封了五十两银子送他进京赶考。所以他就来找人了。找人的时候他叫人说要找甄爷，那封肃吓得半死，晚上忽然披着衣服爬起来说我不姓甄，我姓封，以前的女婿姓甄，已经出家一两年了，也不知道在哪里，到底你们新任的老太爷要找谁。那些衙役当然说，我们不管你姓甄姓贾，你跟我们到官府里去面报太爷。

封肃去了以后，家里人非常紧张，担心到底会有什么祸事发生。大概到了半夜，封肃回来了，欢天喜地。因为这个新任的太爷给了他二两银子。他向封肃打听甄士隐，封肃就讲了甄士隐如何丢了女儿，家里失火，变卖田产。新太爷贾雨村就觉得很难过，感伤一回，表示自己曾经受人家恩惠，拿了五十两银了，现在金榜题名，应该报答人家。贾雨村表示说，我刚刚到任，要负起这个责任，一定要把英莲找回来。

贾雨村很有趣，他在人情世故方面滴水不漏。他说了要报甄士隐之恩和要去找甄士隐的女儿之后，叫封肃回家。可是他紧接着就送了一封密信给封肃，说很想讨娇杏做他的二房。这件事情是不能让别人知道的，可是他必须先把封肃这边打点好。作者很小心地在写过去的社会伦理，人在社会上的那种小心。作为一个刚刚到任的官，这个时候最危险，一不小心就会被人家挖出一大堆事情，所以贾雨村很小心地处理这件事情。作者的叙述当中带出了人情细微的地方，也透露出贾雨村做事的心机。

封肃当然非常高兴，因为这样的丫头在他家里多一个少一个根本不重要。把这个丫头献给新任太爷，他就可以攀附到官府去。贾雨村又送了“两封银子、四匹锦缎”给他们家，封肃连夜就雇了一顶小轿子，把娇杏送到贾雨村那边去。

在这本书里面娇杏是一个有趣的角色。“乘夜只用一乘小轿，便把娇杏送进去了。雨村欢喜，自不必说，乃封百金赠封肃，外又谢甄家娘子许多物事，令其好生养赡，以待寻女儿下落。”这一段讲到娇杏（侥幸），你会发现很少人意外地命这么好，可以一连串来好运的。“因偶然一顾，便弄出这段事来，亦是自己意料不到之奇缘。”这个丫头就是一回头，整个命运就改变了。

作者意在表明，很多事情不是人可以刻意安排的，有很多无意间的缘，你根本无法了解其中的天机。后面讲娇杏的下场：“谁想他命运两济，不承望自到雨村身边，只一年便生了一子。”在古代，女人生了一个儿子是不得了的事。一个家庭可能就靠这个儿子，而且女性的地位在家里也完全靠儿子。以前，一个女性结婚以后自己是没有身份的，我们永远不知道甄士隐的太太名字叫什么，只是封氏。如果女人生了儿子，将来在祭祀中才有名分，她才是儿子祭祀的母亲。如果没有儿子，她是不能入宗祠的。一个女人有了儿子之后，身份和地位立刻就不同了，整个命运就改变了。再后来，娇杏就不见了。

贾雨村在得到甄士隐的资助之后，就“起身入都，至大比之期”。从各地来的考生每三年有一次重大的考试，有武的也有文的。贾雨村“中了进士”。在清代，会试中了进士，除了留任京官，就是选入外班。外班就是发往外地任官，贾雨村选入外班就相当于等着做地方官了。“今已升了本府知府”，被派到这个地方来做官。可是这个贾雨村刚入仕途，还不太会做官。“虽才干优长，未免有些贪酷之弊。”他非常有才，可是贪财，而且有时候太过严苛。“且又恃才侮上，那些官员皆侧目而视。”他靠着自己有才华，对于长官也不太放在眼里。

一个不会做官的人，再有才干在官场也待不久。“不上两年，便被上司寻了一个空隙，作成一本。”“一本”就是把所有的罪状做成一个奏书呈给皇帝。参他“生情狡猾，擅纂礼仪，且沽清正之名，而暗结虎狼之属，致使地方多事，民命不堪”，他因此被皇帝革职。革职文书一到，“本府官员无不喜悦”。此时起，贾雨村开始学习了。他内心虽然十分惭愧、憎恨，但面上全无一点怨色。“仍是嘻笑自若，交代过公事，将历年做官积的些资本并家小人属，送至原籍，安排妥协，却是自己担风袖月，游览天下胜迹。”

这有点儿像伟人下野，不做官了就去游历名山大川。可贾雨村并不是在游名山大川，他是假借游览，探访所有将来可以东山再起的关系。他到了苏州，碰到了林黛玉的爸爸，所以就自荐做了林黛玉的家教。因为林黛玉的爸爸是当时的巡盐御史，等于是皇帝最亲信的人。他以家教为由攀附了一个重新做官的机会。

作者不喜欢儒家这一套东西，喜怒不形于色，表面上担风袖月，其实背后隐藏的是努力求官。很多隐藏的封建社会里人际关系的一些小事件，今天不太容易懂，因为当今的人情上没这么复杂。贾雨村的性格至此就慢慢显露出来了。

## 林黛玉出场

贾雨村要带出一个重要的人，就是林黛玉。记不记得那棵绛珠草，即将枯死的绛珠草受到甘露之恩，为了报答还眼泪，她就下凡投胎转世，如今已经五岁了。她的爸爸叫林如海，是前科的探花。他是在整个考场上考得非常好的一个人，“升至兰台寺大夫”，而且是由皇帝钦点为巡盐御史，这个就跟贾家的官位有关了。巡盐御史主管江南盐务，是个肥缺，通常由皇帝最亲信的人来担任。林如海祖上已经封过列侯，而且已经世袭到了第五代。当初只封了三代，因为皇帝隆恩盛德，所以就额外加恩，到了林如海的爸爸第四代还是世袭。古代的贵族有两种，一种是靠世袭的，就是你的曾祖父、祖父对国家有功，是开国元老，你就可以世袭这个官位。另外一种就是靠自己的本事去考试的。林如海是世家，四代都是世袭。可是到第五代的时候，就由自己读书来考官。所以作者给了林如海很高的评价。这个评价是说他一方面是世家的子弟，有一个身份，有贵族的血液；另外一方面，他读书又读得好。这两个东西常常不在一个人身上，祖父、老爸都是大官的，儿子常常不肖。可是林如海竟然靠着自己的本事考到探花，然后做官，两方面的优点集合在他身上。当然这是为了要点出林黛玉出身非凡，大概是仙界的人投胎也不乱投的，总要选一个好一点的家庭。

作者在这里讲的是“钟鼎之家”，做官的家庭是钟鼎之家，同时又是“书香之族”。钟鼎之家常常看不起书香之族，因为钟鼎之家是富贵，书香可能是寒门。书香之家可能也看不起钟鼎之族，因为觉得他们有钱可是不读书。可是林如海兼具钟鼎之家跟书香之族两种好处。下面讲“只可惜这林家支庶不盛”，说他们的子孙不够繁盛，跟如海都是旁族而已，没有他们同一个父母传下来的嫡派，人丁非常不盛。而且林如海已经到了四十岁，只有一个三岁的儿子，就是林黛玉的哥哥，可是这个儿子又死掉了。“虽有几房姬妾，奈他命中无子，亦无可如何了。今只有嫡妻贾氏，生了一女”，荣国府的第一个人，林黛玉的妈妈贾敏出场了。

这个贾氏生了一个女儿，乳名黛玉，年方五岁。因为夫妻二人没有儿子，就特别疼这个女儿，这个女儿又非常聪明清秀，所以就让她读书。那个时候，女孩子是不受教育、不读书的，可林黛玉当时就读书识字。父母有点想把她当儿子带大。这个时候贾雨村生了病，在旅馆里面休息了差不多一个月。身体慢慢好起来时，盘费已花得差不多了，他想找个事做。

恰好以前的老朋友在旁边，他从朋友那里听说林如海家想要聘一个西宾。西宾就是家教。我们说做东，东是主人，请来的老师是最尊贵的，坐西席，所以说是西宾，西边的贵宾就是家教。古代真正能到学堂里读书的人并不多，尤其是女孩子，不可能到学堂读书。如果要读书的话，就请一个家教到家里来教。这种家教通常是一些暂时不做官的读书人。过去读书人都是为了做官。最重要的，是因为所有请得起家教的家庭都是重要官员，可以借这个机会东山再起，特别是林如海家。所以贾雨村看起来无意，其实也好像都已经探访好了，他知道去做这样一个家教的重要性。

贾雨村做这个家教也做得很轻松。这里说他托了几个朋友“谋了进去”，注意这四个字，绝对不是偶然登个报你就去应聘，然后做了家教。“谋了进去”，一定是打探、计划了很久。他也很高兴做这个工作，因为他只教一个女孩子，两个伴读丫鬟。

以前的丫鬟是要跟着小姐读书的。在《游园惊梦》里面，小姐杜丽娘要读书的时候，丫头春香就要伴读。“春香闹学”那一段戏非常有趣。春香是一个丫头，她觉得读书对自己一点用处也没有，她不知道读《诗经》干吗，所以就一会儿举手说我要去上厕所，一会儿又要去干什么，跑来跑去，把课堂闹得一塌糊涂。

明朝之后，很多戏里面的主角常常是丫头。《红楼梦》中十二金钗都是小姐，可是十二副钗都是丫头，就是袭人、晴雯、紫鹃这等人。最后做妾的香菱也是丫头出身，她们都扮演着特殊的角色。

这里点出了林黛玉，这个时候是侧写：“这女学生年又小，身体又极怯弱，工课不限多寡”，爸爸妈妈只是让她读书解闷。所以贾雨村教起来就非常省力。“堪堪又是一载的光景”，大概教了一年，“谁知女学生之母贾氏夫人，一疾而终”。林黛玉的妈妈贾敏生病去世了。“女学生侍汤奉药，守丧尽哀”，这个女学生哀痛过度，本来身体就很弱，“触犯旧症，遂连日不曾上学”。贾雨村就更轻松了。他就“意欲赏鉴那村野风光，忽信步至一山环水旋、茂林深竹之处”，他到了风景非常优美的地方，看到一个庙。

## 庄子的禅机

前面讲到甄士隐梦中看到一个牌坊，要进进不去。现在贾雨村在人间落难，官职被参革，他看到一个庙，庙上写着“智通寺”三个字。凡是《红楼梦》里出现庙的时候，其实都有一些点化人的意思。可这里很好玩，甄士隐后来听了《好了歌》就了悟了，而贾雨村还没有到了悟的时候，他一心想着做官，根本看不懂。所以他就看到一副破旧的对联，对联上说：“身后有余忘缩手，眼前无路想回头。”其实是讲人最后的绝望之处，就是你如果给自己留一点余地，不至于到绝境。眼前如果没有路，你就回头是岸吧。这其中隐含一点禅机。

贾雨村看了以后，觉得这副对联好像大有来历，而且觉得这名山大刹里面可能住着一个翻过跟斗过来的人。“翻过跟斗过来的人”意思是说经历过人生的繁华幻灭，有过兴衰变迁的。他自己落魄了，所以就很想进去看一看。结果进去就发现一个脏兮兮的老僧在煮稀饭。贾雨村跟他讲话，他言不及意，答非所问，贾雨村失望地出来了。这里有一个很有趣的对比，所有《红楼梦》里面点醒别人的人物，都是脏臭的、癞头的、跛脚的。可是如果到了领悟的时候，你会知道这些人就像八仙一样。八仙不是有跛脚铁拐李吗？民间一直相信，真正点醒你的人其实是其貌不扬的，绝对不是你想象的有一个光圈。可是这个时候贾雨村看不出来，他觉得这个老和尚又脏又臭，也没有什么深度。

甄士隐最后是跟一个癞头和尚和跛足道士走了。癞头、跛足反而是一种天机。有一个传统要追溯到庄子。庄子认为哲学里面所有讲道和悟道的人都非常奇怪，都是五官四肢不齐全的人。他不让人家看出来。这跟我们认为的伟大人物的形象刚好相反，因为佛、道都是在讲生命经历过一些幻象之后，不在意自己的形貌了，他会化身为一个怪里怪气的人出现。

贾雨村走进庙堂，仿佛要接受一种领悟的时候，其实他心里没有领悟，所以他看到的只是一个懵懂的、答非所问的老和尚。他很失望，就出来了。出来以后去酒楼喝酒，碰到了以前在都中认识的一个人，叫作冷子兴。冷子兴变成一个重要角色，他开始给贾雨村介绍荣国府是怎么回事。

## 贾府的萧疏

注意这个人的名字——冷子兴——有点冷眼旁观的感觉，冷眼看人世间的兴亡。他是贾雨村在都中的旧识，做古董生意。一般人不太知道，做古董生意的人对很多东西非常敏感。因为古董的价格根本没有定数，一件陶瓷、一尊商朝的鼎，要卖到多少钱，都没有价码。可是玩古董的人，结交的全是非同寻常的人，因为要有许多的闲钱，才玩得起古董。这些人可以看到兴亡，而且最明显的是，所有的古董都有一个来历。

我曾在一个朋友家吃饭，他拿出几件东西给我看，说这是定远斋最近拍卖出来的东西。大家知道，定远斋是张学良家的堂号。在张学良移居夏威夷前，把很多东西卖了，里面有皇室的扇子、他的印章等等，这里面就有我刚才讲的兴衰。也只有买卖这种东西的人，才会知道这个时代里面哪些人发达了，哪些人衰落了。这些古董会从谁家到谁家，他们非常清楚。做古董买卖的冷子兴，开始讲贾家的故事。贾家外面看上去堂堂皇皇，不得了的一个家室。可是管家王熙凤，会偷偷地拿东西到当铺去卖，卖到古董店去，换一点钱来周转一下。这件事情只有冷子兴这种人知道。做这种生意的人最敏感，他马上可以感觉得出来。所以，作者用冷子兴带出贾家。

冷子兴跟贾雨村提道："倒是老先生你贵同宗家，出了一件小小异事。"这就讲到贾府了。这个异事到底是什么？贾雨村也觉得好奇，就说我家族里没有人住在京城里。冷子兴说你们同姓，难道不是同宗一族吗？在旧时代的封建关系里，同姓就是同宗。当然这个时候贾府是朝廷大官，贾雨村是一个没落的官僚，他觉得高攀不起。贾雨村笑起来说，如果论起他们家来，"自东汉贾复以后，支派繁盛，各省皆有，谁能逐细考查？"可是荣国府这一支的确跟贾雨村他们是同一个宗谱，是有一些亲戚的关系。只是因为他们如此繁盛，所以谁也不敢去认。这是从贾雨村的口中讲出来的。但是，冷子兴一直提醒他说，你不要说他们繁盛，"如今的这宁、荣两门，也都萧疏了，不比先时的光景"。贾雨村有点吃惊。他去年到了金陵地界（就是南京），走到最繁华、最热闹、地价最贵的地方，有一条街，东边是宁国府，往西走是荣国府，一个家族两府就把一条街占满了。怎么可能萧索了，怎么可能没落了？他有一点怀疑。子兴说，亏你是进士出身，原来不通。“百足之虫，死而不僵”，这种大家族虽在败落，可外面看不出来。

这里有一点讲作者的家族，经历了第三代、第四代，其实外面已经有点撑不住了，但它必须维持一个样子。一般人看不出来，可是玩古董的冷子兴，就知道这个家族已经不行了。他提到家族琐事，讲他们的日用排场多么大，又不能省俭，因为这种家族需要摆门面，不管嫁女儿、娶媳妇都要摆出很大的排场，花费也比一般人更多。所以“内囊却也尽上来了”。这个话我们白话里面不用，可是形象上大家很容易懂。布袋叫作囊，布袋内囊里面都翻出来了，表示已经空了。贾家如果是一个口袋的话，这个口袋已经掏空了。这里就用很形象的话来讲这样的家族，儿孙一代不如一代。

贾雨村听了就吓了一大跳，说怎么可能，宁国府、荣国府这种好几代的书香世家、钟鸣鼎食之家，应该非常讲究教育的，怎么会不懂得教育呢？这时冷子兴就要跟大家介绍这个家族了。

## 贾府的人物关系

《红楼梦》里面的人物非常复杂，有三百多个人。我们把几个主要的角色串联一下，大概了解一下这两府家族名字的关系。

两个对国家有功的兄弟，被封为公爵，一个封宁国公，一个封荣国公，这两支绵延下来，形成宁国府和荣国府两大家族。到了第二代就是贾代化和贾代善，可是这一代也都去世了，只是尊封了一个名字。以世袭制度来讲，宁国公去世以后公爵位置由儿子贾代化来继承，荣国公死了以后公爵位置由贾代善来继承。讲这个故事的时候，贾代化和贾代善都死了。可是有一个人活着，就是贾代善的妻子，当时史侯的女儿，这个小说里面非常重要的一个人物——贾母。她是这个家族里面辈分最高的人，所有人就围绕着她转。中国古代的女性是以子为贵的。她生了贾赦、贾政，位置非常特殊。

贾代化这一支，就是宁国府这一支，生了两个儿子，一个是贾敷，一个是贾敬。贾敷很早死掉，整个小说跟他无关。贾敬非常重要，虽然他出现的场次非常少。

贾敬的儿子贾珍，也是吃喝玩乐的大阔少，太太尤氏很听丈夫的话，丈夫让她做什么她就做什么。贾珍有一个儿子叫贾蓉，是小说里非常重要的角色。如果从贾母算起来的话，贾蓉已经是第四代。

我在这里提供给大家一个比较容易掌握的经验。就是贾母这一代，他们的男性都是代字辈——贾代化、贾代善。下一代全都是文字辈，单名，都是文字偏旁——贾敷、贾敬、贾赦、贾政。林黛玉的妈妈贾敏也是文字旁。再下一代是玉字辈，名字都跟玉有关——贾珍、贾珠、贾宝玉、贾琏。再下来一代是草字头，贾蓉，还有贾珠的儿子贾兰。你只要看他的名字就知道他是哪一辈，从代字辈到文字辈，到玉字辈，再到草字辈。

荣国府这边是主线，就是从贾母这一支出来的几个人物。在荣国府里，文字辈的就是贾母生的贾赦、贾政和贾敏。女儿贾敏嫁给林如海，她是林黛玉的妈妈。

贾赦生了一个儿子，就是贾琏，娶了王熙凤。

贾政娶的太太是王夫人，也就是贾宝玉的妈妈，她的戏份非常多。

她的妹妹就是薛宝钗的妈妈，薛姨妈。所以这里边有四个大家族，一个是贾家，一个是薛家，第三个是王家，就是王熙凤和王夫人家，还有一个就是贾母的史家。

在古代，都是用亲上加亲的方法一直联系所有家族的关系。书里面说一族兴盛，三族一块起来；一族败落，三族一起败落下去。王夫人把哥哥的女儿王熙凤嫁给贾琏，亲上加亲。这些家族本身全都在官场里，后来变成一种官官相护的关系，全成亲戚了。

如果作者真是曹雪芹的话，曹雪芹家族跟当时的李煦家族，的确是被一起抄家的。所以这几个家族是一起兴起，一起没落的。

最重要是贾政跟王夫人这一边。他们生了第一个儿子贾珠，这个儿子非常好，读书认真。二十岁时娶了太太李纨。李纨是十二金钗之一。结婚以后没有多久贾珠就死掉了，李纨年轻守寡，而嫁到这种家族一辈子也不可能改嫁。还好有一个儿子贾兰，就只好把这个儿子一直带大，过清贫朴素的生活。李纨在大观园里住的地方叫稻香村，好像是最朴素、生活最简单的一个家。她木讷寡言，带着儿子好好地过日子。可是《红楼梦》里后来有一个暗示——“兰桂齐芳”——这个家族全部败落，唯一起来的一支就是贾兰。他重又考取进士做了官。贾珠之后，贾政和王夫人生了一个女儿。这个女儿生在正月初一，生在这一天命是很重的，他们高兴地给女儿取名元春。

## 元迎探惜（原应叹息）

元春长大以后，大概十五岁就到皇宫里去选秀。过去的世家女子，读过书，长相也好，经过太监探访以后，全部集中到皇宫里面，等待皇帝来选。最后元春做了贵妃，当时女孩只要嫁到皇宫里，就一辈子不能回来。

本来正月初一生了一个女儿，这已经是奇怪的事，更奇怪的是，第二年生了一个含玉的男孩宝玉。可是又讲宝玉小的时候是这个姐姐带大的，如果只差一岁怎么带？很多人认为小说有很多问题。等到高鹗补的时候，就把它改成了几年之后。手抄本的小说有很多漏洞，比如年龄和岁月的变迁，可是作者也不太在意，后来高鹗补的时候就把很多东西合理化了。

因为元春生在大年初一，就叫元春，所以这个家族的女孩子后来都叫春，元春之外还有三个女孩子。贾赦这边生了一个女儿迎春，贾政跟妾赵姨娘生了一个女儿叫探春，宁国府贾珍有一个妹妹叫惜春。把四个女孩子的名字连一起，元春、迎春、探春、惜春，是“元迎探惜”，也就是“原应叹息”这四个字。元春嫁到皇宫，一辈子见不得亲人。迎春是一个二木头，有一点憨憨傻傻，后来嫁给一个外号叫作“中山狼”的男人，每天打她。探春呢，是庶出的，在家族里面地位非常低。在这个家族里面，她的身份一直很特别，她很能干，非常聪明，做人处事都非常好，可是她妈妈永远在大庭广众之下羞辱她，说你是小姐了，你就看不起你妈妈，后来探春远嫁。惜春的结局是出家做了尼姑。“原应叹息”，大概是作者回想自己几个姐妹的下场，有一点感叹吧。

## 贾宝玉抓周

回到小说正文。“这政老爹的夫人王氏，头胎生的公子，名唤贾珠，十四岁进学，不到二十岁就娶了妻生了子，一病死了。”就是刚才提到贾珠的命运。“第二胎生了一位小姐，生在大年初一，这就奇了”，这个小姐就是元春，生在大年初一。“不想后来又生了一位公子。”这个手抄本已经改过了，已经不是原始手抄本上的第二年又生了一个公子。“说来更奇，一落胞胎，嘴里便衔下一块五彩晶莹的玉来”，这就是宝玉的诞生。也就是前面神话故事里面那一块儿经历修炼，成为人形的顽石。大荒山无稽崖青埂峰下那块石头，现在转世变成了宝玉，这块玉上还有很多的字迹。冷子兴说，你看是不是奇怪的事？

贾雨村点头称是。冷子兴冷笑道，大家都说奇怪，可是还有奇事发生。中国古代有抓周的习惯，小孩子满周岁的时候，父母亲会为他准备许多东西让他抓，看他要抓什么。他爸爸一定在前面放什么《四书》、《五经》、剑、笏板、官印这些东西，最远的地方一定放的是大人希望他抓不到的东西。贾宝玉却抓了女人的钗环胭脂。所以父亲贾政觉得儿子是酒色之徒，从小就不喜欢他。

我每一次读到这一段都觉得恐怖到极点。因为他抓了一些女孩子的钗粉胭脂，父亲就始终觉得他是一个纨袴子弟。于是他就在宝玉身上特别加重压力，让他一定要读《四书》、《五经》，纠正他亲近女孩子的毛病。这反而逼迫他要跟姐妹们混在一起。这是叛逆时期，他有一种对抗，而这种对抗使父子之间变成对立关系，不能再沟通。当然我们也觉得不可思议，宝玉后来有一个怪癖，就是喜欢吃女人的胭脂。“悼红轩”、“怡红院”中的红字，有一部分也是在说他身上带有某种女性性格。

## 人性的中间地带

贾宝玉在一岁的时候抓周，好像已经决定了他一生的命运走向。在小说中，贾雨村开始为他做人生辩护。

在现实的人生里，我们常常把人分成好或者不好两种。甚至我们在转述一个故事的时候，忍不住会把自己的褒贬加进去。要使自己像一面镜子那样，清澈干净地去呈现一个现象，大概是非常难的。每次读到这一段都有种感觉，就是贾宝玉的行为让一般人都觉得他是淫魔色鬼。贾雨村下面讲的这些话对儒家的善恶是非价值观提出了异议。

他讲到人世间大概有两种人。一种是应运而生的，一种是应劫而生的。应运而生的是在太平治世。尧、舜、禹、汤、文、武、周公等圣贤人物都是在儒家的道统里一再被宣扬的。其实尧和舜在历史上很难考证，是不是真的存在过一个叫作“禅让”的政治也未可知。尧让舜、舜让禹的这个故事，好像只是一个伟大道统里面的理想，或者是一个虚拟出来的梦想。我读书时感觉这个道统压得人喘不过气来，所有的教育让你往这边走。可是你又会想：如果这是一个宿命，如果我不是这个道统里面这样的圣人的话，我到底应该往哪里走？

作者后面又列举了孔子、孟子、董仲舒。乱世中没有圣贤人物出现，董仲舒之后几乎是空白，三国、魏晋南北朝就没有。一直到唐代出了韩愈，文起八代之衰的一个重要人物，所以直接从董仲舒跳到韩愈。接着就是宋朝的几个重要哲学家，周敦颐、程颐、程颢，还有张载、朱熹。这些人是应运而生的，他们创造了一个伟大的时代，一个清明的时代，然后修治天下。

下面又举出另外一些人。共工，就是打仗把天柱撞断的那个人，还有夏桀、商纣、秦始皇、王莽、曹操、桓温、安禄山、秦桧，这些都是坏人。

儒家的文化习惯于把人分成善、恶两种，而且这善、恶几乎是定规的东西，没有任何转圜余地。人性中一大段黑跟白中间的灰色地带就被忽略掉了。事实上，当你一直在下判断的时候，就没有办法真正对人性的本质做深入的了解。西方也有这样的问题，可是启蒙运动的时候，他们提出了很多人性的中间地带，就是在善与恶之间游离的这种状况。人对善的向往，以及恶的沉沦的吸引力，其实是两个力量一起在走。在教育当中，人性的游离被考证出来以后，人性的讨论就比较多面。文学扮演了很重要的角色，因为文学里面的人从来不是绝对的好或者绝对的坏，绝对好和绝对坏都很难成为文学。

贾雨村讲的这些都是所谓应劫而生的人，是坏人。然后他又补充说："清明灵秀，天地之正气，仁者之所秉也。"他讲到所谓的气。文天祥的《正气歌》中说："天地有正气，杂然赋流形。"就是天地之间有一种气，这个气可以秉持在不同的人身上。如果正气秉持在你身上，你就可能是尧、舜、禹、汤、文、武、周、召；如果是恶的浊气秉持在你身上，你就可能是共工、桀、纣，好像很宿命。贾雨村说："今当运隆祚永之朝，太平无为之世。""运"是很兴隆的时代；"祚"是福气的意思，"祚永"就是福气长久。所以他说："清明灵秀之气所秉者，上至朝廷，下至草野，比比皆是。"意思是整个城市当中都是清明灵秀之气，总是看到人所形成的善良或者温和的东西。

他又提到这个清明灵秀之气"所余之秀气"，比如我们说高雄都是好的气，没什么空气污染，没有水污染，也没有登革热，所以都是一片秀气。多出来的“清明之气”怎么办？他说：“漫无所归，遂为甘露，为和风，洽然溉及四海。”

后面他又讲到“彼残忍乖僻之邪气”，讲到这宇宙之间酝酿的正气跟邪气两种力量。所有的邪气没有办法发展，因为这是一个好的时代，这是一个清明之气成为主流的时代。所有的邪气就被关在深沟大壑，它出不来。可是“偶因风荡”，就露出了一点点。他要说人性基本是好的，都是善良温和的，但是偶然间他的欲望和邪念便慢慢动荡出来了。

我过去讲人性历史的时候，会用到圣洁跟沉沦。我们向往圣洁的东西，同时我们有一个向下的东西。早上应该起来，可是不太想起来；今天应该很认真工作，可是有一点懒懒地不想工作；觉得这个东西不该拿，可是又有一点儿想拿。作者要讲的是：人不是绝对没有一丝欲望。这个深沟大壑里的邪气因风荡或被云摧，“略有摇动感发之意，一丝半缕误而泄出者”，它就偶然透露出来。他在讲人性，它是两个不同的气交错着的东西，并不是一个单纯的好或者坏的力量。

美国爱荷华州曾发生过一个有名的凶杀案件，中国的一个留学生，在拿博士学位前枪杀了主考官和老师。这个案子发生以后，我一个朋友搜集了所有资料，访问了很多人，并写了一篇报道。他发现，所有跟这个学生有关的中国朋友都说，我早就知道他是一个坏人。可当他问到西方学生的时候，他们说我没有想到，觉得好意外，因为他平常对我们很好。两种不同的人性观在转述一个人的时候，结果是那么不同。我看到那个文章时真的吓了一跳。如果他不搜集，我想不到不同的文化，对同样的事件的认知会这么不同。

## 回归人性的本质

小说里讲到，灵秀之气刚好过来，邪气刚好透露出来，正和邪两气交融在一起，“正不容邪，邪复妒正”。这有点儿像我坐在家门口，涨潮的时候蓝色的海水会荡起来，跟黄色的河水交错，长达三四个小时。你会看到两股水是不交融的，但是会一丝一缕地交错，经过很长时间最终会融汇在一起。我们每个人身上都具备正与邪、善与恶、是与非，这两种力量其实是纠缠的，有一个拉扯的关系。所以他说：“亦如风水雷电，地中既不能消，又不能让，必至搏击掀发后始尽。”在一个人身上，尤其是在一个正在成长的青年人身上，会看到矛盾与挣扎，是因为他本能的欲望跟他教养里的一种向往的人性，一定是有矛盾和冲突的。

我常常听有的父母讲，孩子才十二三岁就开始喜欢班上哪一个女孩子。我说他如果不喜欢也很麻烦。本来就是这样，因为这是本能，问题是这个本能怎么去疏导。有时候我跟他们开玩笑说，所有的父母大概到四十岁的时候还是觉得孩子恋爱太早，因为这是他的儿子，在孩子身上看到情欲这个东西很奇怪。但这是很自然的，因为人在十二三岁时已经发育了，他身上本来就有这个部分。所以作者用了一个非常现代的人性观讲这两种气。

“使男女偶秉此气而生者，上则不能成仁人君子，下亦不能为大凶大恶。”这里的男女包括我们每一个人，所有因为这两种力量生下来的男女。作者颠覆了传统的讲法，认为人不一定非得是仁人君子或大凶大恶，百分之九十九的人可能是在中间地带，是游离的。

孙中山在我们心目中很伟大，可是他在追求宋庆龄的时候甚至不要革命了。这是他传记里非常人性的部分。可在所有道统文章中这个部分都不见了，因为伟人是不可以有私欲的。常常是一个伟人去世以后，人们才知道他有私生子。道统文化使得人们要去塑造一个形象，而这个形象往往是假的。

西方近代启蒙运动很重要的一点，就是让人回归到人的本质，人应该像人。人应该有更自在的人的状况，而不是一个虚伪的假象。所有的本能或者欲望，如果流露出来，基本上就不是大凶大恶；如果不流露出来，则是最危险的状况。所以他说："上不能成仁人君子，下亦不能为大凶大恶。"其实已经批判了一分为二的二分法。

"置之于万万人之中，其聪俊灵秀之气，则在万万人之上。"意思是这样的智商很高，很聪明，贾宝玉就是。爸爸让他背的《四书》、《五经》他永远背不出来，《西厢记》却倒背如流。我们也很难解释为什么这个小孩这么奇怪。他爸爸更气了，说考试做官的书你都不会，那些什么淫诗艳词却会得很。其实他是真性情，一碰到那样的东西，他就懂了。

宝玉跟他父亲的价值取向不同。所以他对父亲要他读的那些书一直在背叛和颠覆。他说这些人的聪明俊秀在万万人之上，可是乖僻邪谬不近人情之态，也在万万人之下。"乖僻邪谬不近人情"，我们大概很怕这几个字。在一个团体中，大家窃窃私语说这个人好怪僻的时候，这个人就完了。可是在《红楼梦》里面，作者希望为每一个人的怪僻找到理由。其实每个人都怪僻，每个人都有自己的癖好，每个人都有别人不能理解的部分，而这个部分就是这里要讲的"乖僻邪谬不近人情"。《红楼梦》里面，那些努力要把人情做周到的人都是有目的的，反而像林黛玉这样没有目的的人常常会得罪人，所以作者一直把林黛玉放在一个比较高的位置。薛宝钗有一次劝贾宝玉说，你好歹也去读读《四书》、《五经》，将来总是要考试做官的。贾宝玉马上翻脸，说林妹妹从来不说你们这种混账话。因为他看不起考试做官的事情，觉得薛宝钗才十三岁半，就功利到这种程度，没有真正青春的性情。“乖僻邪谬不近人情”，在这里要讲的是在现实社会，尤其是封建社会里面，当每一个人都努力遵守共同规则的时候，他还保有自己的一点点不怕得罪人的个性，是了不起的，因为封建道统之下已经越来越没有人敢做特立独行的人了。

## 为自己而活

他说若“生于公侯富贵之家，则为情痴情种”，贾宝玉正是这一种人。一般人认为若生在富贵公侯之家，则天生就要去搞政治，要玩这一套做官的游戏，可他偏偏是情痴情种。“若生于诗书清贫之族，则为逸士高人”，这种人可能是文人，像韩愈、苏东坡这一类。“纵再偶生于薄祚寒门，断不能为走卒健仆，甘遭庸人驱制驾驭，必为奇优名倡。”优跟倡在古代都是演戏的戏子，是靠卖艺为生的人，古代歌伎都要会作诗作词。在这里讲这一群人，是因为他们身上有人性的空间。在现实的伦理社会里，他们地位低下，但有特别的身份。

现在讲了三种：生在富贵豪门，生在书香世家，生在穷人家的。大家可能还是不知道是谁，于是作者就举例说明。很多人看《红楼梦》里一大串名字时都是草草带过，今天我们花一点时间，看看《红楼梦》为什么要讲这几个名字。对作者来讲，就是这些名字转世投胎，变成了宝玉、黛玉这些人，就是他们世世代代活在一个为自己而活的世界里面。

第一个人，许由。尧舜时代，许由是一个隐居山林的高士。许由在河边，尧去找他，说听说你是贤良之士，想请你来做官。许由觉得做官这种事听到都感觉脏，于是赶快用水洗耳朵，“颍水洗耳”成了一个典故。民间后来就编出一个结尾，说许由洗了耳朵，水流到下面，结果有一头牛刚好喝了那个水死掉了。意思是说那水有多么肮脏。这个故事似乎荒谬，可里面有一种悲痛，就是民间觉得政治很恐怖，认为这些要做官的人已经到了穷凶极恶的地步。西方也有这样的人。一个叫第欧根尼的人在晒太阳，国王亚历山大去找他，要请他来做官。他就说国王请你让开，不要挡住我的阳光。他在希腊哲学里是非常重要的一个人。这些人觉得，生命里面最重要的那个东西自己要把握，他不想出卖自己最美好的生命。所以作者把许由列在第一。

其次是陶潜，东晋时期的一位文学家，他的生命里面有一些很特殊的东西。他写下了非常重要的文章《归去来辞》。他有一天忽然问自己：“田园将芜胡不归？”说家乡的田都荒芜那么久，没有人种了，我怎么还不回去？他生当乱世，对当时政治的腐败恶劣，他用《归去来辞》做了一个提醒。陶渊明更重要的一篇文章是《桃花源记》，说的是晋朝武陵这个地方有一个打鱼的人，有一天他迷路了，看到一片开满了桃花的树林，落英缤纷、芳草鲜美。他就一直走进去，发现这条河流的上游有一个小洞。他很好奇，就扒开树叶进了洞。发现里面很平旷，有很多人住在里面。这些人是秦朝时躲避战争逃进去的。他们不知道后面还有多少朝代，住在那里过着非常美好的生活。他们招待打鱼人吃饭，他走的时候人们交代说，出去千万不要告诉别人你发现了我们。桃花源的人希望生活不受干扰。这个渔夫很坏，出来时处处做记号，准备带人去看这个地方，发一笔财，却怎么都找不到。很多人听到了传说也去找，都找不到。最后一个人是南阳刘子骥，一生寻找桃花源，也没有找到，直至病死。以后就没有人再去找桃花源了。这篇文章看上去荒唐，可是年龄越大，读这篇文章时越心痛。其实他是在讲人不再相信桃花源，不再相信人间有净土，是最大的悲哀。陶渊明代表了另外一种特殊的性情。他没有做伟大的事情，也不是大凶大恶，可他留下的是一个生命的风范。他提醒人们，应该怎样为自己活。他的诗写得极好，《归去来辞》之后他就退隐了，回到老家，“采菊东篱下，悠然见南山”。他最早告诉世人，秋天开的菊花不要去跟春天和夏天的花争艳。在所有的花都开完之后，你自己可以孤独地开放。

陶潜、许由，作者一个一个慢慢带出来的人，都不是中国传统文化里的大圣大仁之人，但他们始终让人无法忘怀。更明显的是第三个和第四个人——阮籍、嵇康。

## 阮籍与嵇康

前些年，南京的一个墓葬出土了一块砖，上面刻有“竹林七贤图”。在乱世当中，有七个人住在竹林中谈诗唱歌，人们喜欢他们。老百姓把他们的故事刻在砖画上作为一种纪念。阮籍是七贤之一，不过阮籍到底留下了什么东西？我们脑海里有时候会有一点空白。有没有一句诗是阮籍的，或者有没有一些阮籍做的什么文化上重要的事情，不是很清楚。可是阮籍留下很多故事，这正是他有趣的地方。阮籍喜欢长啸，就是大叫。他没事或郁闷时就跑到山里长啸。那声音连绵不断，山鸣谷应，很多人常常跑到山里等他长啸。他有一点疯疯癫癫，可是人们觉得在他的叫声里有某种把忧郁一扫而空的感觉。另外一个奇怪的故事是说，阮籍有时独自驾车出走，不选择路径，直到没路可走了，他就坐下来大哭。这就是“穷途之哭”的典故。大仁大恶之人不会如此。

还有一些留在他传记里的故事。阮籍的时代非常讲究“礼”，儿子要孝顺父母，这是一种礼。你心里孝顺不孝顺没有关系，可是你必须要人家知道你是孝顺父母的。譬如给父母办丧事时，儿女要哭、要磕头，都要磕到额头流出血来，自己哭不出来要花钱请人来哭。阮籍的母亲去世了，所有的人都来看，可是阮籍一滴眼泪都不流。丧事办完，人都开始骂阮籍，说阮籍是不孝的孩子，母亲死了他竟然一声不哭。宾客退尽，一个好朋友在旁边看到，阮籍吐血数升。对阮籍来说，悲哀是他心里的悲哀，当别人要逼着他去表演的时候，他是不表演的。在传统文化的正统里，阮籍并没有被推崇为伟大的人物，可是阮籍的真性情都在这些故事里得到表现。

还有一个故事。那个时代男女授受不亲，漂亮女人走过你不能看的，以表示你没有欲望，很守礼。阮籍当然不管这种事。隔壁有一少妇长得妩媚动人，他就常常跑过去跟人家聊天，有一天聊得很开心，他聊着聊着就趴在茶几上睡着了。在现实当中我们都不敢做阮籍，因为太难了，他要用个人孤独的力量去对抗整个社会礼法道德的规矩。鲁迅赞赏阮籍，他说阮籍的忧愤诗自古以来都认为不可解，其实心情是可解的，他写的东西都非常悲郁。

嵇康与阮籍是同一个时代，所有的书讲到嵇康，一定讲他的俊秀，他是一个帅哥，身长八尺，面如冠玉。他被招为驸马，娶了皇帝的妹妹长乐公主。在当时，当你攀附到皇族的时候，你就不知不觉搅进政治的旋涡里去了。所以他变成一个很奇怪的人物。夏天热得不得了，他穿一件很厚的棉衣，在柳树底下摆一个火炉打铁。所有人都吓坏了，觉得这个人一定是疯了。其实嵇康不是疯子，他的文章写得极好。大概他为了要对抗自己政治上的困境，干脆装疯。很多人认为嵇康很不近人情，可是嵇康为什么不近人情？从他与钟会的故事中可知一二。钟会非常想做官，于是作了一篇文章，希望让嵇康看看。他找嵇康时，嵇康正穿着棉衣在村头打铁，满身是汗，对钟会的造访不加理睬。钟会觉得无趣，于是悻悻地离开。嵇康忽然问，“何所闻而来，何所见而去？”嵇康知道这是一个小人，是有目的而来的，要利用自己，所以他就做出不近人情的样子。钟会对此记恨在心。后来借机搜集所有能给嵇康罗织的罪名，置其于死地。

我常常会写嵇康的罪状给大家看，因为我觉得这大概是中国历史上最美的罪状：“上不臣天子，下不事王侯，轻时傲世，无益于今，有败于俗。”说他从来不把当官的、有权势的人放在眼里，这样一个人活着有什么用，必须拖上刑场砍头。他有一个朋友，就是竹林七贤里的向秀，在晚年时写了一篇《思旧赋》，最美的一段是讲嵇康赴刑场。黄昏时，夕阳在天，人影在地，嵇康走出来。嵇康是中国最有名的音乐家，善弹《广陵散》，当时有三千太学生赶到刑场，求他传《广陵散》。嵇康看了后就哈哈大笑，说：“《广陵散》从此绝矣！”然后就被砍头了。嵇康留下来的是他生命里的一种坚持。

人们常常觉得这是乖谬的个性，是不近人情的。可是一个社会如果没有给这样特立独行的人一个空间，这个社会的文化大概就会越来越走到堕落的路上去。《红楼梦》的作者是有感而发地来列举这些名字的。他让我们再一次回溯历史，回顾走向悲剧刑场的这些人，他们是在完成自己，可这种完成是如此地困难。

这个时候再去读《红楼梦》，就可以明白贾宝玉其实就是这样的人。他也不过就是对抗他父亲一直想让他读书、做官这件事情而已，可在那个家族里变成了一个孽障。许由、陶潜、阮籍、嵇康，他们变成了一种人格上的美学，他们用个人悲剧式的生命，对抗巨大的时代压力。

## 竹林七贤与自我实现

竹林七贤第三个出场的人物是刘伶。他更没有做什么事了，就是一个酒徒。他喝酒喝到太太都要跟他离婚了。太太说，你每天喝酒，我实在受不了了。他就说好吧，那就不喝了，可是不喝之前，一定要庆祝一下。然后他又喝了，喝得醉醺醺的，写了一篇很有名的《酒德颂》。这大概是他唯一留下来的文章。不晓得这个太太到底跟他离婚没有，刘伶就是一个有点装疯卖傻的人。

他很重要的一个故事是有关裸体。在古代社会里裸体是蛮奇怪的事情。朋友们到他家里，看他赤身裸体很生气，骂他没有礼貌。他哈哈大笑说，天地是我的房子，房子是我的内裤，你怎么跑到我的内裤里来了。他不像嵇康和阮籍那么悲愤，比较幽默。

竹林七贤里每一个人扮演不同的角色，每个人用自己的方法活出自己。七贤，不再是伟大的人，每一个人有他自己的人性空间。这些人性空间彼此并不相仿。竹林七贤都是隐逸高士吗？也不尽然。有一个去做官的，叫作山涛，号巨源。嵇康给他写了一封信，就是《与山巨源绝交书》。其中说到当年与山涛一起在太学里读书，曾共同标榜清高，表示一生不要去搅政治这摊肮脏之水。山涛后来却去做官了，所以他要跟他断交。可是山涛官做得很好。嵇康后来上刑场的时候，一对儿女抱着他的腿哭，他当时讲了一句话，说山涛会把你们养大，不要怕。后来山涛真的把他的一双儿女带大。

竹林七贤各自的性情、生命的情操都不太一样。可是他们彼此相知，都明白怎么去完成自己。除了较小的阮咸没有生命的表现以外，其他人的生命都很完整。《红楼梦》的作者在这里列出这些名字，用意是非常明显的。

## 生命的真性情

王、谢二族跟竹林七贤有比较密切的关系。东晋的时候发生永嘉之乱，北方的一些世家就南迁。王导、谢安两家在江南建立起了他们独特的文化品格。王家这边包括王羲之、王献之、王徽之、王敏之。王羲之最后在山水中潇洒度日，写非常漂亮的书法，他最有名的作品是《兰亭序》，内容就是关于怎样活出真性情的。

王羲之的故事也很多，成语“东床快婿”就是讲王羲之。当时有一个大官叫郗鉴，要为他的女儿挑女婿。很多人都努力表现矜持自重，只有王羲之与众不同。因为天气很热，他就把衣服解开，在东边的床上袒腹，谈笑自若。所有的人都很紧张，心说这个人真没有礼貌。结果郗鉴就选了他做女婿，因为别人在作假的时候，他流露出来的真性情非常难得。

《世说新语》里面记录王导后来做到宰相，永嘉之乱逃难，别人问起他家里那么多的珍宝，到底带了什么。他哈哈一笑，从袖子里拿出来一卷书法，就是钟繇的《宣示表》。他告诉后代说，我逃难的时候什么都忘了拿，就拿了一卷书法。后来这个家族出了很多大书法家。在他心目中文化才是最重要的，财富、权力一下子就空了。这里讲的王、谢二族，就是王导、谢安这两家后来出来的子弟，他们都是特别优秀的，人品特别好，文化特别高。

下面讲到一个叫顾虎头的人，就是中国美术史上第一个留下名字的画家顾恺之。他有一张最重要的画《女史箴图》，藏在大英博物馆，是当年乾隆皇帝的镇宫之宝。英国兵看到这个画卷是皇宫里面最珍贵的收藏，两边的轴是翡翠，就把它带到了伦敦。据说当时他们把翡翠拆下来，却把画丢了，后被一个汉学家发现收藏。顾恺之另外一幅非常重要的画作是《洛神赋》，表现曹植跟嫂嫂甄妃的一段故事。现在全世界有四十五种不同的《洛神赋》摹本，可原件已经不见了。人说顾恺之是“画绝”、“才绝”、“痴绝”，就是说他画得极好，才华极高，而且是情痴情种。当生命里出现一个自己所爱好的东西，你会完全忘掉了所有现实的利益而专注于那个东西，这叫作痴。很多科学家和艺术家的成功都因为有这个痴，感情上也是如此。

《红楼梦》作者列出来的人物都是活出真性情的人物。也许在古代社会里，一个画画的人，其实就是奇优名倡，根本没有很高的社会地位，可是他完成了自己。所以在封建时代，在清朝乾隆年间，这个作者竟然为所有这些社会地位不高的人物正名，说出了他们生命中最有价值的东西。《红楼梦》很明显地为所有想活出自己的人树立了榜样。这些人也许很辛苦，可是他们都活出了自己的生命极限。

## 关于亡国之君

接下来列出来陈后主、唐明皇、宋徽宗三个皇帝，他们都是亡国皇帝。陈后主当皇帝，国将亡时，他还觉得与己无关，在宫廷里做一朵朵金色莲花，让女孩子在莲花上跳舞。

历史从来不会认为这些人是仁人君子，可我有时感觉很矛盾。比如宋徽宗，他是亡国之君，但其实他很无奈。本来轮不到他做皇帝的，但是他前面那些人都死了，就剩他了，他只得做了皇帝。每次我读他的传记，都觉得宋徽宗去做皇帝是一件荒谬的事情。他长得极美，画得极好，书法也极好，完全是一个艺术家的个性，可惜被放错了位置。这到底是他的错，还是皇室制度的错呢？我常讲，没有宋徽宗，就没有台北的“故宫博物院”，宋徽宗可以说是第一任的故宫博物院院长。他第一个把所有皇家的收藏编出目录、盖章，整理成一套东西，然后传给后代的皇帝。他在文化上的贡献是非常惊人的。他的博物馆意识诞生在一千年前，而卢浮宫和大英博物馆的出现都是在十八世纪初期。宋徽宗很早就有了艺术收藏的观念，还把艺术引进翰林院，鼓励绘画。宋徽宗不是大仁，也不是大恶，可是因为亡国，他在政治上是被批判的，连带他的艺术也受到批判。我小时候看到瘦金体很着迷，觉得那个字真漂亮，我就写，可是我父亲死也不让我写瘦金体，他说那是亡国的字。

唐明皇是一个更明显的例子。开元之治发生在唐明皇统治前期，可以说，能够把一个国家治理到如此繁荣的皇帝历史上没有几个。在五十岁以前他是一个勤于政事、努力工作、把国家带到历史上最好状态的皇帝。五十岁时，唐明皇也许忽然怀疑自己这一辈子在干什么，看到十六岁美女杨玉环时，他几乎疯了，谈了一场惊人的恋爱。白居易写《长恨歌》，说唐明皇是一个非常有趣的情痴情种。他会在“七月七日长生殿，夜半无人私语时”，讲出“在天愿作比翼鸟，在地愿为连理枝”的话。我们今天很难想象一个总统会讲这样的话，可是在《长恨歌》里，你忽然发现这个帝王的心灵深处，有这么大的一个深情渴望。这刚好是曹雪芹想要讲的，欲望忽然跑出来，他颠覆了自己原来的角色，去扮演另外一个角色。可是因为这场恋爱，他把国家都整垮了。我们很难原谅他，因为战争使很多人妻离子散。可是你又会觉得他真倒霉，竟然不能自由地恋爱一场，只因为他是皇帝。他们留下的东西是复杂的。作者有意把这些人列出来，让我们认识到可以从不同角度去看一个人。

## 颠覆体制的英雄

后面列出的米南宫（米芾）是书法家，温飞卿（温庭筠）、石曼卿（石延年）是诗人，然后是柳耆卿，柳耆卿就是柳永，原名柳三变。大家都知道柳永的词，有句叫“凡有井水处，即能歌柳词”，只要有井水的地方，都在唱柳永的歌。用现在的话说，他就是一个大众歌手，这个人很有趣。大比之年，他去应试，可是词作得好不一定论文写得好，结果没有考取。柳永很不服气，就写了一首词叫《鹤冲天》，说“忍把浮名，换了浅斟低唱”，要用一生做官的名拿来换跟歌伎一起喝酒唱歌。这个词传布很广，最后皇帝有所耳闻。第二次柳永又去考试，据说皇帝说他“何不去浅斟低唱”，就把他的名字划掉，他又落第了。第三次他又去考，再次落第。直到五十岁时，他第五次参考，才与其兄同登进士榜。

从许由一路列下来，大家已经知道这本书要写什么东西了。这本书所要触碰的人性，绝对不是尧舜禹汤的人性，你不是在读《正气歌》。小时候，父亲一罚跪就让背《正气歌》，觉得很恐怖，因为所有的偶像都是割头吐舌的悲惨例子。那个时候偷偷读《红楼梦》，其实是在找一些补偿。在那个年龄其实很清楚，我怎么可能是岳飞、文天祥？我每天回家都很害怕我妈妈会突然跟我说，跪下来我帮你刺字。这里的人性不是一定要把自己设定到悲壮的程度。而在什么时代你才可以做那样悲壮的人呢？你希望你的时代是什么样的时代？你要去制造这个时代的悲剧吗？还是你要活出你自己？

作者列出这些人来是希望大家知道，历史上还有一些人是真正活过。我们有时候常常会问自己，到底一生有多少时间是活给别人看的。有一个朋友说他从小就是第一名，一直到长大，然后出国留学，现在又回来。有一天，他坐在我家里掉泪，他说，我不知道为什么要一直扮演这样的角色。我跟他说，你可以不扮演。他说我没有办法，因为好像所有人都认为你是那个角色。这时候你忽然觉得他的内心有另外一个声音在呼唤他。这不是第一名好不好的问题，只是第一名并不是他自己渴望和追求的，而是所有人共同压迫形成的。

《红楼梦》的作者希望把人的真性情一一透露出来，让这个部分能够产生一点平衡。

下面他又讲到倪云林，也就是倪瓒，元朝四大家之一，四大家是黄公望、倪瓒、吴镇、王蒙。倪瓒是一个有洁癖的人。他很讨厌臭味，听到有人吐痰，不知道痰吐在哪里，他就发动所有的人把家里的梧桐树全部洗一次。因为他很怕脏，又很爱他的梧桐树。粪便这个东西他就更受不了，于是发明了一个厕所，很高，要走楼梯的，底下衬最轻的鹅绒。粪便下来的时候，气流往上，鹅绒就会上去把粪团包住，然后掉下来，底下立刻有流水冲走。他的画最大的特色是画里从来没有出现过人。有人问他怎么不画人，他给那人一个白眼说："当代哪里有人？"可见他的孤傲与孤僻。有一次朋友邀他喝酒，结果那些人喝着喝着就召妓，把女人小脚的鞋子脱下来，在里面倒酒传饮。他简直不能忍受，掀翻桌子大骂龌龊，愤然离席。

接着是大家非常熟悉的唐伯虎。唐伯虎流传最广的故事是点秋香。秋香是个丫头，以唐伯虎这种风流才子，要娶一个丫头，花几个银子就可以办到了。可是他追秋香竟然那么难，追来追去还追不到。在一个男性和女性、一个阶级和另一个阶级那么不平等的时代，唐伯虎完全用现代追女朋友的方法在追秋香。而秋香也不觉得一定要嫁给他，还一直整他。唐伯虎也是一个颠覆性的人物，二十九岁到南京参加乡试，考了第一名，就是解元。你要是有机会看唐伯虎的画，上面常常盖一方印叫"南京解元"，这是他一生最得意的事情。可这个人命好运不好，赴京会试时因徐经科场作弊案受牵连，两人均被削除仕籍，终身不得再考。所以唐伯虎永远只有那一方印，再也没有其他机会了，只好变成一个民间卖画、卖诗、卖书法的文人，潇洒倜傥。他的叛逆跟这段经历有关。他五十岁写了一首很有名的诗："醉舞狂歌五十年，花中行乐月中眠。漫劳海内传名字，谁信腰间没酒钱。"他说你们大概不相信，我这么有名的人，想要去喝一杯酒，口袋里连钱都没有。他在整个社会里变成一个上不去也下不来的人，一个体制外的人。

作者列出来的所有名单里的人，基本都是体制外的人。或许他觉得一生不可能做体制内的人，对他们来讲，那太高了，太伟大了。他宁愿做一个有真性情的人，就是陶潜、许由、阮籍、嵇康、宋徽宗这样的人，不管生在什么样的环境，都希望能够活出自己。这些人有不同的阶级、不同的身份，可是他们都在颠覆体制。

## 曾经活出过自己的女性

下面可以看到几个比较重要的女性。《红楼梦》把女性跟男性搁在一起来谈论，这是过去很少有的现象。历史当中，有几个活出自己来的女性？第一个列举的是卓文君，司马迁在《史记》里面列出来的一个女人。卓文君婚后没多久，丈夫死了。似乎她未来的命运已经被决定了，等着最后皇帝给你一个贞节牌坊，一辈子不可能再有爱情，也不可能改嫁。可是卓文君不愿意接受命运的安排。她爸爸卓王孙是四川的有钱人，请了诗人司马相如来家里住。司马相如英俊潇洒，才华极高，见年轻漂亮的卓文君守寡，甚觉可惜，就弹了一首曲子叫《凤求凰》，“凤兮凤兮求凰兮，终夜相从又有谁”。卓文君被打动了，爱上了司马相如。她爸爸感觉自己引狼入室，就对卓文君说，如果你要跟司马相如在一起，我就把你逐出家门，万贯家财一毛钱也不给你。个性很强的卓文君，就跟司马相如私奔了。私奔到哪里去？她在爸爸家门口摆了一个酒摊卖酒，老爸差不多被她气死。司马相如后来做了大官，卓文君老了，司马相如又爱上另外一个女子，卓文君写了非常美的一首《秋扇赋》，说我当年是扇子，你一直拿在手中的，现在是秋天，扇子不用了，就要收起来了。写出了一个女子被遗弃的那种哀伤。很多人会说你看卓文君最后还不是很惨，可是我觉得如果真正爱过，也不会觉得那么遗憾。卓文君是一个活出了自己的女性。

在过去，女性始终不被当成圣贤的典范来看，女性被讨论的情况只有一种，在史书里面叫作“烈女传”。在国家危急的时候，如果敌人来了，女人怕被敌人奸污，纷纷跳井、上吊，死掉的那些女人叫作烈女。然后她们会被记录下来，道统鼓励女性走向这样一条道德节操的路上去。作者对这样的意见并不赞同，他提出了几个女性，除了卓文君，还有薛涛、朝云等。

薛涛是唐朝女子，她爸爸是一个读书做官的人。有一次父亲叫她读书写诗，很想试试她，看看这个小孩子如果写一首诗可能会表现出什么样的志愿。爸爸随口念出一句“庭中有奇树”，叫薛涛接着讲后面的两句，薛涛看了那棵树就说，“枝迎南北鸟，叶送往来风”。爸爸勃然大怒，觉得这诗意味着这个女孩子将来会变成妓女，因为“枝迎南北鸟，叶送往来风”里面完全没有道德操守和伦理。后来薛涛真的落难，成了一个非常有名的歌伎。她的诗写得很好，她很重要的创作是“薛涛笺”，就是在春天的时候摘下桃花，泡在井水里，然后用它做成一种纸。薛涛是一个非常有创造力的女性。

传统认为，薛涛不是像烈女一样的典范，她本来应该是一个正常的女性，嫁了人以后遵守三从四德，在家从父，出嫁从夫，夫死从子。作者在书中标举出薛涛这样的人，因为他对于这个文化的道统和价值观有很多不以为然的地方。

朝云，也是一个歌伎。苏东坡一生有过两段不同的感情，第一段是跟王弗，他在四川家里的原配。王弗死了，苏东坡写出这样的诗句怀念：“十年生死两茫茫，不思量，自难忘。千里孤坟，无处话凄凉。纵使相逢应不识，尘满面，鬓如霜。”王弗去世，苏东坡四处流离，政治上也不如意，照顾他的人就是朝云。朝云的诗词写得非常好，常常会把苏东坡写的词拿来唱，对苏东坡也照顾得很好。她跟苏东坡在一起的时候有一种知己的感觉。朝云是苏东坡的续弦，没有明媒正娶，只是住在一起，照顾晚年苏东坡的生活。可是曹雪芹也把朝云列进来了。儒家非常在意名分，对于曹雪芹来讲，活出自我远比名分重要。《红楼梦》在第二回结尾时把这种人性的历史写得非常清楚，甚至可能比今天的道德观念还要前卫和现代。社会里有些事件发生时，被责备的常常都是女性，而不是男性，甚至连女性都是去责备女性。

对于贾宝玉那种喜欢跟姐姐妹妹混在一起的小男孩的青春期反应，作者不觉得那是大罪恶，他只觉得那是人性里自然的状况。

第二回里提到宝玉，他常常跟书童讲，“女儿”两字极尊贵，极清净，比阿弥陀佛、元始天尊的宝号还更尊贵。这已经非常离经叛道了，因为元始天尊是道教的教主，阿弥陀佛是佛教里最尊贵的佛。宝玉特别叮咛小厮们：“你们这浊口臭舌，万不可唐突了这两个字要紧。但凡要说时，必须先用净水香茶漱了口才可。”只有小说会写出这么荒诞的东西，我们在儒家的经典里面从来读不到这样的内容。文学的好处就在于它可以写无法无天的颠覆性的东西。

《红楼梦》绝对是一本非常女权主义的书。几千年来人类是以男性为中心的，即使现在，很多家里都还以生男孩为荣。而《红楼梦》的作者竟然认为，女孩子比男孩子尊贵多了。以今天新的两性平权或者性别跨越的观点来讲，这是非常前卫的。

## 回到十二三岁

《红楼梦》里宝玉、黛玉这些人物的年龄是十二三岁，如果我们回忆当年，你就知道自己当年的情形与他们并没有太多差别。十二三岁本来就是孩子刚刚要长大的时候，很多东西还没有办法弄清楚，会很孩子气，很天真，因为正处在摸索人生的状态。

《红楼梦》对我帮助最大的地方是让我能够回到十二三岁。当你回到那个年龄再看人生，你对于眼前正在成长的下一代就不会觉得那么奇怪，你会比较容易了解他们。我一直觉得，这本书今天不能被青少年阅读是非常可惜的事。这本书绝对是最好的青少年读物，甚至西方写青少年的书，我都觉得没有像《红楼梦》写得这么好。它完完全全是用小孩子的口吻在写。如果你以为宝玉是已经长大的男孩，会觉得他讲这种话不伦不类，可是如果回到十三岁，当他被爸爸打的时候，他姐姐妹妹地乱叫，你完全觉得是合理的，因为那就是一个小孩子的状态。

这也是他的天性，因为跟这些姐姐妹妹在一起的时候，他没有压力。过去世家文化的家庭中孩子所受的压力，是我们今天无法想象的。他从小就要背负一个家国的重担，一个大的道统，他要背诵的都是《正气歌》、《朱子治家格言》之类的东西。宝玉其实是在这样的环境里长大的，而他一直想要背叛这个东西，一直想逃开。在跟这些姐姐妹妹在一起胡闹胡玩的时候，他会觉得人生比较轻松。

我们看到两个不同的东西。一个是儒家的。儒家永远让你觉得在人伦道德上要背负一个重担。还有一个是老庄的，逍遥自在，主张个人解放。《红楼梦》后面会有两个女性出现，一个是薛宝钗，一个是林黛玉。薛宝钗是处处都让大家喜欢的，做人周到之极。可是你不知道为什么贾宝玉永远觉得他真正爱的是林黛玉。薛宝钗长得漂亮，做人又好，林黛玉每天哭哭啼啼，使小性子，贾宝玉为什么不喜欢薛宝钗而喜欢林黛玉呢？薛宝钗有一次劝贾宝玉好好读书，将来也去做官，这一句话使宝玉立刻感觉到，薛宝钗还是跟那些男人一样，满脑子想的就是做官和道德文章。他看不起这些，他最不喜欢的就是在现世里攀缘附会的人。他喜欢和林黛玉在一起，因为林黛玉完全是在自我世界里面完成自我。林黛玉是体现老庄思想的角色。

这部小说所传达的颠覆与叛逆，有时候不太容易看出来，是因为我们不知不觉慢慢地离开了我们的十二、十三岁，接受了社会给予的正统价值观。这本书的价值和意义在于，它跳脱了时代和社会的限制，让人可以活泼自由起来。

# 第三回

贾雨村夤缘复旧职
林黛玉抛父进京都

## 黛玉进贾府

第三回讲到比较重要的几个人物和事件。第一个是林黛玉入贾府，这在《红楼梦》里面是一个重点。作者是怎么描绘林黛玉这个十二岁多的女孩子进贾府的过程呢？我们看到，她走过那一条街，看到宁国府和荣国府。一个从外地来投亲的女孩，年龄很小，有一点害怕，有一点孤单。她非常谨慎、安静地观察这一条街的所有细节。作者是在借黛玉的眼睛带我们去看贾府，借一个女孩初到一个地方时会有的那种特别好奇的心情仔细地看。

很多人研究贾府的房子布局，特别是学建筑的人，很在意潇湘馆在哪里，怡红院在哪里，把位置都画出来，这其实是画不出来的，因为文学的东西有一部分是真实，还有一部分是幻想。有时候你会觉得林黛玉到怡红院去，好像一下子就到了，有时候你会觉得走了好久还没有到。文学其实比较接近人的心情，今天你从家里到办公室去好像很快，可能因为你很愿意上班，心情很好；有时候你会觉得总是走不到，大概是心里有一种拒绝。对于从事建筑的人来讲，房子跟房子的关系，是可以用距离来衡量的。可是对于作家来讲，他有一个心理空间。建筑师提供的图只是一个参考，以帮助大家了解建筑的主要位置。它的空间结构关系并非绝对真实。

古代的建筑结构最能说明府第的特色，像宁国府和荣国府的基本架构，贾母住在什么地方，贾政、贾赦住在什么地方，都是非常稳定的。这体现了那个时代的伦理。过去男人如果娶好几房太太，原配常常叫正房，后娶的或者妾叫作偏房，用“房”这个字本身就表示住的地方，正房、偏房既是这个人的身份，同时也是她住的房子的位置。这是儒家定出来的规矩。譬如你是儿子，母亲还在，那母亲一定住正房，因为她是最重要的。

## 《红楼梦》中的两个世界

《红楼梦》里有另外一个世界——大观园。大观园是一个园林，园林本身颇能体现老庄思想。在园林中，它的路故意不做成直的，而是弯的，曲径通幽，它让你觉得园林是休闲和游玩的地方。

古代人的世界有两个，一个是打开门跟别人见面的客厅部分；另一个是后面花园的部分。花园是比较私密的。如果走进北京的故宫，你会发现，路是笔直的，两边是对称的，这是儒家的伦理。你走进太和殿、保和殿，然后到正大光明殿，它们同样也是在一个水平线与垂直线的布局之下。如果走到园林，你会觉得你的身体忽然变得非常自由，有一点柳暗花明又一村的感觉，你会渴望发现生命里新的可能性。

《红楼梦》里有两个世界，一个是儒家的世界，一切的东西都可以规范到非常严格，还有一个世界是园林的世界，可以恢复自我、恢复个性。贾宝玉最怕到前面，他一到前面就要面对爸爸逼着读书、妈妈管教，以及老师上课这些问题。他才十三岁，他最喜欢躲在大观园，在那里他可以无法无天，因为大观园是一个自由的天地。

在《红楼梦》之前，有一个重要的戏曲文学是《牡丹亭》，其中两出戏叫作“游园”、“惊梦”。讲的是一个女孩子，被爸爸逼着去读书，她觉得很无聊。她知道外面春天来了，她家有一个大花园，那里百花盛放，而她才十六岁，像一朵花在开，她很想去游园。舞台上游园那一段戏就带出她的少女情怀来，她在那边做梦，梦到一个男孩子来找她。我们看到中国古典文学关于少男少女的情爱故事都发生在园林，不是在正厅。因为正厅里面全部是祖宗牌位，你不敢想这种私密的事情。要幽会就在园林，也就是后花园。

西方心理学家弗洛伊德认为，一个人其实有两个“我”，一个是跟别人接触的公开的“我”，还有一个是自己活动空间里那个私密的“我”，这两个“我”合起来才是一个真正的“我”。外面这个“我”很大部分是为了适应人与人的来往，不能完全说他是一个假的“我”，修饰过的部分会比较多；另外一个压抑下去的“我”，在私密的空间里，在贾宝玉的园林世界里的那个“我”，是一个比较真实的“我”。贾宝玉在园林当中就像一个调皮的小男孩，老是跟姐妹们打打闹闹，可是他一出来看到爸爸时，立刻两手垂下来，准备挨骂。这里可以看到贾宝玉的两个世界，或者说所有《红楼梦》的人物都有两个“我”。作者在第一回跟第二回用了甄士隐的“甄”和贾雨村的“贾”这两个姓，已经在讲“真我”和“假我”这件事情了。

## 冷子兴冷眼旁观贾雨村

贾雨村遇到冷子兴之后，冷子兴冷眼旁观，察觉到贾雨村想做官，他就说，这么好的机会你都没有把握住。什么机会？贾雨村当时是林黛玉的家教。贾雨村不知道，林黛玉的妈妈贾敏是荣国府贾母的女儿。对于他，这条线是绝好的机会，他可以攀附，重新做官。

贾雨村第二次做官做得非常成功，因为他已经懂得为官之道。做官不只是冠冕堂皇为人民服务这种东西，而是要懂得官官相护的。第三回、第四回里都出现了护官符，对于官场上的人，哪一家的女儿嫁到哪一家，哪一家的儿子娶了哪一家的女儿，这种世家文化的牵连是有一张表格的。做官的人没有这张表，你就不要想做稳官，因为很可能判一个案子刚好得罪了哪个家族，你就完了。贾雨村明白自己为什么第一次做官没有成功，因为他那时很正直，该处罚就处罚；该褒扬就褒扬，结果被参革了。小说此处点出世家文化的重点。

第三回一开始讲到，有人叫贾雨村，贾雨村回头看，发现是当年同僚一案参革的张如圭。贾雨村在等着重新做官，张如圭也一样。《红楼梦》里所有的名字都有隐喻，虽然张如圭只出现这一次，可还是有隐喻的，就是“如鬼”。作者最不喜欢的就是这种人，他们永远是攀附的，在那儿等官做的，他们已经完全丧失了自我。“圭”这个字其实是古代做官的人手上拿的玉，在这里用了其谐音“鬼”。

张如圭跟贾雨村报告说，他被参革以后在家赋闲，打听到皇帝下令，说可以重新起用以前被革职的人，他就四下里找门路。他向贾雨村道喜，现在我们都有机会重新做官了。“冷子兴听得此言，便忙献计，令雨村央烦林如海，转向都中去央烦贾政。”林如海是林黛玉的爸爸、贾政的妹夫。贾雨村第一次做官竟然不知道这种关系。冷子兴笑他，你连这种关系都不知道，怎么做官呢？冷子兴绝对不是一个简单的角色，他们这种人是最懂得家族之间的关系的。他对贾雨村说，这么好的机会你还不赶快利用，托这女孩儿爸爸林如海给贾政写一封信，马上就能重新做官了。

## 林黛玉的家教

贾雨村照办了。“雨村领其意，作别回去至馆中，忙寻邸报，看真确了。”邸报是一种文书，内容主要是国家最近的朝政消息。贾雨村在邸报上看到果然如张如圭所讲的一样，他第二天就去见林如海。

林如海跟他说：“天缘凑巧，因贱荆去世，都中家岳母念及小女无人依傍教育，前已遣了男女船只来接，因小女未曾大痊，故未及行。此刻正思向蒙训教之恩，未经酬报，遇此机会，岂有不尽心图报之理。”

“贱荆”指太太，女人劳动时把头发梳上去，没有钱的人用一个树枝插在头发上面，叫作荆，男子称自己太太最谦虚的说法就是“拙荆”或者“贱荆”，像爸爸叫小孩“犬子”一样。“家岳母”是林如海的岳母，也就是贾母，她非常担心林黛玉没有人可以依靠，没有人可以教育她。“小女未曾大痊”，说林黛玉在生病。在小说里，林黛玉一直在生病，病也变成一个象征，一种生命忧郁的状态。

林如海这个角色在小说里出现并不多，可是从林如海讲的这几句话中，我们可以感觉到他是一个什么样的人，林黛玉的家庭教养是怎样的。贾雨村这个时候是落难的人，他想要拜托林如海。如果是今天的人情世故的话，林如海大可以摆出吹牛或者高傲的姿态，可他完全不是那样。他立刻表现出非常谦虚的态度，向对方表明，不是你来求我，其实是我正要求你。他说我们一直要报答你，因为你一直教育我的女儿，现在刚好机缘凑巧，我准备让这个小女儿去京都依靠她的外祖母，拜托你带她去。这样让人感觉反而变成林如海在求贾雨村了。这里体现了世家文化对人的体谅。一个求你的人处在难堪的状况，有教养的人绝对不能让人家难堪，几句话可以看到他对人的厚道。

“弟已预为筹画至此，已修下荐书一封，转托内兄，务为周旋协佐，方可稍尽弟之鄙诚，即有所费用之例，弟于家信中，已注明白，亦不劳尊兄多虑矣。”林如海对贾雨村说，我已经帮你筹备好了，写了一封推荐信给内兄贾政，推荐你重新做官。林如海这几句话讲得非常漂亮，不让求他的人难堪，很客气。下面话锋一转，谈到费用问题。他担心贾雨村会有经济上的困难，就很周到地替对方想到，而且说，你现在带我小女儿进京，所有路上的花费、进京需要打点的礼物你都不要费心了，我都帮你准备好了。

林如海这样讲话的方式就让我们看到林黛玉的家风。这种家风没有一点势利。贾雨村非常高兴，就“一面打恭，谢不释口，一面又问：‘不知令亲大人现居何职？’”

这个贾雨村到现在为止还真不是一个做官的料，人家帮他写推荐信，对方是谁他都不知道。这里也借着林如海的口讲出林黛玉要依傍的荣国府、宁国府当时的繁华及势力之大。

听了贾雨村的问话，林如海就笑了。这个笑很微妙，大概有一点笑贾雨村太不知道行情了。“若论舍亲，与尊兄系同谱，乃荣公之孙。大内兄现袭一等将军之职，名赦，字恩侯；二内兄名政，字存周，现任工部员外郎，其为人谦恭厚道，大有祖父遗风，非膏粱轻薄仕宦之流，故弟方致书烦托。否则不但有污尊兄之清操，即弟亦不屑为矣。”

林如海很周到地说，我的亲戚刚好跟你同谱，都姓贾，让贾雨村面子上有光。他介绍他们是荣国公的后代。一提荣国公没有人不知道的，他是开国元勋。贾赦，一等将军，等于是国家上将。过去的一等将军不一定是实职，而是说他有那个官位，在武官当中封到最高的。又特别地介绍了贾政，因为他的信是写给贾政的。说贾政虽然现在处在工部员外郎这么高的位置，但为人谦恭厚道。通常以为官做得很大、很有钱，对人会很刻薄、很势利，可贾政不是这样的人。林如海说你贾雨村这么清高，我不会把你随便推荐给不对的人。他也在表明，他来往的都是有品格的人，不是做了大官有了钱以后就给人家脸色看的那种人。这里他完全是为贾雨村着想，怕他有顾虑。贾雨村听了，才相信冷子兴跟他讲过的东西。

## 贾雨村重返仕途

后面自然地提到林黛玉离开父亲，去往贾府。如海乃说：“已择了正月初六日小女入都。”注意，季节出来了。《红楼梦》里的季节很重要。林黛玉一个十二岁左右的孤女，妈妈去世，身体有病，她要从江南往北去投靠外祖母。过了年的初六，正是白雪皑皑的季节，这极易让人产生孤单的感觉。这个季节跟林黛玉此时的心情和身世都有关系。如果是在繁花盛放的春夏，你会觉得有点不对。作者其实很注意让你感觉到那个画面是非常凄凉的。这个女孩子要跟爸爸告别了，她以后再也没有见到爸爸，就死在贾府。林黛玉出发，一个女孩子一生的命运要从此决定。

后面讲了一点林黛玉的状况：“那女学生黛玉，身体方愈，原不忍弃父而往；无奈他外祖母执意要他去，且兼如海说：‘汝父年将半百，再无续室之意；且汝多病，年又极小，上无亲母教育，下无姊妹兄弟扶持，今依傍外祖母，及舅氏姊妹，正好减我顾盼之忧，何反云不往？’”林黛玉这个时候真是孤苦无依，爸爸到处做官带着她也不方便，才会决定让她去依靠外祖母和舅舅、舅妈，表姐、表妹，而这也可以减轻父亲的顾虑。爸爸最后讲的这些话等于是逼着林黛玉非要告别不可。

作者用了几句话说他们怎样上船、换船。“黛玉听了，方洒泪拜别，随了奶娘，及荣府几个老妇人，登舟而去。雨村另有一只船，带二个小童，依黛玉而行。”以前贵族的小孩子都有奶妈带的，黛玉走的时候除了奶妈还有荣府中几个老妇人，你可以看到荣府来接这个外孙女时的气派。林如海是苏州巡盐御史，林黛玉北上大概沿着运河向北而行。按照古代的严格礼教，贾雨村并没有跟林黛玉在同一条船上，他带了两个男仆人坐另外一艘船跟着黛玉的船，依傍而行。

作者先讲贾雨村的事情。“有日到了都中，进了神京，雨村先整了衣冠，带了小童，拿着‘宗侄’的名帖，至荣府门前投了。”贾雨村带林黛玉进京只是顺便，他真正目的是去求官的。他穿戴非常正式，带了小童，这里贾雨村用的名帖是“宗侄”，说明他变得非常聪明了，懂得如何去做官。你到中央去，拿了一个什么镇长的名片，还不如不拿出来。他写宗侄，因为都姓贾，自称晚辈，也比较亲切。

“彼时贾政已看了妹丈之书，即忙请入相会。见雨村相貌魁伟，言谈不俗，且这贾政最喜读书人，礼贤下士，拯溺济危，大有祖风；况又系妹丈致意，因此优待雨村，又更不同，便竭力内中协力。题奏之日，轻轻谋了一个复职候缺，不上两个月，金陵应天府缺出，便谋补了此缺，雨村辞了贾政，择日到任去了。”

贾政已经先读到林如海的信，赶快就请贾雨村相会，这是非常不容易的。后面可以看到，要想见贾政一面有多难，林黛玉去见舅舅都没有见到。可是在这里，贾政觉得贾雨村是来求官的，是一个落难的文人，就立刻请进来相见。这种家族常常会有遗训，对落难的文人要特别以礼相待，这大概是世家文化里面一种风气。他看到这个人长得一表人才，言谈不俗，而他又特别喜欢读书人，喜欢帮助处境不好的文人，加上是林如海写的信推荐，所以贾政十分优待贾雨村，帮他在皇宫里面打点。“题奏之日，轻轻谋了一个复职候缺。”“轻轻”两个字用得极好，意思是根本不费力。因为贾政女儿元春是当权贵妃，为人谋一个候补复职的空缺是很轻松的。贾雨村的故事至此告一段落。

## 黛玉眼中的贾府

黛玉进贾府这一段一直都被认为是文学史上最精彩的描述。

“且说黛玉自那日弃舟登岸时，便有荣国府打发了轿子，并拉行李的车辆久候。这林黛玉常听见母亲说过，他外祖母家，与别家不同。他近日所见的这三等仆妇，吃穿用度，已是不凡了，何况今至其家。因此步步留心，时时在意，不肯轻易多说一句话，多行一步路，只恐被人耻笑了他去。”

林黛玉才十二三岁，母亲死掉，孤苦无依，她到了一个完全陌生的地方，很小心地注意所有的东西，因为妈妈活着的时候一直跟她说，妈妈的娘家非同小可，那个贾府如何如何，她就特别小心，很怕失礼。她通过轿子车辆已经开始看到贾府的气派了，近日所见来接她的这些老妈子，都是贾家第三等的用人，她们吃的东西、穿的衣服、花费的状况已是不凡，可以想见二等和一等的更不得了。这个家族真的让林黛玉都吓了一跳。作者要我们通过林黛玉的眼睛去看贾府的豪华。

“步步留心，时时在意”，写出一个十二岁小女孩内心的那种谨慎，也可以看出她是一个特别有心思的女孩子。她很怕自己做得不好，一方面是讲她孤女依亲的心理，一方面也讲出她的性格。她不肯随便讲话，不乱做一件事情，因为怕被人家取笑。

接下来看她上轿了。“自上轿进入城中，从纱窗向外瞧了一瞧，其街市之繁华，人烟之阜盛，自与别处不同。又行了半日，忽见街北蹲着两个大石狮子，三间兽头大门前，列坐着十来个华冠丽服之人。正门却不开，只有东西两角门有人出入。正门上有匾，匾上大书‘敕造宁国府’五个大字。”

黛玉坐在轿子里，轿子有纱帘，因为女孩子不能让人家看到，她也不能够看外面，可是女孩子会忍不住偷偷看一看外面，黛玉看到街上的繁华。“又行了半日”，这个时间并不很准确，大概是走了很久。林黛玉的轿子是从东边往西边走的，她第一个看到的是两个大石狮子，然后看到宁国府出现。她要再往前走，走到荣国府，因为贾母当时住在荣国府。这里面全部有空间的关系。

“三间兽头大门”，现在如果到老庙去你会看到三个大红门，上面有门环，门环上是一个兽头，一个动物的嘴巴咬了一个环，这叫作“三间兽头大门”。中间的门一般都不开，除非有特别重要的、职位很高的人到来才开。宁府的匾上有“敕造宁国府”五个大字，所有加“敕造”两字的都表明是皇帝赐的，这等于是说宁国公对国家有功，皇帝特别下了一个命令让他们造一个大房子，叫作“敕造宁国府”。黛玉看到那个大匾，那种气派，她就想到这是外祖的长房。“又往西行，不多远，照样也是三间大门，方是荣国府了。却不进正门，只进了西角门。那轿夫抬进去，走了一箭之地，将转弯时，便歇下，退出去了。后面的婆子们已都下了轿，赶上前来；另换了三四个衣帽周全十七八岁的小厮上来，复抬起轿子。众婆子步下尾随，至一垂花门前落下。众小厮退出，众婆子上来打起轿帘，扶黛玉下轿。”

在这一段的描写里，轿夫抬林黛玉进去，走了射一支箭那么远的距离，大概一百米，就退去了。轿夫是要换的。粗壮的男人不能够进贾府，他们要把轿子放下来，进到贾府以后就是由十七八岁、穿着比较讲究的轿夫来抬，然后众婆子跟在后面走，到垂花门前落下，这些小男孩又退出来。婆子们上来打起帘子，黛玉才下轿。现在黛玉只进到门口，你就可以感觉到贾府礼节的森严、排场的繁复。

## 贾府的建筑

通过黛玉进贾府的过程，我们会看到贾府的建筑状况。刚才她看到三间兽头大门，并没从这里进，而是一直走到了街尾最西边的地方，从西角门进去。所有的男人都走了以后，老妈子把轿帘打开，黛玉才下来，扶着这些婆子的手走进了这座宏伟的建筑。

很多学建筑的人，通过《红楼梦》的描述了解古典建筑的规格。我们现在都不太熟悉垂花门、抄手游廊、屏山这些东西，可是在台南的一些老建筑里还是可以找到相似的感觉。《红楼梦》这本书很有趣，人们可以从它里面抽出不同的史料来。有些人从这里找出戏曲资料，有人找到建筑资料，有人找到音乐资料，有人找到医药资料。现在还有人把《红楼梦》里所有吃的点心和菜做出来，叫作“红楼宴”。对于研究建筑的人，这一段就是跟建筑有关的。在十七回对大观园的描述，也是跟整个园林建筑有关的。

作者把十七、十八世纪整个中国贵族生活的细节做了最精彩的描述。这里还有一个部分很精彩，就是服装。王熙凤出场时，全身金光灿烂，作者对她头上戴的、身上穿的东西全都做了最精细的描述。

“黛玉扶着婆子的手，进了垂花门。两边是抄手游廊，当中是穿堂，当地放一个紫檀架子的大理石的大插屏。”

垂花门，是古代进到内院去的门，上面常常有雕花，用一些花砖做装饰的，叫垂花门。进了门以后，中庭的部分常常是不走的，是往两边走。中间这个轴线常常摆花盘，有时候摆一个大的石头屏风。你可以看到黛玉走进垂花门以后，两边是抄手游廊，当中是穿堂。穿堂也可以叫作庭院，那穿堂里放了一个紫檀架子大理石的大插屏，就是一个带有山水纹路的大理石，摆在穿堂中间。因为有点遮盖，你不能看到后面，要从两边的抄手游廊绕过去。

“转过插屏，小小三间厅，厅后就是后面的正房大院。正面五间上房，皆是雕梁画栋，两边穿山游廊厢房，挂着各色鹦鹉、画眉等鸟雀。”小小的三间厅不是居住的，是有人来见时，先在此等候一下，然后等着去通报。

厅后是正房大院，这才是住家，是贾母的住家院子。在书上大家可以看到，从小三间厅再到里面的住家院还有一段距离，这反映了通报的关系。

中国古代的建筑通常有两个专有名词，一个叫“间”，一个叫“进”。横向张开的叫“间”，三间、五间、七间，纵向往后延伸的叫“进”，一进、二进、三进。台湾雾峰的林家花园是十一开间，即横向是十一间。其实当时不太容易有十一开间的规格，据说因为台湾离北京很远，没有人管得到，才建成这样。如果是在北京的话，皇室周边有很严格的规定，什么样的官位是三间，什么样是五间，什么样是七间，而且都是奇数三、五、七、九、十一……

抄手游廊跟穿山游廊都是廊，前者是说沿着院落的外缘而布置的，形似两手交叉时，胳膊和手形成的环的形状；后者是说从山墙开门接起的游廊，房子两侧的墙，形状如山，俗称山墙。

这时，林黛玉已经进到贾母的内院了，看到两边是厢房，走廊底下挂着很多鸟笼，里面养着一些珍贵的禽鸟，有会学人讲话的鹦哥，有会叫的画眉等。“台阶之上，坐着几个穿红着绿的丫头，一见他们来了，便忙都笑迎上来，说：‘刚才老太太还念呢，可巧就来了。’”这些丫头大概就是二等的了，穿红着绿的。她们一看见黛玉和扶着她的老妈子进来，就立刻迎上来，说贾母刚才还在念叨，这说明贾母对黛玉的牵挂。“于是三四人争着打起帘子，一面听得人回话：‘林姑娘到了。’”

## 黛玉和贾母的相见

有人进去跟贾母通报说，林姑娘到了，黛玉就进房去了。“黛玉方进入房时，只见两个人搀着一位鬓发如银的老母迎上来，黛玉便知是他外祖母。方欲拜见时，早被他外祖母一把搂入怀中，‘心肝儿肉’叫着哭起来。”

黛玉第一次见到贾母，看到她头发都已经白了，这个时候贾母应该是年纪很大了。因为第一次见外祖母，要行跪拜大礼。这时贾母立刻把她抱在怀里，不让她跪，大叫心肝儿肉。“心肝儿肉”是老人家最喜欢叫孩子的语言。我们在这里看到贾母那种心痛的感觉。她此刻见到的不仅是黛玉，也是她的女儿贾敏。她在这里疼的、哭出来的其实是对女儿和外孙女很复杂的感情。作者在这个地方写得非常精简，但很动人，你几乎可以感觉到那个画面。贾母生了几个男孩，贾敏是独生女，是她最爱的女儿，可是早早就死掉了，临终都没有见到，她把对女儿的感情转移到外孙女的身上了。

这个贾母就是冷子兴所说的史氏太君——贾赦和贾政的母亲。因为她是这个家族里面地位最高的长辈，她就向黛玉一一介绍家里的人。她介绍的第一个人是黛玉的大舅母，就是贾赦的太太，邢夫人。第二个是贾政的太太，黛玉的二舅母——王夫人——王子腾的妹妹，也是王熙凤的姑母。第三个介绍的是“先珠大哥的媳妇珠大嫂子”。贾宝玉有一个哥哥叫贾珠，二十岁就死掉了，这里用“先”这个字。我们讲先父先母，就是已经死掉的父亲母亲。珠大哥的太太叫李纨。李纨是一个最有德行的女子，从儒家的道德讲，丈夫死了以后，她一直守寡，把孩子带大，从来不惹是非，每天做针线，是一个典型的传统女性。在十二金钗里面，她代表一种妇德。

“黛玉一一拜见过。贾母又说：‘请姑娘们来，今日远客才来，可以不必上学去了。'" 这里看得出，贾家的小孩是要读书的，男孩女孩都要读。这些姐妹们是谁？就是贾赦和贾政的女儿。

## 陪衬的描写：迎春、探春、惜春

贾家有四个女儿，元春、迎春、探春、惜春。元春已经嫁到皇宫里做贵妃了，一定是不在这里的。贾母介绍了三个姐妹，也就是迎春、探春、惜春。

第一个，迎春："肌肤微丰，合中身材，腮凝新荔，鼻腻鹅脂，温柔沉默，观之可亲。"《红楼梦》里面的描写方法非常奇怪。对林黛玉是轻描淡写，对王熙凤的描写非常具体，而对这几个人则是概念性描写，比如写迎春的话，其实是有点八股的，说她稍微有一点胖，两腮红红的，好像刚刚长成的荔枝的颜色，鼻子两边有点像鹅的脂肪一样的油脂，莹润的感觉，这些大概是过去形容女性美常常用到的字句，其实一点不新奇。实际上，作者知道等一下要出场的是最重要的人物，王熙凤，他不能让这三个人抢过王熙凤，这个时候描写这三个女孩子就很随意。如果把迎春、探春、惜春写得太多，王熙凤就无法凸显，这是小说陪衬的写法。说迎春"温柔沉默，观之可亲"，其实你不太知道迎春到底长什么样子。迎春很老实，性情温柔，人家叫她"二木头"。

第二个，探春："削肩细腰，长挑身材，鸭蛋脸面，俊眼修眉，顾盼神飞，文采精华，见之忘俗。"还是很概念的写法，可是你可以感觉到，探春是比较精明的。探春是几个姐妹当中最聪明、最有才干的，有一段时间大观园就是由她来管。等于是另外一种风格的王熙凤，而又不像王熙凤这么聪明外露。

第三个就是惜春，她还是很小的小女孩，不到十岁。说“身材未足，形容尚小”，八个字就讲完了。

这是贾家三个女孩的状况，她们的钗环裙袄全是一样，是黛玉的表姐妹。“黛玉忙起身迎上来见礼，互相厮认过。”

## 林黛玉的灵性存在

她们坐下来后开始喝茶，贾母重新问黛玉，你妈妈怎么生的病，生病的时候状况怎么样，当时吃什么药，请哪些医生，后来怎么发丧，黛玉一一向外祖母报告。讲着讲着贾母不免又伤感起来：“我这些儿女，所疼者独有你母，今日一旦先舍我而去，连面不能一见，今见了你，我怎不伤心！”在这里，越发看出贾母把对女儿的心疼转移到了黛玉身上。黛玉来到贾府有一个很特别的身份，她某种程度上替代了母亲的角色，虽然她有一点爱使小性子，又动不动就哭，性情忧郁，可是贾母就是疼她，宝玉也疼她，因为觉得她身世可怜。她的角色跟后来进来的薛宝钗有些不同。薛宝钗由母亲带进来，比较大方，个性也开朗。可见，作者表现的是人物的不同命运造成的不同性格。

于是，两个人又哭起来，众人忙都宽慰解释，劝止住了。“众人见黛玉年貌虽小，其举止言谈不俗，身体面庞虽怯弱不胜，却有一段自然风流态度。”黛玉一直没有被描绘，好像一个幽魂。从一出场，都是黛玉在看大家，现在要从大家的角度来看黛玉。可还不是描述她长得如何，而是说她的病。黛玉一直是有病的，她一直在生病，总是在吃药，老是哭。

这个病其实有点象征意义。黛玉有一种美，这种美很特殊。作者没有描述黛玉长什么样子，穿什么衣服，可是黛玉生命的情境却借这些东西呈现出来了。假如曹雪芹在这里说黛玉穿了什么颜色的衣服，头上戴了什么样的钗环，其实那不是黛玉。黛玉完全是一个不存在的存在。

我们也很难解释何为“风流态度”。现在我们说人“风流”是贬义词，而古代讲“风流”则是说一个人活出了别样的性情。“大江东去，浪淘尽，千古风流人物”，此处“风流”是指一个人的性情跟大家不同，不遵守一般的礼俗，而是有自己的生命特征。作者用这个词来形容林黛玉。

大家也觉得她有不足之症。从中医角度讲，“不足”就是有点虚弱。就问黛玉平常吃什么药，怎么不找医生赶快医好。黛玉就开始讲到自己的病。其实，黛玉的病根本不是世俗的病，而是心灵的病。

那黛玉就说：“我自来是如此，从会吃饮食时便吃药，到今日未断，请了多少名医修方配药，皆不见效。”这似乎是在讲生理上的病，下面紧接着就讲到心理上的病。她说：“那一年，我才三岁时，听得说来了一个癞头和尚，说要化我去出家，我父母因不从他。”在第一回和第二回里已经出现过空空道士、渺渺真人，道士、和尚都是预言者。这个癞头和尚要化她去出家，林如海、贾敏这种世家的宝贝女儿，哪里舍得？和尚就说，你舍不得她，只怕她的病一生都不能好。

这个和尚又讲了最有趣的也很奇怪的话，说：“若要好时，除非从此以后总不许见哭声。”林黛玉的病是跟哭有关的，只要听到哭声病就会发。可是林黛玉一生都在哭，读过第一回和第二回的朋友都记得，她是绛珠仙草转世，她到世上走这一遭只有一个目的，是要用眼泪还债，她要不断地哭。这里讲的不是身体的病。我们每个人都有一种病，要还你生命中不可解的缘分。这是作者写得很微妙的地方，告诉世人，人跟人的缘分，是一种他人不可知的牵挂。

更有趣的是，“除父母之外，凡有外姓亲友之人，概不见，方可平安了此一世。”就是说，除了父母以外不能见别的亲人。而偏偏她妈妈去世，她一定要投靠贾家，这又等于是说她的病不会好了，最后也注定会死在贾家。

作者一直在玩一种写实与非写实交错的游戏，讲到林黛玉说吃什么药是写实的，接下来又说她不能听哭声，变成非写实的。当黛玉说到吃“人参养荣丸”，又变成真实的病了。“人参养荣丸”是一种补药。贾母听了以后很高兴，说正好这里也配丸药呢，就命令多配一料。有钱人家很讲究进补，大户人家有专门的药房为他们配补药，贾母觉得这是一个简单的事情。

## 浓墨重彩王熙凤

接下来王熙凤要出场了。这一段也被认为是《红楼梦》里面写得最精彩的一段。

王熙凤出场，人未出来，声音先到。“一语未了，只听后院中有人笑声，说：‘我来迟了，不曾迎接远客！’”这是王熙凤的声音。请注意，她是从后院进来的，刚才迎春、探春她们都是从正门进来的。因为王熙凤在管家，她住的后院直通贾母后房。可见王熙凤身份的特殊。这里要特别解释一下，按满族家庭的习惯，一般是刚刚嫁进来的媳妇管家，叫作少奶奶。王熙凤当年结婚嫁进来时也就十七岁左右，管三百口的人家，管得非常好，贾母就把全部权力交给了她。照理讲，这个时候管家的不再是贾母，因为贾母年纪已经大了，该退休了，应该是儿媳妇王夫人管家，可是王夫人不是个能干的女人，就把这个权力交给了王熙凤。而恰恰王熙凤很喜欢抓权，就由她来管家了。贾母特别疼爱王熙凤，因为她知道王熙凤是所有媳妇里面最能干的。

听到王熙凤的声音，这个时候，黛玉感觉很奇怪，她在想："这些人个个皆敛声屏气，恭肃严整如此，这来者系谁，这样放诞无礼？"她觉得贾母是家里地位最高的长辈，在这里没有人敢随便乱讲话，这个人怎么这么放肆？如果是第一次读这部小说，你真的不知道来的是谁，你也会吓一跳，接着好奇，这是个什么人呢？

"心下想时，只见一群媳妇丫环围拥着一个人，从后房门进来。"王熙凤出场了。

传统戏剧里，人物一出场，演员有一个架势和眼神，整个场子就会静下来，这叫亮相。一个演员一亮相，全场安静下来，他就成功了百分之五十。如果一个演员出来半天了，观众还在讲话，那就完了。王熙凤这么一个爱出风头的女子的亮相，一定会被描写得非常精彩。一大堆的媳妇丫鬟围拥着一个人，仿佛众星拱月一般衬托着王熙凤出来了。

## 恍若神仙妃子

前文说，迎春、探春、惜春三个小姐的钗环衣裙都一样，她们是为王熙凤出场做陪衬的。王熙凤跟三位小姐的打扮很不一样，小说里写她"彩绣辉煌，恍若神妃仙子"，先很概念化地说她真是美极了，简直像一个神仙，然后再细致地描绘她身上的东西。

只见王熙凤“头上戴着金丝八宝攒珠髻，绾着朝阳五凤挂珠钗”。先看到王熙凤的头上，戴着用黄金丝穿着各种珠宝，玛瑙、琥珀等物的珠髻，让人感觉到光鲜闪烁。朝阳五凤，是说一个女人头上插一个钗，这个钗分出五个头，每一个头都是一个凤的嘴巴，衔着一串垂下来的珠子，一走动就会摇晃。

再看颈部，“项下戴着赤金盘螭璎珞圈”。璎珞，是一种珠宝，镶在黄金面板上。项链跟项圈不同，项链是比较细的链子，而项圈通常是一个很宽的黄金做的板状东西，上面镶珠宝，这叫项圈。“赤金盘螭璎珞圈”，就是有点发红的黄金，上面打出了小的龙纹，龙纹上再镶上璎珞的项圈。

再往下看：“裙边系着豆绿宫绦双鱼比目玫瑰佩；身上穿着缕金百蝶穿花大红洋缎窄褃袄，外罩五彩刻丝石青银鼠褂；下罩翡翠撒花洋绉裙。”她腰上系着一个豆绿色的宫绦，也就是中国结。皇宫里面才会有打得非常精致的结，叫宫绦。这个宫绦是跟玫瑰石的玉佩打在一起的，玉佩上面是双鱼配件。再看她穿的衣服，可以发现作者堆叠的形容词之多。她身上的一个短袄，是缕金的，用金线绣的，上面有一百只蝴蝶，蝴蝶在花里面穿动，叫百蝶穿花。这袄的底色是大红的，料子是西洋的绸缎，窄褃袄是没有袖子的袄，现在叫作坎肩。石青，是深蓝色，一种宝石的颜色；刻丝，是一种纺织品。它跟绣的不一样，绣出来的东西会有凹凸，技巧繁杂，非常昂贵。王熙凤短袄的外面又加了一个褂子，里面衬了貂皮。下面讲她的裙子，是像玉一样的绿色上面撒满花的洋绉裙。

王熙凤一出场，头上、身上所有的配件充满了颜色，颜色的主调是金色、红色、蓝色、绿色，这几种颜色全部是原色，给人很浓烈的感觉。

黛玉的身上没有颜色，而王熙凤身上色彩斑斓，而且有发亮的感觉。一个珠光宝气、很敢表现自己的人忽然登场。

与林黛玉一切气息都是收敛的相反，王熙凤一切东西都是外放的、闪烁的。作者在写这本书的时候，整个社会的审美观认为女性的美应该是收敛的、含蓄的、淡雅的，而王熙凤完全是现代女性的感觉。

除了衣服以外，作者也描写了王熙凤的长相。说她："一双丹凤三角眼，两弯柳叶吊梢眉。身量苗条，体格风骚。"眼睛是有点往上吊的很精明的眼睛，眉毛细细的。"身量苗条，体格风骚"，这里用到的字都比较感官，就是有一点性感的女性，很敢展现自我的身体之美。"粉面含春威不露，丹唇未启笑先闻。""含春"是说长得很喜气，贾母特别喜欢王熙凤，一个重要的原因就是她到哪里都很热闹，大家会很开心。

王熙凤出场后，黛玉不知道她是谁，只觉得这个人地位非同小可，便赶快站起来要拜见，可是又不知道怎么称呼。贾母就开玩笑地说："你不认得他，他是我们这里有名的一个泼皮破落户儿，南省俗谓作'辣子'，你只叫他'凤辣子'就是了。"这种大户人家，以贾母这样的身份是不会乱讲话的。前面介绍大舅母、二舅母、李纨、迎春、探春、惜春时，贾母都很正经，这里忽然讲开玩笑了，有点儿像乡下人一样讲什么"泼皮破落户儿"，这说明贾母特别疼王熙凤。如果不是特别疼爱一个晚辈，是不会用这种调侃的语言去讲她的。辣子，就是现在讲的辣妹。王熙凤如果生活在今天，肯定是一个辣妹。"辣"字点出了王熙凤的精明与泼辣，同时又有热情的意思在里面。贾府上下的女孩子都是千金小姐，只有王熙凤常常口出粗言，什么事都敢做。她敢偷东西去当，去给外面的人摆平一些官司，以致后来惹出大祸。她的优点和缺点刚好是同样的，因为她能干，她才能把这个家管得那么好；也同样因为能干，她会搞很多非法的东西。

黛玉当然不敢叫她“凤辣子”，那是很不礼貌的，她也知道贾母在开玩笑，可是她更加不知道该怎么称呼了。旁边的人就赶快打圆场，告诉她这是琏嫂子。王熙凤的丈夫贾琏，是贾宝玉的堂兄弟，比林黛玉大，所以她应该叫王熙凤嫂子。

“黛玉虽不认识，曾听见母亲说过，大舅贾赦之子贾琏，娶的就是二舅母王氏之内侄女，自幼假充男儿教养的，学名王熙凤。”这里讲出了家族的关系，贾政的太太是王子腾的妹妹，也就是王夫人。王夫人的内侄女就是王熙凤，两代联姻，亲上加亲。王熙凤从小被当成男孩子养大，所以身上有一股男子气。

## 机关算尽太聪明

黛玉就赶快见礼，以嫂相称。“这熙凤携着黛玉的手，上下细细的打量了一会，便仍送至贾母的身边坐下。”这时候王熙凤开始讲话了，通过这一段话你就能明白为什么她会得到贾母的宠爱。

她笑道：“天下真有这样标致人物，我今才算见了！况且这通身的气派，竟不像老祖宗的外孙女儿，竟是个嫡亲的孙女，怨不得老祖宗天天口头心头一时不忘。”

她先赞美林黛玉长得美，接着说她的气派。其实她是在赞美贾母。因为贾母在家族中的地位非同小可，王熙凤全靠贾母撑腰，她要处处奉承贾母，可是直接拍马屁有时怪肉麻的，她先讲林黛玉多好、多美，然后再说这个林黛玉长得跟贾母几乎一模一样。她知道贾母疼林黛玉，称赞林黛玉绝对没有错。她说林黛玉不像是外孙女，因为在中国传统家庭文化认知中，外孙女和孙女差别很大，外孙女是外姓的，孙女才是真正嫡亲的。她说林黛玉像嫡亲的孙女，贾母是第一次见林黛玉，王熙凤这几句话立刻就讲到她心窝里去了。王熙凤从小有这种训练，话讲得十分伶俐周到。

王熙凤是个有心机的人，紧接着我们就看到王熙凤开始演戏。她说："只可怜我这妹妹这样命苦，怎么姑妈偏就去世了！"说着便用手帕拭泪，说哭就哭。这时，贾母来劝她说，我刚好了，你又来招我。这王熙凤听了，忙转悲为喜，说："正是呢！我一见妹妹，一心都在他身上了，又是欢喜，又是伤心，竟忘记了老祖宗。该打，该打！"

王熙凤转变得好快，一会儿哭一会儿笑。当然，她的感情并不都是假的，只是她可以很快转换。她的哭跟林黛玉的哭极不一样。林黛玉的眼泪是命里的一部分，可王熙凤的哭可以变成表演。这里她哭，因为她要去可怜林黛玉，然后让贾母来安慰她，这会让贾母更疼她。她后面说的也都是些漂亮话，这是一些能让老人家感觉特别贴心的话。

林黛玉进了贾府，见了贾母，可是到现在为止没有人关心林黛玉要住哪里，行李如何安置。王熙凤便跟林黛玉说，住在这里不要想家，要什么吃的什么玩的只管告诉她，丫头老婆子不好也告诉她。可见王熙凤是个真正管家的人。虽然她只比黛玉大五六岁，就是一个十八九岁的女子。

王熙凤说，赶快把行李弄进来，打扫两间房子。这两间房子不是给黛玉住的，是给黛玉的丫头和下人住的。她不敢安排黛玉住哪里。为什么？因为黛玉是贾母的心肝儿，她要等贾母安排，这个时候如果王熙凤说打扫哪一间房子给黛玉住，贾母又会不高兴。等了一会儿，贾母命令说，林黛玉跟她住。

王熙凤还亲自为林黛玉捧茶捧果。照理讲，她是嫂嫂，可她知道贾母疼林黛玉，而且黛玉是初次登门的远客，她要把人情做得滴水不漏。

这时王夫人问她这个月的月钱放完了没有。王夫人是王熙凤的亲姑妈。姑姑、侄女都嫁到贾家来，当然比别人要亲，可是她们又要避嫌。以前，大户人家的家人每月都会领一点儿零用钱，叫月钱。王熙凤的回答是，月钱已放完。意思是说，如果要给黛玉的话，要从下个月开始。这表示王夫人很体恤林黛玉，可是王熙凤不能自作主张，她们两个人都是王家的人，在贾母的面前要表现出非常公事公办的样子。

王熙凤又特别回了一句话，说刚才带着人到后楼上找缎子，没有看到太太说的那种。她没有敢叫王夫人姑妈，叫她太太。太太表示是长辈，是一个正式称呼，她要避嫌。王夫人就说，有或没有不那么要紧，重要的是要为林黛玉赶快准备一些穿的衣服。这些话其实都是讲给贾母听的。

王熙凤说，她已经先料着了，只是要等太太过了目再送来。这个时候王夫人一笑，点头不语。这表示王熙凤做得很好。因为是她的内侄女，她不能随便称赞，但她必须在贾母面前帮王熙凤把事情做到最妥帖。这所有一切全都含有人情世故。以前的大家族，讲话要非常小心，很怕得罪人。王夫人和王熙凤，在贾母面前都把戏演得非常好。

## 黛玉见舅舅

喝完茶，吃完点心，贾母就让黛玉去见两个舅舅，这是礼节。

邢夫人是贾赦的太太，她带黛玉跟大家告别，走过穿堂垂花门，然后拜见大舅。

林黛玉没有见到大舅舅贾赦，他让一个人传话，这个时候，你必须就当是这个亲人就在面前一样来听。这个传话的人要把话传得恰到好处，而且他就代表贾赦的身份。

“一时人来回说：‘老爷说了：“连日身子不好，见了姑娘，彼此倒伤心，暂且不忍相见。”’”意思是黛玉死了母亲，贾赦死了妹妹，见面都会很难过，还是不要见好。“劝姑娘不要伤心想家，跟着老太太和舅母，是同家里一样，姊妹们虽拙，大家一处伴着，亦可以解些烦闷。”姐妹们就是讲迎春、探春、惜春。“或有委屈之处，只管说得，不要外道才是。”让林黛玉不要见外。可以看到，这完全是一种礼貌性的传话。因为林黛玉是晚辈，舅舅可以不见的。这种大官每天都很繁忙，能不见的人就不见了。

然后黛玉就告辞了。告辞时，邢夫人留吃晚饭。黛玉非常懂礼貌，说舅母赐饭我应该要留下来吃的，可是如果不去二舅舅那边，恐怕不礼貌，希望大舅妈能够体谅。

到了贾政这边，描写就比较细了。黛玉刚才进荣国府，只是到了贾母的院里，没有到贾政的院里。贾政是工部员外郎，是真正的大官。官家的气派在这里表现得很充分。贾政的家比贾母处不同：“一条大甬路，直接出大门的。”如果有高官来的话，直接走这个大门进来。进入堂屋，黛玉看到了什么？“抬头迎面先看见一个赤金九龙青地大匾，上写着斗大三个字，是‘荣禧堂’，后有一行小字，是‘某年月日，书赐荣国公贾源’，又有‘万岁宸翰之宝’。”盖有皇帝印章的匾，是皇帝赐给荣国公贾源的，这里曾是荣国公办公的地方，乃荣国府的正房。

黛玉又看到："大紫檀雕螭案上，设着三尺来高青绿古铜鼎，悬着待漏随朝墨龙大画，一边是金蜼彝，一边是玻璃盒。地下两溜十六张楠木交椅，又有一副对联，乃是乌木联牌，镶着錾银字迹，道是：座上珠玑昭日月，堂前黼黻焕云霞。"这绝对是官家气派，在民间根本看不到这种东西。对联意思说，能够坐在这个房间里的人，头上都有珠玑的官帽，像太阳月亮一样闪亮，礼服上华美的花纹像云霞一样闪动。"下面一行小字，道是：'同乡世教弟勋袭东安郡王穆莳拜手书'"，是东安郡工写的对联。我们透过黛玉的眼睛看到的是这样一个官家气派的房子。

"原来王夫人时常居坐宴息，亦不在正室。"一个女眷，在男性官员来的时候也要避开。王夫人住在东边的三间耳房内。透过林黛玉的眼睛，我们看到这些人居住的位置与关系。贾政招待宾客在荣禧堂，王夫人住在旁边的耳房。于是老妈妈引黛玉进东房门来。

## 王夫人口中的宝玉

第三回结尾最重要的部分是黛玉跟宝玉的见面，在这个最重要的情节之前有一点伏笔，先让大家感觉到宝玉要出场了。

到了王夫人的房间，王夫人很客气地邀请她到炕上来坐。王夫人告诉黛玉说，舅舅今天有事情，以后再见面。接下来跟她说，跟姐妹相处都没有问题，只是你要小心，你有一个表哥，大家叫他混世魔王。

作者用母亲的口吻介绍宝玉，带出其顽劣的个性。事实上，宝玉不只是顽劣，他的个性里有别人不能理解的地方。这部小说把一个十几岁小男孩在发育过程中的那种不知天高地厚或者不可解的性情，写得极到位。

王夫人口中讲出来的宝玉大概是什么样的呢？她说："你舅舅今日斋戒去了，再见罢。只是有一句话嘱咐你：你三个姊妹，倒都极好，以后一处念书、认字、学针线，或是偶一玩笑，都有尽让的。但我不放心的，最是一件：我有一个孽根祸胎。"注意，只有妈妈口中会讲出这种话。我们不会讲别人的儿子叫孽根祸胎，只有讲自己儿子的时候，才会觉得好像冤家相见一样。这里当然是疼爱，不疼爱到某种程度，也不会这么说。她说："是这家里的'混世魔王'，今日因庙里还愿去了。"黛玉进贾府的时候，宝玉不在。这是作者写小说时对铺排情节的讲究，我们可以看到它的层次。黛玉进贾府以后，第一个见的是贾母，重点是贾母。接下来是王熙凤，再接下来才是宝玉。

王夫人说："你只以后不要睬他，你这些姊妹都不敢沾惹他的。"

黛玉想起母亲说过："二舅母生的有个表兄，乃衔玉而诞，玩劣异常，极恶读书，最喜在内闱厮混。""内闱"即内帏，就是女眷在的地方，通常男孩子长到某一个年龄就不会往内帏跑了，而宝玉却特别喜欢在内帏厮混。黛玉早听说外祖母极溺爱宝玉，所以无人敢管他，今天听王夫人这样一说，就知道说的是这位表兄了。于是她赔笑道："舅母说的，可是衔玉所生的这位哥哥？在家时亦曾听见母亲常说，这位哥哥比我大一岁，小名就唤宝玉，虽极憨玩，在姊妹情中极好的。"此话有一点替宝玉说情的意思。"况我来了，自然只和姊妹一处，兄弟们自是别院另室的，岂有去沾惹之理？"黛玉讲话很有分寸，能让做舅妈的放心。

## 贾府的进餐礼仪

故事发展到这里我们都觉得宝玉要出场了，可作者却又把它岔开了。

下面写贾母要等黛玉过来一起吃晚饭，描述一个贵族老太太吃饭时的排场。

王夫人带黛玉回到贾母的院子。经过一间房子时她特别指给黛玉，说：“这是你凤姐姐的屋子，回来你好往这里找他来，少什么东西，你只管和他说就是了。”在这里，王熙凤管家的重点再一次被强调。前面王熙凤自己已经交代过，现在由王夫人再一次告诉黛玉。很明显，王熙凤的房子就在贾母后院，跟贾母的房子连在一起。这样一来，整个空间的感觉也就比较清楚了。

“这院门上也有四五个才总角的小厮垂手侍立。”古代三四岁至八九岁的儿童称垂髫，头发是垂下来的。八九岁至十三四岁时头发分作左右两半，在头顶各扎成一个结，形如两个羊角，叫总角。才总角的小厮，就是十三四岁的小男孩。

王夫人带着黛玉穿过一个东西穿堂，就是贾母的后院。

“于是进入后房门，已有多人在此伺候，见王夫人来了，方安桌椅。”这里也许不太容易了解，就是贾母要吃晚饭，很多人在伺候，王夫人到了以后才能安置桌椅。为什么呢？因为王夫人是儿媳妇，伺候贾母吃饭责任最大的是王夫人。一个贵族夫人，不可能自己做搬椅子摆筷子的事情。她到了以后，别人才能够帮她摆，她可以命令下人帮她。可见大家族的气派和规矩的森严。

“贾珠之妻李氏捧饭，熙凤安箸，王夫人进羹。”李纨拿饭给贾母，王熙凤放筷子，王夫人把调好的羹送到贾母面前去。孙媳妇、儿媳妇都在旁边伺候。贾母终于熬成这个婆了，她的地位是非常高的。

“贾母正面榻上独坐，两边四张空椅。”贾母坐在正面，因为身份辈分的关系，没有人跟贾母坐在一起。有人会以为这是王夫人和王熙凤的位子，可她们是绝对不能坐的。“熙凤忙拉了黛玉在左边第一张椅上坐了”，因为黛玉是远客，而且王熙凤知道黛玉是贾母最疼爱的外孙女，所以林黛玉是第一个入座的。在古代，小姐地位很高，媳妇地位却非常低。

“黛玉十分推让”，她是很懂事的，她觉得自己不应该坐这个重要位置。贾母就笑了说：“你舅母和嫂子们不在这里吃饭。”王夫人、邢夫人、李纨、王熙凤，她们有丈夫，把贾母伺候好，回去再伺候丈夫吃饭，然后自己才吃饭。所以她们不在这里吃饭，意思是你可以坐。“你是客，原应如此坐的。”这就是在讲家里的规矩了。《红楼梦》讲到传统的家教。黛玉这么小，十几岁，却知道坐哪里也是要看人家吩咐的。虽然王熙凤安排她，可她还要等贾母说了以后才敢坐。

“黛玉方告了座，坐了。贾母命王夫人坐了。迎春姊妹三个告了座，方上来。迎春便坐右手第一，探春左第二，惜春右第二。旁边丫环执着拂尘、漱盂、巾帕。李、凤二人立于案旁布让。外间伺候之媳妇丫环虽多，却连一声咳嗽不闻。”黛玉第一次见识到大家气派。虽然父母都出自豪门，可是黛玉家里人少，没看过几代同堂吃饭时的讲究。规矩虽多，却不忙乱。

“寂然饭毕，各有丫环用小茶盘捧上茶来。”吃完饭后就有小丫头拿着茶盘给每一个人送一杯茶来。“当日林如海教女以惜福养身，云饭后务待饭粒咽完，过一时再吃茶，方不伤脾胃。今黛玉见了这许多事情不合家中之式，不得不随的，少不得一一改过来，因而接了茶。”接了茶以后以为是要喝的，结果发现不是喝的茶。“早见人又捧过漱盂来，黛玉也照样漱了口。然后，盥手毕，又捧上茶来。”这才是喝的茶。两次捧茶，第一次漱口用，漱口之后洗手，擦完手以后再送茶来，才是喝的茶。这都是生活细节的描写。《红楼梦》里作者经常回忆过去的日子，大大小小的看起来微不足道的事情全部被记录下来了。正是这些生活细节使《红楼梦》变得特别丰富，豪门贵族生活完全复现在我们眼前。

## 尘世相遇，何等眼熟

吃完饭了，贾母说：“你们去罢！让我们自在说话儿。”其实，贾母作为一个长辈也蛮累的，因为有儿媳妇、孙媳妇在面前，她永远要端着架子。她喜欢跟孙女们在一起，因为跟孙女在一起比较随意。“王夫人听了，忙起身，又说了两句闲话，方引凤、李二人去了。”王夫人跟李纨、凤姐都走了，剩下的是几位小姐，贾母觉得比较放松，就随意问黛玉念什么书，黛玉说只刚看了《四书》。

“一语未了，只听院外一阵脚步响。”宝玉要出场了。男孩子走路快，脚步重。王熙凤出场时是话先出来，宝玉出场，是脚步声先来了。这时丫鬟进来报说：“宝玉来了！”

黛玉心里一直有个悬念，就是宝玉。所以当说宝玉来了，作者又立刻跳着写黛玉，她心中正疑惑着：“这个宝玉，不知怎生个惫懒人物？”丫头话音未落，宝玉已经进来了。这里在说一个十三岁男孩子的急躁，动作很快。日常生活中，正在发育的男孩子的动作特别快，一站起来东西都会带倒，宝玉正是这种年龄的男孩子，毛毛躁躁的。

下面就开始描绘宝玉了。他装束繁杂：“头上戴着束发紫金冠，齐眉勒着二龙抢珠金抹额；穿着一件二色金百蝶穿花大红箭袖，束着五彩丝攒花结长穗宫绦，外罩石青起花八团倭缎排穗褂，登着青缎粉底小朝靴。”

宝玉的形貌呼之欲出。抹额，是把额头绑起来。古时候人认为太阳穴和额头容易受凉，男女都戴抹额。普通人大概就绑一块布，贵族自然很讲究。宝玉戴的是二龙抢珠的金抹额，当然这个黄金后面应该衬着丝或绒的料子。箭袖，就是窄袖子。射箭时宽大的袖子会不方便，所以袖子是窄的，后来图方便外出也穿。在传统戏剧中，如京剧里林冲夜奔时就穿这种衣服。“金百蝶穿花大红箭袖”，宝玉的衣服是金色和红色，很华丽。腰上系着像中国结一样长的带子，底下有流苏。“外罩石青起花八团倭缎排穗褂”，倭缎是日本的一种丝绸，上面起团花，八团就是说团花。“登着青缎粉底小朝靴”，有点像今天戏台上小生的鞋子。

又写他的容貌：“面若中秋之月，色若春晓之花。鬓若刀裁，眉如墨画，脸如桃瓣，睛若秋波。虽怒时而若笑，即瞋视而有情。”宝玉的漂亮不只在于他的衣服，他的生命情境也被描绘出来。他连生气的时候都有一点像在笑的样子，发怒的时候看起来都是有情的。

后面写到最重要的：“项上金螭璎珞，又有一根五色丝绦，系着一块美玉。”跟王熙凤一样，宝玉也戴着一个镶了宝石的黄金项圈。不同的是，还有一根五种颜色的彩带绑着一块美玉。这个玉就是他生下来时含在嘴里带出来的那块玉，是贾宝玉的命根子。

“黛玉一见，便吃一大惊，心下想道：‘好生奇怪，倒像在那里见过一般，何等眼熟到如此！’”有时候和一个人第一次见面会觉得面熟，其实就是有好感。此生此世，与一个人一见面就觉得心里一惊，好像在哪里见过，大概就是有缘分。而这个缘分是不可解的，总觉得有很多割不断的牵连。宝玉跟黛玉其实就是这样一种关系：两个人分不开，见了面又常常会抱怨，就像冤家一样。黛玉永远都为宝玉哭，宝玉永远牵挂黛玉。两个人的关系都在这几句话里讲得非常清楚。

很多人一直希望从心理学角度解释这个东西。有时候，一个人事实上从来没有见过，却感觉好像见过。有时候一个地方从来没有去过，却觉得自己曾经去过，甚至知道转过街角会有什么东西。在那一刹那，你会吓一跳。有时候听到一些音乐或者读到一些诗词，会觉得似曾相识。很多人有过这样的经验。佛教中常常把这叫作宿慧，就是你前世曾经接触过的东西，在这一世里它的记忆还没有断。

宝玉出场了，黛玉看到了宝玉，可是宝玉好像没有看到黛玉，匆匆忙忙又出去了。我们都在等待，到底宝玉怎么看黛玉呢？可是他不见了。

## 作者对自己又爱又恨

宝玉向贾母请了安，贾母对他说，去见你娘来。大家庭家教很严，见了祖母，还应该赶快去给妈妈请安。这样就错开了黛玉跟宝玉之间的衔接。性子比较急的作家就会接着一直写下去，而一个好作家懂得怎么隔断，让读者在读的时候急着想知道到底会发生什么事情。

戏台上也经常用同样的手法。有时候舞台上那个人出来一亮相就退回去了，然后在后台唱了一段，再出来。先让大家眼睛一亮，等观众很想再看的时候才出来，而不是让他一直在那里待到你不想看，这就是文学技巧。

“宝玉即转身去了。一时回来，再看，已换了冠带。”刚才看到的是出去进香还愿的宝玉，现在是回家后穿便服的宝玉。“头上周围一转的短发，都结成了小辫，红丝结束，共攒至顶中胎发，总编一根大辫，黑亮如漆，从顶至梢，一串四颗大珠，用金八宝坠脚。”宝玉还是小孩子，可以束一个大辫子，可是旁边还有很多短发，他的短发全部被编成一个个小辫子，用红色丝带绑起来，一起聚到头中间从出娘胎以后一直留下来的长发，一根辫子拉到后面去。辫子上有四颗珍珠编进去，辫子后面有一个把辫子拉下来的坠脚，是用黄金做的。“身上穿着银红撒花半旧大袄。”回到家了，所以穿的是旧衣服。“仍旧带着项圈、宝玉、寄名锁、护身符等物。”寄名锁，锁是把时间锁住的意思，或者把命运锁住，让他不要遭遇不好的事情。在中国，锁是幸福的象征，以前小孩都带着锁。护身符是庙里求来的，红色的，挂在身上保护自己。“下面半露松花色洒花绫裤腿，锦边弹墨袜，厚底大红鞋。”宝玉的袜子非常讲究，是用丝绣出来的锦缎袜子。弹墨是古代做纺织品时，把剪纸贴在东西上染色，拿掉纸后会出现图样，这个图样叫作弹墨，有点像现在的蜡染。“越显得面如敷粉，唇若施脂；转盼多情，语言常笑。天然一段风骚，全在眉梢；平生万种情思，悉堆眼角。”

宝玉出场，作者对他做了这么多描述。大家都知道宝玉就是作者，作者是在写自己。曹雪芹一生，荣华富贵到十四岁，最后抄家落难。他写这本书的时候，一方面是讲自己当年过过多么好的日子；另一方面又有一点自责。后面一阕《西江月》，其实是在批评自己。所以说“看其外貌，最是极好，却难知其底细。后人有《西江月》二词，批宝玉极恰”。

“无故寻愁觅恨，有时似傻如狂。纵然生得好皮囊，腹内原来草莽。”

意思是说宝玉不爱读书。爸爸每次打他都是因为他不肯好好读书上进，不肯好好走科举取士的那条路。

“潦倒不通世务，愚顽怕读文章。行为偏僻性乖张，那管世人诽谤！”这其实是作者晚年潦倒时，回想自己一生时的自责。如果要找出曹雪芹对自己一生最严厉的忏悔录，我觉得就是这阕《西江月》。日子过得很潦倒，脾气也很怪，不肯趋炎附势，也不肯去跟旧日的朋友来往，这个时候他这样说自己。

“富贵不知乐业，贫穷难耐凄凉。”家里有钱时不知道好好珍惜拥有的事业，现在穷了，日子过得这么苦。

“可怜辜负好时光，于国于家无望。”这是很严重的一件事。在儒家文化里，一个男子忠孝两全是最好的。可是国和家都没能指望上他。《红楼梦》是一本批判性很强的书，作者批判儒家道统，也批判自己。他不认为人活着只有忠和孝，还有很重要的一点是自我实现，活出一个独特的自我。很多朋友读这本书，也不见得会赞成作者的主张，因为我们都深受儒家传统的影响。

曹雪芹说自己“天下无能第一，古今不肖无双”。很少有人会把自己写到这么严厉的地步。如果曹雪芹的爸爸还活着，他应该很得意才是，他儿子写出了世界名著。可当时没有人觉得曹雪芹（或者宝玉）有了不起的才华。当时只有做官才叫才华，其他的都不叫才华。作者在那个时代受到很大的压抑。从另外一个角度来看作者的自责，反而是对人性的另一种解读。

“寄言纨袴与膏粱：莫效此儿形状！”对家里很有钱，穿得漂漂亮亮，吃着山珍海味的那些男孩子说，千万不要学这个孩子。

《西江月》是作者对自己的描述和谴责。作者在这里是在写宝玉，可又在写自己，有一点游离出去的感觉。刚开始看的时候不太容易懂，怎么会跑出《西江月》这样的词来?

## 今日只作远别重逢

贾母就笑了，说:“外客未见，就脱了衣裳，还不去见你妹妹！”外客是指林黛玉。这个时候，宝玉才正式见林黛玉。经过王夫人讲宝玉，贾母讲宝玉，然后黛玉看到宝玉，层层迭进的，最后才轮到宝玉看黛玉。

“宝玉早已看见了一个姊妹，便料定是林姑母之女，忙来作揖。厮见毕，归坐。”

“细看形容，与众各别。”作者是非常用心的，必须要描绘宝玉眼中的黛玉，因为黛玉的存在，对所有人可能没有意义，可是对宝玉有意义。宝玉看到的黛玉不是长得美不美的问题，也不是王熙凤出场时的那种感觉。而是:“两弯似蹙非蹙罥烟眉，一双俊目。态生两靥之愁，娇袭一身之病。泪光点点，娇喘微微。闲静时，如姣花照水，行动处，似弱柳扶风。心较比干多一窍，病如西子胜三分。”

“蹙”是皱眉头的意思，“罥”是挂的意思。古时女孩子画眉毛用一种松烟，有一点像墨。黛玉的眉间有一点淡淡的像烟一样的东西笼罩着，是说她不发愁的时候，都有一种发愁的感觉。她的姿态很美，两腮上满是愁容。这里形容一个女孩子的美不是讲她的容貌，而是在讲她的心情。所以宝玉看到的林黛玉不是一个物质性的存在。在他眼里，林黛玉看起来好娇弱，一身都是病。我们很少这样形容美女。可这是宝玉在看黛玉，表示宝玉对她有很多的疼惜，这是一个主观的描绘。我一直觉得黛玉的存在不是一个客观的存在，而是对宝玉特别有缘的一个存在。

最奇特的描述是“泪光点点，娇喘微微”八个字。宝玉第一次看黛玉就觉得她一片泪光，这是一种感觉。第一回、第二回讲他们俩前世有过缘分，这一世相见的时候，留有对前世的回忆。“泪光点点，娇喘微微”，完全是宝玉对黛玉心疼的描绘，而不是实际的描绘。作者写王熙凤跟写林黛玉的方法差别很大。王熙凤是黛玉眼中的一个光彩夺目的女人，而宝玉眼中的黛玉，给人一种娇弱的感觉。

文学中有一种写法叫作全知观点，是指作者不是从自己的主观立场去写，而是从我的眼中写你，从你的眼中写他，从他的眼中写我，用某一个角色观照另外一个角色。等于作者要化身成千千万万的人，再通过这些人的眼睛来看世界。在后面我们将更清楚地看到作者的这种立场，小说里每一个人的诗都是他自己写的，可是林黛玉写的诗是林黛玉的个性，薛宝钗的诗呈现的是薛宝钗的个性。作者根本没有自我。我们活在人世间，对所有事情的判断都带有某种主观色彩，可是曹雪芹常常让我们感受到，能从别人的角度去看待一件事情，才是真正的宽容。

这一段完全是宝玉在看黛玉。“闲静时，如姣花照水”，好像花在水里面的倒影一样，“行动处，似弱柳扶风”，她走路时，好像细柳在风里面微微摇摆。这都不是很确定的描绘，而是对宝玉心情的一种描绘。

“心较比干多一窍，病如西子胜三分。”比干，是古代传说里的忠臣，曾因力谏被纣王挖掉心脏。古传圣贤心有七窍，聪慧非常。西子，就是西施。传说中西施常常会心痛，她每次心痛时眉毛会蹙起来，叫作颦。吴王夫差觉得西施最美的地方，就在于她心痛时眉尖蹙在一起的样子。

这里是说林黛玉也有一种愁的感觉，有点像西施，却还比西施更胜三分。作者用了很多典故，把宝玉第一次看到的黛玉画出来。

接下来发生的事情非常有趣。“宝玉看罢，因笑道：‘这个妹妹我曾见过的。’”

两个人见面时的反应很不一样，可是心里是一样的。黛玉看到宝玉心里一惊，觉得怎么那么面熟，可她没有说。而宝玉的个性是直接说出来，说得很笃定，其实他就是说，这个妹妹我喜欢。贾母笑了说：“可又是胡说，你又何曾见过他？”因为这是不可能的事情，一个在北方，一个在南方，怎么可能见过。宝玉笑着说：“虽然未曾见过他，然我看着面善，心里就算是旧相识认，今日只作远别重逢，亦未为不可。”此时神话的东西忽然连接到现实的世界里。这一世里面碰到一个人，有缘，然后说我们是远别重逢，这种感觉忽然就会跟前世连在一起。所以宝玉在这里对黛玉说远别重逢，意味着天上的一株草跟一块石头终于又相见了，用现在这一世的人身——一个男身跟一个女身相见了。贾母当然听不懂神话的部分，可是她很高兴，说这样子更好，两个人相处就会更和睦了。

宝玉走近黛玉身边，又重新仔细地打量她。宝玉在女孩子堆里长大，与女孩很随意，家里来了一个女孩子，就无所顾忌地从头看到脚。他是喜欢黛玉，所以才看了又看。他问黛玉有没有读书，黛玉说不曾读，只是上了一年学，认识几个字而已。宝玉又说妹妹尊名是哪两个字，黛玉告诉了他。宝玉又问表字，黛玉说无字。旧时比较讲究的人家，会另取一与本名含义相关的别名，称之为字，即表字。黛玉说无字，宝玉就笑，道：“我送妹妹一个妙字，莫若‘颦颦’二字极妙。”颦，就是东施效颦的颦，讲西施生病时的美。黛玉的美中带有一种发愁、忧郁的感觉。所以宝玉在这里就特别讲“颦颦”二字极好。探春问他典出何处？宝玉说：“《古今人物通考》上说：‘西方有石名黛，可代画眉之墨。’”西方有一种石头是黑色的，叫黛。林黛玉刚好用到“黛”这个字。他又说：“况这林妹妹眉尖若蹙，用取这两个字，岂不两妙！”探春笑他说，恐怕又是你杜撰的。宝玉常常会乱想一些典故。宝玉辩驳说：“除《四书》外，杜撰的太多，偏只我是杜撰不成？”

## 宝玉惊人的深情

下面一段非常重要，就是宝玉问黛玉有没有玉。

黛玉想，因为他自己有玉，所以就问我有没有玉。便回答说：“我没有那个。想来那玉亦是一件罕物，岂能人人有的？”听了这话，宝玉马上发起痴狂病了。这是他第一次发病，以后的故事里他还会发病。他的发狂是因为他觉得自己有的东西，最爱的那个人没有，他不能忍受。

《红楼梦》中，“玉”这个字用得很谨慎。黛玉、宝玉、妙玉、蒋玉菡，三百多个人物只有四个人名字里有玉，其实是他们前世有缘。对玉这个字，有各种解释。但几乎没有一个解释是我们完全能够接受的。但我们知道，作者使用这个字有非常深的隐喻。从中国传统来讲，玉代表一种莹润，石头经过人的爱惜、触摸，经过人的血汗浸润，最后就变成了玉，所谓“美石为玉”。玉代表了人的心灵间的相通。孔子说，切磋琢磨以后变成玉。人跟人怎么相处都处不好，就是顽石相见；如果越处越好，最后达到完全融洽，就是玉跟玉的关系。孔子比德如玉，认为君子跟君子的相处是慢慢相处到彼此没有摩擦，没有冲突，就是玉的关系。所以玉也许是在讲一种时间。宝玉本来是一块顽石，经过日月修炼，才变成一块玉，石头变成玉是因为时间的锻炼。

宝玉听了黛玉的话："登时发作起痴狂病来，摘下那玉，就狠摔去，骂道：'什么罕物，连人之高低不择，还说"通灵"不"通灵"呢！我也不要这劳什子了！'"

"吓的地下众人一拥，争去拾玉。"因为大家都知道这块玉是贾宝玉的命根子，如果摔了，他的命都不保。贾母哭起来，急得把宝玉搂在怀中说："孽障！你生气，要打骂人容易，何苦摔那命根子！"祖母对宝玉的溺爱在这里完全体现出来了。

贾宝玉表面淘气顽皮，可内心却深情到惊人的地步。他哭得满面泪痕："家里姊姊妹妹都没有，单我有，我说没趣。"如果我们有个东西，而别人没有，我们的反应是好得意，而宝玉刚好相反。他一直不快乐是因为只有他有这块玉，而家里的姐姐妹妹都没有。碰到黛玉以后，他觉得黛玉很特别，长得像神仙一样，觉得她总应该有吧，结果她也没有。这时他就决定不要这块玉了。

宝玉的个性非常奇特，他生命里面所有美好的事物，当别人没有的时候，他都心痛。他觉得自己所拥有的美和爱都是该跟众人去分享的。这里我们也很难分清所谓的深情与滥情。宝玉表面看起来非常滥情，几乎无人不爱。而同时他又非常深情，人世间美好的事物如果只有他一个人拥有，这个美好对他来说就成了最大的折磨和惩罚。从世俗的角度看似乎很难讲通。可是曹雪芹本身是一个贵公子，他生在豪华世家，吃山珍海味，穿绫罗绸缎，可他总觉得不安。这其实有一点像佛教故事里的悉达多太子，他长在王宫里，享尽人间荣华富贵，最后他要把他的肉一片一片割下来去施舍众生。宝玉最后选择出家，他觉得自己所拥有的富贵变成了一种惩罚。这是豪门世家没落之后巨大的忏悔，这是《红楼梦》最不容易读懂的部分。

宝玉摔玉时像小孩在胡闹，可是他的话很动人。知道宝玉有呆病，贾母就骗他说，林黛玉原来也有玉的，因为妈妈过世了，太想念妈妈，就把玉代替她陪葬了。这显然是大人哄小孩的话。宝玉听了才好一些，把玉又戴起来。

第三回结尾的部分，贾母开始交代任务了："今将宝玉挪出来，同我在套间暖阁里，把你林姑娘暂安碧纱橱里。等过了春天，再与他们收拾房屋。"贾母的房子里有一个碧纱橱，大概是用帘子围起来的一个小空间，她让林黛玉住在那里。宝玉就说："好祖宗，我就在碧纱橱外的床上很妥当，何必又出来，闹的老祖宗不得安静。"他就是要跟黛玉挤在一起，贾母同意了。这说明宝玉还是小孩子，家里才会让他们两个住在一起。在古代，男女是绝对要分开来住的，可是现在他们还是小孩，身体还没有发育，所以就同意了。可见，宝玉和黛玉两个人是从小一起长大的。

# 第四回

一

薄命女偏逢薄命郎

葫芦僧乱判葫芦案

## 心如止水的李纨

在第三回里，黛玉跟宝玉见了面以后，就在贾府住下来了。第一个晚上，她一个人在碧纱橱里哭，让一个叫袭人的丫头发现了。袭人本来是贾母最得力的贴身丫头，后来因为疼爱宝玉，就让她去照顾宝玉了。袭人是宝玉给她取的名字，因为她姓花，有一句诗是“花气袭人”，宝玉就给她改名为袭人。袭人发现黛玉一个人在哭，就问她是不是受了什么委屈。黛玉说我才第一天来，就招惹宝玉摔了玉，以后日子还这么长久，不晓得怎么办。袭人说宝玉每天都要惹事的，你要是为这个哭，将来会没完没了地哭。第三回结尾点出黛玉自怨自艾的个性，她总觉得自己给别人添了麻烦，总觉得自己带给别人不安，常常一个人垂泪。

第四回中，黛玉进贾府的第二天早上，她给贾母请完安，又到王夫人房里请安。她发现王夫人很忙，在看一封信，原来王夫人的妹妹薛姨妈家出了人命官司。十二三岁的小孩子也不懂人命官司到底怎么回事，也不太方便打扰王夫人办事情，就到李纨那里去了。作者借着这个机会，介绍了一下贾珠的太太李纨。

李纨是十二金钗中的一位。她是贾府女性当中最守传统妇德的。这里有几句话带出李纨："姊妹们遂出来，至寡嫂李氏房中来了。原来这李氏即贾珠之妻，珠虽夭亡，幸存一子，取名贾兰，今方五岁，已入学攻书。"贾兰就是后来振兴贾家家业的人。作者介绍李纨说："这李氏亦系金陵名宦之女，父名李守中。曾为国子监祭酒。"国子监有点像今天的国立大学，它是国家最高学术单位，"国子监祭酒"有点像大学校长。

"祭酒"这个词现在还在用，指各行各业当中最优秀的人。比如国子监要祭孔子的时候，去祭酒的一定是地位最高的人。李纨爸爸李守中就是国子监祭酒。他们家是一个书香世家，"族中男女无有不诵诗读书者。至守中承继以来，便说'女子无才便有德'。故生了李氏，便不十分令其读书，只不过将些《女四书》、《列女传》、《贤媛集》等三四种书，使他认得几个字，记得前朝几个贤女事迹便罢了，却只以纺绩井臼为要。"这里很明显地点出李纨家的家庭观念其实很传统，她的三从四德的个性跟家里的教育很有关系。"纺绩"，就是刺绣或者织布；"井臼"，就是打水或者做家务事。过去认为女性就是要做家务事情。"取名李纨，字宫裁。因此这李纨虽青春丧偶，且居处于膏粱锦绣之中，竟如槁木死灰一般，一概无闻无见。"她住在贾府吃穿都不必愁，可是却如槁木死灰一般，这是讲李纨的心情。李纨青春丧偶，十几岁嫁过去丈夫就死掉了，自己带着一个孩子。她觉得应该遵守所有女性的规矩与道德，一心想着把孩子养大，什么事情都不管。在十二金钗里，李纨几乎是完全没有自我的表现。她后来进大观园，也是贾母让她去陪着这些弟弟妹妹读书而已。

李纨是十二金钗中一个特别的人物。她的年龄跟王熙凤差不多，可王熙凤豁达锐利，要去抓权，要去表现自我。李纨的人生是悲剧性的，才十几岁就已经心如止水，没有任何欲望，激不起任何波澜。

作者接下来笔锋一转，开始谈贾雨村。

## 贾雨村的难题

第四回里最重要的一部分是贾雨村上任伊始，就遇上了一桩人命官司。他刚开始觉得官司非常简单，只要把凶手抓来问罪就可以了。雨村大怒，讲出来的是非常粗的话，他说："岂有此放屁的事！打死人命竟白白走了，再拿不来的？"因发签差公人立刻将凶犯族人拿来拷问。然后就准备发签。古代抓人时要拿着签，就是令牌，相当于现在的逮捕令。"令他们实供藏在何处；一面再动海捕文书。"古代的城都有城门，晚上都会关城门，在城门上会贴通缉犯的画像，把他们的名字写出来，叫作海捕文书。动海捕文书，等于布下天罗地网。

这里特别提到，他要发签的时候，案边立着的一个门子使眼色，不令他发签，他就退堂了。下面这一段就讲到雨村在密室里跟这个门子的对话。雨村觉得门子十分面善，一时想不起来。门子就笑了，他说："老爷一向加官进禄，八九年来便忘了我了？"雨村其实没有认出他。因为他以前是和尚，剃着光头，现在留了头发穿着衙役的服装，所以他就没认出来。那个门子笑道："老爷真是贵人多忘事，把出身之地竟忘了。"这个"出身之地"，是指他们八九年前都住过的葫芦庙。文学中常常有双关语，出身之地是我们每一个人生命的本源。贾雨村这几年都在做官，他没有想到当年落难，有人帮过他的忙。他答应去找甄士隐，也答应帮甄士隐找被拐卖的女儿。可是这些年他一直忙着做官，把这些都忘了，以致门子说你加官进禄竟然把出身之地都忘了。文学的有趣在于它常让你忽然一惊，我们通常会一下子想不起生命最本源的那个东西。《红楼梦》里面常常有这种双关的禅机之语。

"'把出身之地竟忘了，不记当年葫芦庙里之事了？'雨村听罢，如雷震一惊，方想起往事。"雷震一惊，才记得这个门子本是葫芦庙内一个小沙弥。"沙弥"是梵文，指刚刚开始修行的出家人，就是小和尚的意思。葫芦庙被火烧了以后他无处安身，本来要到别的庙去修行，继续做和尚，可是又难耐清冷的境况。这个门子大概本来就六根不净，而且也年轻，就趁机蓄了发，做了门子，不再做和尚了。

"一时间雨村那里辨得是他，便忙携手笑道：'原来是故人。'又让坐了好谈。"贾雨村是大官，这个门子是衙役，贾雨村叫他坐，他不敢坐。

门子的反应非常有趣。下面几段也许我们看小说时容易忽略掉。雨村跟他说："贫贱之交不可忘，你我故人也。"又解释说，这里是私室，不是在外面，所以不要守这些礼节，我们要好好地长谈，岂有不坐之理。"这门子听说，方告了座，斜签坐了。"签，就是庙里抽的签，签筒里的签都是斜靠在签筒里的。意思说他并没有真正地坐，他是靠在椅边的。《红楼梦》里有很多小细节非常活泼。这是形容他的肢体语言，只几个字就把那个感觉形容出来了。这个门子跟贾雨村的关系也就充分表达出来了。

然后贾雨村就问到了重点，说你刚才为什么做手势使眼色不让我发签。门子道："老爷既荣任这一省，难道没抄一张本省的'护官符'来不成？"他点出了一个东西——护官符。

## 护官符

所有做官的人都有一张单子，这个单子写的是不可得罪的人，叫护官符。雨村忙问："何为'护官符'？我竟不知。"贾雨村是贫寒出身，对这种牵连世家的东西不了解。亲戚的关系都是非常紧密的，在社会上要用这种方式来维护一个特权，不管是权力还是财富都必须用这样的方法来维护。这个门子听了以后就说："这还了得！连这个不知，怎能作得长远！"

他说："如今凡作地方官者，皆有一个私单，上面写的是本省最有权、有势、极贵大乡绅的名姓，各省皆然；倘若不知，一时触犯了这样人家，不但官爵，连性命还保不成呢！"这个门子点出了护官符的重要性。他说："方才所说的这薛家，老爷如何惹得他！这一件官司并无难断之处，皆因都碍着情分脸面，所以如此。"他一面说一面从口袋里取出一张抄写的护官符来，可见这个门子是个心机很重的人，否则不会没事就带一个护官符的。他已经认出贾雨村，他要找到适当的机会把这个护官符交给贾雨村。他是关心贾雨村吗？显然不是，他很可能是想借这个机会钳制这个做官的人。就是说他交给贾雨村护官符，这个案子只有他知道，有一天他也可以用这个来要挟贾雨村。这就是官场，作者非常懂这些。虽然他也厌恶，但他十分了解这人情世故，所以他就把这些写得极好。

雨村拿护官符一看，都是本地大族名宦之家的谚俗口碑，其实就是民间的歌谣。民间常常会把官宦的情况编成一种民谣来传唱，有点类似顺口溜，一听就知道现在当政的是谁，高干子弟是哪些人。

就是这个护官符上写着："贾不假，白玉为堂金作马。"这里面有典故，同时也在讲他们的富有，就是用白玉做房子，用黄金来做马。下面注解是宁国公、荣国公开创这个基业。宁国、荣国二公之后，共二十房，除宁、荣亲派八房都在京都外，在原籍还有十二房。这样就可以了解到贾家的势力之大，蔓延在各个地方。

第二个就讲史家："阿房宫，三百里，住不下金陵一个史。"表明史家的势力很大，就连秦始皇盖的阿房宫都容纳不下。这个史家是保龄侯尚书令史公之后。他们的第一代是保龄侯尚书令，史家一共分为二十房，都中现住十房，原籍十房，贾母就是这个家的小姐。史家的小姐嫁到了贾家。贾母的侄孙女史湘云也是这个家庭出来的。

第三个是王家："东海缺少白玉床，龙王来请金陵王。"东海龙王也要到金陵的王家来借白玉床，表示金陵王家很富有。王家最早是都太尉统制，也就是武官出身，到了这一代就是王子腾，即王熙凤的父辈。他们一共十二房，都中有二房。

第四个就讲到了薛家："丰年好大雪，珍珠如土金如铁。"雪和薛是谐音，一直在暗示薛家。他们使用珍珠、黄金就像使用土和铁一样。第一代是紫薇舍人薛公，紫薇舍人是秘书省里的一个官位，是一个文官。"现领内府帑银行商，共八房。"政府收藏钱财的府库就是"帑"，就是说府库是由他们家掌管，有点像近代的孔祥熙这种角色。

这个门子跟他说，贾家、薛家、史家、王家四家连络有亲，他们彼此都是亲戚。王子腾的妹妹嫁给贾政，就是王夫人；一个妹妹嫁到薛家，就是薛姨妈，所以王、薛都有关系。史太君嫁到了贾家，王熙凤又嫁到贾家，彼此间互有牵连的。《红楼梦》的后补四十回也是薛宝钗嫁给贾宝玉，又是薛家跟贾家的联姻。

门子告诉贾雨村："四家皆连络有亲，一损皆损，一荣俱荣，扶持遮饰，皆有照应的。才告打死人之薛，就系丰年大雪之'薛'也。不单靠这三家，他的世交亲戚，在都在外者，本自不少。老爷如今拿谁去？"

贾雨村刚刚做官，还是有一点直率，他就说："却怎么了结此案？你大约也深知这凶犯躲去的方向了？"门子就笑了说："不但凶犯逃躲的方向，我已知道；并这拐卖之人，我也知道。"

## 英莲被卖的过程

这个门子是非常有心机的。当年，他家里的房子刚好租给那个拐子。因为他知道英莲有一个胎记，就明白这个英莲是被拐骗来的。后来门子慢慢从她嘴里套出了真话，知道她就是甄士隐的女儿英莲。按说贾雨村能够做官最应该感谢的就是英莲的爸爸，因为甄士隐当年给了五十两银子助他上京赶考。这是一个大好的机会可以回报当年的恩情，而且从做官的角度，也应该秉公执法。可是，他有今天是贾家帮的忙，所以他必须维护薛蟠。

这个事件带出的另一个人，就是冯渊："自幼父母早亡，又无兄弟，只他一个，守着些薄产过日。长到十八九岁上，酷爱男风，不喜女色。这也是前生冤孽，可巧的遇见这拐子卖丫头，他便一眼看上了这丫头，定要买来作妾，立誓再不交结男子，也再不娶第二个了，所以三日后方过门。谁知道这拐子又偷卖与了薛家，他意欲卷了两家的银子，再逃往他乡去。谁知又不曾走脱，两家拿住，打了个臭死，都不肯收银，只要领人。那薛家公子岂肯让人的，便喝着手下人一打，把个冯公子打了个稀烂，抬回家去三日死了。”

薛蟠本来要带妈妈和妹妹到京城去，只是偶然在路边看到了人家卖丫头，他说喜欢就要买回来。薛蟠这个角色写得非常精彩，真正写出了豪门子弟的可怜。他绝对不是什么坏小孩，如果放在一个好的家庭，好的教育环境里，他不会是这样子的。可是他家里太有钱，爸爸早逝，妈妈太宠他，以至变得无法无天。他甚至都不清楚自己到底闯了什么大祸，因为他闯了任何祸都有人替他收拾摊了。我们千万不要马上判定他是个坏孩子，社会上这样的小孩大多是因为家里纵容到他根本就没有法律的观念，因为所有的事情都有人包庇。

薛蟠本来打算进京的，谁知闹出事来。“既打了冯公子，夺了丫头，他便没事人一般，只管带了家眷走他的路。”他好像没事一样，可见他以前也做过类似的事情。尤其打死的如果是穷人，他们赔一些钱也就算了。“他这里自有兄弟奴仆在此料理，并不为此些微小事，值得他一逃的。”

门子告诉他这一段故事之后，又问贾雨村：“老爷你道这被卖丫头是谁？”贾雨村说我怎么会知道。门子说，这人还是老爷的大恩人呢，就是葫芦庙旁住的甄老爷的女儿，小名英莲。英莲就是应该可怜的意思，是说这个女孩子薄命，一生都非常惨。第四回的回目是“薄命女偏逢薄命郎”，她好不容易碰到冯渊，命运有机会转变好，结果又失去了。

贾雨村如果有正义感，就应该去救英莲，可是这么做的结果将特别麻烦。贾雨村吓了一大跳，说原来是她，五岁的时候被人拐去，怎么到今天才卖？门子说，这种拐子单拐五六岁的女儿，五岁六岁拐来养在一个僻静的地方，养到十一二岁的时候，看她容貌长得好不好，带到他乡再去转卖。门子说英莲眉心中原有米粒大的一点胭脂痦，他就认出了英莲。接下来的问题是，贾雨村到底要怎么处理这个事情。

## 贾雨村深谙官场机巧

下面门子就开始介绍薛蟠了：“这薛公子浑名人称‘呆霸王’。”“呆霸王”三个字说明了薛蟠的特点。他其实并不坏，只是大大咧咧的。“最是天下头一个爱弄性的，且使钱如土，打了个落花流水，生拖死拽，把个英莲拖去，如今也不知死活。”而这冯公子空喜一场，“一念未遂，反花了钱，送了命，岂不可叹”。

听到此处，贾雨村心里已经有数，他开始思忖着自己要怎么样做才能使贾府不抱怨他。可他很聪明，让门子先讲。那个门子就笑说：“老爷当年何其明，今日何翻成了个没主意的人了！小的闻道老爷补升此任，亦系贾府、王府之力；此薛蟠即贾府之亲，老爷何不顺水行舟，作个整人情，将此案了结。”门子劝他说，你将来还要见贾政和王子腾。贾雨村当然要装装正义，说这事关人命，怎么可以如此处置。这个门子给他一些建议说，你明天出来就说你会扶鸾。扶鸾是用绳子绑一支毛笔，拿一个沙盘在底下念念有词。等到鸾仙附身了，笔就会在沙盘上写字。写出来的字旁边人都看不懂，只有扶鸾的人看得懂，他会解释给大家听。解释的时候，贾雨村就可以跟大家说，过去冯渊跟薛蟠有宿孽，这一世彼此要还报的。冯渊已经被打死了，他的鬼魂现在又出来勾了薛蟠，薛蟠也暴病而死。就叫薛家报一个暴病而亡，以此了案。

贾雨村心里当然知道怎么处理，可他不露声色。只说不妥不妥，我再斟酌。他不能让这个门子压倒他，而是要想办法处理掉这个门子。因为门子知道他的出身，而且，这个门子随时都有可能会透露了结这桩命案的底细。这个门子心机虽多，可还是不够聪明，马上就要倒霉了，自己却还不知道。

第二天，贾雨村就把这个事情处理了。他发现冯渊家父母早亡，没有真正的亲人，所有的远亲也不过是为了多要一点钱而吵闹。薛家有的是钱，根本不在乎，所以就赔钱了事。他们假装报了一个薛蟠暴病而亡，这个案子就了结了。

“雨村既判了此案，急忙作书信二封与贾政并王子腾。”告诉他们，薛蟠的事情他已经处理好了。这就是护官符的作用。贾雨村真的已经学会了官场这一套。

处理完这个事情之后，他要处理另外一件事。“此事皆由葫芦庙内之沙弥新门子所出，雨村诚恐他说出当日贫贱的事来，因此心中大不乐，后来到底寻了个不是，远远充发了他才罢。”最后把那个门子发配到边疆。

官场很恐怖的东西，贾雨村已经学会了。甄士隐听了《好了歌》，了悟出家，而贾雨村却进入了人世间最污秽肮脏的那一面。所以一个是甄（真），一个是贾（假）。《红楼梦》的甄与贾都有暗示。贾家和贾雨村其实都在红尘中，充满着人世的纠结。

这段故事不仅交代贾雨村学会了做官和英莲被卖的事情，更重要的是带出一个主要的角色：薛蟠。

## “呆霸王”与他的母亲和妹妹

薛蟠常常去嫖妓，简直是一个坏男孩。可是开始介绍薛蟠的时候，作者并没有用很主观的方法，他还是很客观地告诉你薛蟠是个什么样的人。“只是如今这薛公子，幼年丧父，寡母又怜他是个独根孤种，未免溺爱纵容，遂至老大无成。”独生的男孩子都会被宠得不像话。“且家中有百万之富，现领着内帑钱粮，采办杂料。这薛公子学名薛蟠，表字文龙，从五六岁时，就是性情奢侈，言语放傲。虽也上过学，不过略识几个字儿。”后面有很多笑话都是关于薛蟠的。他不学无术，书读得一塌糊涂，看到唐伯虎的名字“唐寅”，念成“庚黄”。他去歌楼唱那种最黄色的歌，贾宝玉写《红豆词》，他就来个《女儿乐》。“终日惟有斗鸡走狗，游山玩水而已。虽是皇商，一应经纪世事，全然不知，尽赖祖父之旧情分，户部挂虚名，支领钱粮，其余事体，自有伙计老家人等措办。”薛蟠世袭了爸爸皇商的身份，可是他什么都不懂，根本不会做生意。这种大家族根本不在乎小孩子能不能干，而在乎这个家的名分，一亮出来，所有的人都来帮你。他在户部挂了名，每个月还有薪水可领。

薛蟠是《红楼梦》中写得非常生动的一个人物。由此可知，作者家族中有很多男孩子就是这样长大的，斗鸡走狗、看戏唱歌，从来不好好读书，也不求学上进。

后面又介绍薛蟠的母亲和妹妹。“寡母王氏乃现任京营节度使王子腾之妹，与荣国府贾政的夫人王氏，是一母所生的姊妹，今年方四十上下年纪，只有薛蟠一子。还有一女，比薛蟠小两岁，乳名宝钗，生得肌肤莹润，举止娴雅。当日父亲在日，令其读书识字，较之乃兄，竟高超十倍。”薛宝钗和哥哥薛蟠形成鲜明的对比。薛宝钗书读得极好，她读书只是为了好玩而已；而哥哥那么需要认真读，却读得一塌糊涂。薛宝钗很体恤妈妈，跟母亲感情特别好，甚至她哥哥惹的祸，她要想办法周旋：“自父死后，见哥哥不能依贴母怀，他便不以书字为事，只留心针黹、家计等事，好为母亲分忧解劳。”

薛宝钗为什么要进京？这里透露了原因：“近因今上崇诗尚礼，征采才能。”就是把高官、书香世家长得好的女儿，征采进宫，多半是做皇后、妃子，叫作选秀。当时已不只是征采漂亮的，还要征采有才能的。“除选聘妃嫔外，仕宦名家之女，皆亲名达部，以备挑选，择为公主、郡主之入学陪侍，充为才人、赞善之职。”宝钗这时十四岁，她进京是准备待选进宫。如果进了皇宫，大概就是元春的命运，可能会一辈子在皇宫里。

“自薛翁死后，各省中所有的买卖承局、总管、伙计人等，见薛蟠年轻不谙世事，便趁时拐骗起来，京都中几处生意，渐亦消耗。薛蟠素闻得都中乃第一繁华之地，正思一游，便趁此机会，一为送妹待选，二为望亲，三因亲自入都，销算旧帐，再计新支。”他们家势力很大，在京城里面很多生意，可是薛蟠年轻不谙世事，撑不起来。他们当时在南方，薛蟠很想到首都去玩。他说进京要送妹妹待选，看望亲戚，同时要销算旧账，其实他就是想去玩。在进京的路上偶然看到英莲就要买下来，结果把冯渊打死，丢下这个人命官司便扬长而去。

## 小男孩的诡计

下面一段很有趣，能看出薛蟠这个小男孩心里有很多诡计。

薛蟠进京，可以住在姨妈家，或者住在舅舅家，可他很怕住在这两家，因为他进京是要去玩的。他就跟妈妈讲，他们家在京城有好几栋房子，这么多年没有人住，大概被那些托管的人私下里租给别人了，他想先快马到京城里去打扫一下，再接妈妈过去。这是小男孩的一个诡计，因为陪着妈妈和妹妹会很不自由，他自己一个人走，路上还可以玩，先到的话妈妈也管不了他，他也不用再住在舅舅家或姨妈家，没有亲戚来管他。

本来他入都的时候，想一定住在舅舅家。可是他在半路上忽然听到了一个消息："忽闻得母舅王子腾升了九省统制，奉旨出都查边。"九省统制是非常大的一个官，是最高的中央大员。奉皇帝的命令要到边疆去查边防。这样的官一出去，几个月都回不来。薛蟠心里很高兴，他知道自己刚闹出了人命官司，舅舅在的话一定要骂他。在传统社会，父亲不在了，通常都是舅舅代替父亲的身份。"薛蟠心中暗喜道：'我正想，进京去有个嫡亲母舅管辖，不能任意挥霍；如今却好升出去了，可知天从人愿。'"这就是小男孩的心眼。

他母亲也很聪明。她很了解自己的儿子，刚刚闹出人命官司，一到京城里就更不得了。所以很希望他能够被管束，可她又知道自己管不住儿子。她就想，如果住在舅舅家、姨妈家还有人可以管他。她说："咱们这一进京，原该先拜亲友，或是在你舅舅家，或在你姨娘家。他们家的房舍极是便宜，咱们先去寄住，再慢慢的着人去收拾，岂不消停。"这里的便宜是指房子很多，很宽敞，根本不在乎我们去住。薛蟠道："如今舅舅正升了外省去了，家里自然忙乱起身，咱们这工夫反一窝一块的奔了去，岂不没眼色些。"这完全是薛蟠的语言，薛蟠讲他自己一家人叫一窝。作者很了不起，每一个人讲话都符合自己的身份。薛蟠是跟不良少年一起混大的，一开口就是很粗俗的俚语。

妈妈说："你舅舅家虽升了去，还有你姨娘家。况这几年来，他们常常捎书来，要咱们进京。"薛姨妈和贾政的太太王夫人是亲姐妹，一起长大的。姐妹出嫁后，见面的机会很少。姐妹的情感又很亲，所以薛姨妈很想住在王夫人家里，也就是贾家。她说："如今既来了，你舅舅虽忙着起身，你贾家姨娘自必苦留。咱们且忙忙收拾房屋，岂不使人见怪？"

下面妈妈就讲出薛蟠真正的心思，她说："你的意思我也知道，守着舅舅、姨父处住着，未免拘束，不如你各自住着，任意施为。"妈妈是知道他的心思的。母子对话非常有趣和亲切。我一直觉得亲子之间的关系是文学上最值得写的东西，其中既有一种亲情，又有一种防范。薛姨妈疼儿子，可又知道儿子不学好，干脆把他的心思讲出来，最后又将了他一军："既然如此，你自去挑所房子去住。我和你姨娘、姊妹们别了这几年，却要厮守几日，我带了你妹妹投你姨娘家去，你道好不好？"当然薛蟠不可能这样，因为他再坏也知道要照顾妈妈和妹妹。毕竟爸爸死了，他是一家之长，要担起一份责任。所以，"薛蟠见母亲如此说，情知扭不过，只得吩咐人夫，一路奔荣国府来"。

## 薛家母子入住梨香院

王夫人此时已经知道薛蟠的官司经贾雨村维持了结，就放了心。又见哥哥升了边缺，就有点儿发愁，因为少了娘家的亲戚。女孩子出嫁以后，没有娘家亲戚在身边，常常会觉得孤单。本来她跟哥哥住得很近的，可是现在哥哥要到外省去了。刚好亲妹妹来了，她很高兴，"接出大厅，将薛姨妈等接了进去，姊妹们暮年相见，自不必说悲喜交集"。王夫人和薛姨妈两个人当时四十几岁，从十五六岁结婚以后就没有见过面，久别重逢，两个人谈了很多往事，又哭又笑。"泣笑并见，叙阔一番。忙又引了拜见贾母，将人情土物各种酬献了。合家俱厮见过，忙又治席接风。”见亲戚是非常麻烦的，每一个人都要送到礼，而且哪一个人重，哪一个人轻都要分得清楚明白。贾府这边则要置席给薛姨妈一家接风洗尘。

薛蟠已见过贾政，贾琏又引着拜见了贾赦、贾珍等。贾政就派人来说，“姨太太有春秋”，就是讲薛姨妈年岁不小，这样说含有尊敬的意思。“外甥年轻，不知世路，恐有人引诱生事。”特别的重点是在这里，贾政已经拿到了贾雨村的信，知道贾雨村摆平了薛蟠惹的人命官司，他很怕这个外甥又要惹事。他不说他坏，只说他不知道世界上的复杂。这是姨父讲话的口气，不能讲得太白。然后他说：“咱们东北角上，梨香院一所，十来间白空着，打扫了，请姨太太和哥姐儿住了甚好。”这里有一点要管束薛蟠的意思。

“王夫人未及留，贾母也遣人来说‘请姨太太就在这里住下，大家亲密些’等语。”王夫人还没有说要留他们住，贾政就先讲话，然后贾母再讲话，为什么这样？因为王夫人和薛姨妈是亲姐妹，亲姐妹不能先开口留自家人。那薛姨妈本来就想住在一起，可以拘束儿子。“若另住在外，恐他纵性惹祸，遂连忙道谢应允。”就住下了。可是薛姨妈跟王夫人讲：“一应日费供给，一概免却，方是处常之法。”这跟前面不同。黛玉进来的时候，王夫人立刻就问说这个月的月钱发了没有，表示黛玉住下来，也要领每个月的零用钱。薛家很有钱，根本不在乎这个东西，所以薛姨妈就说我们愿意住下来，可是吃穿用度一应由我们自己出，方是处常之法。王夫人知道他们家有钱，也就不坚持，“遂亦从其愿”，自此薛家母子就在梨香院中住了下来。

小说还特别介绍了梨香院：“原来这梨香院，乃当日荣公暮年养静之所，小小巧巧，约有十余间房舍，前厅后舍俱全。另有一门通街，薛蟠家人就走此门出入。”梨香院的位置非常特别，在书上能看得非常清楚，西南有一个角门通一夹道，出了夹道便是王夫人正房的东院，薛姨妈常常进来跟王夫人一起吃饭聊天。可是，它东边又有一个角门直接通到大街上。当年荣公养静，没有人敢管他，他可以往里走，也可以往外走，所以就留了一个门儿。那个夹道一出来就是大街，薛蟠后来每天就从这里跑出去。贾政没有想到梨香院这么容易跑出去。他们家所有的大门到晚上全部关起来，不能出去。可是梨香院的这个角门是开着的，后来贾家所有的坏男孩都是从这个地方跑出去的。

## 薛蟠在贾府如鱼得水

“只是薛蟠起初之心，原不欲在贾宅居住，深恐姨父管约拘紧，料必不得自在的；无奈母亲执意在此，且贾宅中又十分殷勤苦留，只得暂且居下，一面使人打扫自己的房屋，再作移居之计。”可是没有想到，住下不到半个月，贾家的男孩子他便全都认识了。他没有想到有这么多跟他一样的同伴，以前他还是一个人在闹，现在变成一大群人在闹。

薛蟠手头阔绰，出去都是他花钱，大家都愿意跟他玩。“凡是那些纨袴气习者，莫不喜与他来往，今日会酒，明日观花，甚至聚赌嫖娼，渐渐无所不至。”大家都是纨袴子弟，都是不读书的。他本来还没有这么野的，可是因为有一大堆的玩伴，“引诱的薛蟠，比当日更坏了十倍”。“引诱”这两个字很奇怪，其实就是大家一起去玩了，有伴儿可以胡闹了。

贾家这些孩子被纵溺的状态，慢慢凸显出来。宝玉很不一样，他性情很随和，也跟他们去玩儿，但他骨子里永远保有一个很奇怪的格调。他在酒楼里面唱的歌竟然是《红豆词》，可见他是天生深情优雅的。他在讲“滴不尽相思血泪抛红豆”，与薛蟠的那种粗俗是很不同的。当然有一部分是作者在写一种禀赋上的东西。

“虽说贾政训子有方，治家有法，一则族大人多，照管不到这些；二则现在族长，乃是贾珍，彼系宁府长孙，又现袭职，凡族中大小事体，自有他掌管；三则公私冗杂，且素性潇洒，不以俗务为要。”贾府上下三百多口人，贾政自己公务又很忙，他所有的严格都是表面上的，私下这些小孩在做什么，他根本不知道。同时，族长是贾敬的儿子贾珍。贾珍自己本身就很烂，整个家由他这样的人来管，底下就变得一塌糊涂。贾政本身是很正派的一个人，可他没有时间和精力管到子侄辈。所以作者用了这三个原因讲到下面家族的混乱。

大家族的家规是非常严格的。可其实管得太严，反而不是好办法。贾家就是这样，外面非常严格，最后这些小孩子找到了一个出口就是梨香院，可以畅意地行事。渐渐地，薛蟠再也不想搬家了。

下次会讲到第五回，第五回是最重要的一回。重要在于贾宝玉第一次喝醉了酒，做梦到了太虚幻境，打开很多的抽屉，每一个抽屉里都有一首诗。每一首诗就是一个女孩子的命运，也就是十二金钗判词。这十二首诗是最不容易懂的。我在大学里教书的时候，常建议学生们跳过第五回，因为第五回非常难懂，一读不懂就不想看下去了。

第五回为什么重要，是因为作者把所有人物的结局都放在第五回里了。一般认为，《红楼梦》其实没有写完，写到第八十回作者就去世了。所以我们现在都从第五回里去考证曹雪芹本来希望每一个人的命运是什么。比如说王熙凤是“一从二令三人木”，这个“一从二令三人木”指的是什么，大家都像在猜谜一样。我建议大家先读一下十二金钗的判词，多一点了解。

# 第五回

游幻境指迷十二钗
饮仙醪曲演红楼梦

## 生命结局的印证

读过《红楼梦》的人都知道，此书最关键的章节是第五回和第六回。第五回其实是这部近百万字的小说的真正开头。在小说开始时，贾宝玉做了一个梦，梦到一个叫作太虚幻境的地方，在那里他看到一些大柜子，柜子有很多抽屉。他一一打开抽屉，在每个抽屉里都会看到一张画，旁边写有几句诗。那些诗，是他一生中碰到的女性的命运。

《红楼梦》这部小说结构特殊的地方，在于它把故事结局放到前面来写。

很多朋友在人生彷徨的时刻，常常会到庙里抽一支签。这支签告诉你一生会碰到的事情。令人惊讶的是，所有的签都在可解与不可解之间。人对命运的依靠，好像永远没办法完全消除，因为这是对未知事物的一种好奇，谁都很想知道自己接下来会碰到什么样的事情。像在台湾，好多人会在早上买一份报纸，去看十二个星座及其近期的运势。看了以后你也很难说它对你毫无影响，虽然你只是觉得好玩才看看。你会发现所有关于运势的东西，不管是十二星座，还是你在庙里抽的签，都有一点模棱两可。抽签的人常常觉得很准，那是因为对签你可以这样解释，也可以那样解释。

贾宝玉打开的抽屉里的判词，就是判定一个人一生命运的词句，而这些判词都在可解与不可解之间。我们知道判词写的是谁，但不能完全理解很多句子真正的意思。比如“一从二令三人木”，这跟谜语一样。搞红学的人一直在猜测它到底是什么意思，到现在为止没有一个学者的谜底能够真正让人信服。可即使没有猜出来，也知道这是王熙凤的判词。有人认为，人跟木加起来是一个“休”字，就是说她最后被贾琏休了。古代女子被休就是被婆家赶出去，是很惨的事。但是也有人不同意这个说法。曹雪芹留下很多千古难解的谜，有点像我们在庙里抽的签，你永远不知道它真正的意思是什么，而它的精彩也在这里。

小说大结局全部在第五回，如果你想知道《红楼梦》中每一个人的命运，你就要不断回到第五回来看。因为那些诗已经放在那里，你会去印证。就像你在庙里求的签，可能是十年前抽的，你会一直放在抽屉里，隔一阵子拿出来看一看，看到底对还是不对。诗跟生命之间的印证关系全部在第五回当中。

除了判词，还有十四支曲子。这十四支曲子也是讲书中最重要女性的命运（十四支是指包括了《红楼梦引》和《收尾・飞鸟各投林》)。

《红楼梦》里有一个名称叫“金陵十二钗”，指十二个最重要的女子，她们是贾家的元春、迎春、探春、惜春，林黛玉、薛宝钗、史湘云、王熙凤、巧姐、李纨，还有秦可卿、妙玉。有趣的是，不是一人一首判词，林黛玉和薛宝钗一直在同一首判词里。“玉带林中挂，金钗雪里埋”，“挂中林带玉”，用一个倒读的方法把林黛玉名字放进去了。“雪”一直是薛的谐音，在《红楼梦》当中所有提到雪的部分，都在影射薛家，“金钗雪里埋”讲的是薛宝钗。可它们是同一首诗，是不是作者觉得林黛玉和薛宝钗不是两个人，而是同一个人？或者，对于作者来讲，他一生当中最难以忘怀的两个女性就是林黛玉和薛宝钗，如何选择是一个难题，选择一个，对于另外一个将是很大的遗憾，因为林黛玉和薛宝钗是两种截然不同的生命典范。

我觉得作者触到了生命的本质，这个本质是存在于我们的潜意识里的，是我们从来都不敢说的。你会发现你的一生中，当你决定跟一个人结婚的时候，其实对另外的人可能就是遗憾。《红楼梦》中隐含着很奇特的意思，是说人只要有选择，就会有遗憾。对作者来讲，人世间的美好幸福是不能全得的。有所取，就有所舍；有所得，就有所失。林黛玉和薛宝钗一直是很有趣的象征，好像两人合在一起才是完美，如果她们是两个人，就永远不完美。所以在作者幻想的世界里，在判词当中，她们变成了合在一起的生命形态。不管是判词还是《红楼梦》的十四支曲子，林黛玉和薛宝钗一直是一个特例，这是需要注意的一个现象。

第二个要注意的现象是，如果说《红楼梦》是十二金钗每个人有一首判词，每一个人有一首曲子，就不会有十四支曲子。《红楼梦》的十四支曲子并不是完全在写个人。譬如最后一支曲子明显讲到“欠命的，命已还；欠泪的，泪已尽”，前世欠别人命，这一辈子要把这个命还掉，前世欠眼泪，这一世要把眼泪全部流完，这当然是讲林黛玉的故事。最后讲到“好一似食尽鸟投林，落了片白茫茫大地真干净”，这里写的不是任何个体，而是写这个小说里所有人的下场。所有人来这一世，不管争名还是夺利，最后都会走，作者用了一个近似于老庄的写法，告诉我们人世间所有的繁华到最后都是空忙一场。

第五回要一看再看，以后读到后面任何一章你都翻回来去印证第五回的结局。一部小说一开始就把结局告诉读者，这很冒险，因为如果知道结局，读者很可能就不想看下去了。可《红楼梦》告诉我们，结局不是最重要的，人怎么一步一步走向那个结局才重要。

## 晴雯：作者疼爱的悲剧角色

宝玉先打开的是“十二金钗又副册”，第一首判词写晴雯，她是《红楼梦》里宝玉身边一个非常重要的丫头。“霁月难逢，彩云易散”在讲“晴”和“雯”，是她名字里的两个字。说她“心比天高，身为下贱”，是说晴雯是一个奴婢，一个丫头，可是她“心比天高”，因为她非常爱宝玉，要把自己所有的热情全部献给宝玉。当王夫人觉得晴雯在勾引宝玉以后，将她赶出贾府。晴雯落难，即将病死时，她感觉自己跟宝玉在一起的愿望完全落空了，这是写晴雯的悲剧。也许更重要的是，晴雯之所以酿成悲剧，是因为她始终心有不甘，她不肯认命。她觉得凭什么我身为下贱，就不可以心比天高？她要追求更大的生命激情和人生目标。晴雯最动人的部分是在临终的时候，把她留的三根指甲咬断，交给宝玉。一个丫头要做很多粗重的工作，她竟然留了三根慈禧太后那样的长指甲。从这里可以看出，她一直想去追求另外一个美好的世界。临死前，宝玉赶来看她，她已无法坐起来，便用最后一丝力气咬断这三个指甲，把它给了宝玉，这个场面让人震惊。她觉得这辈子白留了这三个指甲。指甲是肉体的东西，她一直爱宝玉，却没有跟宝玉发生任何关系。第一个跟宝玉发生性关系的是袭人，袭人看起来是最乖的女生，很柔顺。晴雯被赶出去，是因为王夫人觉得她的头发常常梳得不正经、不规矩。可是很奇怪，真正在性方面很大胆的女孩不是晴雯，却是袭人。晴雯什么也没做，所以她觉得特别冤枉。

《红楼梦》的精彩在于，任何角色你都很难解释他是好还是坏，比如晴雯，她是一个生命的现象。读《红楼梦》常常会让我们想到身边的人。在中学时，教官规定头发一定要剪到耳朵上边。有一个女孩不肯听，一定要留长的；裙子一定要盖过膝盖，她就偏偏要露出膝盖来。那个女孩最后被记大过退学，我还记得她哭泣的样子。其实她什么也没做，她比那些私下做了很多大胆事情的女孩子要规矩得多。晴雯就是这样一个“心比天高，身为下贱”的女孩子。作者对她有一种心疼，她好像惹人厌，好像是一个不规矩的人，可是她比很多不规矩的人还要规矩。作者在看人生的时候有一种透彻，他不是在评判人的好坏，而是在阐发一个道理：人的命运悲剧是个性的悲剧。

## 发育中的宝玉

晴雯是一个泼辣的、有话直说的人。袭人很含蓄，所以她永远让人觉得很乖很老实。其实，袭人一点都不老实。

第五回最精彩的一部分是宝玉的第一次春梦。不管是男孩子还是女孩子，到了十二三岁，生理上会起变化。我们这一代人在成长的过程中，从来没人跟我们谈这些。爸爸不会跟我谈，妈妈也不会跟我谈。我们家里面的女孩子，她们的生理发生变化母亲也很少会跟她们谈，都是自己去摸索身体为什么发生了这些变化。这里面有羞怯，有羞于对人言说的隐私，甚至还会有很多恐惧。第五回在讲贾宝玉的发育，一个十三岁的男孩子，他的生理自然会有变化。

那一天，宁国府的贾珍跟太太尤氏看院子里梅花都开了，就请荣国府的贾母、王夫人过来赏花。富贵人家平常也没有什么事做，赏花是一件很重要的事。宝玉也被带过去赏梅花，结果喝了酒，有一点微醺，就想睡了。贾母不太放心，因为不是在自己家里，不晓得要睡在哪里。贾珍的儿媳妇叫秦可卿，十七岁的一个女孩子，除了王熙凤以外，媳妇这一辈当中，她是最漂亮最能干的一个，贾母很看重她。伶俐的秦可卿跟贾母说，不要担心，我带他去睡个午觉吧。

一进房去，贾宝玉看到墙上挂了一张《燃藜图》的画。《燃藜图》乃是神仙劝人勤学苦读的画面，故事大意是汉代刘向在黑夜里独坐诵书，来了一个神人，手持青藜杖，吹杖头出火照着他，教给他许多古书。贾宝玉生活在这么有钱的家里，挂这种画是一种训勉。贾宝玉一看就很不高兴，因为他最痛恨的就是大人劝他读书。他觉得那些东西最讨厌，都是很虚伪的东西。

旁边又有一副对联："世事洞明皆学问，人情练达即文章。"这是教你做人的道理。就是你把人世间的事情都弄透彻以后，"世事洞明皆学问"。学问不一定是看书，学问是做人的道理。你懂得做人，懂得揖让进退，懂得在什么时候跟别人礼貌地寒暄、讲话，熟练处理人际关系，就等于写文章写得很好了。这都是古代八股教育里很教条的东西，有点像"忠勇为爱国之本，孝顺为齐家之本"这类的训诫。这两句话不见得讲得不好，而且有的人还很喜欢。在台湾很多人家里看到的对联，就是这两句话。

贾宝玉喜欢真性情，很厌烦这种人际间伪装的东西。所以宝玉立刻说他不要睡在这里，闹着要走，小孩子脾气出来了。秦可卿没办法，只好让宝玉到自己的房间去睡。

请注意，秦可卿与宝玉是什么关系？宝玉是她的叔叔辈，秦可卿是贾宝玉的侄媳妇。旁边的老妈子丫头觉得秦可卿让宝玉去她卧房睡不妥，说哪里有叔叔在侄儿媳妇房间住的，简直不成体统。可秦可卿也是性情中人，她说这有什么关系，他能有多大？这里就牵涉到年龄，读《红楼梦》最关键处就是年龄，因为宝玉才十三岁。十三岁不还是孩子吗？前面提到，他还跟黛玉一同睡在碧纱橱里面，完全是两小无猜的感觉。可有趣的是，宝玉已经开始发育了，他看起来像孩子，其实已经是男人了。

宝玉一进去，一阵甜香袭来。感官第一个放松的常常是嗅觉，嗅觉在感官和性里面扮演非常重要的角色。不同的味道刺激不同的感官，为什么名牌香水卖得这么贵？因为在优雅的调情文化中，它有一种刺激性，它往往比视觉的诱惑性强，会使人进入一种感官朦胧和不理性的状态。人的生命中嗅觉常常扮演很重要的角色，在印度教的庙宇里，你会闻到各种香，整个人就有点晕，感官会突然处于不清醒的状态。香本身散发气味，同时也造成视觉上的朦胧感，感官上气味的诱引非常重要。

一阵甜香袭来的同时，唐伯虎的《海棠春睡图》进入视线。一个少妇卧房里的香味和画，都是很私密的，所以宝玉要动情了。他少年发育后的第一次动情是在秦可卿的卧房里。

宝玉在这个地方做了一个梦，梦到太虚幻境。从太虚幻境出来一个绝色仙女，叫警幻仙姑，这个仙姑跟秦可卿长得一样。根据弗洛伊德的说法，梦是现实的转换，秦可卿变成了梦境中的警幻仙姑。现实中贾宝玉知道这是侄媳妇，不可能对她有非分之想，因为那是乱伦。可在现实中不敢做的事情，梦里面是不管的。作者非常厉害，他已经完全用了弗洛伊德的心理学在写小说了。弗洛伊德在1900年写了《梦的解析》后，西方文学出来一个叫作意识流的小说写法，写人的潜意识及心理状况。《红楼梦》比它要早两百年，它已经写出了潜意识世界，就是贾宝玉梦的意识。他在梦里做爱的对象是林黛玉是薛宝钗也是秦可卿，是一个兼具多种美于一身的女性，叫作兼美。这部小说的超现实主义部分写得精彩极了，我甚至觉得，所有诺贝尔文学奖得主都比不上曹雪芹。

然后看到旁边的对联。上面写的是："嫩寒锁梦因春冷，芳气袭人是酒香。"这是很奇怪的句子，春天还有一点微寒的时候，你盖着被子睡觉，不愿意从春梦中醒来的那个意境叫"嫩寒锁梦因春冷"。"嫩寒锁梦因春冷"跟刚才的"世事洞明皆学问"是两个极端，后者是虚伪的人世间的教条，前者是真正的性情。因为有一个自己梦的世界而不愿意从梦的世界醒来，这种美是他自己眷恋和沉溺的。"芳气袭人是酒香"，一阵一阵吹过来很美的气味，那是酒的香味。这两句诗鼓励人做梦喝酒，鼓励人沉溺在一个感官世界里。"芳气袭人是酒香"里包含了"袭人"——贾宝玉的丫头，第一个跟他发生性关系的女孩。作者在很多地方作伏笔或隐喻。这个袭人已经是一个真实的人，她不再只是诗句。贾宝玉进去睡觉，外面有四个丫头在等他睡醒照顾他，有麝月、晴雯、袭人、媚人。袭人就在贾宝玉睡觉的房间外面，可是里面的对联上也有她的名字。作者在玩一些非常超现实的东西。

## 宝玉春梦的场景铺排

于是宝玉进了这个房间，决定睡下来。这是一个比他辈分低的女孩子的房间，他平常没有机会来，趁喝醉了酒，他开始东张西望，看到了桌上摆的东西，看到了床和被子。这一段描写用的完全是超现实手法。

“案上设着武则天当日镜室中设的宝镜。”大家会不会觉得非常奇怪？如果把它变成写实，直接写案上设着宝镜就好了，可是他加了一个“武则天当日镜室中设的宝镜”。这时你会发现，贾宝玉的时代跟唐朝武则天的时代融合了。贾宝玉这个十三岁的男孩子一定偷偷地读了很多爸爸不让他读的，今天叫作黄书之类的东西。武则天有很多宫闱淫乱的故事在民间流传，可是正经人家的小孩子是不会读的。野史当中讲武则天当时秽乱春宫，甚至爱上了和尚薛怀义。她在宫里设镜，从那个镜子里会看到自己身体跟别人身体在性当中的一个状态。贾宝玉在喝醉酒时看到镜子，他的潜意识跑出来了，就是他平常看过刺激感官的东西，在这个时刻发生了作用。所以一进来就是一个镜子，而且是武则天映照过春宫的那个镜子。宝玉整个生命进到一个非常奇特的超现实领域。很多人不明白这里怎么会有一个武则天当年设过的宝镜。

“一边摆着飞燕立着舞过的金盘”，这又是野史。传说汉朝的皇帝宠爱一个长得很瘦的女子赵飞燕。赵飞燕舞跳得非常漂亮，因为她很瘦很轻巧，皇帝特意为她打造了一个黄金盘子，她可以在盘子上跳舞。这些都是贾宝玉这个十三岁男孩子平常偷偷读的野史发生了作用。

“盘内盛着安禄山掷过伤了太真乳的木瓜”，这又是一个惊人的野史。关于杨贵妃的宫廷故事非常多，《太真外传》甚至说杨贵妃跟安禄山偷情，安禄山拿了木瓜丢过去打到了她的乳房。如果把武则天、赵飞燕、杨玉环的故事都删掉，会发现宝玉看到的只是镜子、盘、木瓜。他看到了三个东西，这三个东西都变成性的联想，这实在是太惊人了。现在，现代派小说家都很少这样写。十三岁男孩子在发育的时刻，大概所有的东西对他的身体来讲，都变成了一个致命的诱惑。我想，男生在十三岁时，跟朋友调笑的东西都跟性有关，一支铅笔或者一个水果都可以讲出有关性的笑话。

真正了解青春期是非常不容易的事。因为大人有很多道德设防，而这个道德设防使你根本不愿意去了解真实的青春期。有时候父母亲还傻傻地对孩子们隐隐约约讲一些事情，他们不知道孩子已经在网络上看了多少可怕的东西。在一种保守文化中，亲子之间最大的隔阂就在性上。《红楼梦》的作者真了不起，他就那么直接大胆地写出来。贾宝玉的妈妈王夫人如果看到这一段，她真的会吓死了。我相信宝玉如果在今天作为一个中学生，他绝对不是一个老老实实读教科书的小孩，我一直觉得宝玉是一个非常前卫的现代少年。

喜欢古典文学的我们，会自己把它过滤。尤其是很多喜欢古典文学的女性朋友，她们以为《红楼梦》会变成假象，这就错了。《红楼梦》中的贾宝玉一点都不老实，他没有读爸爸要他读的《四书》、《五经》，而是在读《太真外传》，读武则天的宫闱野史，读那些当时不准小孩子读的书。所以越来越直接地讲到，盘子里面盛着安禄山掷伤了太真乳的木瓜。

超现实主义是西方二十世纪二十年代最重要的一个文学艺术流派，它把写实主义变成超现实，就是人在现实中跟梦会有一种互动的关系。有一天，看到自己最熟悉的家，你忽然发现家里的景象变了，可能是因为你喝了酒，或者你自己放松了，你忽然发现你有很多隐喻的潜意识世界跑出来了。意识的世界是木瓜，是盘子，是镜子，潜意识的世界是武则天、赵飞燕和杨玉环。人有两个世界，就是弗洛伊德讲的所谓“超我”跟“本我”在对话。这一段是惊人的文学杰作，在过去一直没有真正被读懂。贾宝玉喝醉了酒以后那种昏昏的感觉，醉眼惺忪时看到的世界，是这么奇特的一个世界。

“上面设着寿昌公主于含章殿下卧的榻”，他要上榻睡觉了，直接说上面设着榻就好了，可又联想到野史上的一个故事。曹雪芹这里写错了，应该是南北朝的南朝有一个朝代叫宋，开国皇帝刘裕有一个公主叫寿阳公主，而不是寿昌公主。可是曹雪芹这里并不在意他写得对还是错。寿阳公主的典故是说，她有一次在梅花底下睡觉，花瓣刚好掉在她的两眉之间，非常漂亮，皇帝就说真美。后来就有很多人模仿她。从此，在额头上画一朵梅花，变成了南朝女性化妆的时尚。

“悬的是同昌公主制的连珠帐”，同昌公主是唐代皇帝唐懿宗的公主，据说她最会用珍珠做帐子。宝玉进到秦可卿的卧房，看到镜子、盘子、木瓜、榻以及榻上悬挂的珍珠帐子，这是一个女性世界，他全部联想到古代美女，把它们连接到一起。贾宝玉读的所有书都是这种书。其实很正常，这个年龄的男孩子有这种潜意识。教科书跟这个年龄的男孩子想要读的东西总是没有办法连在一起。大人要求他读的那个世界，跟他要读的那个世界完全不同。所以在上课的时候，往往教科书底下有另外一本书，男孩子读金庸，女孩子看琼瑶。现在《红楼梦》里贾宝玉底下那本书跑出来了，那本书就是武则天、寿阳公主、同昌公主，他在读所有的美女传记。怎样找到这两本书之间的对话关系，才是青春期教育最重要的内容。一直到现在，青春期教育都是一个大问题。因为青春期是一个半大不小的年龄，大人把他当小孩，他自己觉得是大人。很多青春期的行为，在大人眼中常常被定位为坏，造成青春期很大的压抑。可是如果大人能够了解这样的世界，中间的沟通一旦进行，青春期的教育并不那么难。很多朋友可能经历过或者将要面对这个年龄的孩子，不管是作为老师的角色还是父母的角色，如果不了解真相，那是最危险的。可是很可惜，贾宝玉的母亲王夫人从来没有懂过。因为没有懂过，所以最后赶走的那个丫头是规矩的，留下那个丫头是最危险的。王夫人根本不知道青春期的儿子在做什么事情。

“宝玉含笑，连说：‘这里好！’”秦可卿就笑说：“我这屋子，大约连神仙也住得了。”“宝玉含笑”四个字用得真好，就是这个男孩子满意了，觉得可以了，这里可以做一个春梦了。“神仙”两个字在整个中国文学里面都在讲一个意义，就是自由。

“说着亲自展开了西子浣过的纱衾”，秦可卿要招呼贾宝玉睡觉了，她要替他盖被子。衾是一种纱做的精致纱被。这里不讲秦可卿替他盖被子，而说拿过西施浣过的纱衾。西施是古代美女，据说她在浣纱的时候，鱼看到她美丽的身影而忘记游水，所以沉到水底。我们常说“闭月羞花，沉鱼落雁”，“沉鱼”是在讲西施。

中国古代所有黄色小说都假借历史里的美女在写，我年轻的时候还看得到，特别是以武则天为主角的小说。现在越来越少，因为现在西方比较大胆，大家就不再去看中国的了。中国的这些东西，写得很隐蔽，要讲性又不太敢讲。这种东西现在一定落寞了，讲了半天镜子还没有讲到人，你会觉得很无聊。可这些东西，在当时对宝玉有强烈的吸引力，他在偷偷读这些书。宝玉跟黛玉有一次偷偷读《西厢记》，黛玉和他闹翻了，就说我去告诉舅舅，看不把你打死。因为《西厢记》在当时是“黄色小说”，讲的是男孩子张生违反礼教，爬墙过去跟崔莺莺发生了性关系。严格的大户人家是绝对不让小孩子读这种东西的。《西厢记》在现在是古典文学，在当时却相当于现在的色情小说，其实什么是色情小说很难判定，人的情欲很奇怪，越开放越无趣。人永远在追求极致，可是到最后很可能又回来，发现朦胧的东西反而更有迷惑力。《红楼梦》有一部分在讨论青春期孩子的情欲问题，《太真外传》在当时对宝玉来讲有很多感官的诱惑、性的诱惑，可是在今天很可能就变成很古典的东西。现在大概没有小孩子觉得把一个水果丢到女人乳房上是性小说，可在当时却惊心动魄，那样一个情节已经很勾引他了。

秦可卿又“移了红娘抱过的鸳鸯枕”，红娘是《西厢记》里帮张生和莺莺穿针引线的丫头，在过去的小说里主角一定是小姐。可是在元朝写出来的这个戏曲故事里，红娘变成了主角。这个丫头对于性非常主动，她是追求婚姻自由的第一人。长期以来，《西厢记》一直是禁书，可是几百年来它鼓励了很多人去争取恋爱和婚姻的自由。一本戏曲竟然几百年来变成大家私下阅读的一种向往，要到几百年后它才革命了。所以《西厢记》的社会学意义非常大，红娘变成了一个英雄。

贾宝玉看到枕头，便想到是红娘抱过的鸳鸯枕。如果你读过《西厢记》，你就知道那个鸳鸯枕一来之后就是上床了。所以他要做春梦了，做春梦之前有好多的准备，镜子、木瓜、盘子、帐子、榻，一直到被子、枕头，全部是道具。真正的好作家才能这么细心安排场景。有的小说你只看一次，有的看两三次，可是《红楼梦》大概可以看三十次以上。其中有太多细节，可以让你不断有所发现，他的铺排这么小心，又这么真实。我问过好多朋友，他们读《红楼梦》时都把这一段错过，可是这一段绝对是最重要的，因为这是宝玉的第一次性经验，如果你错过这一段，你根本不知道后面的性为什么会发生。只有整个现实世界被完全颠覆的时候，他才进入春梦。人要从道德的世界走进一个颠覆道德的世界是非常不容易的事。他内心也有挣扎，可此时武则天、杨贵妃、西施、红娘都在旁边鼓励他，他的《四书》、《五经》的那套程序才会垮掉，是这些人带领他进入春梦的世界。

## 悠悠荡荡入梦来

“于是众奶母服侍宝玉卧好，款款散去，只留下袭人、媚人、晴雯、麝月四个丫环为伴。”所有的人都走了，做春梦不可能旁边有人。一个人对自己性的认知，尤其是男孩子的发育，他的第一次性的认知一定是孤独的，其实是没有对象的，第一个对象一定是他自己。所有的人都走了，只留下四个丫鬟在房间外面，注意跟刚才对联的暗示，袭人在这里。

在房间外面，“秦氏便吩咐小丫环们，好生在廊檐下，看着猫儿狗儿打架”。大家读到这一段会不会有一点奇怪，怎么会安排这一段，秦氏说你们不要走开，宝玉在睡觉，你们在外面看着猫狗打架。每个人有不同的解释。可以说怕狗和猫打架会叫，吵着里面的人。也可以有另外一个解释，就是民间常常用打架来形容性。“打架”是双关语。

“那宝玉刚合上眼，便惚惚的睡去”，“惚惚”其实是有音无字，就是有一点恍惚了，在入睡之前蒙蒙眬眬的，还没有完全睡着，可是又已经困到要入睡了那个状态，已经有一点眼睛要闭上的感觉。“犹似秦氏在前”，表示秦可卿已经走了，可是又好像就在眼前，那是什么，是梦。现实里秦可卿走了，梦里面秦可卿还在。所以很多人都认为贾宝玉第一次性幻想的对象是秦可卿，因为是秦可卿带他进卧房，他盖的被子是秦可卿盖过的，睡的枕头是秦可卿睡过的，房间内都是秦可卿身体的味道。其实这里是他的潜意识在作祟。

“遂悠悠荡荡，随了秦氏，至一所在”，这个所在是梦的所在。他的魂走了，肉体留在床上，他的精神跟着秦可卿到了梦的世界。从现实入梦境其实非常难写，作者的转接娴熟极为惊人。细细品尝第五回的梦，梦里面的自己常常是自己不敢面对的自己。贾宝玉醒来后，也不敢再去回忆那个梦了，可是作者把这个梦真实地写出来了。“悠悠荡荡”是没有感觉的魂，不是肉体，就是身不由己，飘飘荡荡，他的感官已经跟着飘走了。

“但见朱栏白石，绿树清溪”，这里的形容全部是非常美好的梦的世界，“真是人迹希逢，飞尘不到”，没有一点灰尘，一个洁净完美的世界。“宝玉在梦中欢喜，想到：‘这个去处有趣，我就在此处过一生，纵然失了家，我也愿意。’”儒家伦理最重要的是家，不管逃家、出家，儒家都不鼓励。可是贾宝玉竟然觉得到了这个地方，没有家都没有关系。为什么？因为家对他来讲是父母，父母压迫着他去读书、去考试做官。

如果今天十三岁的孩子读得懂《红楼梦》，还是会喜欢这本书的，因为他会认同里面的意识。潜意识里所有的孩子都痛恨学校。宝玉不喜欢读书，他不喜欢学校的八股教育，所以他会说他宁可一辈子住在这里，不要回家了。因为一回家父母老师就逼着他整天读书，读不好就打。这里有一个教育问题。青春期教育，应该是一个对人性了解的过程，而不是教条的强迫压制。如果不对话，它就产生反效果。德国现在提出来，真正的教育应该放到游戏当中去，让他在玩的过程中不知不觉学到很多东西，这是绝对可以做到的。

宝玉在逃避现实世界里的八股教育，他要去做梦。

## 青春期的闲愁

胡思乱想间忽听山后有人作歌："春梦随云散，飞花逐水流。寄言众儿女，何必觅闲愁。""何必觅闲愁"一句，好像是一个劝诫，可是青春期不就是闲愁吗？你如果把青春期的日记拿出来看，会发现从头到尾都是闲愁。可是这对青春期的人来讲很重要。闲愁是大人觉得无聊到极点的话，孩子们却会传来传去。青春期本来就是闲愁，绝对不是什么伟大重要的事情，因为他的生命刚刚发育，刚刚感觉到自己的存在。

闲愁本来就是一种淡淡的东西。青春期喜欢读的书，也都不是特别沉重的东西，都是一些跟自己的情感发育相关的内容，有一点感伤，又有一点渴望爱的那种精神状态的东西。琼瑶的《窗外》在当年畅销，就是因为她写出了一种闲愁。

这几句诗把青春期淡淡的感伤全部写出来了。我最大的梦想是，有一天我要对十三四岁的小孩讲第五回，因为我觉得它完全是青春期教育。青春期开始觉得人生无常，觉得身体有变化，觉得自己不再是小孩，要变成大人，觉得生命有这么多的渴望，可又有这么多的哀伤。在西方也有一个描写青春期的伟大文学作品，就是《罗密欧与朱丽叶》。那个年龄是一定会为爱而死的，再大一点就不会做这种傻事，可那个年龄真的会做这种事情，因为他觉得生命就是唯一的一次，第一次的爱情是这么完美。读《罗密欧与朱丽叶》的人都泪如雨下，任何时代的人都喜欢读到这么令人感动的文字，是因为我们的初恋大多没有实现。我们很希望自己的初恋像罗密欧和朱丽叶这么轰轰烈烈，可是我们没有完成。《梁山伯与祝英台》也是如此。这两部戏剧都在讲青春期一种非常单纯的爱。可是那种爱在我们长大成人的过程里，慢慢被伪装成别的爱了。等到你三十岁左右结婚的时候，爱是有很多客观条件的。而真正的初恋是没有条件的，就是爱得要死要活，就是罗密欧与朱丽叶，就是梁山伯与祝英台。

宝玉开始入梦了，进入一个美好的世界，碰到仙姑，这个仙姑开始开导他。他听到一个女孩子在唱歌，“歌音未息”，看到走出来一个人。“蹁跹袅娜，端的与人不同。有赋为证”，写出了这个女孩子的美。

“赋”在中国文学里很特别，它受到《楚辞》的影响，有很多文辞的堆砌，有很多的感叹词，像“兮”字等。汉代成为赋的一个高峰，司马相如、扬雄都是写赋高手。过去常常因为重视“唐宋八大家”的古文，忽视了赋这个传统。唐宋八大家就是有话直说，比如《祭十二郎文》是有话直说，文以载道，有很深重的人生意义在里面。赋是充满了华丽辞藻的堆砌，其中并没有重大的内容。所以文学就变成两种，一种是有很重大的事件和意义，比如《正气歌》；还有一种是没有什么事，只是要形容一个东西，比如《上林赋》，写一个园林的美。赋是形容词最多的文体，此处的赋文形容一个女孩子的美，她又像黎明又像雪又像风，走路时像柳树摇曳。阅读这种文体，大部分人都有点不耐烦。可我觉得，赋是一种非常好的修辞学，练习修辞最好的文体就是赋。能够在这里看一下这个女孩子从出来就变成各种感觉，她的声音，她的笑容，她走路的感觉。

读完这个赋，如果你要形容一个人的美，不管是男性对女性美的形容，还是女性对男性美的形容，你思考一下，可以写到多长，如果没有修辞学的训练写不出这样的赋。曹植的《洛神赋》就讲一个女孩子在洛水上飘的时候的美，“凌波微步，惊鸿一瞥”，都是里面的佳句。后来，金庸在小说里竟然把“凌波微步”变成一种武功招数。

作者才华惊人，他可以写出各种东西。从最八股的文章到最具赋体的文字，他在小说里变成了不同的人，他一直有各种变貌。

## 宝玉游太虚幻境

贾宝玉进入一个特殊的梦境。

秦可卿是引领贾宝玉从现实进入梦境的关键。在现实当中这个女性是秦可卿，在梦的世界里她是警幻仙姑。警幻，警告你人生是一个空幻的现象。现实中的可卿是非常使人眷恋的。在这里，作者试图去触碰现实世界和非现实世界之间的某种互补关系。

警幻仙姑跟宝玉讲，她住在离恨天之上，忘愁海之中，主管女怨男痴。在太虚幻境中有朝啼司、夜怨司等。“司”就是主管，主管你的情感状态。作者用了非常精彩的超现实方法，让我们了解到人生情感部分，常常是我们理性控制不住的。人无缘无故啼哭，无缘无故发愁，都有一个命运的主管。

警幻仙姑带他到了一个房间，看到好多柜子。贾宝玉很好奇，她就讲，所有人世间的风流孽债都在这些柜子当中。仙姑说：“尔凡眼尘躯，未便先知的。”在梦境里，贾宝玉就撒娇了，很像一个小孩子，闹着一定要看。

警幻仙姑就说："也罢，就在此司内，略随喜随喜罢了。"就让他随便玩一玩，看一看。

他很开心地跑进"薄命司"，打开金陵十二钗的柜子。金陵就是贾家所在的地方，他很想知道这到底是什么。警幻仙姑解释说，这个柜子里放的就是你们金陵这个地方十二个冠首女子的命运。他有点不解：金陵女孩子这么多，怎么会只有十二个？警幻仙姑就跟他讲，有些命运一般的，就不会记录在此，比较特殊的才会记录在这里。这个特殊是指传奇人物，但从另外一个角度看，大概结局也都是悲剧。柜子分正册、副册、又副册，宝玉第一个打开的是又副册。又副册是比副册还要低的，都是丫头，里面有晴雯和袭人。

## 晴雯：心比天高，身为下贱

宝玉首先看到的是一张画，那个画"又非人物，亦无山水，不过是水墨烘染的满纸乌云浊雾而已"，有一点像抽象画吧。这是在讲晴雯。一种彩色的云叫雯，就用这个画来形容晴雯。然后他看到了判词："霁月难逢，彩云易散。""霁月难逢"是讲晴，雨后天晴叫作霁。原来月亮是被乌云遮住的，可是乌云离开了，月亮出来，叫晴。所以第一个句子讲晴。彩云就是雯，雯这个字的意思是有颜色的云，晴雯两个字已经被点出来了。"心比天高，身为下贱。风流灵巧招人怨。"晴雯聪明灵巧，她还风流，喜欢把头发弄一点不同的流行花样，可她招人怨。因为在这样的家族里，你只要跟别人不一样，就要遭殃。儒家的道德就是跟别人一样，不要有特殊性，可晴雯的个性很特别，恃宠而骄，喜欢表现，也喜欢炫耀，王夫人很讨厌她。“寿夭多因诽谤生，多情公子空牵念。”因为你跟别人不一样，就要被别人指指点点，因为你作风特殊，就会惹很多是非，最后晴雯被赶出了贾府。宝玉疼她爱她，可这个多情公子最后也是白忙一场，救不了晴雯。整句诗在讲晴雯，非常完整。晴雯是《红楼梦》在没有写完的情况下就有了结局的一个人物，大家对这一首判词几乎没有任何怀疑。其他一些人物下场未知，就会留下很多的谜。

## 袭人：枉自温柔和顺，空云似桂如兰

“宝玉看了，又见后面画着一簇鲜花，一床破席”，袭人这个丫头姓花，宝玉替她取了一个名字叫袭人。花跟席就是她的名字，判词里面都有很多典故，很多的隐喻。画里就看得出来，一簇鲜花，一床破席就是花袭人。判词是：“枉自温柔和顺，空云似桂如兰。”袭人一辈子温柔和顺，贾母很少看到一个这么有耐心、服侍人这么周到的丫头，就把她赏给了宝玉。袭人的个性周到体贴，温柔和顺，从不跟人吵架，从来不发怒，是最平衡的一种个性。可是这里用“枉自温柔和顺”，一辈子这样子又怎么样呢？“空云似桂如兰”，就是她像桂花、兰花一样，有淡淡的幽香，从来不去争宠的。袭人对每一个人都很好，她也常常把宝玉对她的爱跟别人分享，她会提醒宝玉应该多关心别人，不要只是关心她。她做人非常周到，上上下下的人都喜欢袭人，她是“又副册”里的薛宝钗。可是这样的人也很累。“枉”跟“空”都有一点在说，好像她一辈子就是这样白活了。

她最大的理想就是一辈子做宝玉的陪房——妾。贵族人家结婚，会有一个一生服侍他的人，就是他的妾。她很早跟宝玉发生了性关系，因为她本来就认定跟了宝玉。“堪羡优伶有福”，优伶指演戏的人。这里有一个角色现在还没有出场，叫作蒋玉菡。蒋玉菡是一个反串演花旦的男演员，很有名。戏子社会地位非常低，可是因为他的貌美和艺术上的技艺精湛，常常被不同的人包养。宝玉有一次被父亲毒打，就是因为爱上了蒋玉菡，他们私自换了汗巾子，就是绑裤子的带子，有一点手帕交的意思，结果被爸爸发现。蒋玉菡后来娶的太太就是袭人。阴错阳差，这个汗巾子传到了袭人那边。“堪羡优伶有福”，就是蒋玉菡有福气娶到袭人。可“谁知公子无缘”，就是贾宝玉认定了袭人是跟他的，结果贾宝玉反而没有娶到袭人。这一段也是比较清楚的结局。

天命是人不可知的。袭人和宝玉都认定他们一辈子会在一起，没想到最后还是没有缘分。判词读到第二首，其实不是悲剧不悲剧的问题，而是说每一个人，都不知道后面有一个什么样的命运在等着。《红楼梦》在第五回就把结局讲出来，是让我们回头再倒叙时看到天命不可违。人有一种宿命，这个宿命会一直发展下去。可是因为事件还没有发生，这个十三岁的男孩子，看着他最亲近的晴雯、袭人的命运，当然读不懂，如果真有天命，很早就告诉你，其实是没有用的。你到庙里抽签，即使那个签很准，你也还是不懂，因为在事情发生之前，你根本不知道它在讲什么。

## 香菱：自从两地生孤木，致使香魂返故乡

宝玉看了不解，觉得无趣，又去开副册之门，副册里有香菱。香菱，甄士隐的女儿，后改名香菱，变成薛蟠的妾。为什么放在副册，没有放

在又副册？这个家族里有很有趣的等级。对作者来讲，正册都是小姐出身，又副册是丫头，副册是夹在两者之间的。香菱其实已经是丫头，是妾了，应该放在又副册，可是香菱是甄士隐的女儿，她又不完全是丫头的命。所以她是在正册和又副册之间的所谓副册中的。

宝玉拿起来看，上面画着一枝桂花，下面有一口池塘，水涸泥干，莲枯藕败。这里在讲香菱，因为菱角的花是跟莲花和荷花长在一起，所以说“根并荷花一茎香”，香菱这个名字出来了，香跟菱都影射在这里。“平生遭际实堪伤”，是说这个女孩子一生都是悲惨的。“自从两地生孤木，致使香魂返故乡”，这个胡适考证出来了，一个木头旁边有两个土，就是个“桂”字，孤木是木字边，就是桂花的桂这个字。胡适考证说，因为薛蟠娶了夏金桂，最后把香菱活活折磨死。可小说没有写完，在高鹗续写的《红楼梦》里，香菱的结局还不错。可是胡适说这是跟作者原意完全不一样的，香菱是彻头彻尾的命苦。

对于香菱的命运，宝玉看了仍是不解，他根本就不认识这个女孩。他也还没有碰到夏金桂，当然读不懂。他觉得不耐烦，就去看正册，十二金钗一一出场。

## 黛玉、宝钗：玉带林中挂，金钗雪里埋

第一页上面画着两株枯木。木加木就是林，树上挂着一围玉带，“黛玉”这两个字也在里面了。又有一堆雪，“薛”出来了，有一个女人用的金钗埋在雪里，“宝钗”也出来了。林黛玉跟薛宝钗始终在同一首判词，从来没有被分开过。这两个女性是作者平生最钟爱的女性，对于作者来

讲，她们一直是一个人。也有人认为，有可能作者所爱的一个女性兼具两种完全不同的个性。他把一个人写成两个人，黛玉和宝钗根本就是一个人。

“可叹停机德，堪怜咏絮才。玉带林中挂，金钗雪里埋。”这里用到一个典故。有个叫乐羊的人，做官读书常常没有恒心，做了一半就不做了。一天，他回到家里，正在织布的太太，忽然把织线割断，停掉了织布机。告诉他说，你做任何事情，如果没有毅力和恒心就是失败者。这个典故是在讲薛宝钗，因为薛宝钗常常劝贾宝玉好好读书上进，能够做一个世俗里面可被接受的人。“可叹停机德”，是讲薛宝钗的一种女性道德力量的强度。“咏絮才”是指《世说新语》里一个非常有才华的女孩子谢道韫，天上在下雪，谢安问怎么去形容雪。有男孩子说，好像盐撒在空中。谢道韫说：“未若柳絮因风起。”好像被风吹起的柳絮在空中飘飞一样。这里讲的是林黛玉，因为林黛玉非常有才华，她好几次写诗夺魁。“堪怜咏絮才”与“可叹停机德”是两个不同的赞叹，就是这个女孩子有这么好的德行，有这么好的才华，可是分离在两个人身上。“玉带林中挂，金钗雪里埋”，把林黛玉和薛宝钗统合在一首诗当中，一个的善良是一种美，另一个的才华也是一种美。这两种美没有统一，变成作者的一个遗憾。

在最重要的林黛玉、薛宝钗之后，开始谈贾宝玉的几个姐妹。

## 元春：三春争及初春景，虎兔相逢大梦归

第一个是元春：“宝玉看了仍不解。待要问时，情知他必不肯泄漏；待要丢下，又不舍。遂又往后看，只见画着一张弓，弓上挂一香橼。”“弓”

是谐音，就是皇宫的宫，因为元春后来嫁到皇宫做贵妃了。上面挂了一个香橼，香橼是一种芸香料植物，可用做中药，又可做香包。“橼”和“元”是同音字，是讲元春。“二十年来辨是非，榴花开处照宫闱”，元春做了贵妃，二十岁左右死的，她生前执掌大权，是皇帝非常宠爱的一个贵妃。有点像五月的榴花一样，红得发紫。石榴的花是最红的花，古代叫作榴火。“三春争及初春景，虎兔相逢大梦归”，初春就是元春，后面迎春、探春、惜春，没有一个比得上元春。后面“虎兔相逢大梦归”，这个胡适没有考证出来，有的本子是“虎兕相逢大梦归”，兕是犀牛。胡适认为，虎兔可能在讲十二生肖，元春在虎兔之间那一年死掉。这是胡适的一个猜测，是无法印证的，因为我们不知道元春在哪一年死的。如果是“虎兕相逢大梦归”，可能有政治斗争的问题。虎和犀牛都是厉害的东西，在这个斗争里她被牺牲了。元春的死跟贾家的败落有非常大的关系。荣国府受到皇帝非常大的恩宠是因为元春，元春一死，接下来就是贾家抄家，整个没落了。从元春的判词里面可以看到，她的命运主宰着整个贾家的盛衰。

## 探春：才自精明志自高，生于末世运偏消

“后面又画着两人放风筝，一片大海，一只大船，船中有一女子掩面泣涕”，这儿讲的是探春。按照年龄，应该先讲迎春的，可是先讲了探春，因为探春在小说里比迎春和惜春都重要。林语堂在英文版《红楼梦》的介绍文字里，一再强调他最喜欢的角色就是探春。探春是贾政和赵姨娘生的女儿。在过去，非嫡生子地位是非常卑微的。她生性要强，聪明能干，很会做人。可妈妈变成她最大的痛苦。因为她妈妈很没有教养，在公开

场合侮辱探春的总是妈妈。探春后来结婚了，嫁得非常远。一般人认为她嫁到柬埔寨、越南这一带做了藩王的妃子。现在看来，远嫁脱离了痛苦，这或许是她生命里最好的归宿。可在这里作者用了比较传统的看法，认为她的远嫁是一种悲剧。

## 湘云：富贵又何为！襁褓之间父母违

“后面又画几缕飞云，一湾逝水”，一湾逝水常常让人想到湘江。十二金钗里有个很重要的人物，到现在为止还没有出场，她叫史湘云，贾母娘家的女孩子。她生下来爸妈就死了，贾母很疼她，常常把她接过来住。这个画是在讲史湘云。史湘云是一个非常可爱的女孩子，大概是射手座的那种，讲话大大咧咧的，常常是得罪了人也不知道。喝醉酒就在石头上睡着了。史湘云是很多人都喜欢的角色，个性豪迈，常穿着男孩子的衣服跑出来玩。她的判词是“富贵又何为！襁褓之间父母违”，她生在一个有钱人家，可富贵又如何？还是婴儿的时候爸妈就死了。“转眼吊斜晖”，斜晖就是落日，意思是你的繁华一转眼就已经是夕阳西下了。“湘江水逝楚云飞”，史湘云的名字都在这一句里面，是说史湘云的结局。史湘云后来嫁得非常好，丈夫才貌双全，又爱她，可是没多久就死了。丈夫早逝，这一辈子大概就是跟李纨一样的命运了。史湘云英气豪爽，也就落了这样一个下场。在看这些判词的时候，常常让我们心生悲悯。人生最大的学习是，你不敢轻易嘲笑任何一种命运，因为我们都不知道自己的命运如何。福祸都在旦夕之间，我常常看到有朋友刚刚笑完别人的下场，没多久自己就发生了更不幸的事情。我看判词最大收获是，从中发现了作者的悲悯，他在提醒众人，谨慎惜福。

## 妙玉：欲洁何曾洁，云空未必空

“后面又画着一块美玉，落在泥垢之中”，妙玉是一个有钱人家的女孩子，可是因为被抄家了，没有地方可去。过去抄家以后的女性命运非常惨，常常被发配为军妓。贾家收容了她，盖了一座庙，她出家在那里做尼姑。妙玉当然也有她的不甘心，她诗书琴棋都非常好，人长得又漂亮，可就因为抄家，她必须一辈子变成出家人。

妙玉一直觉得自己是最美、最干净、最孤傲的人，什么人都看不起，可是她常常流露出对宝玉的爱。她的庙里常开很漂亮的红梅花，人人都想要，她一概不给。可是宝玉去要，她就送出来一个大的梅瓶，里面插一枝最漂亮的梅花。妙玉有洁癖，最有趣的是那次贾母带刘姥姥到庙里喝茶，妙玉拿了一个非常珍贵的明朝成窑的杯子，装茶给贾母喝，贾母喝了一口就递给刘姥姥说，你也尝尝，刘姥姥就喝了。事后妙玉跟小尼姑说，这个杯子不要了，把它丢出去吧。可是妙玉的下场非常惨，一个修行的人，每天打坐修禅，最后却被匪徒强暴。就算你是一块美玉，当你不知惜福的时候，是会掉在烂泥当中的。这个下场妙玉可能从来没有想到过，她已经孤傲到自以为是的地步。她说“把那个杯子丢出去吧”时的那种神气，根本不可能想到有一天她就是那个杯子，就那么掉在最肮脏的地方。《红楼梦》中很多的提醒是非常惊人的。我们的洁癖如果伤了人，有一天它就会回来伤到你自己。妙玉的下场非常奇特。十二金钗中林语堂最讨厌的就是妙玉，认为她是最做作的女孩子。我觉得妙玉有她自己的命运。

落寞的贵族身上常常有一种自负，那个自负也是她的保护。因为她在这个家族里面，可能会被看不起，她只能用一种很孤傲的方式出现，她对刘姥姥的态度特别明显。

讲到妙玉的判词是："欲洁何曾洁，云空未必空。"你要干净，你哪里真的干净了？你不是每天在读佛经，都在讲空吗，最后哪里空了？如果真的四大皆空，大概不会在意什么人用你的杯子，也不会在意什么人来跟你要梅花。我们常常在讲空，可不一定做得到。"可怜金玉质，终陷淖泥中！"这样一个美好的女子，最后还是掉到肮脏的泥土当中。

《红楼梦》在点出这些人物的命运时，不要说宝玉不解，我们也不解，因为这些人物还没有出场。

## 迎春：金闺花柳质，一载赴黄粱

接下来是贾迎春。这个外号"二木头"的迎春，憨憨傻傻的，什么事都不管。在贾家复杂的人际关系与是非纠葛中，她永远什么都不碰，也不愿意强出头。迎春非常惨的是嫁给孙绍祖。孙绍祖是个很可怕的人，婚后竟毒打迎春，恐怕这是最早在小说里表现出来的家庭暴力。迎春最后是被打死的。"子系中山狼，得志便猖狂"，"中山狼"是一个典故，春秋战国时期有一个人叫赵简子，他打猎时追杀一只狼，慈悲的东郭先生把狼给藏了起来。赵简子的打猎队伍走了以后，回过头来东郭先生险些被狼吃掉了。这个故事一直在告诉我们，妇人之仁的结果就是自己反而被狼吃掉。"子系中山狼"，"子"加"系"，就是"孙（孫）"，这里点出了孙绍祖，也就是迎春后来的丈夫。"得志便猖狂"，一得意的时候他就会猖狂。

"金闺花柳质"，是说迎春这么娇弱的大家闺秀，一个美貌的女子。"一载赴黄粱"，黄粱是一种粟米，过去很多人用它做主食。有一个姓卢的读书人在锅里蒸黄粱，饭还没有熟，他就想睡觉。有一个姓吕的老翁就过来说，你要睡觉的话我送你一个枕头，他拿了那个枕头就睡着了。睡着后梦到好多好多事情，一生的繁华都梦到了，直至梦到自己死掉。醒过来的时候，饭还没有熟。他在这么短的时间梦到了一生的繁华与幻灭。黄粱梦常常用来形容人世间权力与财富的短暂与虚幻，一枕黄粱，饭还没熟，这一生已经过完了。

## 惜春：可怜绣户侯门女，独卧青灯古佛旁

贾家最小的女儿是惜春。画的是"一座古庙，里面有一美人，在内独坐看经"。"勘破三春景不长"，她是最后一个春。三春景都不长，嫁到皇宫的元春，嫁到远方的探春，嫁给中山狼的迎春，命都不好。所以是"勘破三春"。"缁衣顿改昔年妆"，这个女孩子看破红尘，大彻大悟。缁衣就是出家人的衣服，她换了尼姑的衣服，不再化妆了，变成了尼姑。"可怜绣户侯门女，独卧青灯古佛旁"，这一生就在庙里看着佛经度过了。这是惜春最后的命运，在贾宝玉做梦的时候，惜春只有七八岁。

## 王熙凤：凡鸟偏从末世来，哭向金陵事更哀

下面的判词讲到非常重要的一个人。"一片冰山，山上有一只雌凤"，这里要讲王熙凤了。"凡鸟偏从末世来"，平凡的凡字加一个鸟，就是凤

凰的凤（鳳）。《世说新语》里有一个叫吕安的知识分子，他要去找好朋友嵇康。嵇康不在家，他的弟弟嵇喜出来了。谈了几句话以后，吕安觉得不太对，拿出笔来在门上写了个凤字后走了。嵇喜很得意，跟人家说吕安赞美他是凤。嵇康回来跟弟弟说，他在骂你，说你是凡鸟，根本不入流。书没有好好读，做人也不成功的那种粗俗之辈，就是凡鸟。自此，“凡鸟”跟“凤”就常常被连在一起。“凡鸟偏从末世来”，讲王熙凤偏偏生在末世，就是贾家要抄家的时候。有人认为，王熙凤就是在抄家的时候被休了。她要对家族的衰落负最大的责任，因为她是管家。“都知爱慕此生才”，每个人都说她有才华，一个十七岁的女孩子这么能干，这么利落。可是她最后的结局是被休，住在庙里面变成了乞丐。女儿巧姐被卖到妓院，王熙凤的下场是非常惨的。“哭向金陵事更哀”，她的灵魂回到金陵王家时是非常悲哀的。

## 巧姐：偶因济刘氏，巧得遇恩人

之后是王熙凤的女儿巧姐。“一座荒村野店，有一美人在那里纺绩。”巧姐被舅舅卖到妓院去，后来被刘姥姥的外孙板儿救出来。王熙凤曾经救济过一个非常穷的人，就是刘姥姥。刘姥姥第一次到贾家求助，王熙凤给了她二十两银子让他们过冬。这里面就有一个暗示，王熙凤曾经积过阴德，所以她的女儿从妓院被救出来，嫁给板儿，变成了一个农妇。她算是命好的，至少没有落到妓院里去。“势败休云贵，家亡莫论亲”，你生在贵族家庭，可是家败了，你就没有资格再讲什么富贵。“偶因济刘氏，巧得遇恩人”，因为偶然救济过刘姥姥，才遇恩人救助。

## 李纨：桃李春风结子完，到头谁似一盆兰

接下来"又画一盆茂兰，旁有一位凤冠霞帔的美人"，这是讲李纨。贾珠二十岁就死了，李纨守寡，十七八岁时生了儿子贾兰，一辈子就盼着孩子读书上进。贾兰后来做官，母以子贵，她变成了一品夫人，可刚刚拿到凤冠霞帔，她就死掉了。"桃李春风结子完"，把李纨的名字放在当中，同时也暗示了她命运中最重要的是把儿了抚养成人。"到头谁似一盆兰"，她像兰花一样，十几岁就开始安安静静地守寡。"如冰水好空相妒"，又像冰又像水，十七岁的女孩子刚刚结婚生了一个儿子，青春正好，可是却像结了冰一样，不能再有美好的青春。"枉与他人作笑谈"，也不过就是别人口中伟大的故事。事实上是在讲她的寂寞和孤独。

## 秦可卿：情天情海幻情身，情既相逢必主淫

最后一首判词在讲秦可卿。"画着高楼大厦，有一美人悬梁自缢。"《红楼梦》里被各家考证最多的就是这一段。秦可卿在小说里是病死的，可是画里表现的是上吊死的。秦可卿是贾蓉的太太，公公贾珍爱上了秦可卿，逼奸她。秦可卿活不下去，就上吊死了，所以最初的版本中那一节叫"淫丧天香楼"，后来有人在旧书摊上买到了这一节的手抄本。作者写完以后，家族里的人都在阅读。"脂砚斋"，一般人认为是作者的叔叔，读到这一段以后，觉得这件事情实在是不应该让外人知道的家丑，曹雪芹就改了，把秦可卿悬梁自尽改成病死，把"淫丧天香楼"这一段删了。改完之后，脂砚斋就批了一句"雪芹厚道之人"。可是前面的画没有改，还是上吊，原

来有关这一段的稿本“淫丧天香楼”也找到了。可见作者原来写得更大胆，把乱伦的事情直接写出来了。《红楼梦》的作者觉得，传统中国人的世界是很虚伪的，私下做的跟表面讲的完全不一样。他把家族里的丑事全写出来，我觉得有忏悔的意义。文学的重要性也在这里。一个太过重视道德的社会，最后大家讲的全是假话。

你跟一个人相处，最好不要听他讲了什么，你要听他没有讲什么。因为没有讲的才是他真正的心事，可他往往不敢讲，而是用别的东西伪装与掩饰。《红楼梦》里面没有讲的那个部分，大概是非常重要的。

“情天情海幻情身”，秦可卿的姓“秦”和最后一个字“卿”，就是情的谐音，整个都在讲情。这个女孩子是因情而死的人。她的公公爱她这件事，她无法克制的美，是她造孽的原因。“情既相逢必主淫”，作者认为，情跟淫之间是不可分的。过去都认为淫是肉体上的淫荡，情是一个比较升华的东西。曹雪芹刚好相反，他认为甜言蜜语的情本来就在主淫，他的目的非常清楚，认为情是一个被包装过的性，所有浪漫爱情的背后其实就是性。这是三百年前特异的看法，他觉得人把情话说得那么漂亮，其实全是在包装，背后就是淫这个字。“漫言不肖皆荣出，造衅开端实在宁”，不要说败家的子弟都是荣国府的人，真正造祸抄家，让这个家族败落的根本原因是在宁国府。这里还是在讲贾珍，因为贾珍是宁国府的主人。

这一段不容易懂。经过很多学者的考证，“淫丧天香楼”这个部分，秦可卿的真实下场，已经完全被挖出来了。秦可卿是小说里非常重要的一个女子，开篇没多久就死掉了。秦可卿就是警幻仙姑，她是贾珍爱慕的对象，也是贾宝玉爱慕的对象，引导贾宝玉进入春梦的就是秦可卿。秦可卿那么美，美到这么多情天孽海全部跟她有关；她还变成警幻仙姑，让你知道一切都是空的、假的。

## 千红一哭，万艳同悲

宝玉看了这些判词，都没有看懂，就被警幻仙姑带到了另外一个地方。

这里走出来好多仙女，她们看到贾宝玉以后，跟警幻仙姑抱怨说："姐姐曾说今日今时，必有绛珠妹子的生魂前来游玩，故我等久待。何故反引这浊物来，污染这清净女儿之境？"绛珠草是林黛玉的前身，林黛玉前世是住在这里的，她们在等她的生魂到来，结果等来了宝玉。这些仙女说宝玉是浊物。《红楼梦》中把男孩子都说成浊物。从来没有人这么骂贾宝玉，大家到处都捧着他，觉得他是高贵的公子，这里竟然用"浊物"两个字。宝玉听了以后，"吓得欲退不能退，果觉自形污秽不堪"。宝玉十三岁，生理上发生了变化，他在梦里觉得自己是脏的。我相信，十三岁左右的青春期男孩，心理上既自傲又自负，还常觉得自己肮脏不堪，因为他对自己的身体是不了解的。青春期男孩子讲话怪怪的，因为他还不能很好地认识自我。这种奇特的状况刚好借着神话的手法表现出来了。

警幻仙姑赶快跟大家解释说，你们不要怪他，我今天经过太虚幻境，碰到了荣国公和宁国公。荣、宁二公是贾家这个家族里的祖先。他们就跟警幻仙姑说，我们贾家创业一百多年了，好几代荣华富贵，可是气数已终。其他的子弟大多无可救药，都是庸碌之辈。只有宝玉还算聪明，可是宝玉常常沉溺在儿女情事中。所以希望给他一点警告，让他能够好好读书上进，也许将来贾家还有救。

接着宝玉便被她带进去喝茶，他们喝的茶叫“千红一窟”，就是用所有的鲜花灵叶上沾带的宿露沏的一种茶，非常非常香。“千红”是指所有的花，“窟”是哭的谐音，意思是所有的花到最后难脱哭泣、凋零的命运。后来又给他喝一种酒，这个酒是“以百花之蕊，万木之汁，加以麟髓之醅、凤乳之麯”酿成，叫作“万艳同杯”。所有艳丽的东西放在一个杯子里给你喝，“杯”是悲的谐音。“千红一窟、万艳同杯”是在凭吊小说里所有女孩子的命运。

宝玉在这里还看到一副对联：“幽微灵秀地，无可奈何天。”作者认为，“灵秀”是女孩子身上有男子所不具备的气质。可在当时女性的命运完全寄托在男人的身上，是不能自主的。一直到今天，女性都常有这种幽微的心事。女子的灵秀最后只能变成无可奈何。作者觉得古代社会里，女性精致细腻的心事，常常没有一个真正的男性知己可以懂，因为在那样的社会里，男性都变成了蠢物和浊物。

## 开辟鸿蒙，谁为情种？

《红楼梦》的十二支曲子，是对每一个人物的描写。“《红楼梦引子》：开辟鸿蒙，谁为情种？都只为风月情浓。趁着这，奈何天，伤怀日，寂寥时，试遣愚衷。因此上，演出这怀金悼玉的《红楼梦》。”把《石头记》改成了《红楼梦》，就是因为这支曲子。这支曲子不讲任何人，而是讲宇宙洪荒开辟以来，有很多人对活着并没有感受，活着与死亡也没有太大差别。所谓的情种是对生命有感受的。在芸芸众生中，有哪些人是对生命有所谓情感眷恋的？整部小说都在写一个字——情。认为情再往下发展便沉沦为“情既相逢必主淫”。可是情也可以在变成情种以后，形成人对生命的一种大彻大悟。“开辟鸿蒙，谁为情种？都只为风月情浓”，此处表达的是对于季节、时间的感觉。“奈何天，伤怀日，寂寥时”，是对生命的无可奈何，那种感伤、孤独和寂寞，其实都在讲女性世界里不可言传的感受。假如所有的男性只是沉溺在女性的肉体上，便糟蹋了女性的灵性。作者一直认为淫这个字变成了皮肤肉体上的滥淫，而没有提升，所以他也常常会凭吊小说里很多质素非常好的女孩子，她们常常遭到这些粗蠢男性的糟蹋或者蹂躏。所以特别用“奈何天”、“伤怀日”、“寂寥时”，“试遣愚衷”，还要把自己的心事讲出来，演出这“怀金悼玉”的《红楼梦》。“金”、“玉”讲薛宝钗，也讲贾宝玉；讲林黛玉，也讲史湘云。因为他们身上都有金有玉，有一种高贵的质地和品格。

第二支，把林黛玉和薛宝钗放在同一支曲子里讲。“都道是金玉良姻，俺只念木石前盟”，都说你应该娶薛宝钗，因为薛宝钗有金锁，你有宝玉，所以是金玉良缘。可是我只念木石前盟，因为前世我是石头，你是一棵绛珠草。对贾宝玉来讲，他只眷恋前世的因果，对这一世的金玉良缘并无认知。“空对着，山中高士晶莹雪；终不忘，世外仙姝寂寞林”，“雪”指薛宝钗，“林”指林黛玉。贾宝玉娶了薛宝钗，可面对着完美高贵的妻子，他的心中仍有一个遗憾，一个没有完成的东西，就是那个属于仙界的寂寞的林黛玉。“叹人间，美中不足今方信”，你怎么样追求，都不可能完美。“纵然是齐眉举案，到底意难平”，就算你能娶到好太太，可终究会有遗憾。

第三支是《枉凝眉》：“一个是阆苑仙葩，一个是美玉无瑕。”天界的仙草，就是绛珠草，是指林黛玉。“美玉无瑕”是讲贾宝玉，就是那一块美玉。“若说没奇缘，今生偏又遇着他；若说有奇缘，如何心事终虚化？”这是一个很有趣的白话写法。如果没有缘分，怎么今生就碰着他了；如果真有缘分，为什么又没有结局？“一个枉自嗟呀，一个空劳牵挂。”一个是林黛玉，整天在哭、在哀叹；另一个是贾宝玉，每天想到林黛玉就牵肠挂肚，总在关心她。“一个是水中月，一个是镜中花。”都是空的、假的。“想眼中能有多少泪珠儿，怎禁得秋流到冬尽，春流到夏！”非常美的一支歌曲，讲林黛玉和贾宝玉扯不断的情思牵连。可是宝玉听了此曲，觉得“散漫无稽”，他无法知道这首歌是在唱自己命运的终结。我有时候想，人到底该不该领悟，因为人生本来就是由执迷、眷恋、牵挂、执着构成，彻底领悟的时候，大概就是要走的时候。

## 眼睁睁，把万事全抛

前面十二金钗的判词，对这十二个重要女子命运的解说在《红楼梦》的曲子里再次出现，而且顺序完全一样。判词是用比较暧昧的诗句来表达的，曲是用白话来表达的。宝玉看到的判词，写的其实就是他身边最重要的女性未来的命运，他没有读懂。警幻仙姑就带他听这十二支曲子，用容易懂的方法再让他听一次，他还是不懂。我们对于自己生命的不懂有两种，一种是文字的不懂；另一种是对事件的不懂，因为事件还没有发生，或者你的人生阅历还没有达到一定境界，因而无法懂得。

看《红楼梦》的时候，有的人不理解在第五回中为什么要用判词和十二支曲子的方式重复说明人物的命运。细心的朋友会发现，判词和曲的写法不一样。曲的写法显然要比判词白话得多。比如第四支曲子，在写元春，跟判词里对元春的解释比起来，曲子更直接。元春虽然做了贵妃，备受皇帝宠爱，可是荣华富贵终究抵不过无常：“喜荣华正好，恨无常又到。眼睁睁，把万事全抛。”上了年纪的朋友大概都见过自己的好友亲人过世的情形，不管他在人世间经历过什么，也不管他有多少牵挂，统统都得舍下。《红楼梦》曲子里讲的是元春，也是在借着元春讲所有生命的悲剧。用更浅白的方法去警醒所有生命应该领悟的一些现象和事实：“荡悠悠，把芳魂消耗。望家乡，路远山高，故向爹娘梦里相寻告：儿命已入黄泉，天伦呵，须要退步抽身早！”

这完全像唱词，因为它是唱给贾宝玉听的，很押韵，而且有很多道白和唱腔，譬如“天伦呵”，可能是念出来的。她临终的时候，告诉自己的亲人退步抽身要早。这当然是一种警告，因为贾家在元春过世以后很快就被抄了。

## 《分骨肉》、《乐中悲》

元春之后是探春。在《分骨肉》这支曲子里，这个女孩子是风筝，是一条船，嫁到很远的地方去：“一帆风雨路三千，把骨肉家园齐来抛闪。”女孩子远嫁时，是没有办法留恋任何事情的：“恐哭损残年，告爹娘，休把儿悬念。自古穷通皆有定，离合岂无缘？从今分两地，各自保平安。奴去也，莫牵连。”完全是用歌词的方式唱出这几个女孩子的命运，这种重复在小说的章法里很重要。

第六支《乐中悲》一看就知道是史湘云：“襁褓中，父母叹双亡。纵居那绮罗丛，谁知娇养？幸生来，英豪阔大宽宏量，从未将儿女私情略萦心上。”史湘云喜欢穿男孩衣服，性格豪爽，不会斤斤计较。这里用曲子的方法弥补了判词上没有写到的东西，特意把她的个性讲出来。“好一似，霁月光风耀玉堂。厮配得才貌仙郎”，史湘云嫁得非常好，丈夫才貌双全，她是这些女孩子里结局很好的。她希望“博得个地久天长”，可是却“准折得幼年时坎坷形状。终久是云散高唐，水涸湘江”，没想到这样一桩美好的婚姻，却因为丈夫早逝变成“云散高唐，水涸湘江”。这里用了两个典故：“云散高唐”是指周穆王和西王母见面所谓云雨的故事，最后是一片云，空空地散掉；“水涸湘江”是说舜的妻子娥皇和女英，因为丈夫去世不断地哭，眼泪掉在竹子上，变成斑竹，这就是湘妃竹的来源，最后这两位女子投湘江而死。这里把史湘云的湘云两个字也放进去了。“这是尘寰中消长数应当，何必枉悲伤！”此处讲史湘云，也是对所有生命的提醒，人生终究无法了解生命里会有什么样的因果。冥冥之中一切皆有定数，就算你再不甘心、不服气也是没有用的。

## 《世难容》、《喜冤家》、《虚花悟》

第七支《世难容》是讲妙玉。判词中说她是一块掉在肮脏泥沼中的美玉，这里用曲子唱得更明白，让我们看到一个女孩子的做作和洁癖，看到她的悲剧下场。“气质美如兰，才华复比仙。天生成孤癖人皆罕”，这么美的一个女子，这么有才华的一个女子，个性的孤僻让她没有朋友，没有人愿与她接近。“你道是，啖肉食腥膻，视绮罗俗厌；却不知，太高人愈妒，过洁世同嫌。”这里在讲妙玉的孤高与洁癖。你把自己放这么高，别人都会嫉妒；你把自己弄得这样干净，全世界都讨厌你。“可叹这，青灯古殿人将老；辜负了，红粉朱楼春色阑。”好像这一辈子她的美、她的青春就要消耗在这样的古庙当中，做一个出家人，念经、念佛，过此一生。“到头来，依旧是风尘肮脏违心愿。好一似，无瑕白玉遭泥陷；又何须，王孙公子叹无缘。”本以为可以在庙里过一辈子，虽然孤独寂寞，也还能够保持她的洁净，可最惨的是竟被盗匪抢去奸污，落入风尘，这是跟她的愿望完全相违的。

所有的判词和曲子里面，真正的主角其实是贾宝玉。这些女孩子都跟他有一个特别的缘分，可是这些缘分都没有办法完结。每一个缘分都不过是人世间的过眼云烟。判词里讲的“堪羡优伶有福，谁知公子无缘”，这个公子就是听曲子的他，一切都为的是警醒他。这些女孩子不过陪他玩了这一世，都走了，一切都是一个空幻的过程。

第八支《喜冤家》讲的是迎春。影响她命运的中山狼再一次出现。“中山狼，无情兽，全不念当日根由。一味的骄奢淫荡贪欢媾。觑着那，侯门艳质同蒲柳；作践的，公府千金似下流。叹芳魂艳魄，一载荡悠悠。”迎春最惨的是嫁得不好。孙绍祖在结婚以前非常温柔，甜言蜜语的，婚后恶劣的行径就暴露了，把一个大家闺秀当成草芥一样作践。古时候女孩子对婚姻是没有很多选择的，只能落了个被折磨而死的悲惨结局。

第九支《虚花悟》讲的是惜春。“将那三春看破，桃红柳绿待如何？把这韶华打灭，觅那清淡天和。说什么，天上夭桃盛，云中杏蕊多。到头来，谁见把秋捱过？”惜春是最小的女孩子，之前三个姐姐的命运使她有最大的机会看到繁华幻灭的痛苦，因此她早早就决定自己不再走这条路了。“则看那，白杨村里人呜咽，青枫林下鬼吟哦。更兼着，连天衰草遮坟墓。”人生对她来讲最后不过是死亡而已。从她眼中看每一个家里都有人在哭，都要遭遇不可避免的死亡。人生的结局，不过也就是坟墓吧。“这的是，昨贫今富人劳碌，春荣秋落花折磨。似这般，生关死劫谁能躲？”所有的富贵到头来也不过是白忙一场。

这种生死之关是无论如何也躲不过的。“闻说道，西方宝树唤婆娑，结着长生果。”听说西方极乐世界有一棵宝树，非常茂盛，它是永远的树，所以她要追求的是佛教的信仰，暗示惜春出家为尼的命运。

## 《聪明累》、《留余庆》

第十支是《聪明累》，讲的是王熙凤。王熙凤十七岁就开始管一个复杂的家族，她每天精明地计算，这一切使她变得厉害，也让人害怕。“机关算尽太聪明，反送了卿卿性命”，王熙凤管家时，这个家已经入不敷出了，王熙凤便放高利贷，用家里的某些东西典当周转，甚至利用权势包揽诉讼，从中谋私。当然她也不完全是为自己，因为这个家族根本撑不下去了，她必须用个人的能力支撑。算来算去，最后把自己的命给算掉了。生命往往如此，有点像《圣经》里面讲的，赚了全世界，可是赔上了自己。生命的本质到底是什么？这里用了一个很有趣的典故，就是“卿卿”两个字。男女之间亲密的时候会叫卿卿，有点像“亲爱的”。这个典故来自晋朝，晋朝时候因为礼教很严，丈夫和太太虽然结了婚，可走在大街上，也不敢牵手，女的要撤后一步走，非常有规矩。当时有个人叫王安丰，他的太太很现代，每次出去都要勾着先生走。王安丰很尴尬，因为他是一个做官的人，觉得妇人这么大胆的表现跟礼教不合。这个太太就跟王安丰说：“亲卿爱卿，是以卿卿；我不卿卿，谁当卿卿？”这个太太很调皮，说我是你太太，当然是我爱你，我才跟你卿卿我我，如果我不跟你卿卿我我，难道还有别的女人跟你卿卿我我吗？这大概是历史上少有的一个无视传统礼教的女性形象。卿卿这个典故从中而来，常常用来称呼一些女子，是比较亲昵的行为。“生前心已碎，死后性空灵。家富人宁，终有个家亡人散各奔腾。枉费了，意悬悬半世心；好一似，荡悠悠三更梦”，王熙凤最大的愿望是家富人宁，因为她是管家的人，可她没想到，结局竟是抄家。她一辈子都提心吊胆，担心这个家垮掉。王熙凤有一次跟探春和几个好姐妹聊天，她说不要看我在管家，其实好多事情都不晓得怎么办。比如将来有一天林黛玉要嫁，薛宝钗要嫁，探春要嫁，迎春要嫁，惜春要嫁，那都是要一大笔费用的，这都是她要想到的。她还特别讲，恐怕更难的是老太太这个事。老太太有一天要走，就有一个大丧事要办。这个家族的婚丧嫁娶，一动就是许多钱，这些都是王熙凤在管。她有点像大企业的财务负责人，每天都在担心企业某一天会垮掉。“忽喇喇如大厦倾，昏惨惨似灯将尽”，“一场欢喜忽悲辛，叹人世，终难定！”

下面是王熙凤的女儿巧姐——《留余庆》。王熙凤死后，这个可怜的女孩子被亲舅舅、亲堂兄卖到妓院，最后被刘姥姥的外孙板儿救助。这里就讲到一个因果：“留余庆，留余庆，忽遇恩人；幸娘亲，幸娘亲，幸积得阴功。”王熙凤曾经救济过刘姥姥，积了阴德。正因家人前世祖先留下了余庆，她才会忽遇恩人。“劝人生，济困扶穷，休似俺那爱银钱、忘骨肉的狠舅奸兄”，在有钱得意的时候，不要忘了去帮助那些穷困的人。人生有两种，有一种是像巧姐的舅舅和堂兄这样去作践亲骨肉的；一种是像王熙凤那样，在最有权势的时候，曾经帮过一个穷困的刘姥姥。这里在对比两个因果。王熙凤对刘姥姥很好，这个因果没有报在她自己身上，而是报在她女儿身上。“正是乘除加减，上有苍穹”，这个数学的乘除加减不是我们当下可以看到的，有时是在更远阔的天地里面的运算。

## 《晚韶华》、《好事终》

下一支《晚韶华》在讲李纨。“镜里恩情，更那堪，梦里功名！”贾兰做大官以后，母以子贵，李纨被封了一品夫人，凤冠霞帔。梦里功名，是讲她刚刚穿了那个衣服就死了，所以那个功名对她来讲像一场梦。“那美韶华，去之何迅！再休提，绣帐鸳衾。”李纨那时还是一个少妇，那么美的青春，在丈夫去世以后就已经老去了。绣了鸳鸯的被子是她和丈夫一起盖过的，可是丈夫走了，被子也就一个人盖了，所以不要再提那个绣帐鸳衾。“只这戴珠冠，披凤袄，也抵不了无常性命。”儿子倒是不错，为妈妈赢得了珠冠凤袄，可是来不及了。“虽说是，人生莫受老来贫，也须要阴骘积儿孙。气昂昂，头戴簪缨，簪缨！光闪闪，胸悬金印；威赫赫，爵禄高登，高登！昏惨惨，黄泉路近。问古来将相可还存？也只是虚名儿，与后人钦敬。”李纨最后头上戴着簪缨、胸前戴着金印，可人已经要到九泉之下去了。

第十三支《好事终》在讲秦可卿。这里还是用“画梁春尽落香尘”说出秦可卿的悬梁自尽。“擅风情，秉月貌，便是败家的根本”，说她那么懂得美，那么懂得情感，便是败家的根本。秦可卿长得太美了，美到让所有人都动情，连她的公公都因她而发生乱伦之情。当然这里不是责备秦可卿，而是有一种哀叹，说美最后导致了一个悲剧。“箕裘颓堕皆从敬，家事消亡首罪宁”，“箕裘”这个典故，出自《礼记·学记》：“良冶之子，必学为裘；良弓之子，必学为箕。”表示家业能够被继承下来。如果父亲是个大银行家，儿子要把这个事业继承下来；如果父亲是个学者，儿子也可以继承。这叫作“克绍箕裘”。贾家的败家子没有继承祖先的功业，所以是“箕裘颓堕”。“敬”指贾敬，贾珍的爸爸。这个家族的败落，是从贾敬这一代开始的。导致这个家族最后发生这么大的悲剧的罪魁祸首是宁国府。“宿孽总因情”，秦可卿是小说里最大的怨孽。秦可卿这个时候还活着，正在外面招呼猫儿狗儿打架。贾宝玉已在梦中看到了秦可卿的下场。最有趣的是，小说里作者把秦可卿被逼奸的事情改了，可判词和曲里都没有改，留着让后人去猜，这是非常特殊的写法。

## 落了片白茫茫大地真干净

最后一支曲子最重要，是一个大结尾，把《红楼梦》所有的结局全部唱在其中。白话味儿，很好懂。题目叫《飞鸟各投林》：“为官的，家业凋零；富贵的，金银散尽；有恩的，死里逃生；无情的，分明报应。”用四句话讲了四种不同的生命：做官的，最后可能家业凋零；再有钱，有一天可能散尽；如果对人有恩，也许有一天可以大难不死；今天无情，有一天会有分明报应。四句话在讲这个家族里三百个人物各自不同的下场。“欠命的，命已还；欠泪的，泪已尽。”也许秦可卿欠这个命吧。我们一直不知道为什么这么懂事、乖巧、美丽的女孩子，最后会这么惨，要悬梁自尽。欠泪的是林黛玉。“冤冤相报岂非轻，分离聚合前生定。欲知命短问前生，老来富贵也真侥幸。看破的，遁入空门；痴迷的，枉送了性命。好一似食尽鸟投林，落了片白茫茫大地真干净！”所有东西都有因果，到最后就是“落了片白茫茫大地真干净”。这是视觉画面，也呼应着最后宝玉的出家。宝玉出家时，家族败落，他远远看到父亲坐着轿子过去。而从贾政的眼睛看到的是一个和尚，光着头，披了一个大红的猩猩毡的披风，在一片白茫茫的雪地里，跪下给他磕了几个头就走了。

十四支曲子唱完了。这个家族所有的故事也借着这十四首歌唱给了宝玉。可是警幻仙姑发现宝玉感到无趣。她意识到：“痴儿意尚未悟。”宝玉就叫唱歌的女孩不要再唱了，“自觉朦胧恍惚，告辞求卧”。宝玉本来就在睡觉，可是现在在梦里他又一次要去睡觉了，“警幻便命撤去残席”。

## 好色即淫，知情更淫

宝玉被带到一个香闺绣阁之中，此处与现实中他被带到秦可卿的房间呼应：“其间铺陈之盛，乃素未见之物。更可骇者，早有一女子在内，其鲜妍妩媚，有似宝钗；其袅娜风流，则又如黛玉。”

下面就是宝玉的第一次性经验。他在性的幻想里，碰到的是黛玉和宝钗。这说明宝玉在进入春梦之前，潜意识里是有现实形象的。弗洛伊德的心理学提到，性是一个人最大的压抑，在现实当中不敢讲的，便会转成梦境的形式出现。在现实中，也许宝玉从来不会讲出他想要什么，如果面对宝钗和黛玉，他会很有礼貌，不敢有非分的要求。可是白日不敢做的事，会在梦里出现。他把现实里想要发生性关系的对象，转换成梦里的对象。

宝玉不知道该怎么办了。警幻跟他说：“尘世中多少富贵之家，那些绿窗风月，绣阁烟霞，皆被淫污纨袴与那些流荡女子悉皆玷辱。更可恨者，自古来多少轻薄浪子，皆以‘好色不淫’为饰，又以‘情而不淫’作案，此皆饰非掩丑之语也。”她讲到人世间对性这件事情的态度，她说“好色即淫，知情更淫”，其实就是性，她直接把它点出来。“是以巫山之会，云雨之欢，皆由既悦其色、复恋其情所致也。吾所爱汝者，乃天下古今第一淫人也。”警幻仙姑讲的话让宝玉吓出了一身冷汗，他说我从来不敢担任这样的角色。如果我们今天对一个十三岁的男孩子说他是淫人，他肯定也会吓出一身冷汗来。可是警幻仙姑说，你就是天下第一淫人，你怎么不敢承认？这个很泼辣的描写，一下把虚伪的礼教传统整个撕破了。

“宝玉听了，唬的忙答道：‘仙姑差矣。我因懒于读书，家父母尚每垂训饬，岂敢再冒淫字。况且年纪尚小，不知淫为何物。’”百善孝为先，万恶淫为首。“淫”是儒家极力批判的一个字，认为一切坏的起头就是这个字。可是警幻仙姑讲的不是儒家的看法，她觉得淫这个字本来就是人性里的一部分，所以直接点出宝玉是天下第一淫人。可宝玉害怕了，他说自己只是不喜欢读书，根本没有那么坏，淫这个字对于他而言太重了。另外，宝玉在这之前生理还没有发生变化，他觉得我根本不知道这是什么事。可实际上他已经有很多幻想，他刚进这个房间时感官上的变化，已经在为下面这个梦做准备了。

警幻仙姑说：“非也。淫虽一理，意则有别。如世之好淫者，不过悦容貌，喜歌舞，调笑无厌，云雨无休，恨不能尽天下之美女供我片时之趣兴，此皆皮肤滥淫之蠢物耳。”她要告诉宝玉的是，淫有不同的表现方法。一般世俗认为好淫的人，整天讲一些黄色笑话，跟漂亮女孩子唱唱卡拉 OK。云雨，就是做爱，这两个字一直是指性这件事。这是一种低级趣味的淫，也不过就是皮肤、肉体上一种官能层面上的东西，所以只能叫“滥淫”。接下来她说：“如尔则天分中生成一段痴情，吾辈推之为‘意淫’。”“意淫”这个词是《红楼梦》第一个提出来的。精神上的淫跟肉体上的淫，是两种不同的东西，警幻仙姑把这两个东西放在一起来探讨。有一种精神上的风流，叫作“意淫”，她把宝玉归在此列。“‘意淫’二字，惟心会而不可言传，可神通而不可语达。汝今独得此二字，在闺阁中，固可为良友，然于世道中，未免迂阔怪诡，百口嘲谤，万目睚眦。”

儒家常常主张对人进行道德审判，这种审判在今天也还是存在的。当一个事件发生的时候，人们总是万口嘲谤，万目睚眦；而且不知道为什么，常常觉得自己必须要义愤填膺才行。在一个有些传统的社群关系当中，当人身上的严重的道德压抑没有办法疏解的时候，反而会去批评、责备一个他认为不道德的对象，把自己所有的冤屈发泄在这个对象身上。

在这里，警幻仙姑开始有一点要劝导宝玉，要教宝玉经历性这件事情。她说我碰到你的祖先荣国公、宁国公，他们希望你有所作为。可是有所作为好像要经过性这个仪式。

## 警幻仙姑密授云雨之事

此时的警幻仙姑扮演了一个性导师的角色，带领贾宝玉进入性的行为。她说她要把她的妹妹许配给宝玉。她的妹妹乳名兼美，字可卿。兼美是兼具不同的美。可卿，是外面坐着等宝玉醒来的秦氏的小名。古代女子的小名是她非常隐私的部分，即使结了婚，连她的丈夫可能都不知道。嫁到婆家以后她就会有另外的名字。所以贾府上上下下的人都不知道她叫可卿。可是宝玉竟然在梦里叫出可卿。作者在这里用了一个很神秘的方式，似乎梦里的可卿跟现实里的可卿不是同一个人，只是巧合，它是暗示，宝玉的第一个性对象就是兼美，也就是可卿。

警幻仙姑就要带宝玉进入性这个世界了。说完后，就秘密地教他做爱这件事情。于是，“推宝玉入房，将门掩上自去”。宝玉就跟兼美，表字可卿的这个女孩，在房子里面“柔情缱绻，软语温存”，以至宝玉“与可卿难解难分”。

宝玉第一次性的经验是梦里的幻想，是他的春梦。秦可卿是梦里的幻象，这里的软语温存和难解难分，其实都是跟他自己，根本没有别人。可是在梦中，宝玉沉溺其中，陷入迷津。警幻仙姑用了判词、曲子要贾宝玉领悟，可贾宝玉却执迷不悟。最后，警幻仙姑就用最大的一个事件——性来警醒他。可是他还没有醒，做完爱后就跟可卿跑去游玩。游玩时忽然发现前面是万丈深渊。悬崖，常常是要人勒马的地方，可宝玉是一定要掉下去的。警幻赶来跟他说，掉下去就没有命了。其实是在提醒他不能沉沦。“只有一个木筏，乃木居士掌舵，灰侍者撑篙。”有一个成语叫槁木死灰，形容人所有的热情都没有了。人生的迷津只有到心如槁木死灰的时候才可以悟，只要你还有一点热情或激情，肯定会难以自拔。一个十三岁的男孩子怎么可能槁木死灰？所以他必然会陷落其间。

“只听迷津内水响如雷，竟有许多夜叉、海鬼将宝玉拖下去。唬的宝玉汗下如雨，一面失声喊叫：‘可卿救我！’”梦中的宝玉醒过来了。袭人等丫头就搂住他，叫宝玉别怕。贾宝玉叫的是梦里面的可卿，可是坐在外面现实中的可卿吓了一跳。“我的小名，这里从无人知道，他如何知道得，在梦中叫将出来？”粗心的读者大概没有发现，这是多么细腻的一种关系。可卿当时正在嘱咐丫头们看着猫儿狗儿打架，此时回到了现实。

其实那个梦很短。可我们觉得那个梦好长，梦中的宝玉看了好多判词，又听了好多曲子。可是其实就在秦可卿说你们看着猫儿狗儿打架的刹那之间。梦里的时间跟现实里的根本不一样，梦中十年，在现实世界可能就是一刹那。

# 第六回

贾宝玉初试云雨情

刘姥姥一进荣国府

## 青春期的知己

宝玉做了一场春梦醒来。“却说秦氏，因听见宝玉从梦中唤他的乳名，心中自是纳闷，又不好细问。”因为一个女孩子，不好意思去问一个男孩子，你怎么知道我的小名？“彼时宝玉迷迷惑惑，若有所失。”宝玉醒了，却还没有完全清醒。一个十三岁的男孩子第一次梦遗，他吓了一跳，恍恍惚惚地，仿佛丢掉了什么重要的东西，又不敢跟别人讲。

“众人忙端上桂圆汤来，呷了两口，遂起身整衣。袭人伸手与他系裤带时，不觉伸手至大腿处，只觉冰冷一片沾湿，唬的忙退出手来，问道是怎么了。”这里直接讲出遗精的事情，精液在宝玉的大腿上，袭人替他换衣服时摸到了。宝玉涨红了脸。他是在别人家里，还在秦可卿的卧房。宝玉捏了一下袭人的手，意思是说你不要说了。“袭人本是个聪明女子，年纪本又比宝玉大两岁，近来也渐通人事，今见宝玉如此光景，心中便觉察了一半，不觉也羞红了脸，遂不敢问。”女孩子生理发育比男孩子早，袭人比较懂事，她知道发生了什么事。但她没有当众问，因为碰到的是男女之间最私密的东西。“仍旧理好衣裳，遂至贾母处来，胡乱吃毕晚饭。”

之后袭人才跟宝玉谈这件事情。“袭人忙趁众奶娘丫环不在旁时，另取出一件中衣来，与宝玉换上。”中衣就是内衣，然后“宝玉含羞央告道：‘好姐姐，千万不要告诉别人要紧。’”袭人也有点不好意思，可是又很好奇，问他说：“你梦见什么故事了？是那里流出来的那些脏东西？”今天的男孩和女孩私底下也不会讲这些话，他们还要伪装一下，可是《红楼梦》就直接在讲。所以这本小说是最真实的故事，没有隐藏也没有虚伪。“宝玉道：‘一言难尽。’说着便把梦中之事细细说与袭人听了。”袭人变成了宝玉在青春期第一个跟他有共同心事的知己，从此，他们俩之间有了很特殊的关系。

作者用最真实的方法去触碰青春期男女孩子最私密的东西，不让社会对这种事情的伪装成为干扰。宝玉跟袭人“说至警幻所授云雨之情，羞的袭人掩面伏身而笑。宝玉亦素喜袭人柔媚娇俏，遂强袭人同领警幻所授云雨之事”。宝玉强迫这个丫头跟他一起做警幻仙姑教的事情，他们发生了性关系。第五回、第六回的重要，是因为宝玉的第一次性幻想。幻想当中其实是不可能实现的秦可卿、薛宝钗、林黛玉，现实中跟他发生性行为的是袭人。幻想跟真实是两极的，有时候你不太知道跟你发生性关系的男子，在性的过程当中想的是谁，很可能他想的是另外一个人。这种性的幻想与性行为的分离现象，也是很少有小说会直接碰触的。《红楼梦》的有趣，在于它的直截了当，决不做任何伪装。

在现实世界中，宝玉决不会跟袭人说，我刚才幻想的对象是秦可卿、林黛玉、薛宝钗。袭人也以为就是她。“袭人素知贾母已将自己与了宝玉的，今便如此，亦不为越礼。”她给自己找一个解释，就是今天跟宝玉发生性关系，贾母是会允许的，“遂和宝玉偷试一番”。这里的“偷试”两个字非常有意思。青春期的事件一旦被发现，大家都觉得这个小孩子天生就是坏的，可其实他不是，他就是偷试。在青春期里面的性，有时候是小儿女们之间在玩。这个“偷试一番”是作者用了最真实的方法在写，并没有责备之意。

## 巧妙的转场剪接

接下来很有趣，作者忽然跳出来说，讲完了宝玉第一次性经验，接下来要讲什么呢？贾府上上下下有三百多个人，每一天大大小小有一二十件事情，像乱麻一样，我到底要从哪一件说起呢？写小说的人很少自己出来这样讲话。然后他忽然说，有一个人家，远远地投奔贾家来了。这个人不大不小，也不是重要的事情，可我们就从她说起吧。这一段是文章的转折。这里就牵扯到小说的结构，有点像电影的剪接技巧。怎么去把上一段和下一段接起来，接得不好会很尴尬，作者用了一个巧妙的转法。

那么下面要写的是谁呢？要写一个从来没有出场的人物，就是刘姥姥。

刘姥姥是什么人？她跟贾府有什么关系？贾政的太太是王夫人，她哥哥叫王子腾，王子腾的侄女就是王熙凤。王家势力非常大。在二十年前，也有一个姓王的人，叫王成，他做了一个小官，因为两家都姓王，就结拜了干亲。王成官小，有一点巴结的意思，就认了侄子，连了宗。之后王子腾这一支官越做越大，王成一家却丢官了。王成死后，孩子狗儿跑到乡下去种田。狗儿娶了一个刘姓太太，生了男孩板儿和女孩青儿，可是日子越来越艰难，他们就接了岳母刘姥姥来照料两个孩子。刘姥姥是个老寡妇，很聪明，她就说，你们总得想个办法，这样下去一家人都要饿死。狗儿说有什么办法，难道要去偷人抢人不成？她说也不必去偷抢啊，你们以前跟王家有过关系，现在人家是不得了的家族，好歹也要从这一条线上想想办法。狗儿说，我哪里敢去。刘姥姥就说，总也应该碰一碰。

刘姥姥是非常有趣的乡下老太婆。对于她而言，生命中最重大的事情是日子过不下去，没有饭吃。这个事情跟前面宝玉的性经验是两个截然不同的世界。可是作者竟然把它们放到同一章中。前面讲宝玉的性经验，后面讲刘姥姥活不下去。人都觉得自己生命里的事情是唯一的大事。一个十三岁的男孩在性幻想里，永远不会想到有人会饿到没有饭吃。刘姥姥也不会知道对于一个十三岁的男孩子，性的事情有多么重要。作者把这两件事情放在一起，其实告诉我们人是很难替别人着想的。大多时候我们会认为只有自己的事才是大事。

《红楼梦》的章法是编织，把很多线编在一起。通常一部小说读一次以后你不想再读，因为这部小说只有一条线，它没有编织。可是在《红楼梦》里你到处都可以看到复杂的编织。在这一回里，作者把宝玉性的经验和刘姥姥饿得活不下去这两条线编织在一起。

刘姥姥一出场，小说语言完全变了风格。刚才还都是优雅细腻的语言，而到了这里就变得非常粗。她骂女婿，说你就会在家里“拉硬屎”。意思是说一个人很穷，可是又不愿意去求人。作者刚才还是秦可卿，现在就变成刘姥姥。曹雪芹最后十年写《红楼梦》，穷到举家靠别人施舍稀饭过日子。他身上有一部分是宝玉，一部分是刘姥姥，能看到苦难跟富贵的对比。一个人只有遭遇了非常大的变故，才能看到两种不同的东西。

如果一生都在富贵当中，永远不会理解刘姥姥这样的生命；如果一生处在穷困当中，也不会知道什么叫富贵。

## 丑角通常是文学、戏剧的救赎

第六回的回目是“贾宝玉初试云雨情，刘姥姥一进荣国府”。《红楼梦》的回目常常是两个事件并置。这一回把贾宝玉初试云雨情和刘姥姥一进荣国府两个完全不相干的事件放在一起。宝玉初试云雨情，是青少年文学；刘姥姥这样一个穷得活不下去的故事是写实主义或者乡土文学。

刘姥姥一进荣国府，王熙凤给了她二十两银子，他们家的日子后来慢慢好起来了，没有饿死。很多人都认为王熙凤对刘姥姥有恩，或者贾府对刘姥姥有恩。我的看法是，刘姥姥才是贾家的救赎。其实，富贵人家有富贵人家难过的地方。花开了就看看花，哪里送来了一点螃蟹，大家就聚在一起吃吃螃蟹，他们富贵到不知人间疾苦。刘姥姥，这个穷得活不下去的乡下老太太进来以后，忽然让贾家的每一个人都感觉到一种生命力。真正的生命力在刘姥姥身上，而不是贾府的人身上。贾府是要败落的，每一个人都高贵、优雅，可他们碰到一点小事情就活不下去了。刘姥姥在活不下去的困境中，还要想方设法。乡下人身上有一种天生的乐观，换句话说，她根本就没有悲观的权利，日子再苦也会想办法过下去。刘姥姥很看不起她的女婿，觉得庄稼人有多大的碗就吃多大的饭。她骂女婿说：你喝了酒就打老婆骂孩子，不想想办法，整天唉声叹气的，算什么男子汉。刘姥姥非常看不起这种无病呻吟。她自己是很强健的，她开始想办法。忽然想到，王夫人心地很好，常常愿意施舍穷人。可直接去找王夫人差距太大，想到周瑞是太太的陪房仆人，跟着王夫人一起到了贾家，所以就决定去找周瑞。

也许大家都没注意，这一回写得很精彩的一个人就是板儿。一个只有五六岁的小男孩，刘姥姥的外孙。刘姥姥要去借钱自己去就好了，可是她把那个板儿打扮了一下带着去，教他看见谁要怎么说话。如果有一个画面，这个画面是一个穷困的老太太，带着一个小外孙在路上。她们从天还没亮就开始赶路，一路走着到的京城，很可怜。可是刘姥姥却把它当成郊游一样。这一场戏当中如果没有板儿就少了很多东西。刘姥姥自己也没有把握，不晓得会碰到什么样的事情，不知道别人会怎么笑她，怎么侮辱她。可是她带了板儿以后，每次她一紧张就跟板儿说，你等一下要小心，等一下你看到人要怎么怎么样，其实是她自己紧张。所以那个小孙子扮演了一个非常有趣的角色。她见到王熙凤的时候，她在底下拜了半天，不知道该怎么办的时候，她就拉板儿说你来拜，板儿躲在她背后不肯出来，她就骂他真没用，其实是在骂自己没用。到了这深似海的侯门，刘姥姥真的吓呆了。她没有想到有钱人家是这种情境。很多朋友看到刘姥姥都会笑，觉得刘姥姥是一个丑角。但丑角常常是文学和戏剧里的救赎，他会让你感觉到其他生命沉沦萎靡到没有生命力了。贾府里的人看到一个乡下老太太活得这么有滋有味，在她身上看到自己不具备的东西。贾母后来非常喜欢刘姥姥。

贾母是史侯的女儿，嫁到贾家，一生荣华富贵，命也很好，到晚年还是位高权重。她从来不认识乡下老太婆，面对这种穷人，她会有一种担待。后来贾母跟刘姥姥非常好，忽然发现这世上有一个跟自己的生命这么不同的人，贾母曾感叹，说你比我年纪还大，牙齿还这么好，腰子骨还这么好。刘姥姥是每天要下田种地的，身体非常强健，而贾母整天靠几个丫鬟伺候。所以，富贵人家有富贵人家的悲哀，荣华富贵也可能是一个悲剧。刘姥姥刚好把这一点对比出来，让贾府的人感觉到有另外一种完全不同的生命。

在后来的故事里刘姥姥装疯卖傻，她的一举一动都很滑稽，在头上插一大堆花。看到他们端出来的鹌鹑蛋，就说你们家的小姐这么精致，没有想到你们家鸡生出来的蛋也这么精致。贾家是用银筷子吃饭的，她根本就不习惯，去夹那个鹌鹑蛋，怎么夹都夹不起来，鹌鹑蛋滚到地上，她就拼命追着在桌子底下爬，贾家所有的人都笑翻了。这表面看起来好像是一种悲剧、一种侮辱，其实这是一个很有趣的救赎。这些场景很让人心酸，不是心疼刘姥姥，而是心疼贾府的人。他们的日子寂寞荒凉到没什么快乐可言，忽然来了一个老太太，他们就可以这样开心。贾府荣华富贵，吃山珍海味、穿绫罗绸缎，可是他们有一种精神上的贫穷。后来刘姥姥回家的时候，贾家送给她的东西简直惊人，贾母送给她丝绸，送给她数不清的山珍海味，还有一缸一缸的酒，拉了好几车子。刘姥姥说我们穷人家哪里还得起，怎么报这个恩。贾母说，没有关系，你下一次带一点地里的萝卜、芋头、花生就好了。富贵人家特别渴望吃到泥土里长出来的最朴素的东西，可是他们没有。刘姥姥后来真的带了一点地里的萝卜、地瓜，贾府的人简直高兴死了。

这是我们想不到的一种救赎。我们从来没有想到富贵竟然也是另外一种束缚、包袱。有一天可以到田地里过这么朴素的生活，反而是一种救赎。

## 刘姥姥的机缘

作者很了不起，因为要写刘姥姥是非常困难的。整个小说在写贵族，贵族的动作、思维、语言都跟一般人不一样，他们有一种出口成章的优雅。可是刘姥姥是粗俗的，是开口就讲“拉硬屎”的那种人。如果刘姥姥讲话像林黛玉，那就让人昏倒了。

刘姥姥打扮起来，带着板儿走了一天的路。走到荣国府门口，看到两个石狮子，看到这么高大的门，她都吓呆了。很多人在门口忙来忙去，没人理她，她不知道怎么办。她等了半天，想想也不能白来，总要见见人吧。这里用了好几次“蹭”字，“蹭”就是脚都提不起来，在地上磨。这是因为害怕。我们很少看到宝玉走路是蹭着走的，刘姥姥就是蹭的，因为她第一次见这样的阵势，吓呆了。

她只好蹭过去，说大爷大爷，我要找周瑞。那个人就从头到尾、上上下下打量她。这种大户人家负责通报的人，眼睛一看就知道来者是什么身份。荣国府已经富有了一百年，每天不晓得有多少穷亲戚、穷朋友来要钱，或者乞丐来讨点东西，他们已经非常有经验。看到刘姥姥穿得破破烂烂，说你坐到那边去吧，在那边等着，等一下周瑞就出来了。这些人根本就没把她当回事。

刘姥姥命很好，有一个老管家就说，你们何苦耍她，她从乡下来，干吗让她一等就等一天。这里让人感到一种心酸。对于这种阶级差距，刘姥姥根本就不知道。她对那些人的话信以为真，让她等着她就等着。她本来就没有吃饭，也不可能在京城里买东西吃，就那么饿着肚子等。老管家有一点不忍，跟刘姥姥说，周瑞不在家，到南边收地租去了，他太太倒是在家，但是不住在这里。这是第一个线索，至少让刘姥姥有机会可以见到周瑞家的。

刘姥姥千恩万谢，绕到后面。大户人家的后门，跟前门的景象是不一样的，摊贩出现了，“闹闹吵吵，三二十个小孩子在那里厮闹”，这些小孩是用人和管家的孩子。刘姥姥拉住一个问：“我问哥儿一声，有个周大娘可在家么？”那个孩子说：“那个周大娘？我们这里周大娘有三个呢，还有两个周奶奶。”陪房都是同一家人，所以姓周的人很多。刘姥姥说是太太的陪房周瑞。这个孩子就说：“这个容易，你跟我来。”

这个孩子“跳蹿蹿引着刘姥姥进了后门”，小孩走路不好好走，一面跳一面蹿，扭来扭去的。都是在走路，形容刘姥姥是“蹭”，形容小男孩就用了“跳蹿蹿”。《红楼梦》里有很多非常活泼的民间语言。“至一院墙边，指与刘姥姥道：‘这就是他家。’又叫道：‘大大妈！有个老奶奶来找你呢！’周瑞家的在内忙迎了出来，问：‘是那位？’周瑞家的认了半日，方笑道：‘刘姥姥，你好呀！你说说，能几年，我就忘了。’”这些语言都非常短，完全是北方土语，从宝玉、黛玉的口中听不到这样的话，语言风格完全转到了民间。

刘姥姥一面笑说道：“你老是贵人多忘事，那里还记得我们了。”这是民间的一句话，有一点奉承对方，另一方面也有一点嗔怪，意思是我们现在不行了，你怎么会记得我们。

下面就问到重点。周瑞家的问刘姥姥：“今日还是路过，还是特来的？”刘姥姥就说：“原是特来看看你，二则也请请姑太太的安。若可以领我见见更好，若不能，便借重嫂子转致意罢了。”这里讲得很委婉，她要见王夫人，因为见到王夫人才可能拿到钱，可是她不敢讲。她知道自己高攀不起王夫人，所以她说特地来看你周瑞家的，然后才说如果可以见见太太就见见，如果见不到就麻烦周瑞家的帮她转达她来看王夫人的意思。周瑞家的当然马上就听懂了，猜到了她是来要钱的。

## 穷人家的人情委婉

周瑞的太太不是一个重要的角色，可她也有她的心事。她想这个乡下老太太来了，到底帮还是不帮，当年丈夫周瑞争买田地一事，狗儿的爸爸曾帮过忙，刘姥姥家对周瑞家有恩。“今见刘姥姥如此而来，心中难却其意”，以前别人帮过你，你今天也应该回报一下，这是她帮刘姥姥的原因。第二个也很重要，“二则也要显弄自己的体面”，她也是一个用人，贾家用人很多，可是她想让比她更低卑的刘姥姥知道，她在贾家还是有分量的，所以，“听如此说，便笑说道：‘刘姥姥，你放心。大远的，诚心诚意来了，岂有个不教你见了真佛去的？’”这个真佛当然是指王夫人。

周瑞家的也跟她解释说，这种事本不该她管。她说：“我们这里都是各占一样儿……我只管跟太太奶奶们出门的事。皆因你原是太太的亲戚，又拿我当个人，投奔了我来，我竟破个例，给你通个信去。”接下来，她又说明了一个新的情况：“但只一件，姥姥有所不知，我们这里又不比五年前了。如今太太竟不大管事，都是琏二奶奶管家了。你道这琏二奶奶是谁？就是太太的内侄女，大舅老爷的女儿，小名叫凤哥的。”刘姥姥还以为是王夫人在管家，可是现在已经换人了，是王熙凤在管。周瑞家的特别告诉她说，你就是见到王夫人也没用，因为你要从王熙凤那里拿钱。

刘姥姥的回答非常有趣，她说：“原来是他！怪道呢，我当日就说他不错呢。这等说，我今还得见他了。”这绝对是假话，因为刘姥姥根本没有见过王熙凤。

周瑞家的道：“这个自然。如今太太事多心烦，有客来了，略可推的，也就推过去了，都是凤姑娘周旋迎待。今儿宁可不会太太，倒要见见他，才不枉这里来一遭。”她说王夫人年纪大了，不愿意管事，觉得王熙凤可以管家了，能够推的事情就推给王熙凤去管了。刘姥姥就说：“阿弥陀佛！这全仗嫂子方便了。”周瑞家的回道：“说那里话。俗语说的：‘与人方便，自己方便。’”这是民间常用的语言。其实是另外一种现世的因果，与人方便自己方便。周瑞家的跟刘姥姥这些对话也是一个偶然。周瑞家的平常也不见得这么好。这一天就是天时地利人和，刘姥姥命好，碰到了一个好心老人，然后又碰到一个小孩子帮她找到了周瑞家的，周瑞家的又心情很好，愿意帮她。平常要到贾府见个重要人物，不是那么容易的，这种家庭有很多事情，门口有一大堆刘姥姥这样的人呢。这里有很多的巧合，刘姥姥竟然见到了王熙凤。

## 周瑞家的费心安排

周瑞家的就叫一个小丫头到倒厅打听了。这里用到一个建筑上的词，叫“倒厅”。中国的建筑都是坐北朝南，因为北方在冬天有西北风吹过来很冷，南方是有阳光的，我们叫朝南或者朝阳。房子都是北边是墙壁、门在南边。可是有一种倒厅是坐南朝北的，这个房子一般不住人，用来办公。王熙凤在管家，倒厅是她办公或者接待客人的地方。小丫头就去打听老太太屋里摆饭了没有。前文说过，贾母吃饭的时候，所有的媳妇、孙媳妇都要在场，要伺候贾母吃完饭，自己才能吃。所以她第一个打听的是贾母摆饭了没有，如果贾母摆饭就表示王熙凤一定在贾母那边。

小丫头去了之后，两个人讲了一些闲话。刘姥姥就说："这位凤姑娘，今年大不过二十岁罢了，就这等有本事，当这样家，可是难得的。"刘姥姥对王熙凤是完全不知道的，所以她的赞美很虚。周瑞家的是王熙凤管着的人，所以她听了以后说："我的姥姥，告诉不得你了。这位凤姑娘年纪虽小，行事却比世人都大。如今出挑的美人一样的模样儿，少说些有一万个心眼子。"王熙凤的聪明到了惊人的地步，她没有读过书，不识字，可是用人跟她报账，她一听就能说出哪里有问题。"再要赌口齿，十个会说话的男人，也说他不过。"过去的女性是不被鼓励讲话的，都很含蓄、内敛。可是王熙凤不一样，伶牙俐齿。"回来你见了，就信了。就只一件，待下人未免太严了些儿。"这句话是周瑞家的讲出来的。周瑞家的就是王熙凤底下的人，他们可能常常要作弊，想要贪一点。倘若主人不精明，他们从桌上随便拿一块玉就走了。王熙凤的厉害是她永远清清楚楚，底下的人也一点不敢马虎。有时候这种大户人家，主人也睁一只眼闭一只眼，让底下人有一点好处。可是王熙凤管家时，底下的人都怕她。这些话其实在暗示着刘姥姥见了王熙凤之后，王熙凤会怎么去处理这件事情。

丫头回来了，就说："老太太屋里已摆完了饭，二奶奶在太太屋里呢。"贾母吃完饭了，王熙凤就要回来了。周瑞家的听了，连忙起身，催着刘姥姥说："快走，快走！这一下来吃饭，是个空子，咱们先等着去。若迟了，回事的人也多了，难说话。再歇了中觉，越发没了时候了。"王熙凤一天要处理很多事情，中午先去伺候贾母、王夫人吃完饭，最后她才回来吃饭。只有吃饭的时候才是有空的时间。这里在讲家族一种严密的生活规则。

## 刘姥姥目瞪口呆

两个人一起下了炕，整理整理衣服，刘姥姥又教了板儿几句话。她每次一紧张就跟外孙讲话。板儿只有五六岁，五六岁的男孩子到了京城，到了贾府很开心，哪里管这些事情。这里其实都在写刘姥姥心里的忐忑不安，没事就把孙子抓过来教几句话。刘姥姥“随着周瑞家的，逶迤往贾琏的住宅来”，贾琏是王熙凤的丈夫，也就是到了王熙凤的住处。

先到了倒厅，“周瑞家的将刘姥姥安插在那里略等一等。自己先过影壁，进了院门，知凤姐未出来，先找着了凤姐的一个心腹通房大丫头，名唤平儿”，平儿是王熙凤的帮手，大小事情，最先受理的总是平儿。如果说王熙凤是企业经理，平儿就是她最好的秘书，所有繁杂的事情都由她先做整理并提出建议，王熙凤只要处理一半就好了。而且平儿最了不起的一点是：她的主人非常严格，所有小事都不放松，可她却常常偷偷帮助一些人。探春的妈妈赵姨娘日子过得很苦，王熙凤又讨厌那个赵姨娘，常常故意不给她月钱，平儿就私下里给她一点。这个丫头很利落，很正直，又很慈悲。

周瑞家的先将刘姥姥来历说明，就跟她报告，让平儿知道刘姥姥是什么样的人，他们家跟王家的关系。“当日太太是常会的，今儿不可不见。”周瑞家的真的在帮刘姥姥，如果周瑞家的讲这个没有什么重要，不要见了，可能真的就不见了。可是她在让平儿下判断的时候说，这两家过去关系很好，而且王夫人以前很看重这一家，不可不见。“所以我带了他进来了，等奶奶下来，我细细回明，奶奶想也不责备我莽撞。”她不是负责通报的人，按照贾家规矩，通报有通报的人。周瑞家的有点越权了。

平儿拿了主意，说叫她进来。刘姥姥带着板儿进来了，“上了正房台矶，小丫头打起了猩红毡帘，才入堂屋口，只闻一阵香扑了脸来，竟不辨是何气味，身子如在云端里一般。满屋之物，都是耀眼争光，使人头悬目眩。”这是刘姥姥第一次进到真正有钱人家房子里的感觉。看到大红的门帘被打开，色彩这么强烈。然后闻到一股过去从没闻过的香味。大户人家都是焚香的，所以有香味。第一个是色彩，接着就是香味，然后是触觉，身体好像在云里面走。她的头都昏了，就像一个小朋友被带进迪士尼乐园，一开始眼睛都花了，然后才会慢慢静下来，集中看到一个东西。刘姥姥也是这样，她静了一会，注意到一个东西，不知道是什么，就很仔细地看。这一段写出了乡下人初次进入一个富贵人家所表现出的呆气。

“于是来至东边这间屋内，乃是贾琏的女儿大姐儿睡觉之所。”大姐儿是指巧姐，巧姐现在还是一个三四岁的小孩子，在睡午觉。这时刘姥姥牵着的板儿，就是巧姐以后的丈夫。人生的缘分这时已经定了。这个时候如果你说将来板儿会娶巧姐，大概没有人会信。可是结局如此，你会有很多感叹。小说在这里不必特别写巧姐在睡觉，刘姥姥要见王熙凤跟巧姐无关，可是作者就带出了巧姐睡觉，其实是在点板儿跟巧姐间很有趣的微妙关系。

“平儿站在炕沿边，打量了刘姥姥两眼，只得问个好，让坐。刘姥姥见平儿遍身绫罗，插金带银，花容玉貌的，便当是凤姐儿了。”乡下人没有经验，看到穿着绫罗绸缎的就觉得是小姐。又看到平儿忽然叫周瑞家的是周大娘，才知道不过是个有些体面的丫头。刘姥姥就跟板儿上了炕，平儿跟周瑞家的对面坐在炕沿上，小丫头们倒了茶来吃。

刘姥姥就在那边静下来，等王熙凤来。现在她要好好地看一看这个房子跟她家有什么不一样。这时她听到咯噔咯噔的响声，听声音很像乡下人打面、筛面的机器。她能想到的只是自己家里有的东西。她东张西望，忽然看到堂屋柱子上挂了一个很大的木头盒子，里面还装了个秤砣，正在摇来摇去地晃。当时是巴洛克时期，乾隆皇帝时西方的钟表已进入中国。有钱人家会有这种上发条的西洋的机械钟。刘姥姥的世界里没有钟，乡下人没有时间概念。可是贾家已经接受了西洋的钟，而且这个钟变成了贾家办事情的一个规则。刘姥姥看着这个东西，“正呆想时，只听得‘当’的一声，又若金钟铜磬一般，不防倒唬的转眼。接着又是一连八九下。”

一听钟响，小丫头们一齐乱跑，说：“奶奶下来了。”因为时间到了，王熙凤要来了。王熙凤的威严就是这样建立起来的。这种文学的笔法真是到惊人的地步，写得这么细，铺排得这么有序。用刘姥姥看到的钟，来呈现刘姥姥进到王熙凤房间的第一个感受。刘姥姥的世界跟富贵世界的差距就是这么大。

## 刘姥姥眼中的王熙凤

听说王熙凤下来了，平儿、周瑞家的忙起身，所有的下人都要站起来迎接王熙凤，可是命刘姥姥只管坐着，因为刘姥姥是客人。“只听远远有人笑声，约有一二十妇人，衣裙窸窣”，刘姥姥听到有人走路过来的声音，然后进堂屋去。这个时候她还没有看到王熙凤，只看到两三个妇人捧着大红漆捧盒，捧盒里面装的是饭菜。然后那边说“摆饭”，渐渐地，人才散出，只有伺候端菜的几个人。“半日鸦雀不闻”，王熙凤在吃饭，没有人敢讲话，安安静静等她吃完饭。“忽见两个人抬了一张炕桌来，放在这边炕上，桌上盘碗森列，仍是满满的鱼肉在内，不过略动了几样。板儿见了，便吵着要肉吃。”王熙凤只动了两下就撤下了，可是板儿天没有亮就跟着外祖母一路走着来的。这个时候他饿了，刘姥姥就一巴掌打了过去。这些都是对比。这种小细节是很动人的，里面都是人情世故，让人看到人的不同的身份、角色，还有辛酸。

“忽见周瑞家的笑嘻嘻走过来，招手儿叫他。刘姥姥会意，于是携了板儿下炕，至堂屋中。周瑞家的又和他嘱咐了一会，方蹭到这边屋内来。”下面从刘姥姥的眼睛看王熙凤的屋子。她看到“门外錾铜钩上悬着大红洒花软帘，南窗下是炕，炕上大红毡条，靠东边板壁，立着一个锁子锦靠背，与一个引枕，铺着金心闪缎大坐褥，旁边有银唾盒”。王熙凤第一次出来时的色彩就是红色和金色。红色是彩度最高的颜色，金色是明度最高的颜色，这一次还是，所以王熙凤永远是发亮的。作者没有直接写王熙凤，而是把周边的东西写完以后，才写到人。“那凤姐儿家常带着紫貂昭君套”，这个时候还是正月，非常冷，王熙凤穿了一个斗篷，上面戴着帽子，这个帽子是紫貂皮的。貂皮是一种最高级的御寒材料，紫貂是貂当中最柔细最高贵的一种皮毛。“围着攒珠勒子”，冬天怕冷，额头上会有一个抹额，叫勒子。有钱人家上面是用珍珠攒的，所以叫攒珠勒子。“穿着桃红洒花袄，石青刻丝灰鼠皮褂，大红洋绉银鼠皮裙”，都是大红，只是外面有一个褂子是石青，就是深蓝色的，其他都是红。金色和红色，象征着王熙凤的权势。“粉光脂艳，端端正正坐在那里，手内拿着小铜火箸儿，拨手炉内的灰。”“箸”就是筷子，有一个小手炉拿在手上，里面放一两块炭，夹炭的就是铜筷子，用它去拨灰。王熙凤头也没有抬，眼睛也没有抬，旁边有人要她喝茶，她也没有喝只管拨手炉内的灰，慢慢地问，怎么还不请进来，其实刘姥姥已经到了。

“一面说，一面抬头要茶时，只见周瑞家的已带了两个人在地下站着了。这才忙欲起身，满面春风的问好，又嗔周瑞家的怎么不早说。”“欲起身”，其实她没有起来，也不必起来，她的身份根本就没要起来，她只是做个样子，然后满面春风地问好，这就是大户人家的素养。刘姥姥对她来讲不算什么，可是大户人家的训练就是周到到任何人都不得罪。王熙凤的表情最多，这边她笑嘻嘻问好，那边她就有一点生气地骂周瑞家的怎么不早说。她根本没想起身，也不想接待客人，但还是很有分寸。

“刘姥姥在地下已是拜了数拜，问姑奶奶安。”周瑞家的忙介绍说这就是刘姥姥，凤姐点头。刘姥姥已在炕沿上坐下，板儿便躲在她背后。刘姥姥这时候很紧张，不晓得能不能要到钱。拜完了以后自己又不知道该干吗，就拉板儿来拜。可是刘姥姥百般哄他出来作揖，板儿死也不肯，赖在后面不见人。此时的板儿是个很有趣的角色。

## 讲真话的辛酸

凤姐笑道：“亲戚们不大走动，都疏远了。知道的呢，说你们弃厌我们，不肯常来；不知道的那起小人，还只当我们眼里没人似的。”她根本就不认识刘姥姥，刘姥姥也不认识她，可是她把话讲得很漂亮，说是你们不来看我们，亲戚们才都疏远了，不是我们眼里没人。这时刘姥姥的话非常让人感动，她说：“我们家道艰难，走不起，来了这里，没的给姑奶奶打嘴，就是管家爷们看着也不像。”这是实话。这里是在对比，王熙凤完全是虚伪的一套礼貌，可是刘姥姥讲的是实话。

凤姐笑道："这话没的叫人恶心。不过借赖着祖父虚名，作了穷官儿罢了，谁家有什么，不过是旧日的空架子。"意思是说，怎么会有这么嫌贫爱富的人。王熙凤这时已知道刘姥姥是来要钱的，所以先说我们也没什么，只不过做个穷官。然后说"朝廷还有三门子穷亲戚呢，何况你我"。然后就问周瑞家的，回了太太没有？王熙凤其实可以做主，可是她还弄不清楚她们跟刘姥姥到底是什么关系，所以就叫周瑞家的去回王夫人，然后又叫人抓一些果子给板儿吃。

这个时候平儿说家下许多媳妇来回话，凤姐说："我这里陪着客呢，晚上再来回。"她给了刘姥姥很大的面子，刘姥姥也觉得很被看重。平儿说没有什么要紧的事情，叫她们散了。

周瑞家的回来跟凤姐报告说："太太说了，今日不得闲，二奶奶陪着便是一样。多谢费心想着。白来逛逛便罢；若有甚说的，只管告诉二奶奶。"刘姥姥说："也没甚说的，不过是来瞧姑太太、姑奶奶，也是亲戚们的情分。"刘姥姥在说谎，她是来要钱的，可她不好意思开口。周瑞家的觉得她很傻，这么好的机会还不赶快讲，再不讲就再也没机会了。周瑞家的存心想帮她，于是提醒她说："没有什么说的便罢；若有说的，只管回二奶奶，是和太太一样的。"她一面说，一面递眼色给刘姥姥。"刘姥姥会意，未语先飞红了脸。欲待不说，今日又所为何也？"她脸就红了，因为向人开口要钱她感到不好意思，可是如果不说，今天跑了这么远的路，到底为了什么呢？"只得忍耻说道：'论理，今儿初次见姑奶奶，却不该说，只是大远的奔了你老来，也少不的说了。'刚说到这里，只听到二门上的小厮们回说：'东府里小大爷来了。'"这又是作者的一个编织，主线应该是刘姥姥跟王熙凤，可是被打断了。贾蓉来了。

## 不可思议的调情

凤姐非常高兴，忙止住刘姥姥不要说了，一面问："你蓉大爷在那里呢？"这个时候，"进来了一个十七八岁的少年，面目清秀，身材夭乔，轻裘宝带，美服华冠"。刘姥姥坐也不是，站也不是。她吓呆了，她从来没看过这么漂亮的男孩子，不知道自己该躲到哪里去。刘姥姥乡下人那种土土的感觉忽然被对比出来。王熙凤真正要见的客人是贾蓉，其实不是刘姥姥，刘姥姥只是她无意间救济的一个人。凤姐就笑了说："你只管坐着，这是我侄儿。"点出了贾蓉跟王熙凤的辈分关系，刘姥姥方扭扭捏捏在炕沿上坐了。

贾蓉一来就跟王熙凤说，他爸爸贾珍明天要宴请一位重要客人，希望借一个玻璃的炕屏去摆一摆。王熙凤说你来晚了，我已经给别人了。那贾蓉就应该走了，可是他没有走，他跪下来了，说婶婶你要疼我，若借不到回去会给爸爸打一顿，说我不会办事。王熙凤这才说："也没有见我们王家的东西都是好的不成？"这个玻璃炕屏可能是外国的东西，很贵重。接着她就跟平儿说，拿楼上的钥匙，找几个人把玻璃炕屏抬下来。其实王熙凤是在逗贾蓉，她明明有，就是不给他，贾蓉跪下来撒了娇以后，她就给他了。辈分是婶婶和侄子，可他们在调情。他们都是十七岁，有一种彼此的爱悦，王熙凤喜欢贾蓉，疼爱贾蓉，他们的关系很微妙，很特别。然后贾蓉就谢了王熙凤，说找几个妥当的人来抬，以免碰坏。

贾蓉出去以后，凤姐又叫："蓉儿回来！"丫头就叫："蓉大爷快回来！”贾蓉又回来了，垂手侍立，看婶婶有什么事情吩咐。王熙凤就慢慢地喝茶，完全不看他也不说话，忽然说，走吧，我现在没有精神，晚上再来找我。就到此为止。王熙凤和贾蓉调情是非常精彩的一段戏，可是没有后话。从这一段中我们可以看到富贵人家的闲愁，他们那种青春的对话非常迷人。不细心的话，根本看不出来，因为表面上是刘姥姥向王熙凤借钱。这一段插曲透露了贾蓉和王熙凤之间一种微妙的关系。

## 富贵贫穷的对比

“这里刘姥姥心身方安，才又说道：‘今日我带了你侄儿来。’”这个侄儿就是指板儿。王熙凤刚刚接见了一个她真正的侄子贾蓉，可是刘姥姥为了借钱，要表示我们没有那么疏远，所以说这是你侄儿。王熙凤哪里会把板儿当侄儿。这又是两个侄儿的对比。贾蓉没有来过的话，刘姥姥讲侄儿还不觉得荒谬，可是现在王熙凤眼中哪里有板儿。刘姥姥讲的话非常好笑：“今日我带了你侄儿来，也不为别的，只因他老子娘在家里，连吃都没有。如今天又冷了，越想没个派头，只得带了你侄儿奔了你老来。”说着又推板儿道：“你那爹在家怎么教导你了？打发咱们做煞事来？只顾吃果子咧。”她希望板儿替她解这个尴尬，板儿当然不会懂这些。凤姐早已明白，听她不会说话，因笑止道：“不必说了。我知道了。”然后就问周瑞家的：“这姥姥不知可用了早饭没有呢？”刘姥姥忙道：“一早就往这里赶咧，那里还有吃饭的工夫咧。”这里其实是在对比，刚才凤姐在用午餐，只动了几筷子就不想吃了。可是刘姥姥一大早赶路根本连早饭都没有吃。王熙凤马上就命人快传饭来，一时周瑞家的传了一桌客馔，摆在东屋内，带了刘姥姥板儿去吃饭。

凤姐借这个机会问周瑞家的，刚才太太到底怎么说。因为她要决定到底要不要给她钱，可两家的关系到底如何，她还不清楚。刘姥姥在跟前又不方便说，所以打发她去吃饭。一方面内心不忍，存了慈悲给他们饭吃；另一方面可以借这个机会问清实情。"周瑞家的道：'太太说，他们家原不是一家子，不过因为一姓，当年又与老太爷在一处作官，偶然连了宗的。这几年，也不大走动。当时他们来一回，却也没空了他们。'"这个很重要，周瑞家的说以前他们来也不会叫他们空手回去的，表示说应该要帮助他们。"今儿来了，瞧瞧我们，是他的好意思，也不可简慢了他。"这个不晓得是不是王夫人讲的，这是周瑞家的在传话，也可能真的要帮刘姥姥，她就加了一点点，促使王熙凤做了决定。"凤姐听了说道：'我说呢，既是一家子，我如何连影儿也不知道？'"她根本就不知道有这一门亲戚，因为王熙凤比较小，而他们已经二十年都没有什么来往了。

"刘姥姥已吃毕饭，拉了板儿过来，舔唇咂嘴的道谢。"凤姐这时就做决定了，请刘姥姥坐下来，说："方才的意思，我已知道了。若论亲戚之间，原该不待上门来，就该有照应才是。"这个话讲得极漂亮，说如果我们真是亲戚，不应该等你们上来求我们，早就应该照顾你们的。这里当然是双关语，一方面说我们没有照顾好；另一方面说我们根本不是亲戚。注意王熙凤讲话微妙的地方。"二则，外头看着这里，虽是烈烈轰轰的，殊不知大有大的难处，说与人也未必信罢了。"讲到这里，刘姥姥觉得没有希望了，因为她说他们很困难。但是王熙凤话转了："今儿你既老远的来了，又是头一次见我张口，怎好叫你空回去的。"可是王熙凤的钱绝不是随便给的，以后如果每天都来怎么办。所以她说："可巧昨儿太太给我的丫头们做衣裳的二十两银子，我还没使呢，你们不嫌少，就暂且先拿了去罢。”这当然不是真的，只是话讲得漂亮。“那刘姥姥先听见告难，只当是没有，心里便突突的；后来听见给他二十两，喜的浑身又发痒起来。”对乡下人来讲，二十两银子是个惊人的数目。姥姥说道：“我也是知道艰难的。但俗语说：‘瘦死的骆驼比马大。’凭他怎样，你老拔根寒毛，比我们的腰还粗呢！”乡下人不会讲话，两个形容都很难听。她已经知道能拿到钱了，一下子得意忘形，就开始乱讲话。

“周瑞家的在旁听他说的粗鄙，只管使眼色止他。”王熙凤当然是见过世面的人，她也就笑一笑，让平儿把银子拿来，再拿一串钱来，都送到刘姥姥的跟前。凤姐就说：“这是二十两银子，暂且给这孩子做件冬衣罢。”这还是漂亮话，因为二十两银子她觉得太少了，也不过就是给孩子做一件可以过冬的衣服，可是对刘姥姥家来讲，却是一个小本生意的基础。“若不拿着，可真是怪我了。”她还要为对方着想，说不要嫌少。就是给别人施舍，还要让别人有一个台阶可以下。这绝对是大户人家的措辞。

她还拿了一串钱，让他们雇车子坐，不要再走回去了。每次读到这里我都会很感动，王熙凤日理万机，她也没有太多心情去可怜一个穷人。可是这个时候她真的有点不忍。这一串钱的价值比那二十两银子还重，其中有她对人的体谅，她觉得这一老一少走这么远的路，有了这串钱至少可以坐个车回去。

“刘姥姥只管千恩万谢的，拿了银钱，随周瑞家的来至外厢。周瑞家的道：‘我的娘！你见了他，怎么倒不会说了？开口就是“你侄儿”。我说句不怕你恼的话，便是亲侄儿，也要说和软些。那蓉大爷才是他的正经侄儿呢，他怎么又跑出这么个侄儿来了。’”如果没有贾蓉，整个一章就编织不起来。借玻璃炕屏的事儿好像可以删掉，可其实非常重要，刚好对比出王熙凤真正心疼的是贾蓉，根本不是板儿。板儿对她来讲可有可无，她根本就不记得这个人。这里面就在讲因果，她根本没有想到，也不可能想到，这个流着黄鼻涕的小孩是她将来的女婿。

# 第七回

送宫花贾琏戏熙凤
宴宁府宝玉会秦钟

## 极为寻常的一天

年幼时，长辈说不同的年龄读《红楼梦》会有不同的感受，当时半信半疑。到了自己做长辈的年龄，真的有这种感觉了。现在去读它，跟年少时读的感觉是这么不一样。

《红楼梦》有一个主要的纲架，这个纲架在讲贾府这些人的生活，一个贵族阶层的生活。我们可以做一个特殊的实验，把《红楼梦》第七回单独抽出来，作为一个短篇小说来看。假设有些朋友没有读过《红楼梦》，只读第七回。《红楼梦》文学结构的最大特征是，每章以短篇小说的形式构成，都有绝对独立存在的可能。我常常建议朋友，读《红楼梦》不一定要从第一回一路读下来。

第七回跟其他章回小说有很大的不同，几乎没有大事发生，只是日常生活中的小事情。写这种状况其实是最难写的。《红楼梦》第七回有一点像二十四小时里没有事情发生的那个部分，就是闲话家常。一个真正好的作家，可以把日常生活里非常平凡的事写得非常精彩。人们对《红楼梦》第七回谈得并不多，因为它平平淡淡地就写过去了。

一开篇说刘姥姥走了以后，周瑞家的向王夫人汇报这件事。可王夫人去看她的姊妹薛姨妈了，就是宝钗的妈妈。周瑞家的就来到梨香院，知道王夫人跟薛姨妈在聊一些家常事。通常做管家的找主人，如果发现主人跟亲戚在聊天，她们是不敢打扰的，应该等一等，等人家谈完了，才来禀报。这个事情也不急，所以周瑞家的就到梨香院去找薛宝钗。薛宝钗穿着家常衣服，跟丫头莺儿刺绣聊天。过去的小姐和丫头没事的时候就学习女红，怎么刺绣或者打结编织这一类的事情。

## 宝钗的热毒

看到周瑞家的来了，薛宝钗说："周姐姐坐！"虽然周瑞家的是用人，薛宝钗是主人，可是辈分上大家族的家教也很严格。周瑞家的靠在炕沿上坐下和她聊天。她问薛宝钗说："这有两三天也没见姑娘到那边逛逛去，只怕是你宝玉兄弟冲撞了不成？"这是没话找话。当然宝钗不是这样的个性，宝钗这个女孩子非常理性，很少为一点小事闹情绪。宝钗说："那里的话。只因我那种病又发了两天，所以且静养两日。"这样的家常聊天就引出宝钗身体有一种病。一到某个季节，她就会发病，咳嗽，有点喘，感到疲倦，这个病又总是治不好。周瑞家的就要表现出关心，她就说，你小小年纪这个病老不断根也不是办法，你到底在吃什么药，要不要找个好一点的大夫看看，把这个病根断了。断了根的意思是说从体质上彻底根除。这个当然有中医的理论，曹雪芹对于东方医学有特殊的看法，东方医学认为人的身体是一个大自然，是调气的。

宝钗跟周瑞家的有一搭没一搭地聊自己的病。周瑞家的跟她说："也该趁早儿请个大夫来，好生开个方子，认真吃几剂药，一势除了根才是。”问宝钗最近到底吃什么药。宝钗说从小得这个病，把爸妈都快烦死了。请了所有的名医来看都治不好。宝钗家室显赫，是替皇帝采办货物的皇商。虽然薛宝钗的父亲去世了，可是势力还在，完全可以请到非常好的名医来看病。可是这个病好像很特别，怎么看都看不好。最后倒是有个秃头和尚讲得似乎有理，说这个病是打小从娘胎里面带的一股“热毒”。有人针对这个“热毒”写过关于宝钗的文章，说是热与冷相对。《红楼梦》里林黛玉是一个非常冷的女性，她孤独，追求自己生命里的一种沉默，从不跟人搭讪应酬。可宝钗不是，宝钗非常懂得怎样跟人相处。她比林黛玉晚到贾府，没来多久，贾府上上下下三百多口人，每一个人都喜欢宝钗。这个“热”可以解释为“热衷”。当然这里作者没有讲明“热毒”到底是什么，可是很多人认为作者在这里对宝钗做了一点隐喻性的讽刺，就是这个女孩子天生热衷很多事情。

《红楼梦》里宝钗跟黛玉是一个对比，宝钗对生命有一种热衷，她觉得生命中有些东西是要抓住的。神话里黛玉是一株草，她到世间来是为了还眼泪，没有想要抓什么东西。“热”这个字是说什么都要，宝钗是要的。宝钗为什么进贾府？《红楼梦》里有一些很有趣的伏笔。宝钗十四岁，进京是因为她是薛家的大家闺秀，有最好的家教，到十四五岁可以进京待选。皇帝选妃子，专门由大臣、贵族家里进贡女孩子让皇帝来选。宝钗到京城来是为了选妃，跟黛玉完全不一样。可是宝钗后来就一直留在贾家，好像是待选没有被选上。这个“热毒”不是宝钗好不好的问题，而是宝钗本身希望被选上，她希望自己的生命是成功的，是顺利的。我们不能批评一个人喜欢成功、喜欢顺利。黛玉对生命有一种大彻大悟的空幻，她觉得生命里没有什么东西真的抓得到，即使现在抓到，将来还是抓不到，这是个对比。

宝钗的热毒到底是什么？我们不知道。可是为什么这个热毒需要一个秃头和尚来治呢？

## 秃头和尚的“海上方”

跛脚道士、癞头和尚出现的时候，都是佛家跟老庄的观念出台的时候，作者想通过这些点醒世人。在作者看来，儒家太热衷于社会的主流价值，老庄是潇洒的，佛家是可以放下的。《红楼梦》里始终重复出现跛脚道士、癞头和尚等人，是专门来治病的，治人无法大彻大悟的病。

具体到热毒到底要怎么治？秃头和尚给了她一个药方。这里有一个专有名词叫“海上方”。大家都听过一个说法叫“海上有仙山”，传说古代海上有蓬莱、方丈、瀛洲三仙山，山上有长生不老药。秦始皇曾努力要去找“海上方”，求长生不老药。“海上方”的意思是指秘方。秃头和尚连药引一起告诉了薛宝钗。把药的疗效引到生病的部位的东西叫药引，药引是中医理论中非常神秘的一部分。常常听到民间戏剧里讲“千年瓦上霜”这个药引，可见药引难求。这部分有点像神话，这个秃头和尚给宝钗的药方和药引，读完你会吓一跳。曹雪芹好像在讲一个荒诞不经的故事，可《红楼梦》本来就是从神话说起。

秃头和尚的药方里暗示了整个东方哲学相信生命其实是一种总平衡和大循环。身体在打坐的时候是一个小宇宙，而这个小宇宙可以通到外面的大宇宙。这是东方哲学，西方人很少这样讲。东方的医学理论认为，人的某个部位生病要考虑另外的部位来综合治疗，因为人体要保持平衡。宇宙间木火土金水这五种元素是循环的，每一个东西都可以生长另一个东西，比如水可以生木。同时，每一个东西又可以克制另一个东西，构成了宇宙之间的循环关系。东方整个的命理、医学、哲学系统，都建立在对自然大循环的观察上。西方有历法，东方有二十四节气。这个秃头和尚给了宝钗一个药方，竟然是用二十四节气来调理她的身体，有点像是在暗示宝钗的热毒是因为缺乏自然的秩序感。作者也许觉得大自然当中有真正的秘方，人应该学习怎么样走向大自然，而不是在人世的纠葛里热衷名利。

周瑞家的问她说，和尚到底给了你什么秘方，你说给我听听，以后听到有人得这个病，我就跟别人讲有这样一个方子。宝钗说："不问这方儿还好，若问了这方儿，真真把人琐碎坏了。"她说这个方子里的药都不贵，很容易得到，可是难的是"巧"，"要春天开的白牡丹花蕊十二两，夏天开的白荷花蕊十二两，秋天的白芙蓉花蕊十二两，冬天开的白梅花蕊十二两。"这个也还好，可为什么作者要加个"白"，而不是"红"？《红楼梦》的作者一直在用色彩、季节暗示很多东西。看到林黛玉我们想到的是白色和秋天，她是干净的、素色的。"素"是没有艳丽的色彩。可是宝钗是很丰润的，身上有色彩。最有色彩的是王熙凤，最没有色彩的是林黛玉。如果一个人出来永远是大红大绿，这个人是感官比较强的，因为从视网膜的光波上来讲，红跟绿都是彩度跟明度很高的色彩，很容易被看到。可是白本身就是一种素净，它是退让的，是雪的颜色，是月光的颜色。作者的用字不知不觉就把信息透露出来。宝钗的热毒恰好要静下来、素一点。而宝钗不够素，个性也比较强，她要的东西是一定要得到的，可是她不让你看出来她想要。作者此时有意识地讽刺她的热毒需要花来治疗。林黛玉是非常爱花的，可林黛玉的花不是春天和夏天的花。有一回写林黛玉魁夺菊花诗，她在所有女孩子里写菊花写得最好，因为菊花就是她。菊花是在秋凉以后才开花的，她从来不跟别的花去争春天与夏天的热闹。宝钗是热闹的，黛玉是孤独的。所以，这个秃头和尚的药方是春天的白牡丹花、夏天的白荷花、秋天的白芙蓉花、冬天的白梅花各十二两的花蕊，很精彩。科学上说都是花蕊，可是文学当然并不完全是科学，文学有一部分是用文字、词汇暗示一个生命的状态。所以这里的白牡丹花、白荷花、白芙蓉花、白梅花绝对有它的象征意义。

## 大自然的平衡之方

只是这四种花得到了还不算，这四种花蕊要在第二年春分这一天晒干。那我们就会想，如果春分那一天没有阳光怎么办？还说要用雨水这天的雨水，所以周瑞家的说，这么麻烦，万一雨水这一天不下雨怎么办？节气有时候不准，而做这个药必须这一年刚好所有的节气都对。要小雪这一天的雪十二两，霜降这一天的霜十二两。作者其实在讲宝钗的热毒要想平衡，就要回到大自然的秩序当中，他觉得宝钗不够自然。读《红楼梦》你可能觉得宝钗真是识大体、懂事、聪明、漂亮，可是宝钗很多的心机完全看不出来。作者之所以给她开了这么麻烦的药方，因为在作者看来，觉得春分这一天的阳光、雨水这一天的雨水、白露这一天的露水、霜降这一天的霜、小雪这一天的雪，通过了春夏秋冬四季的循环。用东方的哲学观照宇宙之间的循环，木、火、土、金、水，没有任何一个是绝对的好或绝对的不好，而是要相互平衡。火太旺了需要水，木太多了需要金，这是一种互补的现象。现在东方很多人取名时还讲究这个。一个人叫鑫，他可能五行缺金。这个人叫淼，他大概五行缺水。东方的循环与平衡的哲学理论，在医药上、命理上、风水上都有体现。东方代表春天，是青色，为木；西方代表秋天，是白色，为金；南方代表夏天，是朱雀，是红色，为火；北边代表冬天，是玄武，是黑色，为水。在日本，京都向南的那个道路就是朱雀，它实际是根据五行学说来调配的。看风水的先生讲左青龙、右白虎。左青龙：东边是青色，属木。右白虎：西边是白色，属金。犯人处决叫秋决，是秋天，因为秋天是万物凋零的季节，象征肃杀，所以一定是在秋天，不会在春天杀人。春天是生发的季节，这个时候执行死刑是违反天理的。《红楼梦》用小说的方式传达东方哲学，把整个哲学转换成一种文学形式表现出来。

这四种花蕊，经过整个大自然秩序的淘洗，最后制成丸药。可是真巧，秃头和尚跟宝钗讲这个药方的第二年，几样东西就都得到了，所以宝钗有机会治好自己的病了。通过自然的秩序，她得到了阳光、雨水、露水、霜和雪。这里的雨露霜雪都有一点让人感觉到冷，而不是热。包括春分的阳光，不似立夏的阳光温暖、温和，而是比较寒凉的，因为是治她的热毒。

这个丸药放在瓷坛里，埋在花树根底下，需要的时候挖出来吃一丸。而且还要用黄柏十二分做药引煎服，黄柏是一种很苦的东西。这个热毒不光要用冷来治，还要用苦来治。从味觉上来讲，宝钗的生命其实是甜的，因为她追求生命里的成功与顺利。味觉很奇怪，有人喜欢吃甜食，因为甜食带来幸福感；可是有人会喜欢茶里面带一点苦，甚至红酒里面带一点苦。生命里其实有苦味。黛玉好像一直在品尝生命的苦味，她的哭泣，她的还泪，都代表了一个比较苦的生命形态。可是宝钗永远追求富贵、顺利、成功，她是比较甜的，在生活当中，所有人都喜欢她。用黄柏十二分，大概就是这个原因。

如果我们不细读，就不太会追究为什么四个花都要白的；为什么一定要雨露、霜雪这些寒凉的东西；为什么最后的药引还要十二分黄柏。这些都有东方哲学的暗示，就是宝钗的热毒需要这些东西来治。她做了一坛冷香丸，进京的时候带来了，发病的时候就服一丸。这是家常闲谈时谈出的一部分，应该算是第七回比较有趣的一段。

## 最高级的技巧：意外

周瑞家的为什么来？不是找宝钗的，也不是要听宝钗讲她的病。她是来找王夫人回话的，碰巧跟宝钗聊了这一段。周瑞家的和宝钗谈完以后，王夫人在里面聊天忽然听到外面有人讲话，问是谁来了，周瑞家的才说："是我。"所以那一段关于冷香丸的药方全部是意外。

"周瑞家的忙出去答应了，趁便回了刘姥姥之事。"这才是她真正要来的主要目的。这个是小说技巧，不一定写主线，有时候可以避开主线写细微末节，优秀作者的观察是出乎意料的。我一直觉得如果有人肯拿第七回做作文的范本，一定受益匪浅，它的写作方法非常活泼。

周瑞家的待了半刻，想看看王夫人还有什么话要交代。王夫人没有什么话说，她就要走了。正要走时，又出现一个意外。

薛姨妈道："这是宫里头的新鲜样法，堆纱花十二枝。昨日我想起来，白放着，可惜旧了，何不给他们姊妹们戴去。昨儿要送去，偏又忘了。你今儿来的巧，就带了去罢！”因为不是什么大事情，所以哪天送都无所谓。这一回整个在讲小事，可是带出一个又一个的意外。王夫人觉得给他们家的三个女孩子，就有一点不好意思，说：“留着给宝丫头戴罢了，又想着他们。”薛姨妈就解释说，你不知道我们家这个宝丫头从来不戴这花儿粉儿的，不喜欢女孩子打扮的东西，留着她也不用。

周瑞家的拿了装宫花的盒子走出房门，看到金钏在那边晒太阳，金钏就是后来跳井自杀的那个丫头。第七回一直在讲贾府没有事情发生的时候这些人的关系。周瑞家的就问她说，刚才来了一个小丫头叫香菱，是不是薛家临上京的时候买的，为了她打人命官司的那个小丫头。香菱，这时等于被薛蟠抢来做了妾，住在薛家。金钏说：“可不就是。”

正说着，香菱笑嘻嘻地走来了。周瑞家的说她真漂亮，有一点像东府里蓉大奶奶的品格。蓉大奶奶就是贾蓉的太太秦可卿。香菱很像秦可卿。《红楼梦》在写人物的时候，常常同一个人物会有两个象征，比如说秦可卿另外就是香菱，一个是主人，一个是用人，可是她们的命运很接近，都很漂亮，可也都很薄命。

周瑞家的就问香菱，几岁到这里，又问她父母现在在哪里？现在几岁了，本是哪里人？悲哀的是，这个女孩子自五岁被拐骗之后，已经完全断掉了跟生身父母以及家乡的所有关系。周瑞家的和金钏问她，香菱摇头说，都不记得了。她不是完全不记得，而是拐子怕线索暴露，不断地打她，折磨她，最后她被打怕了，就说不记得了。买卖人口的恶棍是非常凶恶残暴的。

周瑞家的带着花到了王夫人的正房后头。因为贾迎春、贾探春、贾惜春跟王夫人住在一起，周瑞家的就把花送到这里来了。

## 周瑞家的送宫花

“如此周瑞家的故顺路往这里来，只见几个小丫头子都在抱厦内听呼唤默坐。迎春的丫环司棋与探春的丫环侍书二人正掀帘子出来，手里都捧着茶盘、茶钟，周瑞家的便知他姊妹在一处坐着，遂进房内，只见迎春、探春二人正在窗下下围棋。周瑞家的将花送上，说明原故。他二人忙住了棋，都欠身道谢，命丫环收了。”

一直到现在，第七回还没有事发生。送花是让人顺便带过去，写了这么久，花还没有送完。更有趣的一点是，给惜春送的时候惜春不在，说惜春在跟水月庵来的智能儿玩。水月庵是一个尼姑庵，里面有一个小尼姑叫智能儿，有些小尼姑也是被卖到庙里的，很苦。

智能儿的师傅来了。这时又带出了一个有趣的事情。贾府这种有钱人家，每月固定会给庙里香火钱。庙里面的人很会讲话，不管是道教、佛教都很会化缘，庙里的主持第一能力就是要懂得化缘。他们来见贾母，贾母就跟他们说最近宝玉走路摔了一跤正在养病之类的事情，这本来没什么，庙里面的尼姑和道姑就建议说，不是他摔了一跤，你们贾家这种大户人家、有钱人家、富贵人家，你们的小孩子从小都有很多鬼在旁边嫉妒，所以趁他走路时就伸出一只脚把他绊倒。你们一定要到庙里供一点香，捐一点香油钱，小孩才能够免掉这些灾。贾母就问要捐多少？她就说，这个其实无所谓，只要你有这个心愿就好了。可是又举例说某夫人捐了四十万，贾母有点脸色不太对了，那另外一个人是三十万，贾母衡量了一下，说每个月捐二十五万，你每个月十五来领钱。

所以这个智能儿的师傅刚好十五来要钱了。师傅去各个地方化缘的时候，小智能儿没事就跟惜春玩。惜春是贾家四个女孩中最小的一个，从小就喜欢跟庙里的人在一起，像惜春这个年龄的女孩子，她只是觉得好玩，也不一定是真信了佛教，可是惜春后来真的出家了。《红楼梦》一直在讲宿命，这个宿命好像是前世就已经注定的，而人怎么也逃不掉那个宿命。惜春跟智能儿说，你头发都没有多好啊，我留了一大堆头发，每天还要洗头插花。正讲着，周瑞家的就来送花了。惜春笑着说，我正要讲说我也要把头发剃了，做姑子去，你就送了花来。万一剃了以后还不晓得这个花怎么戴呢。《红楼梦》写法中间有一种平衡，给迎春、探春的送花，以及惜春的送花是不一样的。

## 贾琏戏熙凤

周瑞家的接下来要送花给王熙凤。好像要接近中午了，她还经过了李纨的房间，看见李纨躺在床上睡觉。此时我们会感觉时间有一点慢，人有一点无聊。

“那周瑞家的又和智能儿唠叨了一会，便往凤姐处来。穿夹道，从李纨后窗下过，隔着玻璃窗户，见李纨在炕上歪着睡觉呢。”贾家那个时候已经有玻璃窗，那个时候很少人用到玻璃，一般人家是用糊纸的。《红楼梦》前八十回讲贾家的富贵，动不动就掏出一个金表什么的。贾府在那时用的全是欧洲的舶来品。很多人认为《红楼梦》中的贾府有钱，他们用汉唐的东西，其实不是，他们用的都是西方的东西。这才是清初的富贵人家。

周瑞家的“遂越西花墙，出西角门，进凤姐院中”，到了王熙凤的堂屋，就看到小丫头丰儿坐在凤姐的房中门槛上。这个丫头好像不方便在房里，所以就坐在门槛上。这个已经让人有点怀疑。她看到周瑞家的来了，连忙摆手叫她往东屋里去。摆手就是没有讲话，因为怕惊动里面的人，让你往东边走。《红楼梦》最精彩的就是没有事情发生，可是你能知道有什么事情在发生。

王熙凤才十七岁，她的丈夫贾琏也只有十八九岁。年轻的小夫妻，午睡后不晓得在干什么，小丫头不方便在房间，就坐在门口，摆手说你现在不要打扰他们。

周瑞家的会意，到了东边的屋里，看到奶妈正拍着大姐睡觉。刚才李纨歪在炕上睡觉，现在奶妈抱着王熙凤的女儿大姐也在那边睡觉。这让读者有一种午睡时整个四合院都静悄悄的感觉。周瑞家的竖起耳朵听到有贾琏的声音，知道王熙凤不是一个人在房间里。所以一步一步，让你觉得好像是在干吗，可是你还不能确定他们到底在做什么。已经确定的是贾琏在里面很开心地聊天，接着房门响了，平儿拿着大铜盆出来，叫丰儿舀水进去。这个时候谜底有一点揭晓了。平儿是陪嫁过来的丫头，是最贴身的，她推开门对丰儿说，没事了，你去舀水过来。我想大家都可以会意吧。这里作者安排了一个午后一对年轻夫妇不为人知的嬉戏，轻描淡写，完全不着痕迹。

## 贾家的财大势大

平儿看到周瑞家的，说您老人家跑到这里来干吗？周瑞家的就说是薛姨妈要给王熙凤四枝宫花。平儿打开匣子拿了四枝。王熙凤有什么事情都会想到秦可卿，当即把两枝送宁国府给秦可卿戴。然后就命周瑞家的回去道谢。

一个意外带出一个意外。周瑞家的本来要做什么？一开始她送走了刘姥姥，回去跟王夫人汇报说刘姥姥已经回到乡下去了，她就没事了。结果带出了薛宝钗生病的意外，听了半天的冷香丸。然后好不容易见了王夫人，汇报完了要走，又出来一个意外，要帮薛姨妈送花。现在花还没送完，还剩下林黛玉的两枝没有送。

周瑞家的这才往贾母这边来，因为最后两枝花要送给林黛玉。“过了穿堂，顶头忽见他女儿打扮着，才从他婆家来。”打扮着，就是特别讲究，盛装打扮跑来了。“周瑞家的忙问：‘你这会子跑来作什么？’他女儿笑道：‘妈一向身上好？我在家里等了这半日，妈竟不出去，什么事情，这样忙的不回家？’”周瑞家的是管家，她有自己的家，这一天她一直在贾府里忙着各种事情，跑来跑去，女儿就说你怎么忙成这个样子都不回家了。“我等烦了，自己先到了老太太跟前请了安了，这会子请太太的安去。妈还有什么不了的差事？手里是什么东西？”周瑞家的说：“今儿偏偏儿的来了刘姥姥，我自己多事，为他跑了半日；这会子又被姨太太看见了，送这几枝花儿与姑娘奶奶们。这会子还没送清白呢！你这会子跑来，一定有什么事的。”母亲跟女儿聊天，又是闲话家常，也没有大事发生。

女儿说：“你老人家倒会猜。实对你说，你女婿前儿因多吃了两杯酒，跟人分争起来，不知怎的被人放了一把邪火，说他来历不明，告到衙门里，要递解他还乡。”“邪火”是指造谣中伤。从女儿的角度来讲，她的丈夫没有做错事，是因为喝了酒跟人家吵架，最后被人家诬陷了，要把他遣回原籍。“所以我来和你老人家商议商议，这个情分，求那个才了事？”

就是说我要去拜托谁，才能够把这个事情办好。周瑞家的听了说：“有什么大不了的事情！你且回去等着，我送林姑娘的花儿去了就回家。此时太太、二奶奶都不得闲。”太太是王夫人，二奶奶是王熙凤，这两个是管家的，求她们最有用，可她们现在都没有空。“你回去等我。这没有什么忙的。”她有点怨女儿没见过世面。这里能看出贾家上上下下包揽诉讼、干扰司法到什么程度，对他们来说，哪有什么不得了的事。文中并没有用直白的语言说贾家财大势大，却把它们都融在小事情里了。

周瑞的女儿嫁的是谁？就是古董商冷子兴。古董商对于政治起落非常敏感，他大概在中间也玩很多的权术，牵涉到某个政治案件当中，被告了。最有趣的是这个周瑞家的反应，她骂女儿说，这点事情也大惊小怪的。小事里透露出贾家的厉害，不只是主人不得了，连管家都觉得小小的官司不算什么。你看，第七回里虽没有什么大的事情发生，却透露出好多信息。

女儿听完回去了，说：“妈！好歹快来。”周瑞家的说：“是了。小人家没经过什么事的，就急得那样儿了！”说着就到黛玉房中去了。

## 宁为玉碎的性格

这时，黛玉和宝玉正在解九连环。九连环是一种古代游戏，铁环套在一起，有固定的方法可以解开。《红楼梦》真是青少年文学，九连环其实就是十三四岁那个年龄玩的。看《红楼梦》时一定要将自己拉回到那个年龄层，这时候你才能感觉到它的精彩，其中很多地方在写青少年成长的感觉。

周瑞家的进来笑着说："林姑娘！姨太太着我送花来与姑娘戴。"宝玉就说："什么花？拿来给我。"宝玉永远对花感兴趣，而且非常主动，早伸手接过来了。打开盒子，原来是宫制堆纱新巧的假花。"黛玉只就宝玉手中看一看。"黛玉永远不热衷，只冷冷地、远远地看一下。问："还是单送我一个人的，还是别的姑娘们都有？"

黛玉的问话永远如此，如果这个生命不是绝对的、唯一的，那她宁为玉碎，不为瓦全。她的观念永远如此，只给我一个人的我就要，如果大家都有那就算了。由此可以看到她对感情的执着，直至走上了毁灭之路。她的玉是注定要碎的，因为她不要杂质。

周瑞家的说："各位都有了，这两枝是姑娘的了。"黛玉冷笑道："我就知道，别人不挑剩下的，也不给我。"周瑞家的听了，一声儿不言语。小姐发脾气了，她不敢讲话了。

黛玉永远觉得自己是被冷落的。她是一个孤儿，寄居在外祖母家里，她觉得生命本身就是孤独的，别人怎么疼她都没有用。宝玉用最大的爱疼她，可她还是觉得孤独。这是由性格决定的宿命。

## 意外的领悟

从《红楼梦》第七回我们可以看到，文学的结构有时候不一定像我们想象的作文的方法。第七回里面，作者那种自由自在、行云流水的写法，让我们一次次感到意外。

作者写作时有一个主线，这个主线是预设好的结构。他在写作的过程中，会不断把这个结构拆解开来。如同画画一般。现代主义绘画常常是全部构图都想好了，可等到第一笔画下去以后，又全部推翻了。因为他会从这一笔开始发展下一笔，从第二笔发展第三笔。创作是一个非常奇特的东西，往往是自己预设好的那个架构被彻底颠覆后，才是好创作。相反，做好一个大纲，完全按照大纲走，很难成为好创作。《红楼梦》越往后读越能感觉到它融会了许多创作方法，因为作者拥有丰富的人生经验。任何一个文体都如此。你若去规划一个生命是如何发展的，很难出彩，因为实际上没有一个人生会这么呆板。人生本来充满着意外巧合，充满了偶然，充满了带给我们意外的领悟。

第七回中大家可以看到一个意外又一个意外，可能变成另外一个结构或者是解构，把原先预设好的结构从根本上拆散。本来是要写周瑞家的去报告一件事情，然后横生枝节，一直带出下面的事情来。

下半回的主题，是宝玉和秦钟见面。见面是从王熙凤忙了一天说起的。王熙凤是一个少奶奶，家里上上下下大大小小的事情都由她管，最是忙碌。等到晚上卸了妆，跟她的长辈王夫人讲一点私房话，这个时候就显得比较亲近。王熙凤虽然被认为是女强人，家务管理得极好，可是她上面有一个长辈，就是王夫人，她必须向王夫人禀报所有的事情。

## 王熙凤的悲剧

“便至掌灯时分，凤姐已卸了妆，来见王夫人。”卸了妆见的人当然是比较亲的人。她说：“今儿甄家送了来的东西，我已收了。”

《红楼梦》中有一个贾家，一个甄家。北方有一个贾宝玉，南方有一个甄宝玉。南边的甄家不时送东西来。曹雪芹家族从做康熙皇帝的奶妈开始发迹，后来被派到南京和扬州做江宁织造，又做了苏州织造，掌管整个江南的丝织业，传了四代便成豪门。他们三次接驾，康熙南巡时住在他们家。他真正写的家族是南方的曹家，所以南方是甄家，北方反而是贾家。可是在文学上很有趣，我们看到，北方有的南方也有。有一次从南方甄家来了两个婆子，他们送礼之后看到贾宝玉那天发疯的样子，就说奇怪，我们家有一个甄宝玉也是这个样子。好像在讲生命的两个状态。可是在小说一开始就讲“假作真时真亦假”，告诉我们很多时候是在把真的当假的，把假的当真的。

王熙凤说甄家派人用船送东西来，她就命人买了很多北方应时的东西作为回礼，借着他们的空船带回去。她要跟王夫人商量，这样办好不好。她说：“咱们送他的，趁着他家有年下进鲜的船去，一并都交给他们带了去了？”过年时要进鲜，把江南的一些新鲜蔬果和鱼进献给皇帝。

这里面有很清楚的辈分和规矩，因为真正管家的是王夫人，王熙凤只是一个执行者。王夫人点头，表示可以。凤姐又说：“临安伯老太太生日的礼，已经打点了，太太派谁送去？”王夫人说你看看谁闲，叫四个女人送去就行了，怎么这个事情又当个正经事来问我。王夫人已经在念阿弥陀佛了，她有一点烦，觉得大事报告就算了，小事不必报告。

王熙凤非常聪明，有些真正应该禀报的大事她是不禀报的。譬如她作假、包揽诉讼、赚了三千两银子等，王夫人完全被蒙在鼓里。她放高利贷，王夫人也不知道。可她会让王夫人定夺谁去送礼这类事情。王熙凤真是厉害，她要让王夫人觉得放心，连这么点小事都禀告，来表现她是多么值得信任。

凤姐又说：“今日珍大嫂子来，请我明日过去逛逛，明日倒没有什么事。”珍大嫂子就是贾珍太太尤氏。王熙凤在荣国府，宁国府的贾珍、尤氏想请王熙凤明天过去逛一逛，王熙凤现在要向王夫人请示。王夫人说："没事有事都害不着什么。每常他来请，有我们，你自然不便意；他既不请我们，单请你，可知是他诚心叫你散淡散淡。”王夫人表示说没有关系，让她去。王夫人有点体谅她说，有我们在，你坐都不能坐，就同意她单独去。这里可见王熙凤的聪明，她摆明了第二天要请假去玩，可是她让王夫人主动鼓励她去玩。

王熙凤的聪明在于她会设计，她能设计出所有的过程。王熙凤伶俐、聪明、能干，可是她所有的聪明都在现世中。聪明反被聪明误，“机关算尽太聪明，反送了卿卿性命”，她的结局是很惨的。

《红楼梦》在写因果。王熙凤本身是一个非常的悲剧，她所有斤斤计较的东西都在现世当中，她少了一些糊涂和对于生命另外一个层次的领悟。

## 曹雪芹的青春记忆

王夫人特别鼓励她说别辜负了她们的心，凤姐就答应了。“当下李纨、迎、探等姊妹们亦曾定省毕，各自归房无话。”这是清代大家庭的规矩，做儿子女儿的、做晚辈媳妇的，睡觉前一定要先跟长辈说声晚安。

第二天，凤姐梳洗了，先回王夫人。就是问我可以走了吗？临时有没有什么事情？然后又来辞别贾母。荣国府隔壁就是宁国府，可是她要一一告别，可见规矩之严谨。

宝玉听了，闹着也要跟着去。这是十三四岁男孩子会有的行为。

青少年时期是最奇怪的一段，事实上是童年没有过完，对大人的世界有一点拒绝的状态，有些青涩。宝玉最明显的就是拒绝大人的世界，他一直想赖在他的青少年时期，不想过大人那一关。因为他觉得一成为大人以后，一切东西都变质了。这个小说写得好就在于此。曹雪芹是荣华富贵到十四岁时经历抄家的，他所有繁华的记忆是十四岁之前。大家可以从曹雪芹的身世和贾宝玉的个性中，看到他就在写青少年。

“宝玉听了，也要逛去，凤姐只得答应着，立等换了衣服，姐儿两个坐了车，一时进了宁府。”凤姐其实不想带宝玉去，她们姐妹之间一定有她们想聊的东西，夹着一个半大不小的男孩子，不晓得该怎么办。

从荣国府到宁国府也就是过一个街到对门。

“早有贾珍之妻尤氏与贾蓉之妻秦氏婆媳两个，引了多少姬妾、丫环、媳妇等接出仪门。”大门进去的二门叫仪门。侍妾媳妇一大堆，可见宁国府从第一代到第三代大概都有很多偏房。

“那尤氏一见了凤姐，必先笑嘲一阵，手携了宝玉同入上房归坐。”她们是妯娌，妯娌之间讲话绝对不是太客气的。她们开始先嘲笑一番，因为关系很亲。“秦氏献茶毕”，为什么是秦氏献茶？因为贾珍、尤氏是她的公婆，绝对没有婆婆端茶的，一定是儿媳妇、孙媳妇端茶，贾蓉的太太秦可卿是最晚一辈的媳妇，所以由她来献茶。

凤姐说：“你们请我来，有什么好东西孝敬，就献来，我还有事呢！”这都是关系很亲才会讲的话，把凤姐大咧咧的姿态都写出来了。尤氏、秦氏还没有回答，底下几个侍妾就先笑了。“二奶奶今儿不来就罢，既来了，就依不得二奶奶了。”就是说你今天被我们扣下了，今天可是要跟你好好玩一天，这里在讲内眷的一种感情。

## 活泼的语言

一个好的作者本身是隐藏的，他只是让我们看到人世间有这么多不同的生命，而这些不同的生命各有他们的风格和特征，都是不可取代的。这是《红楼梦》最精彩的地方，每个人都有独立的性格。

作为写作者其实很难，很容易喜欢某几个角色，不喜欢某几个角色，喜欢的角色越写越好，不喜欢的角色越写越坏，最后两边都写不好。好的作者在写到每一个人的时候，都让他是这个人自己，而作者退位。西方也有这样的思想，说一个好的导演如果要让观众去思考的时候，就应该落幕了。陀思妥耶夫斯基说过，一个作家对自己笔下最不喜欢的人都不能掉以轻心。意思是说你最喜欢的人倒没有问题，你最不喜欢的那个人要好好去写他，如果你觉得不喜欢就可以乱写的话，那绝对不是好小说。

我们可以看到《红楼梦》语言的这种活泼。“二奶奶今儿不来就罢，既来了，就依不得二奶奶了。”这几句话尤氏和秦可卿还没有讲，底下几个侍妾就先开始说了，有点和王熙凤闹。

正说着只见贾蓉进来请安。富贵到第三代、第四代大多人长得漂亮，热衷于斗鸡走狗之类的事情。前面提到贾蓉跟王熙凤借玻璃炕屏时所表现出来的非常复杂的关系，作者写得非常隐讳，完全不着痕迹，隐约让读者觉得这个婶婶和侄子之间有一种暧昧关系。《红楼梦》的精彩在于它都在暗示，至少你看到王熙凤疼爱贾蓉，跟他的关系不像是公事公办，永远有一点私下牵挂的感觉。贾蓉也觉得婶子疼他。王熙凤又跟贾蓉的太太秦可卿特别要好，打破了伦理的辈分，常常跟她谈很多心事。

现在贾蓉进来了，跟这几个人请安。宝玉就说："大哥哥今日不在家？"宝玉所称的大哥哥是贾珍，是宁国府的堂哥，所以他叫大哥哥。宝玉的意思是说我来做客，可是我是弟弟，所以应该先问问，嫂嫂在家，那哥哥不在家吗？如果在的话我也要请安，这是礼数。尤氏就回答说，贾珍出城跟老爷请安去了。这个老爷是贾家的上一代，就是贾珍的爸爸，他常年炼丹修道，住在道观里不回家，贾珍要跑去请安。

尤氏就对宝玉说："可是你怪闷的，何不去逛？"这个十四岁不到的男孩跟了来不知道要干什么，人家女人可能讲一些私事，尤氏就说，你一个男孩子在这里，会不会觉得很闷呢？要不要出去逛逛？有点儿想支开他。引出宝玉应该有自己的同性朋友。

秦可卿就说："宝叔叔要见我兄弟，今儿巧，来了。瞧一瞧？"她上次说有一个兄弟长得什么样，宝玉立刻说要见。那时她的兄弟不在这里，没有机会，这次正巧，可卿就提了起来。"宝玉听了，即便下炕走。"短短的句子，小男孩的动作立刻表现出来了。宝玉的反应有些过度，一听说立刻就要去找秦钟，不要跟这些女人混在一起了。

尤氏和凤姐都说："好生着，忙什么？"一面就吩咐人小心跟着。宝玉一动旁边就要有丫头、书童陪着的，因为怕他摔了、碰了。想想宝玉其实很可怜，他这种富贵人家的小孩子，娇养到这种程度。我们都觉得羡慕，可是他恨不得能有一个比较平等的朋友，因为所有的人都是听他使唤的，只要他一动，旁边就有很多人跟着。这样一来，他无从体会青春期的孤独中有朋友相伴的那种感觉。

## 宝玉的同性伴侣秦钟

下面这一段是写宝玉急着要找一个这样的伴侣。可是宝玉在所有人的眼中都是个宝，有一点闪失就不得了，每天二十四小时都有人看着宝玉，打个喷嚏不得了，摔个跤也不行，玉掉了更不得了。大家都有点不放心。“别委屈着他，倒比不得跟了老太太过来就罢了。”此时凤姐说：“既这么着，何不请进这秦小爷来，我也瞧瞧。难道我见不得他不成？”凤姐就建议说宝玉不要去了，叫秦钟过来，顺便我也瞧瞧。

尤氏就开玩笑说：“可以不必见他，他比不得咱们家的孩子们，胡打海摔的惯了。人家的孩子都是斯斯文文的惯了，乍见了你这破落户，被人笑话呢！”尤氏其实在讽刺王熙凤，笑她没教养、没读书、讲粗话。这个又是妯娌之间的话。王熙凤说：“普天下的人，我不笑话就罢。竟叫这小孩子笑话我不成？”这就是王熙凤的自信。贾蓉就特别解释说：“他生的腼腆，没见过大阵仗儿，婶子见了，没的生气。”凤姐说：“他是哪吒，我也要见一见！别放你娘的屁了。再不带来，看给你一顿好嘴巴子。”这是标准的王氏语言。这种语言，她也是在跟贾蓉讲，说明她跟贾蓉也非常亲，可是这个亲我们现在还不能确定是什么。

“说着，果然出去带进一个小后生来，较宝玉略瘦巧些，清眉秀目，粉面朱唇，身材俊俏，举止风流，似在宝玉之上。”宝玉够美的了，这个男孩子比宝玉还漂亮。作者常常在描述青少年的美，曹雪芹似乎是一个不想长大的人，所以他描写的最美的生命都是青少年的状态，就是花刚刚绽放的状态。秦钟是跟着姐姐长大的，爸爸对他管得很严。因为没有母亲，他受姐姐的影响很大，“只是怯怯羞羞，有女儿之态。腼腆含糊的向凤姐作揖问好”。秦钟在这种场合不得不叫人，不得不敬礼。“慢”这个字表示他有一点拖，不那么利落的感觉。“凤姐喜的先推宝玉，笑道：‘比下去了！’”

宝玉觉得好像得到了一个知己，这个知己是一个过去在女性亲戚世界中所没有的。年龄相似，好像是另外的一个自己。青少年认识的第一个爱的对象，其实是自己。希腊神话里讲自恋，其实是在讲青少年，就是他在爱对方之前，先爱了自己，是一种对自己的眷恋。纳西索斯在水里看到自己的倒影，然后就爱上了自己的倒影，变成一株水仙花。《少年维特之烦恼》也是讲这个。在儒家文化里并不那么歌颂青少年，人们常说嘴上无毛办事不牢，对青少年是比较贬低的。可是曹雪芹很独特地歌颂了青春，他觉得青春是非常美的。宝玉会秦钟其实有一部分是宝玉在跟另外一个自己见面，与生命里面的一个知己相见。

## 刹那间的生命怅惘

凤姐“便探身一把携了这孩儿的手，就命他身旁坐了，慢慢问他年纪、读书等事，方知他学名叫秦钟”。

凤姐出来做客，没有预料到今天会见到秦钟，没有带表礼。以前大户人家第一次见面要有见面礼的。她随身带着的几个丫头立刻发现了，王熙凤还在跟秦钟讲话，不等她吩咐，丫头那边已经走过对街，跟平儿汇报了，可以看到那种大户人家的人际关系。“平儿素知凤姐与秦氏厚密，虽是小后生家，亦不可太俭。”平儿在斟酌，这个礼要怎么送。秦钟是晚辈，这个礼不一定要很重，可是王熙凤跟秦可卿这么好，这个礼应该斟酌一下。送重了不对，送轻了失礼，难就难在分寸的拿捏。平儿是王熙凤最得力的助手，她可以策划，也可以实施。“遂自作主意，拿了一匹尺头、两个‘状元及第’的小金锞子，交付与来人送过去。”

“凤姐犹笑说‘太简薄’等语。秦氏等谢毕，一时吃过饭，尤氏、凤姐、秦氏等抹骨牌，不在话下。”抹骨牌类似于打麻将。到了这个时候，宝玉跟秦钟才要讲他们之间的话。刚才还是有一点礼貌，在礼貌当中很多话也不方便讲。

“那宝玉自一见了秦钟人品，心中如有所失。”他看到一个人人品精彩、漂亮、聪明，忽然有一点怅然若失。宝玉一直觉得他看得上的就是女孩子，觉得女孩子都很棒。现在忽然发现男孩子也这么精彩，他就若有所失了，觉得自己不如别人。这个句子非常值得斟酌，那个“若有所失”是生命里刹那间的怅惘。青春里是有烦恼的，青春的烦恼和忧愁非常难解释。事实上，里面有说不出的对生命刚刚有感觉时的怅然若失。我觉得，宝玉这个时候有一点像希腊神话的纳西索斯第一次在水中看到了自己的倒影。第一次看到的欢欣与悲哀是双重的，那种感觉非常复杂。

宝玉就“痴了半日，自己心中又起了呆意”。《红楼梦》常常用到“痴”这个字。没有逻辑没有理性就叫作痴。骂人的时候叫白痴。可是这个字在所有的创作里都是最好的，不痴不会画画，不痴不会写小说，不痴不会去做别人都觉得你发疯了的那个事情。梵高痴，贝多芬痴，曹雪芹痴。这个痴是看到了一个东西忽然让他发呆了，生命里没有这个部分，生命不会真正激发出惊人的美。宝玉看到秦钟忽然痴了半日，在那边发呆，好像生命里有个东西跟他是一样的。自己就在想：“天下竟有这等的人物！如今看了，我竟成了泥猪癞狗了。”

## 肉身的幻灭与觉醒

青春可能是自恋，也可能是自惭形秽，忽然看到生命可以这么美的时候，觉得自己不够完美。宝玉第一次有这样的感觉是看到了秦钟，觉得生命可以这么美，那自己不是泥猪癞狗吗？自己的生命是这么不完美，宝玉憎恨自己的富贵，他想，如果我生在贫穷人家，我不是可以早就跟他做朋友了吗？我做这个公子不是很痛苦的事吗？宝玉这个时候觉得美是没有界限的，美使得生命有一种从心里面出来的呼唤。可是礼教、富贵都把人限制在一个牢笼中。

"我虽如此比他尊贵，可知绫锦纱罗，也不过裹了我这根死木；美酒羊羔，只不过填了我这粪窟泥沟。"这是宝玉第一次自责。

《红楼梦》是一本忏悔录。悉达多太子的佛传故事也是如此，他从皇宫出走，觉得这个肉身可恶如贼，哪里值得吃这么好的东西，哪里值得用绫罗绸缎来包裹。这是宝玉第一次对富贵的惭愧，他把自己讲到一个污秽的状态，其实是肉身的一个巨大的幻灭与觉醒。《红楼梦》受佛教的影响很深，只是写得不露痕迹，基本在讲肉身本身空幻的意味。"死木"、"粪窟泥沟"都在讲这个肉身本身是一具臭皮囊。

秦钟也在看宝玉，他看到宝玉"形容出众，举止不群，更兼金冠绣服，娇婢侈童，秦钟心中亦自思道：'果然这宝玉，怨不得人溺爱他。可恨我偏生于清寒之家，不能与他耳鬓交接，可知"贫富"二字限人，亦世间之大不快事。'"二人一样地胡思乱想。两个生命在互换，其实是西方童话里面的乞丐王子，王子一直想走出去做乞丐，乞丐一直想进宫做王子。我们通常都看不到自己生命的特点，看到的只是自己没有的部分。这是一个非常有趣的模式。秦钟觉得他这么好，我为什么生在贫穷人家，为什么我不能像他一样富贵，能够像他这么美，像他这么举止非凡？可是宝玉想的刚好相反。宝玉和秦钟，其实是生命的一体两面。

青少年做朋友一开始一定就是这样。宝玉和秦钟的故事应该怎么界定，可能有人说这是一个同性恋故事，有人说不是。我觉得它就是青少年故事。宝玉在这个年纪，性别意识还非常不确定。第六回经历了他人生的第一次性，是跟丫头袭人发生了肉体关系。第七回他忽然在精神上追求了一个爱人，是男性。这完全在讲青少年，因为只有青少年是这种状况，就是一切东西都没有确定，因为他还没有找到生命的固定状态。他们之间的关系又像朋友、又像爱人、又像伴侣，关系很模糊，我觉得他们更像哥们儿，感情很特别。作者觉得青春是最值得玩味的，因为青春本身还没有模子把它压成定型的样子，他们正在摸索。

然后宝玉就问他读什么书，秦钟告诉了他。“二人你言我语，十来句后，越觉亲密起来。”那里面有一种试探，看对方到底是不是知己。他们两个也在试探，终于发现好像真的是了。“一时摆上茶果吃茶，宝玉便说：‘我们两个又不吃酒，把果子摆在里间小炕上，我们那里坐去，省得闹你们。’”宝玉想要跟秦钟单独在一起了，他想离开旁边一大堆人，就借了一个理由，两个人进里间去吃茶。

## 宝玉与秦钟的读书计划

秦可卿有点担心，她是从贫寒家嫁到贾府豪门做媳妇的。弟弟来了，她战战兢兢，不晓得这个弟弟讲话会不会得罪宝玉，她还是有从贫寒人家嫁进来的那种矜持。“秦氏一面张罗与凤姐摆酒果，一面忙进来嘱咐宝玉道：‘宝叔！你侄儿年小，倘或言语不防头，你千万看着我，不要理他。他虽然腼腆，却性子倔强，不大随和些是有的。’”她希望宝玉担待，可她没有想到他们两个已经很好了。

宝玉笑着说：“你去罢！我知道了。”宝玉这个时候就想和秦钟单独说话。秦氏又嘱咐了弟弟秦钟一回才去陪凤姐。从中可以看到秦可卿的谨慎周到，她嫁过来做媳妇，自知有点门不当户不对。一直到死，家里人都觉得她是一个最成功的媳妇。

“一时，凤姐、尤氏又打发人来问宝玉：‘要吃什么，外面有，只管去要。’宝玉只答应着，也无心在饮食上，只问秦钟近日家务等事。”那个年龄的朋友非常难解释，有一种很亲的东西。如果把我们那个年龄的某些东西找回来，大概就会了解这一次宝玉跟秦钟会面的关系。秦钟因说：“业师于去年病故，家父又年纪老迈，残疾在身，公务繁冗，因此尚未议及再延师一事，目下不过在家温习旧课而已。”说他有老师的，去年生病死了，还没有谈到再请老师的事。“再读书一事，也必须有一二知己为伴，时常大家讨论，才能进益。”这里已经埋下伏笔，讲得冠冕堂皇。

宝玉没等他说完，就很高兴地说，我们有一个家塾。做官的人规定每个月薪水有百分之二十拿出来要办义学的，贾家有钱，就办了义学，贾家所有亲戚的孩子，没钱读书的都可以读义学。这是古代的一个制度。做官的几房小孩常常教育不好，往往贫穷那一房能考试做官，将来可以有发展。义学制度跟家塾制度、私塾制度自古就有。宝玉跟他说，我们有一个家塾，合族中不能够请老师的都可以入塾读书。亲戚子弟可以附读，我因为业师去年回家了，也荒废了学业。

宝玉根本不爱读书，每天都是爸爸逼着去读书。现在忽然碰到秦钟，他觉得有同学了，就很想读书了。他说："家父之意，亦欲暂送我去，且温习着旧书，待明年业师上来，再各自在家里亦可。家祖母因说：一则家学里子弟太多，生恐大家淘气，反不好；二则也因我病了几日，遂暂且耽搁着。如此说来，尊翁如今也为此事悬心。今日回去，何不禀明，就往我们这敝塾中来，我也相伴，彼此有益，岂不是好事？"这两个小孩子已经在计划怎么结伴读书了。

秦钟说："家父前日在家提起延师一事，也曾提起这里的义学倒好，原要来和这里的亲翁商议引荐。因这里又事忙，不便为这小事来聒絮。宝叔果然度小侄可认磨墨涤砚，何不速速的作成，彼此不致荒废，又可以常相谈聚，又可以慰父母之心，又可以得朋友之乐，岂不是美事？"秦钟这个十几岁的小孩讲话规规矩矩，说我不敢来陪你读书，我来帮你磨磨墨、洗洗砚台。两个小孩已经自己做决定了，要一起读书。

宝玉就说，放心吧，我等下告诉你姐夫、姐姐和琏二嫂子，你今天回家就跟你爸爸讲，我回去再跟老祖母讲，"二人计议已定"，觉得很快就可以办成这个事。

## 侧写焦大

到了掌灯时候，王熙凤要回家了。宝玉和秦钟出来又看他们玩了一回牌。"算帐时，却又是秦氏、尤氏二人输了戏、酒的东道"，打牌王熙凤赢了，钱由秦氏和尤氏来付。姐妹之间约好了下一次再请，一面就叫送饭。酒席散后，大家要回家，他们都有自己带来的一些用人，秦钟因为家里穷，没有用人，回去的时候天色晚了，要派个人去送他。这就牵出了贾府里的一个老家人焦大。

焦大在小说里扮演非常重要的角色，他特殊的出身跟整个家族创业有关。焦大的辈分同荣国公和宁国公，是这个家族创业第一代的老家人。他把主人从战场上的尸首堆里救出来，对这个家族有大功。到了第二代、第三代，现在已经到了第四代的时候，他在家里有一种非常特殊的身份。虽然他是一个下人，可是因为他有功于这个家族，所以养在那边其实是非常特殊的角色。可是有时候小主人会很讨厌这种老家人，因为他虽是用人，可是你不能得罪他，他知道这个家族所有的事情，什么糗事他都有可能搬出来讲一讲。

下人汇报给贾珍太太尤氏，说因为要送秦钟找了焦大，结果焦大就闹起来了。尤氏就说何必去找他，这个人一喝了酒就乱闹，年纪也大了，也没有人敢惹他，把他当个死人一样养在家里，不要碰他，不要派他工作就好了，怎么又偏偏派到他身上。

贾蓉送凤姐和宝玉回家，十七岁的贾蓉是东府第四代，有客人来，用人却在那边骂主人，而且越骂越不像话，他觉得有点不成体统，就火了，他骂了焦大一顿，并命人把他捆起来。这下不得了，焦大更生气了，说你不要摆主子的架子，我是看着你长大的，你真的要把我惹火了，白刀子进红刀子出。有一点造反的意思。最后贾蓉让别人去处置这个事情，大家害怕他乱讲话就把他捆起来，丢在马圈中。焦大被惹火了，就讲了最难听的话。

这一天王熙凤去做客，贾珍并不在家。小说对贾珍的描写非常少，到现在为止，贾敬、贾赦、贾政、贾珍都很少被描绘到。小说是从女眷写起的。这些男人都有一点严肃，讲的话都是一些官场话。可在这种时候，我们能从一个讲真话的用人口中，隐约感觉到贾珍是一个什么样的人。现在一般学者都认为是贾珍逼奸了儿媳妇。所以贾珍大概不是什么品德高尚的人。可是这种丑事在正规的家族当中，没有人敢讲，所以要借着一个喝醉酒撒野的用人的嘴讲出来。

这个侧写用焦大的口把这个家族不为人知的丑事讲出来了。

## 金玉其外，败絮其内

尤氏他们几个人送到大厅，只见灯烛辉煌，这是有钱人家的一种排场。他要在这个排场里，借焦大的口来说明，这个金玉其外的家族已经败絮其内。他用了很有趣的对比。“只见灯烛辉煌，众小厮都在丹墀侍立。”看起来有点像古代的那种皇宫。“那焦大又恃贾珍不在家，即在家亦不好怎样，更可以恣意的洒落洒落。”就是数落数落，他开始骂这个家族，把这个家族的丑事一一讲出。

趁着酒兴焦大先骂大总管赖二，家里的总管是用人最讨厌的人，因为分派工作，赏罚都是由总管来做，所以先骂了赖二，说他不公道，欺软怕硬，“有了好差事就派别人，像这等黑更半夜送人的事，就派我。没良心的王八羔子！”接着，他又开始讲自己的了不起：“你也不想想，焦大太爷跷起一只脚，比你的头还高呢！”

一个大家族繁盛长久之后，有创业之功的老家人是最难弄的。在古代，新主当政常常要把旧主的权臣去掉一批。这种老家人在世家文化中最难处理，尤其是在东府，因为贾珍与尤氏非常软弱。如果是王熙凤就会不一样。

一个灯烛辉煌、两边小厮侍立的世家，竟然出现了一个破坏体制的焦大。大家叫他不要讲了，因为贾蓉刚好送凤姐的车出来。贾蓉忍不住就骂了两句，叫人把他绑起来明天酒醒了再问他，看他还寻死不寻死。可这焦大连他爷爷、爸爸都看不起，更何况是他。所以他大叫起来，赶着贾蓉说："蓉哥儿！你别在焦大跟前使主子性儿。别说你这样儿的，就是你爹、你爷爷，也不敢跟焦大挺腰子呢！"这简直像造反一样，在这种世家文化当中，主仆伦理是最严格的。可他从辈分这个角度把年轻的少主人讲得很不堪。

他说："你们就作官儿、享荣华、受富贵？你祖宗九死一生挣下这家业，到如今，不报我的恩，反和我充起主子来了。不和我说别的还可，若再说别的，咱们红刀子进去，白刀子出来！"这是粗人的话。荣国公跟宁国公都是将军出身的武官，所以当初他们身边都是这种非常义气的人，性子很烈。焦大的个性在作者的笔下很鲜活，呼之欲出。一腔热血，忠心耿耿，到最后这个家族竟一代不如一代，全是些败家子。他内心还有一种难言的悲哀与痛苦，动不动就要哭太爷去，因为他觉得这个家族不行了。焦大真的是家族里最忠心耿耿的仆人，这个家族目前面临的困难，他不见得知道，他还是以当年的心情看这个家族。

凤姐很生气。她处理事情干净利落，绝对不容许这样的人在面前撒野，她说："以后还不早打发了这没王法的东西！在这里岂不是祸害？倘或亲友知道了，岂不笑话咱们这样的人家，连个王法规矩都没有？"王熙凤这个时候完全像婶婶，也像一个管家的人。贾蓉在旁边只好说："是。"这里凸显了王熙凤的严厉。她是来做客的，可是她看到这种情境，立刻摆下脸来，教训贾蓉说，你们怎么可以让这样的人在这里撒野？旁边一些用人看到焦大撒野不堪，只好把他揪倒，绑起来拖到马圈里去。焦大更生气了，便连贾珍的事都抖搂出来。

贾珍的事，是这个小说一直被隐藏、被删改的部分。掩盖了以后，作者还是觉得这个事情不写是有问题的，因为公公逼奸儿媳妇是家族里一个大事，他就用焦大的口来写。焦大说“我要往祠堂里哭太爷去”，因为他觉得下面这三代都不行了。“那里承望到如今，生下这些畜牲来！每日家偷狗戏鸡，爬灰的爬灰，养小叔子的养小叔子。”这两句话是从焦大口中透露的非常重要的信息。

## 焦大讲出贾家的丑事

“爬灰”是民间的粗话，是讲公公搞儿媳妇，就是乱伦。养小叔子，用今天的话来讲，就是女人包养比她年轻的小白脸。在这里，养小叔子指的是王熙凤。

这里的“爬灰的爬灰”是一个暗示，“养小叔子的养小叔子”是另外一个暗示，作者不直接说到底发生了什么事，只点出这个家族很混乱。这里包含很复杂的伦理。宝玉跟秦钟是叔叔跟侄子的关系，可是两个人又都是十三岁的男孩。凤姐跟贾蓉，一个是十七岁的女孩，一个是十七岁的男孩，一个是婶婶，一个是侄子。如果不从伦理的角度说，他们当然是很容易在一起的玩伴。可是家族的辈分又很严。“爬灰的爬灰，养小叔子的养小叔子”，其实在讲这个家族的乱伦。但是作者并没有批判这种乱伦事件，而是让你感觉到，好像有些复杂的东西在纠缠，这纠缠中有一部分是伦理。

这很尴尬。在过去这种家族伦理文化中，辈分本身是一个很严的限制。孟子就被人问到过，如果嫂嫂掉到井里要不要救她？孟子说："嫂溺，援之以手。"说嫂嫂要淹死了，应该去拉她的手救她，可是男女授受不亲。有时候感觉很荒谬，伦理规定得很严格，可是人在伦理当中，又有超越伦理的其他感情。

焦大的谩骂使贾家的一些丑事公之于众。"我什么不知道？咱们'胳膊折了，往袖子里藏'！"就是说家丑不可外扬。"众小厮听他说出这样没天日的话"，"没天日"，就是很严重。大家都知道贾珍的事，也都知道王熙凤的事，却都不敢讲。焦大一讲出来，他们吓得魂飞魄散。也不顾别的，就把焦大捆起来，把泥土马粪塞了他一嘴。作者在第七回结尾透露出来的信息非常重要。看上去平静无事的一天，其实是这个家族开始走向败亡的暗示。

可是也很无奈，从家族的第一代创业者的角度来看后人，大概永远都是子孙不肖吧。每一代的价值观是不一样的。民间常讲富不过三代，到第三代就开始偷狗戏鸡，家族就败了，这好像变成了一种宿命。这种家族当然希望能够世世代代享高官厚禄，可事实上总是天不遂人愿。以曹雪芹的家族来讲，抄家是逃不过的命运。

焦大讲出了这么难听的话，王熙凤却装作没有听见，这也是她厉害的地方。跟他去吵？王熙凤当然不是这么没有品格的人。以王熙凤的个性，她要让焦大死太容易了，随便找一个名目，就可以让他死。可是她在这个时候不能表现，就装作听不见。可笑的是宝玉，十三岁的男孩子听到"爬灰的爬灰"，就兴奋地问王熙凤："什么是'爬灰'？"他还不知道这是在讲他们家的事。王熙凤就火了，狠狠地骂了他一顿。

作者借这个部分重复一次“爬灰”，是要借焦大的嘴告诉我们一个很重要的事。这是一个富贵人家，这种粗话是小孩子从来没有听到过的。可是王熙凤跟什么人都来往，她知道“爬灰”的意思是什么，把他们家族最严重的事情暴露出来了。所以她就骂宝玉说，你是什么样的身份，怎么跟着焦大在胡说。

第十回以后，秦可卿死了，她的死是因为“爬灰”。可是现在小说改成生病死的。作者觉得毕竟是谈到家里事，这样写是家丑外扬，最后就把秦可卿改成生病死了。可他还是觉得应该让大家对这件事情有所警惕，所以借宝玉的口把“爬灰”再重复一次，提醒我们“爬灰”是真事情。这是文学上小心细腻的一种写作手法。

凤姐连忙立眉瞋目断喝道：“少胡说！那是醉汉嘴里的混唚，你是什么样的人，不说没听见，还倒细问！等我回去回了太太，仔细捶你不捶你！”混唚就是胡说，宝玉不敢再问了。

焦大的出现，在整部小说里有画龙点睛的作用。贾家的丑事，可借着焦大的口讲出来，大概是事实。因为焦大是忠心耿耿的，他是爱之深责之切，要让这个家族的下一代警惕，他不会太夸张。

作者也有一种心痛。假设曹雪芹写的是家事，我想他写到这一段真的会很心痛。会想到自己小的时候，曾听到过一个老用人在骂自己的爸爸或叔叔，当时只认为这个老用人是一个喝醉酒的酒鬼。等到抄家后，他在写小说的时候，忽然明白原来这人是一个忠仆，曾经爱他们家族爱得这么深，而且在那个时候还敢这么直言进谏。

# 第八回

比通灵金莺微露意
探宝钗黛玉半含酸

## 轻描淡写的生活细节

第八回，还是没有事情发生，又是生活细节。作者的描写方法是轻描淡写，透露出家族真正的现状。

宝玉回到家，最关心的是他能不能跟刚刚认识的好朋友秦钟一起去读书。他就赶快回明贾母要去上学的事情。贾母觉得这个孙子一向不爱读书，现在忽然爱读书了，高兴都来不及，说你要跟谁读书我不在乎。凤姐在旁边又加油添醋说秦钟人品好。贾母很高兴，表示可以让他们一起读书。

这一天贾母到东府去看戏。前一天王熙凤才去喝酒做客打牌，现在又去看戏。这两家没事就是你请我我请你，宴会不断。焦大看在眼里一定会很生气，第一代那么艰苦创业，到第四代就剩下每天喝酒、打牌、看戏。

贾母带了王夫人、林黛玉、宝玉去看戏。“至晌午，贾母便回来歇息了。王夫人本是好清净的，见贾母回来，也就回来了。然后凤姐坐了首席，尽欢至晚无话。”王熙凤爱热闹，所以她就坐在了首席。

王熙凤在东府看戏的故事不再讲了，作者回头来讲宝玉。宝玉陪着贾母回来，是中饭以后，本来他想吃完中饭再过去看戏。结果他又想起前一阵子听说宝钗生病了，还没有去看她，应该去看她。

## 帮闲文人的虚伪

宝玉忽然想到要去看宝钗了，“意欲去望他一望。若从上房后角门过去，又恐遇见别事缠绕，再或可巧遇见他父亲，更为不妥，宁可绕远路罢了。”他想绕远路，可是绕远路碰到了其他人。宝玉本来是想偷偷摸摸去看宝钗的，可他是不能单独出门的。他的身份太特殊了，一站起来就有人跟着站起来，他一走就有人跟他走，丫头、众嬷嬷一大堆人跟着他。“当下众嬷嬷、丫环伺候他换衣服，见他不换，仍出二门去了。”他根本没有出门，他只是要到后门去看宝钗而已，所以他不肯换衣服，然后就出二门去了。“众嬷嬷、丫环只得跟随出来”，因为不知道他要去哪里，可是贾母跟王夫人的命令是宝玉到哪里都要有一群人跟着。他几乎没有独处机会。十二三岁刚发育的男孩子很希望独处，他希望把自己关在房间里，不太想跟别人讲话。

大家都以为他要到东府去看戏，结果他过了穿堂，便向东北绕厅后而去，往梨香院走。“偏顶头遇见了门下清客相公詹光、单聘仁二人走来”，这些清客相公不是小说里的主角，可是他们代表了封建文化里非常有趣的生态。“一见了宝玉，便都笑着赶上来，一个抱住腰，一个携着手，都道：‘我的菩萨哥儿，我说作了好梦呢，好容易得遇见了你。’”姿态和感觉都出来了，一个抱着腰，一个携着手。宝玉，这个十三岁的男孩被称为菩萨哥，他们觉得碰到宝玉是天大的荣幸。“说着，请了安，又问好，唠叨半日，方才去了。”

宝玉最烦这些人，结果偏偏碰到了这些人。在十三岁小男孩的心目中，这些人是最虚伪的，他们永远在奉承人，拍马屁。宝玉想要活出真性情，一直受到一种阻碍。好不容易这一批人过了，老嬷嬷又叫住问他们：“是往老爷跟前去的不是？”老爷是指贾政，宝玉的爸爸。这一批门下清客非常有趣，他们都知道宝玉怕爸爸，就点头说是，老爷在梦坡斋小书房里睡午觉，他们跟宝玉暗示说，不妨事，你别怕。所以连宝玉也笑了，宝玉知道他们在讨好自己，故意偷偷透露一个信息，这就是门下清客的嘴脸。养在这种家里，他们要讨好贾政，也要讨好宝玉。贾政骂宝玉的时候，他们要出来打圆场，等贾政不在的时候，他们又会讨好宝玉。

## 买办的阿谀奉承

这个时候宝玉就转弯向北奔梨香院来，却又碰到第二批人。“可巧银库房的总领名唤吴新登与仓上的头目名唤戴良，还有几个管事的头目，共有七个人，从帐房里出来。”这个家族很大，有管仓库的头领，还有家里面专门管账的人。“独有一个买办名唤钱华的，因他多日未见宝玉，忙上来打千儿请安。宝玉忙含笑携他起来。”这些人都是四五十岁的中年人，他们要跪在地上给一个十三岁的小男孩请安，宝玉还要请他们起来。宝玉被训练成一个小大人，这里有一种很有趣的尴尬，这个小孩搞不清楚他的身份到底是大人还是小孩。他有两个身份，一个是在贾母怀中打滚儿撒娇的小男孩；一个是到外面别人会立刻跪下来跟他请安的小少爷。

这个钱华说：“前儿在一处看见二爷写的斗方。”这里宝玉被称为二爷，他才十三岁，可是这些中年男人叫他二爷。斗方儿是三十厘米见方的一种书法。宝玉才十三岁，他的字已经被外面的人拿来挂在家里了，是他写的字好，还是说大家觉得因为是贾府公子写的，我们也弄不清楚。这些买办在奉承宝玉，说："字儿益发好了，多早晚儿赏我们几张贴贴。"这些话从管账的口中说出，我们真的没有办法判断，宝玉的字是不是真的写得好，因为这些人一定会这样说。这是奉承小主人的。宝玉也搞不清楚天高地厚，他说这还不简单，说给我的小幺儿们听就好了。这时候宝玉也觉得自己就是一个大人物，一个书法家了。

宝玉去见宝钗，中间受到了两层阻碍，一个是门下清客，一个是账房里的人。这两堆大男人，可是在宝玉的面前个个打躬作揖，宝玉必须作出一个很大人的样子。"一面说，一面前走，众人待他过去，方都各自散了。"这些人，要等宝玉走了才敢散，这是主仆之间的规矩。

## 宝玉探病

"闲言少述，且说宝玉来至梨香院中，先入薛姨妈室中来。"薛姨妈，就是宝钗的妈妈，薛姨妈正在跟丫头们做针线活儿。宝玉跟薛姨妈请了安，薛姨妈忙一把拉了他抱入怀笑道："这么冷天，我的儿，难为你想着来，快上炕来坐着罢！"

宝玉立刻变了，刚才是一个少爷，现在忽然变成了小男孩，被薛姨妈一把搂到怀里去了。宝玉如果个性古怪一点，就会把薛姨妈推开说，我这么大了，你干吗抱我？可是现在他立刻就变成小孩。有人觉得宝玉有多重个性，可我一直觉得宝玉就是典型的青春期小孩，对什么东西都好奇，他学着做大人，在外面摆出他的排场，可是一到奶奶、姨妈、妈妈面前立刻就变成小孩。

他们就开始讲一些家常话。宝玉说：“哥哥不在家？”这个哥哥就是薛蟠，薛姨妈叹道：“他是没笼头的马，天天逛不了，那里肯在家里一日。”在此，用宝玉的口带出另外一个没有严格家教的薛蟠。薛蟠爸爸过世了，没有人管束，他变得无法无天，也对比出宝玉真的很可怜。

宝玉接下来问：“姐姐可大安了？”他是为了宝钗来，要看看宝钗的病有没有好。薛姨妈说：“可是呢，你前儿又想着打发人瞧他。他在里间呢，你去瞧他，里间比这里暖和。”薛姨妈把宝玉带到里面。

“薛宝钗坐在炕上作针线，头上挽着漆黑油光的发儿，蜜合色棉袄，玫瑰紫二色金银鼠比肩褂，葱黄绫洒线裙，一色半新不旧，看去不觉奢华。”蜜合色，有点像蜂蜜、琥珀那种颜色，这种颜色是中性色调。作者对色彩非常敏感，他能把色彩变成性格。所以我一直觉得曹雪芹如果做画家，也是一个了不起的画家。“玫瑰紫二色金银鼠比肩褂”，就是身上穿一件这样的褂子，有点像小背心，玫瑰跟紫都不是大红或者大蓝这样的强色调，用这个中性色调把宝钗身上的色彩压得比较温和，而不是像王熙凤那么扎眼。“葱黄绫洒线裙”，葱黄就是大葱的颜色，绿里面带黄，也不是原色。黄就是原色，可是葱黄色把明度压低了。她的衣服看起来半新不旧，不是那么亮。《红楼梦》里所有女孩子的服装色彩都有性格特征在里面。

我们平常看到的都是宝钗打扮得光鲜亮丽出来做客的样子，宝玉忽然撞进来，让我们有机会看到了宝钗日常生活中穿的衣服。作者对于描绘女性服装非常讲究，最精彩的就是王熙凤。一出来就是发亮的，都是金色跟红色，全是强烈的对比色。而宝钗本身是一个有野心的女孩，可是她比较含蓄，所以她的衣服很奇特。外面都是半旧不新的，里面却是很鲜艳的衣服。

“唇不点而红，眉不画而翠”，在讲宝钗天生的美，她的美是不要借助化妆的。唇没有点就是红的，眉毛也不画，就带着淡淡的黛色。“脸若银盆，眼如水杏。罕言寡语，人谓藏愚”，她不太讲话，有点木讷，人家都觉得她有点笨。可是她绝不笨，只是假装笨而已。其实宝钗才是最厉害的，王熙凤的厉害都被大家看到了，而宝钗的厉害你根本就看不到，她虽然年仅十四岁，心机却特别深。“安分随时，自云守拙。”就是说能不出头就不出头，要尽量含蓄。

宝玉一面看一面问：“姐姐可大愈了？”宝钗抬头看宝玉进来，赶快起身说已经大好了，多谢记挂着。让他在炕沿上坐，然后叫她的丫头莺儿倒茶来，又问贾母好不好，王夫人好不好，迎春、探春、惜春好不好？世家文化的礼貌是要先问好。

## 金玉良缘

然后就是宝钗看宝玉了。我们第一次看到宝钗眼中的宝玉：“头上戴着叠丝嵌宝紫金冠，额上勒着二龙抢珠金抹额，身上穿着秋香色立蟒白狐腋箭袖，系着五色蝴蝶鸾绦。”她看到了富贵人家小男孩服装上的讲究，浑身上下都是贵重的东西。过去有一种衣服为了保暖，是用狐狸毛做的。狐狸皮最好的是腋下的部分，那个地方的毛最软。这个箭袖是用狐狸腋下那一块皮毛做的，叫作“白狐腋箭袖”。秋香色是浅绿带一点咖啡色。“秋香色立蟒”就是一条条龙纹的衣服，系着用五色结成一个个蝴蝶的腰带。

“项上挂着长命锁、记名符，另外有那一块落草时衔下来的宝玉。”宝钗非常想看那块玉。宝钗很想嫁给宝玉，不一定是因为爱情，而是由于这个家族对她来讲是不得了的一个家族。嫁到这个家族，身份也就稳定了，可能比选进皇宫做妃子更好，所以宝钗对那块玉很重视。之前没有人仔细看过这块玉，连黛玉都没看过。可是宝钗会这么认真，说今天倒要好好看一看这个玉是什么样子。

宝玉听说宝钗要看他的玉，就赶快凑过去，从头上把玉摘下来，递到宝钗手里。“宝钗托于掌上，只见大如雀卵，耀若明霞，莹润如酥，五色纹缠护。这就是大荒山中青埂峰下的那块顽石的幻相。”作者又告诉我们整个故事是一个神话。这块玉再美，它也不过是洪荒中的一块顽石而已，经过几世几劫转世变成了这个幻相。每一个繁华，每一个人现在的状况其实都是假象。他的真身、他的本身原是洪荒里的那块石头，也在暗示生命到最后把该还完的还完，终要归结于大荒。他借着这个机会又把大荒山青埂峰这块顽石的神话故事带出来。然后又加上一句诗说：“女娲炼石已荒唐，又向荒唐演大荒。失去幽灵真境界，幻来亲就臭皮囊。”在人世间有一个精神的存在，一个幽灵的存在，当这个存在失去以后，就会幻化成现在的臭皮囊。佛家、道家认为身体其实是一个臭皮囊，这个臭皮囊有一天迟早都要舍掉，要回到那个幽灵的真境界。“好知运败金无彩，堪叹时乖玉不光。”金跟玉都是最珍贵的东西，可是在命运已终的时候，金也不会闪光了；在时气不济的时候，连玉也不亮了。最后的终结是：“白骨如山忘姓氏，无非公子与红妆。”作者把很多人带到墓地，让你看这里白骨如山，这些人不知姓名，他们都曾年轻过、漂亮过，也都曾经有爱有恨，有过繁华。

当时一个癞头和尚要刻几个字在这块顽石上，他按照这个图画刻下来，放在后面，就是“所镌的篆文”。还说原来字很小，怕看不清楚，所以放大一点。这是我们第一次发现这块玉上面有字。我不知道，为什么放在这里？宝玉生下来，含了一块玉应该很重要，应该很早就看到。而且他总是跟黛玉住在一起，黛玉应该有更多机会看这块玉，了解这块玉上刻了什么字。为什么等到第八回，宝钗才发现了这个玉上面的字？

“莫失莫忘，仙寿恒昌。”横着有一个“通灵宝玉”。翻过来可以看到：“一除邪祟，二疗冤疾，三知祸福。”宝钗看完就翻来覆去地念，念了两遍“莫失莫忘，仙寿恒昌”。宝钗为什么会反复念，大家都不知道。丫头莺儿听到宝钗念，她本来要倒茶的，她就说，这两句话倒像跟姑娘戴的金锁上的字是一对儿。宝钗的心机真是很惊人，她其实一直在暗示一些事情。她要是跟别人争，绝对不会在口头上争而是暗地里。我们第一次知道原来宝钗有一个金锁，而且上面也有两句话，而这两句话刚好跟“莫失莫忘，仙寿恒昌”是一个对子。宝钗念了好几次玉上的字，但她不讲与自己的金锁是一对儿，结果她的丫头讲出来了。可丫头是不识字的，一定是宝钗常跟她讲金锁上有什么字，念给她听。听久了，丫头就知道这两句跟宝玉那个是一对儿。作者很细心，无声地透露出宝钗很多的心思。

宝玉很好奇，说我怎么不知道你有金锁？给我看看。宝钗就说没有什么好看的。宝玉这个人，他要看什么东西是一定要缠着看的，宝钗被缠不过，就说：“也是个人给了两句吉利话儿，所以錾上了，叫天天带着；不然，沉甸甸的有什么趣儿。”

## 探宝钗黛玉半含酸

宝钗“一面说，一面解了排扣，从里面大红袄上将那珠宝晶莹、黄金灿烂的璎珞掏了出来”。宝钗里面的穿着非常亮丽，大红会让我们忽然想到王熙凤。作者好像有意无意在透露出宝钗是一个厉害角色，可外面完全看不出来。作者用“珠宝晶莹、黄金灿烂”八个字来形容她身上的东西。抢眼的东西都在里面，外面是半新不旧。璎珞是女孩子身上戴的项链，很大的一个锁上，用很多玛瑙、玉和宝石镶起来。“宝玉忙托了锁看时，果然一面有四个篆字，两面八个，共成两句吉谶：不离不弃，芳龄永继。”

“莫失莫忘，仙寿恒昌”，“不离不弃，芳龄永继”，果然是对联。这也是在用文学手法写出宝玉跟宝钗成婚的事实，因为前面有金玉良缘的暗示。判词中说：“都道是金玉良姻，俺只念木石前盟。”就是别人都说你应该跟有金的结婚，可是我只念着前世那个木头跟石头的缘分。宝玉很可爱，他要的不是现世的繁华，前世未了的东西才是他最牵挂的。

这里其实一直在对比。如果用世俗的三角关系眼光来看，宝钗跟宝玉是这一世的缘分，而黛玉跟宝玉是前世的缘分。对宝玉来讲，前世的缘分要比这一世的更让他惦念。

中间有一段是宝钗把扣子解开，拿了锁出来，宝玉闻到一股很香的味道。他问宝钗是不是熏过衣服。讲究的人家，晚上睡觉时会用熏笼熏衣服，第二天穿的时候衣服上全是香味。宝钗说：“我怕熏香，好好的衣服，熏的烟燎火气的。”她说，大概是她吃的冷香丸的香气。宝玉就很兴奋，说什么药这么香也给我几个吃吃。宝钗就骂他说，哪里有药也乱吃的，宝玉说的每一句话都是他的个性体现。

这时黛玉进来了，一见宝玉就笑着说："哎哟，我来的不巧了！"这句话绝对是黛玉讲的。我们平常心里再不舒服，也不会讲出来，可是黛玉就是要讲出来。因为个性的关系，黛玉永远不会讲宝钗的话，宝钗也永远不会讲黛玉的话。所以当一个人对人的个性了解了以后，就会少掉很多爱恨。你会觉得人就是人，就是他有自己独特的个性。没有什么你喜欢或不喜欢的问题，因为在他的环境里他就会这样反应。

她说："我来的不巧了！"宝玉就赶快起身笑着让座。宝钗笑着说："这话怎么说？"宝钗很聪明，她不可能听不懂这一句话，只是假装听不懂。黛玉说："早知他来，我就不来了。"宝钗回答说："我更不解这意。"黛玉就笑着说："要来时，一群都来，要不来，一个也不来。今儿他来了，明日我来，如此间错开了来着，岂不天天有人来了？也不至太冷落，也不至于太热闹了。姐姐如何反不解这意思？"黛玉也不简单，她觉得宝钗在作假，明明知道我就是吃醋，你还要问，那你要问的话，我就给你一个圆满的回答，这个回答让宝钗也没话讲。当然，宝玉知道这是什么意思。

宝玉看到黛玉穿的是大红羽缎对襟褂子。羽缎是一种比较滑的丝绸料子，旧戏里《昭君出塞》披的就是羽缎褂子，下雪的时候女孩子披在身上。他就问："下雪了么？"因为这是下雪才会穿的。那些伺候宝玉的人就说，已经下了这半日雪珠儿了。宝玉道："取了我的斗篷来了不曾？"黛玉便道："是不是我来了他就该去了？"这时，两人在斗气。宝玉跟黛玉之间有一种亲，这种亲是外人参与不了的，连宝钗都无法替代。可是越亲越斗，两个人最亲的时候，常会生很多闲气。有时候亲如夫妻、好友，就会讲这种故意气对方的话。有时候在人世间要证明那份宠爱是非常奇特的。黛玉跟宝玉之间常有这个东西，可是宝玉跟宝钗没有，他跟宝钗在一起反而比较有礼貌。从小一起长大的那种关系，是第三者无法加入的，可是宝钗一直想加入，也一直想替代。黛玉一直觉得很委屈，觉得自己不可能有这个位置，因为她背后是没有支撑的。接下来这三个人的关系，小儿女之间的醋意，会在第八回后半段非常精彩地上演。

## 深情的悲剧

每次读《红楼梦》都觉得奇特。在那样一个文化当中，从父母、老师、国家、社会，任何一个角度，都没有一个理由会鼓励一个人写这样一本书。因为他写的几乎都是些琐琐碎碎的小事，可是今天看起来，我们通过一个十三岁小男孩的心情看到那样一个繁华的盛世，看到了生命的点点滴滴。有时候我们看小说，其实也在看自己的生命。我们的生活每一天都平凡到没有什么事发生，可是它在生命里都是不能分割的重要片断。

这部作品让我们看到了自己的生活，我们跟家人、朋友没事时聊天讲的可有可无的一些闲话，都是我们生命里不可分割的一部分。有时你拿出稿纸，很慎重地要写出什么传世之作，最后写出的东西都是大家不想读的东西。可是《红楼梦》的作者在自己家败人亡之后的十年，回想自己的一生，好像什么事也没有做，只是吃喝玩乐，就写了药怎么做、菜怎么做，结果成了令我们百读不厌的名著。这触及文学和艺术最真实的部分：文学和艺术不是一个道理，而是能真正让我们看到有血有肉的生命过程。

黛玉来了，看到宝玉在那里，心里有一点不是滋味。所以要讲几句不舒服的话。一个小男孩和两个小女孩围在一起，开始各展心机。宝玉最大的悲剧恐怕在于，他对每一个人都真挚而深情。我们不太相信一个人会对每一个人都如此，常觉得在世俗意义上，一个人喜欢另外一个人，又喜欢其他人，会很糟糕。可是宝玉这个十三岁的男孩子，有一种奇怪的寂寞，而这种寂寞使他希望身边的每一个人都快快乐乐的。麻烦的是，他要这个人快乐的时候，另外一个人就不快乐了，他又不知道该怎么办。到最后，他夹在当中左右为难。

他看到黛玉穿了下雪的衣服，就交代丫头把自己的斗篷拿来，意思是等一下回家就可以穿了。黛玉马上又刺他一句："是不是我来了他就该去了？"宝玉立刻解释说，我没有要走，只是拿了预备着。这时李奶奶来说，下雪你们留在这里多玩一会儿吧。薛姨妈就把家里做的鹅掌和鸭信拿出来给他们吃。宝玉说这两样东西都要配酒才好吃。李奶奶马上说，姨太太别让他喝酒，前几天不知是谁让他喝了一点酒以后，他就无法无天。宝玉常常一喝酒就非常任性，搞得天下大乱。

第八回后半段一个重要人物就是李奶奶。她有一点像第七回周瑞家的，只在穿针引线，她带出来黛玉、宝玉、宝钗之间的复杂关系，这是侧写的方式。李奶奶一直在那边唠叨，变成宝玉很烦的一个人。薛姨妈说，你不要管了，也出去喝喝酒。薛姨妈很疼宝玉，希望宝玉开心一点，喝一两杯没有关系。

## 小儿女的情感密码

宝玉拿了酒要喝，薛姨妈说不可以喝冷酒，喝冷酒写字手会发抖。

宝钗在旁边多加了一句，说："难道不知道酒性最热。"前面讲到宝钗有热毒，现在她又带出一个热字。她说酒性最热，喝下去以后，发散得很快；如果冷吃下去，你的五脏都要去暖它，这样身体会受寒。宝玉本来很任性，要喝冷酒，可是宝钗跟他说你不要喝冷酒，因为它对你身体不好，不光写字发抖的问题，而是会让你的五脏受伤。宝玉觉得有道理，就不喝了。

黛玉在旁边很不舒服，她觉得自己跟宝玉有种特别的关系，现在有一个人好像可以劝阻宝玉了。十三四岁小男孩小女孩的斗嘴和斗心思是非常有趣的，就是为了证明到底谁对他的影响力大。黛玉没有讲话，就在那边抿着嘴笑，嗑瓜子，她在冷眼旁观。李妈妈出来阻挡喝酒以及宝玉喝冷酒，都在侧写黛玉有很多心事。

"可巧黛玉的小丫环雪雁走来。"黛玉有两个丫头，一个是她进贾府时从家里带来的丫头雪雁，另一个是紫娟，是贾母派给她的。紫鹃非常懂事，很贴心地照顾黛玉。她看到下雪了，害怕黛玉冷，就叫雪雁送来一个手炉。黛玉看到雪雁送了手炉来，就抓到一个机会，说："谁叫你送来的？难为他，那里就冷死我了！"她不是讲她冷，而是讲刚才宝钗劝宝玉不要喝冷酒的冷，话中有话。

这一场戏里我最同情的一个人是薛姨妈，她坐在旁边根本不知道这三个人在干什么，因为这是他们的秘密。他们讲话，旁边的大人听不懂。

黛玉当然还没有说完，一方面说哪里就冷死我了，这已经在刺宝玉了。接着把手炉拿过来，跟丫头讲："也亏你倒听他的话。我平日和你说的，全当耳旁风；怎么他说了，你就依，比圣旨还快些！"她似乎在说，我平常叫你做什么你都不做，现在紫鹃叫你送手炉来，你倒马上听了就送来了。薛姨妈一定是如此理解，人到中年的她听不懂小孩的情话。可是黛玉不是在骂雪雁，宝玉马上就听懂了，他知道她的意思。不同的族群、年龄、阶级里面，都有自己的符号。宝玉、黛玉、宝钗就在玩这个游戏。

薛姨妈则完全不明白他们的意思。黛玉还必须跟薛姨妈解释说，你看我今天到姨妈这边来做客，他们远远的送来一个手炉，这不是看不起姨妈吗？难道姨妈家没有手炉吗？这话分明是在遮掩。

我常常称《红楼梦》为青春王国，它是青少年自己玩的游戏。他们有自己的伦理秩序和密码，人人再努力也参加不进去。

## 你要走，我和你一同走

当然最难堪的就是李奶妈，她过一会儿就要跑来。宝玉跟她说我只喝一杯，结果已经喝了两三杯。所以李奶妈又跑进来说不可以再喝了，再喝下去不得了了，宝玉最后就跟她闹起来了。薛姨妈疼宝玉，说让他再喝两盅就不喝了，喝醉了就睡在这里，也没有大不了的事情。李奶妈就讲了很不好听的话，说你不听我的话，小心今天老爷在家呢，等一下问你的书。宝玉立刻不喝了，脸就沉下来，完全没有兴致了。这里已经隐约看出贾政怎么对待宝玉，暗示宝玉很怕爸爸。这是一处伏笔。

黛玉很奇怪，反而故意说李奶妈，你不要管这么多，你就让他喝。黛玉其实是护着宝玉的，她不想那个李奶妈老是让他不开心。这个时候，黛玉对宝玉的亲就慢慢表现出来。她觉得宝钗在影响宝玉，心想我跟他这么熟，我的影响力应该大过你的！人在十七岁以后就不太容易懂这个东西，这绝对是十三四岁的小孩之间的口角，是非常有趣的。

这一场戏中最动人的部分是黛玉跟宝玉斗气，好像小男孩和小女孩之间在吵架、在对抗。宝玉跟黛玉是斗气最多的。他们从小一起长大，有一种他人不可解的关系。回想一下生命里常常怄气的那个人肯定是跟你最亲的人，有时候是妈妈，有时候是妻子或丈夫，有时候是孩子。不亲就是无关痛痒，关痛痒其实就是挂在心里，总是要去管他，就会有一种紧张的力量。

薛姨妈说不要怕，让宝玉再喝一点酒。这个李奶妈也想溜掉，她是被派来监视宝玉的，可是她家里也有事情。她溜掉以后剩下两三个婆子，“都是不关痛痒的，见李嬷嬷走了，也都自寻方便去了。只剩了两个小丫环，乐得讨宝玉的喜欢。”

这个时候，薛姨妈觉得自己是长辈，应该阻挡宝玉，不要让他再喝了，再喝下去就多了。收过酒杯后，宝玉吃了两道菜，一个是酸笋鸭皮汤，另一个是碧粳粥，大概就是稀饭。这个时候，薛宝钗和林黛玉也吃了饭，又沏了茶来，这下薛姨妈放心了，雪雁等三四个丫头也吃了饭进来伺候。黛玉问宝玉说：“你走不走？”这个时候，细心的读者应该能感受到两个人的感情非常动人，刚才还在斗气吵架，可是要走的时候黛玉会问：你要不要走？生命共同体的感觉出来了。黛玉最亲的人就是宝玉，宝玉最亲的人也是黛玉。

宝玉乜斜倦眼道：“你要走，我和你一同走。”“乜斜倦眼”，用得非常好，就是困了想睡觉的样子。文学中常常一个语言有两个意思，一个意思是说今天已经玩够了，我们要回家了，你要走我跟你一起走；还有一个更深的意思是指，他们两人的生命要一起走。宝玉跟黛玉在这里说的是非常深情的话，这种深情的话作者用平淡无奇的文字写出来。我自己也是读了好多次，才读出“你要走，我和你一同走”是这么动人的话。一生里有几个人你会跟他讲这句话？也许是去哪里看电影吃饭；也许是生命到最后你要走我就同你一起走。这里没有缠绵，只有一句简单的话——“你要走，我和你一同走”。读到最后，你会发现整部小说里写得最好的还是宝玉，宝玉的深情永远都是真的，他就是至情至性的一个人。他喝醉了，糊里糊涂，还跟黛玉说：“你要走，我和你一同走。”这种双关语是最动人的，刚才闹了半天，刺来刺去的那种怄气的话立刻烟消云散，因为那些吵也不过是小事，不重要。

## 分享生命细节的深情

他们俩似乎是先悄悄地商量好了，才公布说我们要走了。然后黛玉才站起来跟薛姨妈和宝钗说：“咱们来了这一日，也该回去了。还不知那边怎么找咱们呢？”因为他们两个住在贾母那里，贾母吃晚饭都是跟他们一起吃的，如果这两个人失踪了，不知道要派多少人去找他们。

下面这一段是这一回里写得最美的。要回家的时候，因为在下雪，宝玉要戴斗笠，披斗篷。他的斗笠不是我们现在有尖顶的斗笠，因为他头上戴了一个黄金的束发紫金冠，紫金冠前面有一个绒球，戴斗笠的时候，斗笠中间有一个洞，先要把头发套进去才能戴上，然后再披斗篷。丫头不会戴，戴的时候把他的紫金冠和绒球都压倒了，宝玉很不舒服，就骂这个丫头没有教养，做事手粗脚粗。这时黛玉说过来我帮你戴，宝玉就过去了。下面一段就是黛玉帮他把头发束好，把斗笠放上去，替他披上斗篷。深情大概就是这样，一句话也不用讲，发现她爱的人生活里遇到挫折的时候，她马上就处理了。这种身体和肌肤之亲，这种细腻完全是黛玉和宝玉的深情，粗心的读者往往看不出来；不知道什么叫深情的，也看不出来。情到深处，斗过气后立刻还会照顾这个人，也只有她知道怎么照顾这个人。

“说着，二人便告辞。小丫头忙捧过斗篷来，宝玉便把头略低一低，命他戴上斗笠。那丫头便将大红毡斗笠，往宝玉头上一遏，宝玉便说：‘罢，罢！好蠢东西，你也轻些儿！难道没见别人戴过的？让我自己戴罢。’”宝玉当然很讲究，因为他是被奉承伺候大的公子，他看不得这种粗手粗脚的人。“黛玉站在炕沿上道：‘罗嗦什么，过来，我瞧罢。’”三句话，好像是命令，可又是两个人已经亲到她知道宝玉立刻就会过来。“宝玉忙就前来。”黛玉是站在炕上的，比较高的地方，宝玉比她高，所以宝玉就站在黛玉面前。“黛玉用手轻轻拢住束发冠，将笠沿拽在抹额上，将那一朵核桃大的绛绒簪缨扶起，颤巍巍露于笠外。整理已毕，端相了一会，说道：‘好了，披上斗篷罢！’”生命里有一些深情的东西不是语言，也不是外人可以听到、看到的东西，而是很小的生活细节。而这些细节小到你不觉察一下就会消失。黛玉跟宝玉生生世世大概分不开了，即使宝玉最后娶的是宝钗，连婚姻都割不断他对黛玉的想念，因为黛玉跟他分享了生命里的细节。

有时候亲如夫妻都未必能分享生命里的细节。宝钗最后跟宝玉成婚了，可是宝玉永远觉得遗憾的是，最能与他分享生命里的细节的人没有跟自己在一起，所以他落寞、感伤。你可以想象黛玉怎么去弄那个束发紫金冠，怎么样去把那个绒球扶起来，让它颤巍巍立于笠外。一个十三岁的男孩子戴起斗笠，还有一个红的绒球在前面，有多帅气。黛玉还要端详一番，好像她的作品一样，她觉得好了，然后再披上斗篷。这其中有深深的爱意。

## 宝玉对晴雯的体贴

他们要回家了，薛姨妈就说，原来跟你们的奶妈们不见了，要不要等她们来了再回去。宝玉就生气了，说：“我们倒等他们！”这里已经透露出宝玉喝醉了酒，非常容易发脾气。

宝玉回家后，有一个人比他先发脾气了，就是晴雯。晴雯是丫头里脾气比较大的一个。晴雯说，早上一起来你就奋发有为说要写字，我帮你磨了一大堆墨，结果你写了三个字就跑了。宝玉这一天什么事也没干，跑去看戏，接下来去看宝钗，去喝酒，吃鸭舌头，他根本忘记了早起的事情了。他的个性很有趣，十三岁小男孩本来就是这样，常常讲完的事自己也忘了。晴雯说：“好，好！要我研了那些墨，早起高兴，只写了三个字，丢了笔就走了，哄的我们等了一日。快来给我写完这些墨才罢！”他完全忘了，忽然想起来，就问：“我写的那三个字在那里呢？”晴雯就笑他说，你走的时候还跟我说要把它贴在门斗上面。他写了三个字叫“绛云轩”，绛是红色的意思，宝玉始终跟红色有关，也是一个象征，红色代表喜气。宝玉从小就喜欢为自己的房子取名字，给丫头取名字，觉得丫头名字俗气，本来叫什么鹦哥的，就改成袭人。老爸老是打他，认为他的学问都没有用在正途上，老在玩一些很无聊的事情。

晴雯跟黛玉有点像，她对宝玉有一种很深情的忠心在里面。她觉得宝玉交代的事她一定要好好地做。她可以让一个男用人把那个字贴在上面，可是她说又怕这些粗手粗脚的人贴歪了，就自己搬梯子爬上去贴。

下雪天，她说贴了半天，贴好后手都冻僵了。宝玉就说："我替你捂着。"他过去用手握着晴雯的手。这完全不像主人对丫头的感觉。他很贴心，他跟这些不过比他大一岁两岁的丫头在一起，很心疼她们。宝玉有一种很奇怪的个性，这种个性是很让人疼的。《红楼梦》里上上下下的人，都疼宝玉。

这个时候黛玉进来了。宝玉就说，你看看我那三个字哪个字好。按说，黛玉看到他握着别的女人的手应该很生气，可她完全不生气。黛玉从来不吃这种醋，她只吃宝钗的醋。黛玉就跟宝玉、晴雯一起看那三个字，觉得很好。黛玉说怎么会写得这么好呢。黛玉说的好跟前面那些人奉承宝玉的好完全不一样。因为是玩伴，黛玉也真的觉得宝玉的字写得好看，这是种亲切的感觉。黛玉跟宝玉的深情再一次表现出来。最后宝玉说，林妹妹喝茶吧。大家就笑说，林妹妹早就走了。宝玉真的喝醉了。他从握晴雯的手，到看字，然后叫林妹妹喝茶，都处在半昏睡的状态。他一喝醉酒就有一点理智不够用了。别人说林妹妹早走了，他才恍然大悟。用时间的连接写出这个小男孩的醉态。

## 袭人的周到懂事

这时宝玉心里还是有闷气的，因为那个李奶妈一直在挡他喝酒。他想晴雯今天磨了半天墨，他只写了三个字，还让她又爬了那么高的梯子去贴，把手冻僵了，心里觉得对不起晴雯，于是就想起有一件很对得起晴雯的事。早上去尤氏那边看戏，吃了用豆腐皮包的包子，他知道晴雯最爱吃这个，就骗尤氏说自己喜欢吃，希望带回来下午做点心。他是要留给晴雯吃的。宝玉的心思都用在这些地方了，他的可爱也在这些地方。爸爸恨他也因为这些。可十三岁的小男孩哪里分得出这些，他平常都叫她们姐姐，他对丫头的感觉，就是小男孩找到玩伴的感觉。他问晴雯，他留的那一碟豆腐皮包子晴雯吃了没有？晴雯说，你别说了，本来我看到了，知道是你留给我的。这也说明他身边的人知道宝玉处处都想着她们。可因为刚吃饱饭，想等一下再吃。结果没想到，那个李奶妈来了看到那一碟包子，就说这一定是宝玉留给她的，她孙子喜欢吃，就带走了。宝玉听了，自然一肚子的火。

这里的青春王国是我们不容易理解的，有年龄的代沟。刚才薛姨妈听不懂黛玉、宝玉、宝钗在讲什么，李奶妈也不知道宝玉有这么多的心思放在这些丫头身上。她看到一碟包子，就觉得宝玉一定是给她的。她觉得宝玉小时候吃过她的奶，就有一点恃宠而骄，就那么把点心给拿走了。

接着宝玉要喝茶，就叫茜雪倒一杯来。他又想起来，说早上起来的时候冲了一碗“枫露茶”，特别交代这种茶很特别，要冲第三道、第四道以后才出味，想等晚上回来再喝。结果茜雪拿来的是一杯新茶，他就问怎么回事。宝玉从小就接受了世家文化的训练，很讲究，很注意生活的品位和细节，他很注意什么茶应该怎么喝。

茜雪说，我本来留在那里的，就是要等你回来喝，结果李奶妈来了，她说这个茶一定是留给她的，拿起来就喝了。宝玉这下压不住火了，把杯子扔在地上，说：“他是你那一门子的奶奶，你们这么孝敬他？不过是仗着我小时候吃过他几日奶罢了。如今逞的他比祖宗还大。”他心里不舒服，要好好报复一下，刚好借着这两个事情出出气。说她是哪一家的奶奶，不如把她撵出去了事。少爷一发脾气，即使这个奶妈过去喂过他奶，有特别的身份，也要吃不了兜着走。如果谁得罪了宝玉，贾母跟王夫人交代下来，每个人都要吃苦头的。

前面晴雯说贴字把手冻僵了，宝玉帮她暖手，又问袭人呢？晴雯说在里面睡觉呢。宝玉就觉得很奇怪，怎么这么早就睡了。其实袭人没有睡觉，她想宝玉就喜欢逗丫头，等一下进来的时候，会逗她玩儿。她假装睡觉，听到了所有的事情。豆腐皮的包子被吃了，茶被喝了，这些事都用不着她起来处理，可是听到宝玉摔了杯子，她就起来了。《红楼梦》中袭人是很重要的角色。比宝玉大两岁，有点像姐姐，像妈妈，她疼爱宝玉、照顾宝玉，凡有大事发生都是袭人出来摆平。

宝玉摔了杯子，开始骂人，要把李奶奶赶出去。贾母房间里立刻有丫头来问发生了什么事情？宝玉的一举一动全被监视着。这个时候袭人出来讲话了，她说我刚才倒了一杯茶，不小心被雪滑了一下，打碎了杯子。她这样回答是想让贾母放心，因为已经很晚了，怕贾母又过来，所以就掩盖了真相，这个大丫头懂事到这种程度。《红楼梦》里十几岁的小孩，对人情世故的了解到了惊人的地步。一个懂事的丫头就是让大事化小，小事化了。后来宝玉身边几乎少不了袭人这个角色，她周到懂事，不过十五岁的女孩子，就能处理好这些复杂的事情。

袭人知道宝玉喝醉了，就跟宝玉说："你立意要撵他也好，我们也都愿意出去，不如趁势连我们一齐撵了。我们也好，你也不愁没有好的来伏侍。"宝玉最怕的就是袭人走，所以袭人每次吓他就说走，宝玉就不敢讲话了。宝玉真的疼身边这几个人，他把这些人当成真正亲的姐姐妹妹相处，可能比迎春、探春还要亲。迎春、探春、惜春虽然是亲姐妹，可是住在别院。可这几个女孩子是跟他朝夕相处，在生活里分享、分担了很多共同的东西，这种情感别人绝对无法代替。

## 青春期的无限可能

这一回借着李奶妈这个人物串出了宝玉的一些生活，也串出宝玉跟外面世界的关系，包括父亲门下的清客、账房里的人这种虚伪的应酬，跟他真正最贴心的人，像黛玉、晴雯这种关系，其实是两个世界。我们每个人都有两个世界，可是这两个世界的冲突不是很大。而在宝玉的生命里，这两个世界的冲突是很大的。在外面他必须扮演一个大人的角色，写书法给别人，讲话大咧咧地，当他忽然被薛姨妈搂在怀里，又变成了小孩子。半大不小，恐怕是看《红楼梦》最重要的一个角度，你不从这个角度看，就很难理解这部小说好在哪里。为什么人长大以后容易忘掉青春期？好像它是人不堪回首的一段，里面充满了尴尬、可笑、不可告人的秘密。古今中外文学描写青春期的都不多。即使是《少年维特之烦恼》，也要比青春期晚一点。我要讲的青春期，就是十二三岁，刚刚发育，对自己还摸不定的那个状态，大概是在小学五六年级到初一这个时期。那个年纪的暧昧性、半大不小的状况、对生命的朦胧与模糊是最奇特的。那个年龄中对生命的存在与不存在都很茫然。不知道为什么会有自己，也不明白自己到底从哪里来，将来要往哪里去。

我不觉得那个年龄是恋爱的年龄，那个年龄是跟自己在对话，因为他对自己还认识不清楚。宝玉见到秦钟以后，忽然好爱秦钟，此时他对自己的性别都还不清楚。这个年龄的小孩子会学爸爸躲在厕所里抽烟，会学妈妈对着镜子涂口红。青春期本身还没有定性，等到他谈恋爱的时候才已经定性了。在谈恋爱之前，他的性别根本还没有定。从这个角度看的时候，立刻就知道青春期是这个小说的重点。过去很多关于这本书的讨论，有很多误差，一直没有抓到青春期这个重点——就是青春期生理变化以后，小孩子的那种心理状态。比如像黛玉，一个十三岁女孩子那种小心眼斗气，再大一点也不会有。如果我们对青春期多一点了解，你会发现在整个生命里，青春期是一段非常可贵的回忆，因为它处在无限的可能当中。我们后来认定生命只有一个定性，只有一条路走的时候，相对于青春期无限可能的那个摸索，是一个限制，是从无限变成有限。我们害怕青春期的原因是因为青春期提供的可能性太多样，觉得要赶快丢掉那种茫然与暧昧，赶快决定生命要往哪里走，希望有一条路可以追寻。可是正因为如此，大人的世界比青春期的世界要单调得多。

宝玉每天都很忙，每天都很快乐，看到什么事情都很兴奋，这绝对就是青春期。我觉得这个部分是《红楼梦》里最可贵的，它能在我们生命已经被压缩成一个模型之后，帮我们回想还没有被压成模子时的状态。

做了老师以后，《红楼梦》中这些十几岁的小孩子提醒我，我跟讲台下的学生关系不应该如此僵化。也许我有时应该转换成学生，让学生坐在台上，我去听他们讲话，这就是转换。如果你是一个父母或长辈，今天碰到一个十三岁的小孩跟你讲话，千万不要马上说你不要这样胡思乱想，你要有耐心先听他讲。我觉得这是青春期文学存在的最大意义。人在成长的过程当中，很容易遗忘自己曾经走过的困境，这个困境是弥足珍贵的，尤其在教育上面。教育最重要的并不是给成长中的孩子一个你不要东想西想的答案，而是告诉他我曾经有过跟你一样的感受。在教育里如何去把青春期的那部分记忆找回来，恐怕是很重要的一件事。

## 青春王国的边界

宝玉跟李奶妈之间已经到了完全不能沟通的状况，虽然小时候吃过她的奶。李奶妈代表的不只是一个奶妈，可能是父母，也可能是老师。宝玉觉得受不了这个李奶妈，甚至要把她撵出去。可是为什么宝钗讲话他也听，黛玉讲话他也听。袭人最后劝他的方法非常精彩，你要赶，把我们一起赶走吧。这是另外一种方法，使得宝玉青春期的叛逆最后被稳定下来，有一种安抚在其中。如果不细心的话，小说里最精彩的细节是读不出来的。

这里，有几个片断写得很好。他问晴雯："今儿我那府里吃早饭，有碟子豆腐皮的包子，我想你爱吃，和珍大奶奶说了，只说我留着晚上吃，叫人送过来的，你可吃了？"一个十三岁的男孩会细心到牵挂自己身边一个丫头喜欢吃什么。这里面有一种贴心。所以晴雯对宝玉死心塌地，连死她都心甘情愿，因为这个人曾经真心疼爱过她。晴雯说："一送了来，我知道是我的，偏我才吃了饭，就搁在那里。后来李嬷嬷来了看见，说：'宝玉未必吃了，拿来给我孙子吃去罢。'他就叫人拿了家去了。"这是宝玉发火的原因，是出于对身边姐姐妹妹的疼爱。为什么不给李奶妈吃？李奶妈对他很好，小时候喂过奶。但这就是青春期，青春王国有它的领域和界限，有自己的密码，外人是听不懂的。这里李奶妈变成一个有趣的角色，她进不了这个青春王国。这里不是说宝玉对谁好对谁坏，而是对这个青春的领地，你要尊重它。

我们随时要提醒自己该怎么去欣赏青春的美、年轻的美。有时候站在一边看子女长大以后的那种美，会觉得有一点孤独。因为他们开始有自己的朋友、有自己的世界。可是如果你也年轻过，你会祝福他，你觉得他本来就应该有自己的朋友和领域。如果你没有年轻过，那就觉得好寂寞，你想抓住他。这是两种完全不同的中年反应。

## 感人的生命情调

《红楼梦》会让你觉得青春很美，小儿女们的那些生命情调会让你觉得非常动情。这些小细节你随便挑出一个，都会感觉到里面有让你感动的东西。宝玉喝茶的时候就让林妹妹吃茶，然后大家就笑了说，林妹妹早走了，还让呢。宝玉吃了半碗茶，想起早上的茶来，他就问茜雪："早起沏了一碗枫露茶，我说过，那茶是三四次后才出色的，这会子怎么又沏了这个来？"茜雪就说："我原是留着的，那会子李奶妈来了，他要尝尝，就给他吃了。"宝玉听了，"将手中的茶杯只顺手望地上一掷，'豁啷'一声，打个粉碎"。李奶妈是一而再，再而三地惹怒宝玉，她误踩了青春王国的地雷。

我常常看到，有些父母看着孩子长大，会陷入孤独。可是孤独归孤独，你不要寂寞，如果是寂寞，你就会去抓住不放，会造成很多痛苦，甚至变成年轻一代最大的压力。他们绝对是爱父母的，可又要有自己的领域，这时的为难是最严重的。我也看到，一些弄懂青春期的中年人，会在家里营造出永远活泼的状态，孩子自己都不想出去。这说明他的青春期回忆一直在，他知道青春期的活泼是创造，是寻找好奇，所以就带着孩子一直在寻找创造。创造力本身是青春期对无限的摸索，而这也使得代际之间有可能产生沟通。

宝玉要撵他的奶妈，有人就来问，袭人起来以后就回答说道："我才倒茶来，被雪滑倒了，失手砸了钟子。"一面又安慰宝玉道："你立意要撵他也好，我们也都愿意出去，不如趁势连我们一齐撵了，我们也好，你也不愁没有好的来伏侍。"宝玉听了这话，方无言语。袭人很会讲话，这样的话，把青春王国里大家在一起的感觉建立起来了。袭人说你要赶她，我们一起都走了，这个青春王国就会崩溃，所以宝玉就不敢讲话了，因为宝玉希望这个青春王国能够维护。他感觉到李奶妈撞进了青春王国，所以要赶她出去。可是现在袭人说你若撵她，我们一起走。那他就要权衡轻重了。

宝玉喝醉了，他很想睡觉。袭人扶他到炕上脱换了衣服，不知道宝玉口内说一些什么，只觉"口齿绵缠"，这四个字用得非常好，有的版本改成了"缠绵"，改得非常有问题。缠绵是在讲人的情感；绵缠，绵是指棉花，有点软软的，缠是纠缠不清，宝玉因为是酒后讲话有点语无伦次。这个时候的男孩女孩都一样，其实他一直不想睡的，爸妈老叫他睡他不睡，他还在那边讲，最后话都已经说不清楚了，用"口齿绵缠"来形容宝玉讲话的不清楚。"眼眉愈加饧涩"，眼皮也越来越重，要睡着了。

下面是袭人做的事情："袭人伸手从他头上摘下那通灵玉来，用自己的手帕包好，塞在褥下。次日戴时便冰不着脖子。"她怕宝玉第二天起来的时候玉会冰了他的脖子，所以睡觉以前先把玉拿下来，用她自己的手帕包好，塞在褥子底下，这样第二天戴的时候是暖的。这些都是细节，这些细节被作者写出来以后，我们才知道宝玉这一世欠好多人的情，这么多人爱他，这么多人疼他，这么多人宠他，他觉得怎么还都还不完。

宝玉有一天觉得好孤独，他觉得有一天他会死，在一条大河上，身体会被流走，然后化成灰尘。他觉得那个时候他好像才了了跟这些人的关系，才还了这些人的爱，来自贾母的、王夫人的、黛玉的、宝钗的，甚至是这些丫头的。袭人是个丫头，可是她能想到第二天这个玉会冰到宝玉的脖子，这个爱绝对是姐姐的爱或者母亲的爱。宝玉根本不觉得他们之间是主仆关系，只觉得这些爱这么真诚、这么实在，他好几世都还报不了所有人的爱。曹雪芹说，他这一生碰到了这么多的女性，他觉得不可因他的不肖而不流传。他觉得自己是一无是处的人，一辈子什么好事也没有做过，可他碰到了这么多女性，体味过这么多伟大女子的爱，他要去记录她们。

李奶妈等已进来了，她本来要被撵的，现在吓坏了，得罪了宝玉，偷了他的包子，又偷喝了他的茶。李奶妈进来听说宝玉醉了，“不敢前来再加触犯，只悄悄的打听睡了，方放心散去”。

第八回到这里结束了，可是带了一点内容出来。宝玉第二天醒来，就有人回说：“那边小蓉大爷带了秦相公来拜。”贾蓉带了秦钟来拜。宝玉带着秦钟去见贾母。“贾母见秦钟形容标致，举止温柔，堪陪宝玉读书，心中十分欢喜，便留茶留饭，又命人带去见王夫人等。众人因素爱秦氏，今见了秦钟是这般的人品，也都欢喜，临去时，都有表礼。贾母与了一个荷包并一个金魁星，取‘文星和合’之意。”也知道秦钟家里没有钱，所以特别照顾他，送衣服送东西。这里介绍了秦钟的家世，爸爸叫秦业，现任营缮郎。营缮郎就是营缮署的“营缮”，是管公家的工程，官很小，没有钱。想到儿子要去贾家读书非同小可，因为贾家上上下下都是一双富贵眼睛，拿的钱少了根本不行，就东拼西凑借了二十四两银子。

第九回是全书里最悚动的一回。学堂里闹性游戏简直一塌糊涂，到现在为止大概还没有一部小说写得这么大胆。大家可以看看这些十三岁的小孩子在学校里到底讲什么话，有时候大人实在没有办法想象。《红楼梦》第九回很真实地把青少年性的东西全部写出来了。

# 第九回

恋风流情友入家塾
起嫌疑顽童闹学堂

## 少年的秘密

第九回是我非常喜欢的一部分，原因是它讲了在青少年时代最容易发生的事情。你会觉得，读书有时候变成一个借口，变成去认识朋友、去玩、去闹的理由。第九回里隐藏了很多青少年的秘密，如果从很严肃的角度看，也许你会吓一跳：这些在学校的小孩子，包括很优雅的贾宝玉，竟然满口粗话，偷鸡摸狗，什么事都干。我看第九回时，感到它扯起了我的很多回忆。作者让我们看到成长中的青少年，会有学好或学坏的可能，而这个好与坏都是大人判断的。在孩子的世界当中，当他们的性刚刚发育，他们呈现的是另外一个世界。

贾宝玉一直在女孩子堆中长大，身边全部是女人：祖母、妈妈、身边的丫头、林黛玉、薛宝钗。他非常需要玩伴。事实上，做父母的有时候不了解这个年龄的孩子碰到同龄同性的朋友时的那种快乐。特别是贾宝玉，一直在女性的世界里长大，在碰到一个跟他年龄一样的男孩子时，他会很快乐。当然，书中描写秦钟长得漂亮，也很可爱，是个很出色的男孩子。

青少年是一个非常有趣的暧昧的年龄，他开始长大了，觉得美很重要，也很在意别人对自己的看法。我相信，一个孩子去读书绝对不会简单到只有读书。希望第九回能帮助我们去回忆。这里是男孩子的世界，可是我想，在那个年纪，女孩子也有女孩子的快乐。这一回当中，关于性的描绘以及这些小男孩讲的粗话，是直接描绘出来的。有些版本稍微删了一点，因为觉得实在是不堪入目。可如果借着第九回来回忆我们在这个年龄里没有异性在旁边时大家讲的粗话，小说里的表述已经算是优雅的了。希望家长能从另外一个角度了解小男孩的世界。男孩子的发育期因为性征比较明显，通常他会对这个东西非常好奇，据心理学家调查，这个年龄的男孩子，讲十句话几乎有八句到九句都跟性有关。女孩子的性征比较隐藏，所以她们的世界大概不像男孩子们的状态。如果我们能够从另外一个角度来看，《红楼梦》第九回是一个了不起的现代文学作品。

## 一清如水的情感

现在有人还声势浩大地谈白先勇的《孽子》，可是几百年前《红楼梦》里这一段是更精彩的《孽子》。我并不从现在所谓的同志文学或同性恋文学的角度看这一回。贾宝玉之前曾经极其爱恋女性，他爱恋的女性对象有好几个，包括薛宝钗，他看到薛宝钗从衣服里拿金锁出来的时候对肉体的描绘，说明这个小男孩已经注意到跟肉体有关的东西了。他对林黛玉的爱是一种非常友谊般的疼爱，可也是对女性的。更明显的是，他春梦里的对象是秦可卿幻化出来的“兼美”，是伦理上比他低一辈的侄媳妇。在真正的性行为中，他已经跟袭人发生过性关系。我们至少可以列出四个女性，在这之前已经跟他有精神上或肉体上的关系。人的性是非常复杂的，有肉体的性，还有精神的性。从动物性的到心灵上的东西，都可以在一个人身上发生。我们真的可以爱恋一个人而完全没有肉体行为，却爱得非常深。贾宝玉和林黛玉就是如此，完全是情，觉得只要在一起读读书、看看花就有无限的快乐，这种快乐绝对不可以忽略。人的性和情在动物世界里是没有的。一个雌性动物一定有发情的时间，它的身体会有分泌物，引发雄性动物跟它交配。可是人不是这样，人在二十四小时里都可能有欲望，也可能二十四小时都没有欲望；可能都是肉体上的欲望，也有可能升华成为精神上的爱恋，人类的这种行为极其复杂。

在经过与四个女性的关系之后，第九回里出现了贾宝玉爱恋的同性朋友。他是不是可以作为今天大家讨论的《孽子》的一个榜样？我不觉得是这样。《红楼梦》的作者了不起的地方在于，它甚至超越了今天的观念，在他的世界里，他觉得用异性和同性来区分人的情感类型可能太粗糙了。一个人可能同时对异性和同性都产生非常大的兴趣，感情的联系绝对不能二分，如果是二分就成动物了。你会因为一个人的善良爱他，因为一个人的智慧爱他，因为一个人的学识爱他，因为一个人的身体美爱他，也会因为各种原因爱一个人，都跟性别没有绝对的关系。《红楼梦》被翻译成各国文字，第九回让很多人都大为惊讶，它没有掉进异性恋、同性恋的泥淖，反而是比较自由的。这个暗恋秦可卿、爱恋薛宝钗、迷恋林黛玉的贾宝玉，他怎么又依恋秦钟这个男孩了？他不是要去读书，他的目的其实是要跟秦钟在一起。

读到第九回我忽然想到，其实谁在成长的过程里都有过非常要好的玩伴，几乎到了一分钟都分不开的程度。早上很早起来的原因都不是为了上学，是因为你记得昨天答应他，几点钟一定到他家门口，叫他一起去上课。有过这样的记忆，你就可以读懂第九回了。在孩子的世界中有一种非常奇妙的情谊，单纯到没有任何功利色彩，连性都没有。我相信在青少年的世界中，在他们成长的经验里，有大人再也找不回来的东西。在青少年的成长中，可以简单到没有任何事情发生，可以用“一清如水”来形容。其实不是爱情，也不是友谊，这是读到第九回我忽然想到的东西。

## 童年的读书记忆

贾宝玉要去上课了，全家都大张旗鼓地为他做准备。

袭人知道贾宝玉这一天要上课，很早就起来了，把他要用的书包、笔墨纸砚等东西全部准备好。冬天学校很冷，要烧炭炉，她为贾宝玉包好了一包炭。袭人用心深到这种程度，她对宝玉的爱其实兼有姐姐和母亲的爱。

开头说“话说秦业父子，专候贾家的人来送上学择日之信”。读书一定要看黄历，找一个黄道吉日去读书。

贾宝玉的心情很有趣：“原来宝玉急于要和秦钟相遇，却顾不得别的，遂择了后日一定上学。”他不是为了读书，他是为了和好朋友见面。贾宝玉完全不管黄历，他喜欢秦钟，决定上学，就急着去。身边的人也觉得很意外，一直不爱读书的人怎么忽然爱上读书了？记得我们班上一个男孩子，因为暗恋一个女孩子，忽然英文就好起来了，大概是因为这个女孩子说了一句：“你把英文学好，我们就可以做朋友。”他们会为别人看起来一点意义都没有的一个动机而去生、去死。这其实就是罗密欧与朱丽叶的世界，只有在那个年龄才会发生这样的故事。

“后日一早，请秦相公先到我这里，会齐了，一同前去。”宝玉特别交代，请秦钟先到他家来，然后一起去。他体谅秦钟家里没有钱，他觉得我家里有车，秦钟就到我家来，一起去上课。贾宝玉上课有一个大的仆人李贵，还带了四个书童，坐着马车去。我们能看到宝玉对人的这种爱。他从来不摆气派，他是娇生惯养的公子哥，可是他会体谅秦钟家穷，没有书童仆人，就叫秦钟先来这边一起去。当然，也因为宝玉觉得读书很无聊，有个伴就很有趣了。

读书是什么？如果一个孩子去读书只是因为喜欢作业和考试，这个孩子大概蛮奇怪的，因为这个年龄的孩子很活泼，他们对生命有很多好奇。所谓的读书是让他在读书的过程中开始认识生命，知道爱恨，知道生命中的各种现象。从这个角度看第九回，作者其实有很现代的人性观点。不管现在宝玉对秦钟的好，还是后面这些孩子在学校里打成一团，其实都非常真实。一个好的文学离不开一个“真”字。第九回的了不起是因为在那个时代，竟然比今天的《孽子》还要大胆地写出了学堂里的事件，没有掩盖，没有隐藏。这些孩子后来可能有的中举，有的做官，他们再也不提这件事了，可是曹雪芹把它写下来了。文学的了不起在于它能留下你生命里的每一个阶段，先不去预设它是好或是不好，而是告诉你人性里的真实。面对人性真实的时候，再去看下一代人性的真实的时候，你就不会是僵化的。我们有时候不明白为什么自己讲的话小孩都不听，因为我们已经僵化了，他们当然不要听。

读第九回我们总以为会只写贾宝玉跟秦钟，然而文中先写的是袭人。

## 袭人对宝玉的深情

宝玉要去读书了，袭人就像一个大姐姐或妈妈，帮他把读书需要的东西准备好，自己坐在那里发闷。她的每一天就是为了宝玉活着的，每一分钟都要照顾宝玉，现在宝玉要去读书了，一天都不在家，她不知道自己还能做什么。“是日一早，宝玉未起，袭人早已把书笔文物包好，收拾得停停妥妥，坐在炕沿上发闷。”“停停妥妥”就是没有遗漏一样东西。不是母亲的话，不会这么细腻的。“坐在炕沿上发闷”这一句写得很好，因为袭人忽然觉得宝玉要去读书了，我这一天要干什么。宝玉不是那种粗粗的男孩，他有很细腻的心思，他发现袭人在发呆。“宝玉见他闷闷的，因笑问道：‘好姐姐！你怎么又不自在了？难道怪我上学去，丢的你们冷清了不成？’”这么多人喜欢宝玉不是没有原因的，他很懂人心，容易体谅到别人的心思。这是宝玉身上最难得的品性，这个年龄段的孩子大多大大咧咧，很粗心，可是宝玉很细心，这种男孩子的体谅最难得，宝玉这种很奇特的个性，其实就是曹雪芹的个性。

袭人笑道：“这是那里话。读书是极好的事。”宝玉本来就不爱读书，别人逼着都不读，这阵子他忽然这么爱读书，所以袭人也觉得好。她说：“读书是极好的事。不然就潦倒一辈子，终久怎么样呢。”她在说，我们难道能够守一辈子吗？意思是告诉他不要去介意这件事情。“但只一件：只是念书的时节想着书，不念的时节想着家些。”袭人在叮咛，绝对是姐姐或妈妈才会说的话，她在教宝玉。毕竟她是一个大姐姐，所以她对宝玉有一种疼爱，也有一点教导他的感觉。《红楼梦》是一本写情感的书，在讲各种各样不同的情感，袭人跟宝玉的情感是姐姐或妈妈，这种感情在我们的生活中一定有。人类的情感非常丰富多重，可是很少有一本书讲完整。《红楼梦》仅有的这几行字，就会让你发现袭人用情很深。袭人从来都不觉得自己是一个丫鬟，只要拿薪水就好了，她是在用情照顾宝玉，而且要教导他。这点很有意思，袭人从来不觉得宝玉坏，只怕别人把他带坏。

可是第九回，很多主动的行为都是宝玉做的，去勾引秦钟也是宝玉。如果从坏的角度看，宝玉其实够坏的。可是袭人在跟他讲话时说："别和他们一处玩闹，碰见老爷不是玩的。"这里点出一个人，就是贾政，贾宝玉最怕的一个人。贾宝玉要读书，带出了他和身边人的不同关系，有袭人对他的情感之深，也有贾政眼里的宝玉，简直是不堪入目。在父权的时代，父亲扮演的角色永远是骂人的。所以袭人也会警告他，说碰到老爷不是玩的，然后她母性的部分就出来了，说："虽说奋志要强，那工课宁可少些，一则贪多嚼不烂，二则身子也要保重。这就是我的意思，你可要体谅。"这话有点母亲的意味，母亲总是觉得孩子的身体比读书重要。她还要为自己找一个理由，说读书读得太快太多，一下也没有办法消化。其实袭人是一个文盲，不识字，也没读过书，她也不知道读书是怎么回事，她是在用一种母亲的逻辑去推理。她真正要讲的是身体，因为她关心宝玉。

"袭人说一句，宝玉应一句。"袭人又道："大毛衣服我也包好了，交出给小子们去了。"小子们就是跟着宝玉去上课的书童。第九回让我有很多回忆，我小时候最烦的就是出门时妈妈跟我讲，毛线衣放在什么地方，现在想来，人世间的深情就是从很多小事情中渗透出来的。唐诗中说"临行密密缝，意恐迟迟归"，其实那是母亲的心事，那种疼爱全部在生活的细节中。她又叮咛宝玉说："学里冷，好歹想着添换，比不得家里有人照看。脚炉手炉的炭也交出去了，你可逼着他们添。"那时候天气冷，宝玉读书时手上有一个手炉，脚底下有一个脚炉，炉子要生炭，炭要交给书童们带着。可是袭人还是不放心，她觉得这些书童到时候不知道会跑到哪里去玩，她要交代宝玉自己盯着，你不叫他们添，他们也不会添，就把你冻坏了……全部是细节。

好的文学一是求真，二是要有细节。所谓细节就是袭人将脚炉手炉的炭都已经准备好，交给了书童，叫宝玉逼着他们添。这里用到"逼"字，因为她知道那些小家伙到时候只知道自己跑去玩儿，根本不管宝玉。"那一起懒贼，你不说，他们乐得不动，白冻坏了你。"跟宝玉去读书的茗烟等人，都是跟他年龄差不多的男孩子，那个年龄的男孩子做用人也不会像袭人一样精细地照料他。从袭人的嘴中讲出那些男用人们的懒。袭人其实也是用人，可是她骂那些用人的时候，说那些"懒贼"，她觉得她跟宝玉有另外一种关系，不觉得自己是用人。

这些文字需要反复读才能发现其中的精彩，发现袭人的情感这么深。袭人不是小说的主线，也不是小说的主角。可作者用这么细腻的笔法描绘袭人对宝玉的爱，借着宝玉读书这件事情把它表现出来。宝玉当然也是一个很让人心疼的男孩子，宝玉道："你放心，出外头我自己会调停的。"最有趣的是，宝玉要出去读书了，他还担心丫鬟们在家里会不会无聊，平常都是宝玉带着她们玩儿，现在他去读书，这些人在家里怎么办？宝玉的个性有些提不起放不下。他爱所有的人，他爱秦钟，要跟秦钟去读书，可是他又担心在家里的林妹妹或者袭人没有人陪。宝玉永远要爱每一个人，一个都不能少，每一个他都要照顾到。所以他说："你们也别闷死在这屋里，常和林妹妹一处去玩笑才好。”他又想到了黛玉，他想说黛玉平常都是他陪着玩儿，现在没有人陪，你们去找林妹妹玩才好。

“说着，俱已穿戴明白，袭人催他去见贾母、贾政、王夫人等。”去读书礼节烦琐，一一辞别后才去，所以袭人就催他赶快去辞行。然后他就去见王夫人，见了贾母，贾母又嘱咐了几句。贾母和王夫人的嘱咐反而没有细节。为什么？因为袭人是最贴身的，这种爱是别人无法取代的。贾母这么疼宝玉，她会让用人去照顾宝玉。可是袭人的爱是无人替代的。“宝玉又嘱咐了晴雯、麝月等人几句。”宝玉出门有太多的牵挂，放心不下。这里宝玉的个性全部表现出来了。

## 贾政的父权权威

之后宝玉要做一件他很害怕的事，就是见父亲贾政。

我们不太容易了解这样的父权。贾政永远在骂宝玉。在小说后面补的部分，贾宝玉最后家败人亡要出家前，远远地看到爸爸坐轿子过去，便在雪地里磕了三个头，感谢父亲给他凡人之躯，然后跟和尚走了。他跟父亲从来没有真正的对话，父权社会里是不给孩子任何对话空间的，所以贾政对宝玉讲的话很难听。

贾政很忙，宝玉也很少看到父亲，可这一天偏偏贾政在家。宝玉就碰到了，所以他一定会挨骂的。宝玉本来是希望辞行的时候父亲不在，只要交代一声就可以溜了，可是这一天贾政上朝回来得比较早，在家。“偏生这日贾政回家早些，正在书房中与相公清客们闲谈。忽见宝玉进来请安，回说上学里去，贾政冷笑道：‘你如果再提“上学”两字，连我也羞死了。依我说，你竟玩的是正理。仔细站脏了我这地，靠脏了我的门！'"他一直觉得宝玉根本就是一个不肖之子，是一个败家子，一个侮辱门庭的人。

我们不太了解在古代父权权威社会下，孩子心理上有多大的压力。很多人都同情宝玉，觉得他怎么有这样一个父亲。可是我很同情贾政，我同情他的原因是在大传统中，父亲这个角色要转换其实非常难。伦理结构形成以后，他就只能扮演那个角色。其实老师也是如此，以前，"天、地、君、亲、师"这五个东西是最伟大的。父权是家长的象征，是权威的象征，让他转换成平民角色很不容易。贾政说："仔细站脏了我这地，靠脏了我的门！"地和门都是贾政的权威，他认为宝玉在家里是侮辱他，所以他用"有辱门庭"、"有辱门风"这样的话来批评宝玉。在中国的传统伦理中，父权很少被批判，它已经崇高到无人敢批判的地步。

曹雪芹写得很"真"，让千百年以后读到这个小说的人，都知道有这样一种时代，父亲扮演这样一种角色。现代社会对于东方伦理中的父权有多角度的探讨。西方的希腊神话和史诗中，很多是关于孩子背叛父亲、叛逆父权的。在中国的故事中就很少，只有《封神榜》中的哪吒背叛了父亲，最后他割骨还父，割肉还母。他跟父权、母权断裂，变成了一个现代意识里很重要的神：他不再是从父母来的骨肉，而是有自己独立的生命。在西方则没有这个问题，西方人很少有人认为，孩子是我生的就是我的。台湾有人移民到美国、加拿大，在打自己孩子时，孩子立刻拨电话给社会局，就会有人来抓这个打孩子的妈妈，妈妈往往会哭着说，我打我的孩子，是因为我爱我的孩子。可是他们认为，你打的不是孩子，是公民。他们认为，你只是暂时照顾他，并不是他的拥有者。这是很多华人伦理里非常不容易了解的东西。在中国传统中，君要臣死，臣不得不死，而且还要谢恩。贾政父权的权威在宝玉面前出现时，我非常同情贾政。他不是个案。当时，这种做官的人家，大概父亲都是这样的角色。用另外一句话表示，他拉不下脸来。在我的成长过程中，父亲虽然不像贾政这样，可是他也从来没有抱过我们，也不会说“我爱你”这句话，所以我们跟父亲还是比较疏远，这常常让我觉得跟父亲的感情有点遗憾。

这时旁边的人只好打圆场。众清客相公们都早起身笑道：“老世翁何必如此。今日世兄一去，二三年就可显身成名了，断不似往年仍作小儿之态的。天将饭时，世兄竟快请罢！”“天将饭时”，就是已经不早了，说宝玉你赶快去读书，是让宝玉赶快走。说着就有两个年老的，贾政比较尊敬的人，带了宝玉走出去了。

## 惊人的文学技巧

“贾政便问：‘跟宝玉的是谁？’只听外面答应了两声，早进来了三四个大汉，打千儿请安。贾政看时，认得是宝玉的奶母之子，名唤李贵。因说道：‘你跟他上了几年学，他到底念了些什么书！’”宝玉书念不好的话不仅仅他倒霉，连用人也倒霉。用人根本也没有教他读书，只不过在外面看护他，结果贾政把李贵也骂了一顿。“倒念了些流言混语在肚子里，学了些精致的淘气。等我闲了，先揭揭你的皮，再和那不长进的算帐！”这是贾政的标准语言。这里有一个文学技巧的问题。前面写袭人，后面写贾政，袭人的语言温柔、细腻，贾政的语言粗暴、刻薄。作者的语言千变万化，赋予人物不同的性格特征。

“唬得李贵忙双膝跪下，摘了帽子，碰头有声，连连答应‘是’，又回说：‘哥儿已念到第三本《诗经》，什么“呦呦鹿鸣，荷叶浮萍”，小的不敢撒谎。’”因为他不识字，在外面听到学童们朗诵“呦呦鹿鸣，食野之苹”，他不懂什么是“食野之苹”，就想大概是荷叶浮萍，于是就把“荷叶浮萍”加进去。曹雪芹把这种粗人跟文雅的东西做了一个对比，很有讽刺的意味。“说的满座哄然大笑起来。”在座的都是读书人，大家知道他用错了典故，所以大家就大笑起来，连贾政也笑了。贾政最缺乏幽默，他如果多笑一点，会稍微放松些。我想君权、父权、师权打造出来的角色大概也都如此，脸上永远只有一种表情。

“贾政也撑不住笑了，说道：‘那怕再念三十本《诗经》，也都是虚应故事而已。你去请学里太爷安，就说我说的：什么《诗经》、古文，一概不用念，只是先把《四书》讲明背熟，是要紧的。’”贾政的话代表了中国封建道统对文化的看法，读书只是为了考试做官。《诗经》他根本看不起，《诗经》讲的是人性，讲很多美好的生命经验。如果贾政活在当代，他也不会看《红楼梦》，他觉得看《红楼梦》没有用，只要去高考就好了。父权比师权还大，贾政竟然对学校里的老师说，《诗经》也不必读了，只是先把《四书》讲明背熟要紧。宋朝朱熹汇编的儒家经典《论语》、《中庸》、《大学》、《孟子》被称为《四书》。明清时把它当成了教科书，后来变成了所有考试做官的一个标准，就是后来所谓的八股取士的最早来源。《四书》、《五经》到了八股形态的时候，其实是最戕害人性的。所有人读书、思考，跟人性的发展都没有任何关系。不是说《论语》、《中庸》、《孟子》不好，只是它变成八股以后，已经僵化到了没有任何思考，只剩背诵和考试了。这里借着贾政骂宝玉，透露出当时官场教育已经僵化到读书只是为了考试做官。

李贵忙答应“是”，见贾政无话就退了出去。这个时候宝玉站在院外静候，等李贵他们出来就走了。李贵等人一面掸衣服，一面说道：“可听见了不曾？先要揭我们的皮呢！人家的奴才跟主子，赚些好体面，我们这等奴才，白陪着挨打受骂的。从此后也可怜见些才好。”宝玉笑道：“好哥哥！你别委屈，我明儿请你。”宝玉很可爱，他跟用人间没有太大的阶级界限，不太摆排场。从某一个角度讲，贾政痛恨他也是因为这个原因。贾政代表了社会中的一个阶级，觉得人在不同的阶级中就要有不同的样子。可是宝玉不是，他非常人性。他不觉得袭人是用人，他觉得袭人是疼他的一个姐姐，他也不觉得李贵是一个拉车的奴才，他觉得李贵也是一个大哥哥，为他挨了爸爸的骂他心里不安。这是《红楼梦》最了不起的地方。在几百年前的阶级社会当中，他找到了一个重点，就是人要像人，人对人要有一个基本的态度。宝玉几乎每个人都喜欢，他不必去巴结李贵，可是他会跟用人说抱歉，他的可爱刚好就在这里，他的个性永远是周到体贴的。李贵说：“小祖宗，谁敢望请！只求你听一句两句话就完了。”就是说让宝玉不要在外面惹祸，否则到时候挨打的又是这些用人。

说着就到了贾母这边，秦钟已早来等候，贾母正在跟秦钟讲话。于是两人辞了贾母。他忽然想起还未辞黛玉，因为黛玉是他的知己，是与他的生命息息相关的，所以他一定要去跟黛玉告辞。

## 宝玉与黛玉的秘密

黛玉刚刚梳洗完，在窗下对镜理妆。听说宝玉要上学来告别，就笑着说："好，这一去，可定是要'蟾宫折桂'去了。""蟾宫折桂"是一个典故。古代有一个人叫郤诜，擅长对策，他自称是"桂林一枝，昆山片玉"。"桂林一枝"就是说他是那一枝最香的桂花。"昆山片玉"，昆仑山是产玉的地方，他是昆仑山上最好的一块玉。"蟾宫"代表月宫，传说月宫里有一棵桂花树。这个典故的意思是一个人的书读好了，就可以仕途顺利，扬名天下。黛玉跟宝玉太要好了，她知道宝玉不是真的去读书，这里她说的是小女孩跟小男孩之间的玩笑话，故意调侃他。她说："我不能送你了。"宝玉说："好妹妹，等我下了学再吃晚饭。那胭脂膏子也等我来再制。"女孩子要将胭脂涂在嘴唇上，是用一种植物性的东西调的，从小宝玉就帮黛玉调胭脂膏。宝玉被爸爸打也是因为他总是帮女孩调胭脂，觉得他没有出息。

可是宝玉的个性很奇怪，他觉得这是一起长大的玩伴，黛玉调胭脂膏，他也帮着调，这是他们的秘密，说这话是让黛玉觉得他虽然去读书了，可他们之间有一种很亲的东西是别人不能够分享的。黛玉跟宝玉的情感，别人永远不能够介入，包括薛宝钗。他们是知己，是上辈子的缘分，这一辈子还要延续。

"唠叨了半日，方撤身去了。"作者终于用"唠叨"来形容宝玉。黛玉又把他叫住了，说："你怎么不去辞辞宝姐姐去？"黛玉心里永远要跟一个人比，这就是薛宝钗。在青少年这个阶段，常常会有这种比较，也还不能算争风吃醋，只是想要证明自己的重要性。这是话中话，情感很复杂，在证明我跟你关系不一样，还故意提醒宝玉，你不是跟宝钗很要好吗？黛玉的心思真是非常有趣。宝玉笑而不答。宝玉太聪明了，这种话是不用回答的。

## 宝玉与秦钟的青春记忆

告辞了这么久还没上课，让人觉得好像这个上课真是不得了的大事。可见那时公子去读书真是件大事，煞有介事，弄出这样的大阵仗。可是后面马上说，义学“离此不远，不过一里之遥”。以前大户人家都有义学。宁国公、荣国公开创基业以后，觉得最重要的就是教育，子弟和将来的门风好不好都跟教育有关。当时通常做官的人都会拿出一笔钱来成立义学，不只是自己家里的小孩可以上学，同宗同姓甚至姻亲的孩子都可以来。因为这些人里将来有一个人发达，家业都可以维持。这是古代利用家学方法来维持社会教育的一个方式，跟我们今天公学的形态不一样。不能请老师的一些贾家同宗族的穷人子弟，也可以在义学中读书。

“凡族中有官爵之人，皆有供给银两，按俸之多寡帮助为学中之费。”每个月做官的人都会拿出一些钱来，按收入的比例来资助这个义学。这是一个很好的制度，有点像社区大学，属于家族学校。由家族里年高有德之人来管理，“年高有德”是指那种书读得很好，可是没考取功名，做不了官的人，就变成家学里的老师。

宝玉、秦钟两个人来了，一一相见过，去拜老师，然后开始读书。“自此，二人同来同往，愈加亲密。”贾母也很疼秦钟，所以就常常留秦钟住在贾家，一住就是三五天，跟自己的孙子一样疼爱他，还资助秦钟一些衣服。秦钟是秦可卿的弟弟，从辈分上讲他应该叫宝玉叔叔。可是“宝玉终是不能安分守己的人”，他不想要叔叔跟侄子的关系，所以他“一味的随心所欲，又发了癖性”。他就跟秦钟偷偷地说，我们两个人在一起年纪一样，又同班读书，以后不要叫我叔叔了，只以弟兄朋友相称就可以了。

《红楼梦》里从道德的角度来讲，宝玉很叛逆，把伦理搞乱了。可是从另一个角度看，你会觉得这种传统的伦理是非常僵化的。他想打破与秦钟这叔侄的关系。秦钟当然不敢，因为辈分很严格。后来秦钟只得让宝玉叫他的表字“鲸卿”。中国古代有一个神话故事叫“骑鲸”，亦作“骑京鱼”，出自《文选·扬雄·羽猎赋》，后因以比喻隐遁或游仙。

第九回后半段大闹学堂写得非常活泼，有很强的现代性，用到很多青少年的语言。年轻人的语言变化的速度是非常快的，“菜鸟”、“你很逊”这样的语言会在特定的时候出来，这种字眼在文学里如果写实地使用，过几年可能大家就不懂了。《红楼梦》用到很多青少年语言，经过了几百年我们读起来竟然还是活泼生动的。之前我们看到的是袭人怎么讲话，贾政怎么讲话，林黛玉怎么讲话，个性特征都很明显。下面我们要看到的是十几岁男孩子在学堂里私下的语言。这些语言，他们在学校里不会跟老师讲，回到家里不会跟父母讲。我们可以看出，一方面曹雪芹有过非常有趣的青少年生活，其中有很多很多的行为和语言是他的青春记忆；另一方面是他很懂得如何让青少年所使用的语言独具特色，因为那些句子和词汇本身有一种亲切感。作为一个文学家，一方面能抓到语言的特征，另一方面又使这个语言具备写实的能力，同时又将其转化成一种象征，非常不容易。这是我觉得第九回非常精彩的原因。

世界文学里描写青少年文学的并不多，因为青少年一直被认为是比较轻浮或者不稳定的年龄，在文学上以这个年龄人物做角色的很少。《罗密欧与朱丽叶》是戏剧，不是真正的小说，它的语言是诗句。罗密欧看到朱丽叶在阳台上那一段就是一首诗，我们会觉得那个情境很感人，可是那些语言今天很难用。所以，我一直觉得，《红楼梦》第九回的后半段可以作为全世界青少年文学里的一个典范。

下面这段故事是贾政一直不知道的。贾政很惨，他根本不知道宝玉在学校里搞什么，他的叮咛与恐吓一点用都没有。如果孩子回到家里，至少把在学校发生的事情透露给你一部分的话，你就是一个成功的父母，你就和他有对话的可能。也许看完这一段，你会觉得这哪里是在读书？他们当然不是读书，每个人到学校去的动机是如此不同。

## 龙蛇混杂的学堂

这个家族这么大，学校里也是，所以作者说“龙蛇混杂，下流人物在内”。作者没有特别讲这个下流人物到底是谁。人性中都有动物性的部分和升华的部分，从大人的角度看，老师或父母希望孩子们动物性的部分都没有了，一下都变成圣贤。如果说“下流”不再是个预设的“坏”的判断，语言学上的“上流”跟“下流”，只是两个不同的状况，就是一个可以提升，一个沉沦在动物性中，两者是互动的。只有对人性里往下坠落的部分有更多的了解，提升才有可能实现。当学生告诉我一些他们在外面绝对不会跟任何人讲的事情时，我有时真的吓一大跳。可是我也知道，人本来就很复杂。

还有一个原因是时代。我自己成长的年代比较单纯，一个青少年能够涉足的范围很有限，可今天，学生涉足的范围常常让人吃惊。我不做系主任以后，常常有学生来找我聊天，他们有时会在夜里十一点打电话过来问我睡了没有，我说没有，他们就会在十二点多来找我，说要带我一起去泡温泉，我说难得有机会和你们一起泡泡温泉聊聊天，就跟他们泡到两点多钟。然后他们又说，我们一起去蹦迪，我就说饶了我吧，你知道我多大年纪了吗？他们说，常常会蹦迪到四五点钟，然后吃了早餐再回家。这些是我完全没有想到的。我不是说这样好或不好，只是想说这些情况我从来不知道。当我们之间开始双向沟通的时候，我才发现这么多年我跟他们讲的生活秩序、道德规范都是废话，因为他们根本听不进去。所以，当你不先预设立场的时候，你的窗和门就是打开的，有很多东西会进来，让你了解。如果你把门窗都关了，你就什么也不知道。这个时候你的那些唠唠叨叨永远不会产生作用。

我正是因此同情贾政。他讲的所有话都没有发挥任何作用，因为他根本不知道这些青少年在学校里的任何事情。作者在这里用了“龙蛇混杂”和“下流人物”，是在讲人性的多面性。一个孩子在温室中你保护得再好，他最后也不可能在温室里长大，你还是得把他送出去，这是他成长的一部分。外面的世界你再不喜欢，他也必须要在那个世界里成长。台湾有一个写作和读书都非常好的知识分子，他很不喜欢外面的教育环境，就把女儿放在家里，单独教她。我听到以后觉得有点惊诧，我觉得即使是再深的爱，也不能把孩子放在玻璃房里面。因为怕孩子被带坏，而把所有自己认为坏的部分切割掉，这是最危险的，因为好与坏是相对的。就像防疫针一样，注入病菌会使人产生抗体。

这一部分重要的是，作者教我们应该如何去看待传统文化制约中的青少年的世界。下面大家可以对“龙蛇混杂，下流人物在内”有一定的了解，这个下流在人性里面的定义，跟很表面意义上的定义有什么不同。

## 宝玉、秦钟的话语缠绵

“自宝、秦二人来了，都生的花朵儿一般的模样，又见秦钟腼腆温柔，未语先面红，怯怯羞羞，有女儿之风。”学校里都是男生，秦钟生得秀气，有点像女孩子。在青少年时期，同性跟异性之间的界限不太清楚，这是很自然的状况，因为他本身还没有办法确定自己的性征。人都是从自己的身体开始认知自我，以后才是异性的身体。看到描写秦钟的这一句，二分法的人就会说，秦钟一定是一个“孽子”。可是秦钟后来在庙里跟一个叫智能儿的尼姑私通。所以你根本不能确定他是不是同性恋。宝玉也是，在这一段里你觉得宝玉大概是同性恋，可是宝玉在前面至少对四个女孩子有过爱恋。如果对真实的人性进行探究，你会发现性别本身并不是简单到可以一分为二。西方有人把这一段挑出来，说东方的文学很了不起，那么早就有写到同性恋，可是他们没有看到后面，秦钟在庙里和智能儿做爱的那一段。秦钟本身到底是什么角色也很暧昧，他好像是宝玉的伴侣，可他又在外面追寻其他伴侣，而且他追寻的伴侣当中有香怜、玉爱，还有一个尼姑智能儿。青少年性的世界非常复杂，这也是他们最隐私的部分，这是最气父母老师的地方，你很难进入他们那个世界，唯一的方法是少说教多聆听，当他们不害怕的时候，你比较容易接近真相。

“宝玉又是天生成惯能作小服低，赔身下气，性情体贴，话语缠绵。”一般人都是狗仗人势，可宝玉刚好相反，他对下人特别好，他知道秦钟家里穷，就很疼爱秦钟。这四句是描写宝玉的好，宝玉个性里有一种很疼爱人的本性。“因此二人又这般亲厚，也怨不得那起同窗人起了嫌疑之念，都背地里你言我语，淫污之谈，布满书房内外。”秦钟跟宝玉的关系，在学校里引起了波澜。

## 薛蟠读书的世界

另一个有趣的人是薛蟠，他为了霸占香菱打死了冯渊。他现在来读书了，读书的目的是，听说学校里有很多漂亮的男孩子，动了“龙阳之兴”。很奇怪，他的性别取向也是不确定的。他怎么会因为学校里有很多漂亮男孩子来读书？他不是曾为了一个美丽女子而打死了另外一个男人吗？大家一定要注意，《红楼梦》里所有关于青少年的描绘，都是因为作者抓到一个最重要的特点，就是青少年的不定性，千万不要被书中的任何一个片断限制住。很多人认为《红楼梦》很现代，写到很多同性恋的故事，我觉得这种说法很危险，因为《红楼梦》远比这个要伟大得多，它是在更高的层面上揭示人的特性。

薛蟠到贾家以后知道有一个家学，这个家学当中“广有青年子弟”，他觉得很高兴，自己可以有一大堆玩伴了。对薛蟠来讲，很可能只是觉得有人跟他一起斗鸡走狗。薛蟠是一个爱玩的男孩子，只要有人陪他玩就可以了。他要去读书，很明显是因为在贾家没有玩伴。他跟宝玉又有点不同，宝玉爱秦钟，是因为他觉得秦钟有一种性情上的美。而薛蟠不是，他是一个粗人，去上学是觉得可以有人一起做赌骰子、打麻将之类的事情。

他听说“学中广有青年子弟，不免偶动了龙阳之兴，因此也假来上学读书”。“龙阳之兴”是个典故，战国时期魏国国王宠爱一个男子，叫龙阳君，后来人们就用它来形容爱好男风。宝玉读书是借口，薛蟠也是。“不过是三日打鱼，两日晒网，白送些束脩礼物与贾代儒。”因为薛蟠家里有钱，送给老师束脩特别多，自己也不好好读书，来两天，不高兴了就带着人跑出去玩了。“只图结交些契弟”，就是认很多干弟弟。薛蟠从小在家里受宠，就有点像老大。他在学里认识了好几个学生，比他年龄小一点。薛蟠会请他们吃东西，给他们买衣服，这些小学生贪图薛蟠的银钱吃穿，就变成了干哥哥、干弟弟。“被他哄上手的，也不消多说”，作者对“哄上手”讲得很暧昧，大概他们之间发生了什么事，因为薛蟠这个年龄，可能跟这些小男孩发生性关系。

可是在这个年纪的小朋友之间，尤其是在男孩子的世界里，会扮演很奇怪的角色。男性的世界里会产生强者来保护同性弱者的现象。“更又有两个多情的小学生”，这里的用词很有趣，“多情的”，大概就是长的漂亮的、腼腆的、可爱的，就是惹人疼爱的那种小学生。“亦不知那一房的亲眷，亦未考真名姓，只因生得妩媚风流，满学中都送了他两个外号，一号‘香怜’，一号‘玉爱’。”这两个男孩子就变成了学校里大家疼爱的对象。每一个人都很喜欢他们，可是大家有点儿怕薛蟠，好像薛蟠已经占有了他们。

## 青春期性的萌芽

“如今宝、秦二人一来了，见了他两个，也不免绻缱羡爱。”宝玉因为喜欢秦钟才去读书，可是去了以后又觉得香怜、玉爱也很可爱，秦钟也觉得香怜、玉爱很可爱。青少年的情感世界是很不稳定的，所有的东西都还在摸索当中，只是对人好奇，对所有的未知状态好奇。我一直觉得这样的情感很少被描述，不是爱情，甚至也不是友谊，只是青春期对人的好奇，所以常常会有暗恋发生，可是也讲不清楚究竟是什么样的感情。宝玉和秦钟都对香怜、玉爱有缱绻羡爱，可是也知道是薛蟠的相知，不敢轻举妄动。

这些描写真的很大胆。《金瓶梅》写出了男女之间的情欲，是一种大胆的表现，可是我觉得《红楼梦》里面写了更难写的情状。青少年的情感是非常难写的，既不是爱情又不是友谊，是性处于萌芽状态的不确定状况。《红楼梦》第九回非常惊人，是我读到的文学作品里唯一触碰到这个问题的。

"香、玉二人心中，也一般的留情与宝、秦。"他们也很喜欢宝玉和秦钟，因为看他们像哥哥一样，而且长得漂亮，穿着华贵，举止文雅，不像薛蟠那么粗鲁。这里讲的其实是暗恋。"因此四人心中，虽有情意，只未发迹。"暗恋就是这样子，都有意思，可是都没有表现出来。"每日一入学中，四处各坐，却八目勾留"，他们不坐在一起，可是眼神总会相碰。

"不意偏又有几个滑贼，看出形景来，都背后挤眉弄眼，或咳嗽扬声，这也非止一日。""滑贼"这两个字用得很有趣。这种年龄，任何一个班上都有几个鬼灵精一样的学生，喜欢戳穿别人的秘密。他们看出来谁爱谁了，知道他们在干什么。

"可巧这日代儒有事，早已回家去了"，学校最有趣的一天，一定是老师不在的那一天。老师一旦不在了，大家便欢呼雀跃。贾代儒这一天请假了，"只留下一句七言对联，命众对了，明日再来上书；将学中之事，又命长孙贾瑞掌管。"《红楼梦》里我最感兴趣的角色，一个是薛蟠，一个就是贾瑞，这两个人都反映了人性里非常无奈的情欲。薛蟠把情欲玩到自己都不舒服了，贾瑞爱上了自己不能爱的王熙凤，最后把自己搞死了。这两个角色写得都极好，曹雪芹对这些登不了大雅之堂的人物，用心甚深。这其中似乎有佛家的悲悯，因为它的重点是表现人被情欲纠缠、困扰。

老师不在，叫贾瑞来替代，不会有什么好事，因为贾瑞本身就是一个没有办法管好自己的人。“妙在薛蟠如今不大来学中应卯了”，古代把时辰分成子丑寅卯辰巳午未申酉戌亥，“卯”是清晨五点到七点，所以点卯就是清晨点名，应卯就是表示说去学校报到。薛蟠最近不来上课，他大概已经玩腻了吧。原来秦钟不太敢碰香怜、玉爱，现在秦钟想利用这个机会。他觉得薛蟠不来，他的势力范围就已经化解了，就开始动香怜、玉爱。“因此秦钟趁此和香怜挤眼，使暗号，二人假作出小恭，走至后院说私己话。”出小恭就是小便，两个人开始讲一些私下体贴的话。秦钟就问香怜说：“家里的大人可管你交朋友不管？”一语未了，只听背后咳嗽了一声。刚才讲的那个“滑贼”出来了。两个人吓了一跳，回头一看，原来是同窗金荣。

## 青少年的性游戏

金荣曾经被薛蟠爱过，可后来薛蟠又弃了他去爱香怜，所以他对香怜有很多嫉恨。这是小男孩之间的争风吃醋。他们扮演的角色常常在强势和弱势之间互换。金荣是个非常有趣的角色，他是薛蟠的相好，嫉恨香怜。现在看到香怜跟秦钟在一起，就存心想整他。金荣假装咳嗽，香怜本来就性急，其实是心虚，便“羞怒相激”。他们两个其实还没做什么事，可是因为心虚，所以就有一点害羞，因此就生气说：“你咳嗽什么？

难道不许我们说话不成？”这在文学上真是难写，表面上什么事都没有，可是作者却写出了此时人物的非常特殊的心理状态。香怜感觉自己做坏事被抓到了，就说我们讲话有什么不对。

金荣就笑了说：“你们说话，难道不许我咳嗽不成？我只问你们：有话不明说，谁许你们这样鬼祟的，干什么故事？我可也拿住了，还赖什么！先得让我抽个头儿，咱们一声儿不言语，不然，大家就奋起来。”拿住了，就是做了什么坏事被我抓到了，你就不要再赖了。更有趣的是“抽个头儿”，说你们在搞什么事情让我也有一点好处，我就一声不言语，不然我就张扬开来。完全是青少年无赖的语言。“抽头儿”这个词现在也常用到，这里讲的抽头儿意思是你们有好处，我也要有好处。所以秦钟和香怜两个人就急得红了脸，说：“你拿住什么了？”金荣就笑说：“我现拿住了是真的。”说着，拍手叫嚷道：“贴的好烧饼！你们都不买一个吃去？”这已经有点要讲给教室里人听的意思了。

“秦钟、香怜二人又气又急，忙进去向贾瑞前，告金荣无故欺负他两个。”他们没有办法处理了，就要贾瑞处理。这里第一次描绘贾瑞的个性。“原来这贾瑞最是个图便宜、没行止的人，每在学中，以公报私，勒索子弟们请他；后又附助着薛蟠，图些银钱酒肉，一任薛蟠横行霸道，他不但不管约，反助纣为虐讨好儿。偏那薛蟠本是浮萍心性，今日爱东，明日爱西，近来又有了新朋友，把香、玉二人又丢开一边。就连金荣亦是当日好友，因有了香、玉二人，便弃了金荣。”薛蟠最喜欢玩的，他不坏，永远是很认真爱一个人以后就忘了。他每一次都是真的，然后就忘了，下一次还是真的，是典型的那种被宠坏的青少年的个性。《红楼梦》第九回真实到我们今天读起来都有点吃惊，因为我们很多时候会有意避开这些，不敢去面对青少年性游戏的过程。之所以说“性游戏”，是想说明他们只是在玩，此时对什么是性他们还在借各种方式摸索。所有的这些不定性都不是最后终极的性向，而是一个过程。我们对这个领域特别不了解，是因为不定性很少被描述，长大了以后都不会谈，所以大家对这件事情完全处于无知的状态。文学的伟大就在于它能让我们了解原来世间有这样的事情。

## 贾蔷闹学

谁跟谁好在这里没那么重要，作者只是想说明青少年的不定性。因为香怜、玉爱已经被薛蟠甩了，所以贾瑞就没有了从中间拿好处的机会。所以贾瑞也有一点恨香怜。这是很奇怪的青少年逻辑。

这个报复牵连到很多事情，他看到秦钟、香怜两个人来告金荣，“心中便更不自在起来，虽不好呵叱秦钟，却拿着香怜作法。”因为贾瑞知道秦钟是宝玉的朋友，他不敢得罪宝玉。香怜背后没有靠山，他就骂了香怜几句，说他多事。香怜讨了没趣，连秦钟也讪讪地各归座位去了。

没承想此事后来迅速演变为一个全武行，打起来了。那场面简直可以拍武打片。

他们彼此就“咕咕唧唧的角起口来。金荣只一口咬定说：‘方才明明的撞见他两个在后院里商议着怎么长短。’”这些是非常粗的言语，直接讲性器官。“金荣只顾得意乱说，却不防还有别人。谁知早又触怒了一个。你道这一个是谁？原来此人名唤贾蔷。”贾蔷在后来也是很重要的一个角色，也是贾家很重要的一个子侄。“系宁府中之正派元孙，父母早亡，从小儿跟着贾珍过活。如今长了十六岁，比贾蓉生的还风流俊俏。”前面已经描绘过，贾蓉非常漂亮，非常受王熙凤的疼爱，他比贾蓉还要漂亮。贾蔷和贾蓉的关系也很复杂，有一点像堂兄弟，住在一起。“他弟兄二人最相亲厚，常相共处。宁府中人多口杂，那些不得志的奴仆们，专能造言诽谤主人，不知又编出些淫污之词。”可是作者没有讲什么样的淫污之词，大意就是讲贾蔷跟贾蓉之间同性的关系，认为他们的关系不干净。贾珍听到了一些不大好听的口声，为避嫌疑，就分给贾蔷一个房子，让他搬出去住了。作者从来不说明真相，谁也搞不清楚贾蔷跟贾蓉到底是什么关系。

贾蔷跟贾蓉好，秦钟是贾蓉太太的弟弟，秦钟受欺负，贾蔷就不爽了，他觉得应该保护秦钟。男孩子之间永远有这种族谱，这个族谱很奇怪，能让人自动分帮派。“这贾蔷外相既美，内性又聪明，虽应名来上学，不过虚掩耳目而已。”又是一个不以读书为目的的，薛蟠不是，宝玉也不是，现在贾蔷也不是。“仍是斗鸡走狗，赏花阅柳从事。上有贾珍溺爱，下有贾蓉匡助，因此族人不敢触逆他。”他跟贾珍、贾蓉最好，所以看到有人欺负秦钟，如何肯依？便决意要挺身出来打抱不平。

可是贾蔷非常聪明，他觉得自己出面会得罪金荣，金荣跟贾璜家有关系，又是一个麻烦。因为父母早亡，没有靠山，他比较谨慎，从不鲁莽做事。如果是宝玉，马上就闹起来了。他要好好整一整贾瑞跟金荣，但要借别人的手来做这件事情，这就是贾蔷的个性。

“金荣、贾瑞都是薛大叔的相知”，薛蟠爱过金荣，也爱过贾瑞。贾蔷跟薛蟠也很好，他也不想得罪薛蟠。他必须“用计制伏，又息口声，又不伤脸面”。之后他就假装出去小便。“走至外面，悄悄把跟宝玉的书童名唤茗烟者。唤至身边，如此这般，调拨他几句。”“这茗烟乃是宝玉第一个得用的，且又年轻不谙事，如今听贾蔷说金荣如此欺负秦钟，连他爷宝玉都干连在内，不给他个利害，下次越发狂纵难制了。这茗烟无故就要欺压人的，如今得了这个信，又有贾蔷助着，便一头进来找金荣。”

茗烟是个用人，照理讲他应该很客气的，金荣不管怎么样是主人辈分，应该叫金公子之类的。可是现在他也不叫金相公了，只说：“姓金的，你是什么东西！”他就开始骂起来了。那贾蔷最好笑了，“贾蔷便跺一跺靴子，故意整整衣服，看了看日影儿说：‘是时候了。’遂先向贾瑞说有事要早走一步。”他知道火已经点好了，可以走了，让他们去打吧。

## 闹学的场面

这里茗烟一把揪住金荣，问道：“我们的事，管你甚么相干！你是好小子，出来动动你茗大爷！”这是用人的粗俗语言。“唬的满室中子弟都怔怔的痴看。贾瑞忙吆喝：‘茗烟不许撒野！’”茗烟这个名字显然是宝玉给取的。茗就是茶，烟是茶上面冒出来的烟，或者也可以有一点点墨的意思。别看取了一个这么雅的名字，其实茗烟野得不得了。他得到鼓励以后，就要抓着金荣好好地痛打一顿。金荣当然气死了，你一个用人，竟然敢动我。所以他说：“反了！反了！奴才小子都敢如此撒野！我只和你主子说。”主子就是宝玉，他要去打宝玉和秦钟。“尚未去时，从脑后飕一声，早见一方瓦砚飞来，并不知系何人打来的，幸未打着，却又打在旁人座上，这座上乃是贾兰、贾菌。”

贾兰是李纨的儿子，他是一个好孩子，因为妈妈守寡，所以他特别有规矩。他跟贾菌很好，两个人一直是同桌。“这贾菌又系荣府近派元孙，其母亦少寡独守，这贾菌与贾兰最好，所以二人一同桌坐。谁知贾菌年纪虽小，志气最大，极是个不怕人爱淘气的。他在座上，冷眼看见金荣的朋友暗助金荣，飞砚来打茗烟，偏没打着，反落在他座上，正打在面前，将一个砚水壶打了个粉碎，溅了一书墨水。”这里有很多特写，场面生动。

“贾菌如何依得，便骂：‘好囚攮的们，这不都动了手了么！’骂着，也便抓起砖砚来要打回去。”那边飞来一个瓦砚，他这边来了一个砖砚。古代有一种砚台是取古远房子的砖，把砖中间磨出一个凹的地方来做砚台的。他就要飞一个砖砚出去。贾兰是个省事的，这跟他妈妈的个性有关，他小心谨慎，看到这种情况就劝说：“好兄弟，不与咱们相干。”“贾菌如何忍得住，他见按住砚；他便两手抱起书匣子来，照这边抡了来。”以前是用木头盒子装书的，就是现在的书包。有趣的是，贾菌是十一二岁的小男孩，力气不够大，木盒子丢不过去，丢了一半掉下来又打到别人。作者描绘这个武打场面，用了非常生动有趣的方法。曹雪芹在学校时绝对打过架，他懂得怎么去描写打架的场面。乱七八糟的场景立刻被渲染出来。

“终是身小力薄，却抡到半道，至宝玉、秦钟案上，就落了下来。只听得‘豁啷’一声，砸在桌上，书本、纸片、笔、墨等物撒了一桌，又把宝玉的一碗茶也砸得碗碎茶流。贾菌便跳出来，要揪打那一个飞砚的。金荣此时随手抓了一根毛竹大板在手，地窄人多，哪里经得舞动长板。茗烟早吃一下，乱嚷道：‘你们还不来动手！’宝玉还有三个小厮：一名锄药，一名扫红，一名墨雨。这三个岂有不淘气的，一齐都嚷道：‘小妇养的！动了兵器了！’墨雨遂掇起一根门闩，扫红、锄药手中都是马鞭子，蜂拥而上。贾瑞急的那里拦一回，这里劝一回，谁听他的话，肆行大乱。”

暴力本身有一种感染性，在群众当中，一旦动手，你最好赶快出去，因为分不清楚谁是谁，就是乱打。“众顽童也有趁势帮着打太平拳的，也有胆小藏过一边的，也有直立在桌上拍着手儿乱笑，喝着声儿叫打的。”这种场景非常难写，怎么打起来的，打的和被打的之间的关系，非常不容易掌握。可是作者短短几段文字便栩栩如生，看上去很过瘾，连在旁边看的、笑的、拍手的、叫闹的都有了。

## 闹学落幕，权势开场

“外边李贵等几个大仆人，听见里边作反起来，忙都进来，一齐喝住。问是何故，众口不一，这个如此说，那个如彼说。李贵且喝骂了茗烟等四个一顿，撵了出去。”他要先骂自己手下的四个人，因为这四个是他管的，是书童。“秦钟的头早撞在金荣的板子上，打去一层油皮，宝玉正拿褂襟子给他揉。”漂亮的秦钟挨了一板子，在撒娇。可见秦钟没有什么用的，他可爱，大家都疼他，可他有点软弱。后来秦钟很早就死了。

宝玉生气了，说：“李贵，收书！拉马来，我去回太爷去！”宝玉一发怒大家就很害怕，义学里最有权势的就是宝玉。他说：“我们被人欺负了，不敢说别的，按礼来告诉瑞大爷，大爷反派我们的不是，听着人家骂我们，还调唆他们打我们。茗烟见人欺负我，他岂有不为我的？他们反打伙儿打了茗烟，连秦钟的头也打破了，还在这里念什么书！”宝玉的一连串话出来，众人都有点害怕。李贵就劝道：“哥儿不要性急。太爷既有事回家去了，这会子为这点子事去聒噪他老人家，倒显的咱们没理似的。依我的主意，那里的事那里了结，何必惊动老人家？这都是瑞大爷的不是，太爷不在这里，你老人家就是学里的头脑了，众人看你行事。众人有了不是，该打的打，该罚的罚，如何等闹到这步田地还不管？”李贵虽然是用人，但年纪大一点，他就在这里说贾瑞。贾瑞道：“我吆喝着都不听。”李贵笑道：“不怕你老人家恼我，素日你老人家到底有些不正，所以这些兄弟才不听。”这里埋伏了一个线索，就是后来贾瑞跟王熙凤的事情，贾瑞本身也是一个管不了自己的人。“就闹到太爷跟前去，连你老人家也脱不过的。还不快作个主意撕罗开了罢。”“撕罗开”就是把这个事情摆平。

那宝玉就闹起来说：“撕罗什么？我必要回去的！”秦钟哭着说：“有金荣，我是不在这里念书的了。”这个话只有秦钟讲得出来，他是那种爱撒娇的男孩子。可是宝玉的讲法完全不一样。“这是为什么？难道有人家来的，咱们倒来不得？我必回明白了众人，撵了金荣去。”又问李贵：“金荣是那一房的亲戚？”这个时候权势被抬出来了，因为这个义学是有人给钱的，谁家交钱最多，就是权势最大、做官最大的。他就问金荣是哪一房的亲戚，这是很难听的话。李贵想了想道：“也不用问了。若说起那一房的亲戚来，更伤了弟兄们的和气。”他觉得我们是同一个家族，还问这个干什么。茗烟最有趣，他是唯恐天下不乱的，已经被赶出去了，就从窗口说：“他是东胡同的璜大奶奶的侄儿，那是什么硬正仗腰子，也唬我们来了。璜大奶奶是他姑娘。你那姑妈只会打旋磨儿，给我们琏二奶奶跪着借当头。我看不起他那样的主子奶奶！”茗烟说你那个靠山整天在琏二奶奶身边靠借东西当着来过日子，指出金荣的家族其实是很弱势的。这是从一个用人口中讲出来的，宝玉不会讲这样的话。李贵当然就赶快骂茗烟，不准他讲了。宝玉冷笑道：“我只道是谁的亲戚，原来是璜嫂子的侄儿，我就去问问他去！”下面有一段就讲到贾璜跟他们家族的关系，也透露出这种家族里面权势强弱之间的差距。

李贵就骂茗烟，“我好容易哄的好了一半，你又来生个新法子。你闹了学堂，不说变法儿压息了才是，反要迈火坑！”茗烟才不敢讲话了，李贵还是有些身份的。

宝玉就要金荣赔不是。金荣当然不肯，男孩子也有自己的尊严。最后贾瑞就来逼他，说你不赔不是怎么去了结这件事。李贵就只好劝金荣说，事情因你而起，你就赔个不是作个揖。金荣就跑来跟宝玉、秦钟赔了不是，也作了揖。那宝玉还不依，说一定要磕头。贾瑞为了息事，又悄悄地劝金荣说：“俗语说的好：‘杀人不过头点地。’你既惹出事来，少不得下点气儿，磕个头，就完事了。”金荣无奈，只得给秦钟磕头。

可事情并没有就此了结。金荣回去告诉他妈妈，他妈妈是一个寡妇，寄养在贾家，在权势底下她觉得不要再闹了，说闹下去金荣连读书的地方都没有。她就跟金荣说，这两年你读书，家里少用了很多花费。而且金荣后来被薛蟠包养，薛蟠送他们家很多钱，他妈妈好高兴，觉得这个儿子去读书竟然还有人送吃穿。所以他妈妈说，你这样闹开来，将来连这些东西也没有了。这里就能对比出家族的权势。表面上看是一场学校里好玩的闹戏，可实际上把很多让人辛酸的家族内部的倾轧也表现出来。

# 第十回

金寡妇贪利权受辱
张太医论病细穷源

## 如何把自己慢慢放入《红楼梦》中

对于个人而言，每一次读《红楼梦》都会发现未曾发现过的东西；对于时代来说，不同的时代也会发现《红楼梦》不同的意义。一部好的文学作品就像一幅好的画一样，可以在不同的人性空间里适应不同的环境，给人以新的领悟和新的启发。

为什么会有这种现象？一般来讲，我们在创作一个艺术作品时，主观性很强，希望它能影响人，或者希望这个小说能使人性发生变化。一旦我们预设了这个立场，在搜集资料和观察人性的过程中，就会特别选择自己想要的东西，不需要的就故意排除。只要有预设立场，对人性的观察面一定是比较窄的。曹雪芹在写《红楼梦》时，是没有预设立场的，所以《红楼梦》才会成为伟大的作品。如果作者希望这些小孩子在学校读书都是循规蹈矩的，很可能在写这个小说时把这一段过滤掉。

有时候，父权、君权、师权各种权威都表示，因为我想爱护你，所以你不要知道太多。所有的爱都可以变成权威的借口。可是什么叫爱？给对方最大的思考和选择的自由才是真正的爱。《红楼梦》在现代意义上仍然能产生这么大的作用，因为它所体现的爱是真正宽广意义上的爱。在作者笔下，人性是复杂的，它有时候会堕落，有时候会有各种自己控制不住的欲望。面对人性的这种复杂，他觉得这些向下堕落的人性跟所谓向上的、求好的人性是互动的，必须全部加以描绘，使读者在看《红楼梦》的时候能够有自己的选择。《红楼梦》是很多人愿意反复看的一本书，因为你的人生会因它而得到启发，获得成长，而作者从来没有很权威地告诉你应该如何生活。

我们可以把读者分成两种。

第一种读者认为，读了一本书以后自己就可以变好。如果是这种读者，去选一本书，这本书读完以后，你觉得自己变好了，但这样的书绝对不是文学作品，文学作品不可能是这样的。那种所谓格言式的或者道德教训方面的书，如《菜根谭》，也许会对你有帮助，可它对于人性的思考，是没有办法像一个文学作品这么深刻的。我想这样的读者是比较简单的读者。第二种读者相信，人类在人性方面的摸索与思考是一个非常复杂的过程。在读书中你会发现人性的复杂，同时也会发现，成长也不是那么容易的事。

你可以选择做第一种读者，也可以选择做第二种读者。如果你是第二种读者，你在读了《红楼梦》第九回之后就会思考，如果你面对这样的一个课堂，如果你是一个老师，你会怎么办？你会用什么方式去跟这样的孩子相处？你也许会大骂他们一顿，说你们不守规矩之类的。然而也可能这刚好是个机会，你可以了解你不在的时候学生的样子。这中间有一种互动的关系。在第九回中，我最同情的一个人是贾政，因为他完全失去了跟下一代沟通对话的可能，他不仅跟自己的孩子宝玉没有办法沟通，跟用人李贵也没有办法沟通。他只要一骂李贵，李贵就跪下来磕头。这个威权是悲剧性的。

我在读《红楼梦》时常常提醒自己，小说里的每一个人都是我身体里的一部分，我的身上有贾政的部分，也有贾瑞的部分。我不觉得我是在外面观察这些人物，或者赞美、批判他们。好的文学会让你觉得每一个人物都是你自己，你会思考应该怎么去调整自己个性里的这些部分。我以前常常会有那么几天，总想骂学生，就像贾政一样。有一天读了《红楼梦》，恍然大悟，自己怎么变成贾政了？之后就变得好一点。好的文学能提醒读者。所以我不觉得看文学作品一定要认同最美最好的那个角色，有时候是去发现自己是不是也有一点贾政，也有一点薛蟠？我觉得这是一个快乐的事，你会发现自己身上充满人性的弱点，而人性本来就有弱点。这部小说的精彩是真正让我们看到人性的宽广。作者用很精彩的笔法描写了青少年打架的过程，还让你觉得这是一个不怎么光彩的事情，可是如果《红楼梦》真的是曹雪芹一生的重要回忆，我相信学校里打架这件事是他一生里很重要的部分。在他晚年要写自己一生的故事的时候，他竟然会选择这件事情来写，让读者理解复杂的人性。我也希望能跟大家探讨，怎么样把自己慢慢放进《红楼梦》当中，去真正地理解人性并因此获得成长。我们可能是香怜、玉爱，可能在长大的过程里受过宠爱，扮演过那个角色；我们可能是秦钟，有一个人特别疼你，你也会在他面前撒娇；我们也可能会是金荣，觉得曾经被疼爱过，可是现在不被疼爱了，心里很不爽，老是要去找别人的毛病。人性有很多方面，并不存在好坏的区别。我读《红楼梦》的时候真的不敢说谁是好人，谁是坏人，金荣就是金荣。

## 金寡妇的委屈和心酸

金荣，一个寡妇的孩子，母子俩寄养在贾家，他们属于没有靠山，也没有势力的家族。因为被迫给宝玉、秦钟磕头道歉，心里很不爽。他本来是要整别人，没想到最后整了自己。回家他就跟他妈妈讲，想要去报复。金寡妇是一个值得注意的角色。这样的人物在整部小说里并不重要，可能只出场一次，然而这些角色可能平时就在我们的身边，你感觉她就是你的一个邻居。作者把这些小人物写得极好，他们那种努力活下去的生命力量非常动人。她一直跟儿子说，你不要再闹了，你回到家里我怎么养你，至少在那边读书还有钱拿，还有人疼你，每天给家里送一点菜啊肉啊的。这个母亲只有一个目的，告诉孩子活下去不容易。她没有丈夫了，所以她跟孩子讲的这段话很让人辛酸。表面上是小孩子们在闹来闹去的，背后隐藏着一个家庭的辛酸和一个寡妇的委屈。作者是用心颇深的，如果只关心这些学堂里面打架的“孽子”的话，他的小说绝不会如此丰富，现在转过来写金荣的妈妈。也许有人会觉得第九回让青少年看到一些不好的榜样，孩子们在学校里面讲脏话、打架，可是不要忘记，《红楼梦》的重点是这些孩子背后的事情。

故事是一环扣一环的。金荣回到家觉得委屈，跟妈妈抱怨，金寡妇不像一般的妈妈，孩子被欺负了，那我就叉着腰去找人理论。她知道对方是宝玉，只能委曲求全。作者写到在他们大家族的权势底下讨生活的人，写他们的委屈和辛酸的时候，竟然充满佛性，充满悲悯。作者描写黛玉和宝钗的美不是我最佩服的，但看到他笔下金寡妇这些人的时候，我总觉得作者真了不起。一个公子哥出身的曹雪芹竟然能写出这样一些人物来。

## 文学中人性的救赎

“话说金荣因人多势众，又兼贾瑞勒令赔了不是，给秦钟磕了头，宝玉方才不吵闹了。”金荣是百般的不情愿。男孩子这个年龄段受到这种侮辱，实在是痛苦不堪。“大家散了学，金荣回到家中，越想越气，说：‘秦钟这奴才，是贾蓉的小舅子，又不是贾家的子孙，附学读书，也不过和我一样。他因仗着宝玉和他好，他就目中无人。’”他被欺负了，他觉得欺负他的人如果是宝玉也就罢了，可你秦钟算什么，不过跟我一样是外姓来寄读的。也不过就是宝玉包养的男孩子，还讲他不做正经事。此时金荣批判起秦钟来，振振有词。作者一直在转换他的角色。用心的读者读到这里的时候，可能会有一种很奇怪的警惕，真的像《圣经》里讲的，你只看到人家眼里的刺，看不到自己眼里的梁木。“他既是这样，就该行些正经事，人也没的说。他素日又和宝玉鬼鬼祟祟的，只当人都是瞎子，看不见。今日他又勾搭人，偏偏的撞在我眼睛里。就是闹出事来，我还怕什么不成？”金荣批判秦钟跟宝玉的暧昧关系，可他完全忘了自己跟薛蟠的关系。这里作者对人性的观察、理解、呈现都非常有意思。金荣越想越觉得自己有理，心想真的要闹起来的话，他也可以讲出这些难堪的事情。

金荣的母亲嫁到金家，贾璜娶的大奶奶金氏是金荣的姑妈，金寡妇听他说了半天，就说：“你又要争什么闲气？好容易我望你姑妈说了，你姑妈千方百计的向他们西府里的琏二奶奶跟前说了，你才得了这个念书的地方。”她先骂儿子，说你在学校里受了委屈，还要跟人家生闲气。又提醒金荣说，是她拜托了他姑妈贾璜的太太，贾璜的太太又跑去拜托琏二奶奶王熙凤，才有他今天读书的机会。“若不是仗着人家，咱们家里还有力量请的起先生？况且人家学里，茶饭也是现成的，你这二年在那里念书，家里也省好大的嚼用呢。”她觉得孩子不懂事，就继续提醒他，“省出来的，你又爱穿件鲜明衣服。再者，不是因你在那里念书，你就认得什么薛大爷了？”家里明明很穷，可这个金荣还爱打扮。这其中讲到更有趣的重点，就是金荣在骂宝玉跟秦钟鬼鬼祟祟的时候，忘掉了自己这几年就是薛蟠的相好。他们的家世太低了，这样一个非常低卑的贫贱家庭，就是因为有机会到这样的学校读书，才有可能认识富贵人家的子弟。母亲不追究儿子到底跟薛蟠是什么关系，她觉得蛮好的，因为儿子认识了有钱人，这个有钱人常常会送他东西，这些话透露出来的是一个单亲家庭的穷困、辛苦。所以她真实地跟儿子说，如果你不是读书，你哪有机会认识薛大爷，“那薛大爷一年不给不给，这二年也帮了咱们有七八十两银子。”刘姥姥的二十两银子回去就能做一个小生意了，这薛蟠一出手就是七八十两银子，而对于这样一个穷困家庭来讲，简直是天文数字。

如果说第九回中作者对袭人、对贾政的描绘，都能显出其非凡的了不起的文学功力的话，那这一段作者通过金寡妇让我们看到一个非常卑微的家庭求生存的艰难。作者没有因为金寡妇以后再也不会出来就随便写写，而是透出了佛眼慈悲，说实话，做到这一点非常难，文学作品里能看到这种佛性的少之又少。西方人要懂得作者也很不容易，他有一个非常博大的文学观，能把人性的各个面全部照顾到，在他的世界里到最后没有贵贱贫富美丑，全部一样，他的世界里的平等是真的。

我常常试着用文学做我的救赎，比如有时在大学里教课，有的同事很喜欢做小动作来整人，当你被整得痛苦不堪的时候，真的在心里会恨这样的人。后来我觉得不应该恨一个人，回到家里就试着用写小说的方法写他。写的过程中我便开始想，他为什么是这样子，为什么要去害人，为什么要做小动作。写完以后，我多多少少对他有所理解，我能从他的角度去想问题了。好的文学不是去骂一个人是什么样子，而是必须找到他之所以成为这个样子的原因。

## 闹学正式结束

在曹雪芹的生命中，假如这些是真的故事，这个金寡妇和金荣都是跟他对立的人。金荣是贾宝玉很讨厌的人，他哪里会关心金荣的妈。可是在晚年写小说的时候，在他一生的回忆中，竟然也着墨于金荣跟金寡妇身上。这是常人难以理解的大慈悲。金荣妈说："你如今要闹出了这学房，再要找这么一个地方，我告诉你说罢，比登天的还难呢！"金荣每天穿得漂漂亮亮去读书，他真的以为自己是一个大爷了，只有妈妈知道其中的难处，她很务实地说："你给我老老实实的玩一会子，睡你的觉去，好多着呢！"

"于是金荣忍气吞声，不多一时，他自去睡了。次日，仍旧上学去了。不在话下。"学堂这一段在这里就结束了。

金寡妇觉得没有必要也没有能力跟权大势大的贾家去争，可是她还是忍不住跟金荣的姑妈讲了一下，这个贾璜的太太一听完就生气了，觉得怎么可以这样欺负金荣呢，这个秦钟也不过是秦可卿的弟弟，她要去理论。作者在交代完大闹学堂的事情以后，非常巧妙地引出了另外一件事情，就是秦可卿生病。

## 不在话下的起承转合

小说至此再次回到主线。秦可卿是十二金钗之一，秦可卿的死在小说里是一个非常重要的部分。在讲完打架闹学堂，秦钟跟金荣的这些故事后，还要回到大结构，就是秦可卿生病。《红楼梦》的结构非常复杂，用西方的文学理论来分析《红楼梦》，始终有点隔靴搔痒，因为《红楼梦》的结构不是西方的小说理论所能解释的。它有意识流，也可以找到传统中国章回小说的古典写法，脉络分明，它可以离开主脉络去写枝节，又能把枝节绕回到主线上。

贾璜太太知道孩子受了欺负，要去理论。找谁呢？找贾珍太太尤氏，因为尤氏是秦可卿的婆婆。可是她去了以后还没讲话，尤氏就跟她说，我那个媳妇最近生病，她这个弟弟又不懂事，把在学校里打架的事告诉了姐姐。秦可卿是一个非常好强的人，觉得弟弟在学校里面弄出这样的事情，自己脸上挂不住，病就更重了。然后尤氏就在那边骂，也不晓得是哪一个人这样调唆，当然讲的是金荣，这样一来贾璜太太一句话都不敢讲了。

《红楼梦》的小说结构可能不是很容易抓到，因为脉络非常复杂。无论我们怎样分析《红楼梦》，都觉得没有什么框架能把它框住，因为它是错综复杂的。它有一点像织锦，上面全是花纹，可中间一定有经纬线，秩序非常清楚。我觉得，《红楼梦》不是在大学的文学系里可以学到的东西，它是人事脉络，总有一天你会发现它的脉络源于作者对于所有人的关心，这样形成的一个秩序系统。所以只从文学理论的角度看这部小说，很难体味到它的精彩之处。我始终觉得，我们应该出入于文学跟人事之间。这是为什么我始终对论文式地看《红楼梦》感到遗憾，因为这样你看不到其中有关人性的最迷人的部分。甚至因为《红楼梦》被判定为一部古典文学作品，所有古典文学的研究其实已经有预设了。我常常想，为什么很少有人写论文去讨论第九回？好像是因为它很不古典。很多人研究《红楼梦》里的诗词，因为这是古典。可是会不会因为这个古典的预设限制了我们看《红楼梦》的角度。我不认为《红楼梦》只是古典文学，它比我读到的许多现代文学具备更多的现代性。从这个角度看《红楼梦》的时候，就要注意它的穿针引线和它的起承转合。

金荣再气最后还是要上课的，这一段就结束了。现在，作者要讲金荣的姑妈，环环相扣，自然到你无法察觉，上一个短篇小说的结尾，是下一个短篇小说的开始。

“且说他姑娘，原聘给的是贾家玉字辈的嫡派，名唤贾璜。”“这贾璜夫妻守着些小小的产业，又时常到宁、荣二府里去请请安，又会奉承凤姐儿并尤氏，所以凤姐儿、尤氏也时常资助资助他，方能如此度日。”这里已经表明他家的地位是很低的。贾璜是“玉”字辈，贾珍也是“玉”字辈，照理讲起来是平辈，可是这个贾璜的太太没事就要到那边请安。他们要过日子也不容易，甚至他们的家业可能是靠着宁国府帮衬才有的。然后要尽量奉承，就能得到些资助。所以茗烟讲的并不是假话，他说璜大奶奶没事就在王熙凤旁边绕来绕去，说点好听的，顺便借一点钱什么的。同时也可以看出，这种有钱的人家，有权势在手上，连不相干的、没有见过面的刘姥姥都能拿钱回去，何况是同姓，且是“玉”字辈的人。他们能过上这样的日子，跟王熙凤、贾珍、尤氏的帮助有关。这其中有很有趣的关系，王熙凤帮助贾璜，贾璜的太太又帮助自己兄弟的孩子，一个比一个苦。作者因为自家被抄，才对这些底层人的辛苦心存慈悲，感同身受。

## 另一个短篇的主角：璜大奶奶

“因天气晴明，家中又无事，遂带了一个婆子，坐上车，家里走走，瞧瞧寡嫂侄儿。”贾璜的太太来看看金寡妇和她的侄子，两个女人开始聊天了。“闲话之间，金荣的母亲偏提起昨日贾家学里那事。”可能心里也有气吧，不想讲偏偏又提起来了，把金荣所说在学校里打架的事从头到尾一五一十都说了。“这璜大奶奶不听则已，听了，一时怒从心上起。”贫贱之人容易发怒，因为他本来就心存不平，一旦有委屈，就特别容易爆发出来。这里从人性的角度去看，如果璜大奶奶不生气，反而不合情理。璜大奶奶这个角色，从开始很生气，想要去好好地理论一番，到最后一句话不讲回来了，其间有人物情绪的变化。如果一开始她就不生气，这个角色就是假的。自家人受欺负了，她平常在王熙凤面前尽力奉承的那些委屈全部爆发。从心理学的角度看她不一定是只因为这件事生气，其中有很多累积已久的东西。一直在那边跟人家借钱，看人家的脸色，郁积了很久的怒气一下子爆发了，她非要去跟人理论不可。

这璜大奶奶说道：“这秦钟小崽子是贾门亲戚，难道荣儿不是贾门的亲戚？”她就在比较了，两个都不姓贾，都不过是姻亲而已。“人都别忒势利了，况且都作的是什么有脸的好事！就是宝玉，也犯不上向他到这个田地。等我去到东府，瞧瞧我们珍大奶奶，再向秦钟他姐姐说说，叫他评评这个理。”这个时候的璜大奶奶理直气壮、盛气凌人。

那金荣的妈妈听了，吓得不得了，说：“这都是我的嘴快。”她本来不想讲，结果一不小心说出来了，发现惹了祸，她想如果璜大奶奶去计较的话，说不定他们在贾家就没办法住下去了。她怕惹事，她知道这就如同鸡蛋碰石头，自己哪里敢跟人家去比，她根本无力去追究谁是谁非。她说：“倘或闹起来，怎么在那里站得住。若是站不住，家里不但不能请先生，反倒在他身上添出许多嚼用来呢。”

那璜大奶奶听了说：“那里管得许多，你等我去说了，看是怎么样！”她在讲气话呢，一个人讲气话的时候就会不管不顾了，不开心了就一定要去理论。“也不容他嫂子劝，一面叫老婆子瞧了车，就坐上往宁府里来。”

这段写得很有趣，起初璜大奶奶气得要拍桌子骂人了，可是最后她连一声都没吭就走人了。人性的两面性完全展示出来了。这种两面性在人人身上都有，在别人身上看到，你可能会不屑，如果在自己身上看到，就会心生悲悯。因为人就是人，你有再大的气，权势不如人你也没有办法。一件小事就能把人性写得如此周到。

## 角色转换中的人性空间

她“到了宁府，进了车门，到了东边小角门前下了车，进去见了贾珍的妻尤氏。也未敢气高，殷殷勤勤叙过寒温”。很奇怪，她进了那个门后就变了，去的时候气愤得很，可是一进去就不敢讲话了，只说些家常话。

不知道这种大户人家门口是不是有一种气场，或者光是那个石狮子就已经把人吓着了。作者在这些地方的着墨，如果不仔细琢磨，无法体察如此细微的周转。前面金寡妇拦她都拦不住，可是她一进门，气就没有了。怎么会这样子？分析起来，她在金寡妇面前必须那样。为什么？因为她要让金寡妇知道，我在贾家不是等闲之辈，是有头有脸的人。可是一到那边她就发现自己真的不值一提。这个两面性是非常精彩的描写，让你觉得人性真是有趣，可是千万记住不要因此而鄙夷什么人。我一点没有觉得这个璜大奶奶可笑或者可悲，反而认为人性真是脆弱。她一方面要让自己的寡嫂觉得她也是贾家一个有权有势的人，可以保护金荣。可是到这边角色马上就变了。我们在人世间常常扮演不同的角色，如果我们可以抽身去打量自己扮演的角色的时候，人就会变得宽容，就不会把这个角色变得很僵化。其实角色转换本身是很有趣的人性空间，如果读懂了《红楼梦》里面的这些细节，你对人性的领悟将会完全改观，最后你会发现《红楼梦》每一天都可以阅读。你出门跟人见面交谈，回到家里有人来找你借钱，或者你自己有困难要去求别人，你将会发现都是在演《红楼梦》，你也随时在扮演不同的角色。

她说了些闲话，才问："今日怎么不见蓉大奶奶？"她不是要去找秦可卿理论吗，可是这个时候她讲了半天才忽然问说，怎么没有看到蓉大奶奶。其实她自己也觉得不好意思，本来是要来理论的，至少也要问一问。可是说这句话的时候一点都没有动气。贾珍的太太尤氏说："他这些日子，不知道他怎着，经期有两个多月没来。叫大夫瞧了，又说并不是喜。那两日，到了下半天就懒怠动，话也懒怠说，眼神也发眩。"古代妇女的病大多是跟经期有关，经期不准就是身体不调的反映。如果是怀孕的话，也可能停经，可是好像又不是喜脉，也没有怀孕的征兆。过去的礼节很严，媳妇每天要跟婆婆请安，古代的婆婆都很凶悍的，可是尤氏是一个温柔到没有个性的婆婆，她很疼媳妇，就跟秦可卿说："你且不必拘礼，早晚不用照例上来。"她不要秦可卿那么严格地每天请安，来伺候她吃饭，而是让她好好养病。"就有长辈们怪你，等我替你告诉。"在过去的权威社会里面这是很难得的。她说："连蓉哥我都嘱咐了，我说：'你不许累掯他，不许招他生气，叫他静静的养养就好了。他要想什么吃，只管到我这里取来。倘或我这里没有，只管往琏二婶子那里要去。倘或他有个好歹，再要这么一个媳妇，这么的模样儿，这么一个性情的人儿，打着灯笼也没地方找去。'"可以看到，府里上上下下的人都疼爱秦可卿，所有的人都喜欢她，宝玉暗恋她，她公公也喜欢她。可她却是一个薄命的女子。注意，作者真正的目的是要讲贾璜太太来告状的，可是尤氏在这里讲秦可卿的病，讲她怎么疼秦可卿，贾璜太太看到婆婆把秦可卿夸成这样，她反而没法讲话了。

尤氏说："他这为人行事，那个亲戚，那个一家的长辈不欢喜他？所以我这两日好不心烦，焦的我了不得。"她点出了秦可卿的人缘好，也表明自己对她的病的焦虑。下面就讲到正题了，"偏偏今日早晨他兄弟来瞧他，谁知那小孩子家，不知好歹，看见姐姐身上不大爽快，就有事也不当告诉他，别说是这么点子小事，就是你受了一万分的委屈，也不该向他说才是。"不止金荣觉得委屈回家去告状，秦钟也觉得委屈，回来也告诉姐姐。《红楼梦》常常是在无意中透露什么事情，这里就告诉我们尤氏已经知道这个事了。我们也可以猜想，尤氏可能也知道她为什么来，就先拿话挡她，她这样一讲，璜大奶奶反而没话可说了。她现在病得这么重，就是有事也不应该讲，何况这个事根本就是芝麻绿豆的小事，其实这已经在骂璜大奶奶了。这里有作者委婉细腻的安排。

“谁知他们昨儿学里打架，不知那里附学来的一个人，欺侮他了。里头有些不干不净的话，都告诉了他姐姐。”这附学来的人当然是金荣，好像尤氏觉得这种小孩子的事根本不需要知道他的名字，其实秦钟也是附学，可是对尤氏而言，那个不知道哪里来附学的人如同野狗一样，这里体现的就是权势。“婶子，你是知道那媳妇的：虽则见了人有说有笑，会行事儿，他可心细，心又重，不拘听见个什么话儿，都要度量个三日五夜才罢。”秦可卿自尊心强，因为家境不好，嫁到豪门以后，做人小心谨慎，处处要强。这一段话是由婆婆讲的，婆婆完全了解她。秦可卿生病是必然的，心思太重，她的病就是思虑过度。

“今儿听见有人欺负了他兄弟，又是恼，又是气。恼的是那群混帐、狐朋狗友的扯是搬非、调三惑四的那些人；气的是他兄弟不学好，不上心读书。”贾璜太太到这里真的不敢讲话了，好像尤氏什么都不知道，可是尤氏在骂这些人，说什么混账的狐朋狗友，讲的又是金荣。

“他听了这事，今日索性连早饭也不吃。我听见了，我方才到他那边安慰了他一会子。又劝解了他兄弟一会子。我叫他兄弟到那边府里找宝玉去了，我才瞧着他吃了半盏燕窝汤，我才过来了。”通常都是媳妇照顾婆婆的，可是这个婆婆会亲自去喂她吃半碗燕窝汤。璜大奶奶本来要来告状的，想让尤氏为自己撑腰，现在看到人家婆媳感情这么好，知道根本不可能了。

尤氏又跟璜大奶奶说：“婶子，你说我心焦不心焦？况且如今又没有好大夫，我为他这病上，我心里倒像针扎的。你们知道有什么好大夫没有？”贾珍太太讲了一大段话，把璜大奶奶原来要告状的话全部堵回去了。“金氏听了这半日话，把方才在他嫂子家里那一团要向秦氏论理的盛气，早吓的丢在爪洼国去了。”

## 秦可卿生病

听见尤氏问她知道不知道有好的医生，她连忙答道：“我们这么听着，实在也没见人说有个好大夫。如今听见大奶奶这个不来，定不得还是喜呢！”她这是在奉承，明明是病，而且尤氏已经讲过医生说并不是喜脉，可她还要安慰尤氏，希望能够把一个不好的、焦虑的、烦恼的事变成开心的事。她说：“嫂子倒别教人混治。倘或认错了，这可是了不得的。”那尤氏说：“可不是呢。”

正说话间，贾珍从外面进来，见了金氏，便向尤氏问道：“这不是璜大奶奶么？”金氏向前给贾珍请了安。贾珍向尤氏说道：“让这妹子吃饭去！”他很客气，也没有看不起她的意思。宁府与荣府虽然权大势大，他们家族里对这种靠他们生活的人的礼数是很周到的。“贾珍说着话，就过那屋里去了。”

“金氏此来，原要向秦氏说说秦钟欺负了他侄儿的事，听见秦氏有病，不但不能说，亦且不敢提了。况且贾珍、尤氏待的也很好，反转怒为喜。”她又给自己找一个台阶，说人家对我很好，也不要为了这一点小事跟人家吵架。璜大奶奶从刚才在金寡妇面前扮演的角色，到现在在贾珍和尤氏面前扮演的角色，判若两人。这种状况让人看到人性里很幽微的地方。

贾珍等到客人走了就问太太，今天这个贾璜太太来有什么事吗？尤氏说，没有说什么，进来的时候看她脸上好像有一点恼的气色。说了半天话，提起了媳妇的病，她倒渐渐气色平静了。这里要结束了，因为他们根本不觉得贾璜太太有什么重要，他们觉得重要的是媳妇的病，小说又要转到主脉上来。

“如今且说媳妇这病，你到那里去寻一个好大夫来，给他瞧瞧要紧。”尤氏是真关心儿媳妇的病，因为整个宁国府的很多事情都是她在办，婆婆很依赖她。秦可卿死后，我们才知道原来宁国府的事都是由秦可卿在管理，秦可卿不止漂亮、性情好，而且是一个能干的人，而她的能干跟王熙凤不一样，王熙凤外露，非常厉害，可是秦可卿温柔可人，连婆婆都觉得这个媳妇真是难得，必须要好好找个大夫给她瞧瞧。

尤氏有点抱怨，说家里的一大堆医生哪里要得，每一个人都是听着别人的口气，人家怎么说，他也添几句医生的术语。家里有三四个大夫，每一天轮流来看四五遍脉。“他们大家商量着立个方子，吃了也不见效，倒弄得一日换四五遍的衣裳，坐起来见大夫，其实于病人无益。”

贾珍当然也很疼秦可卿。“淫丧天香楼”这个版本发现以后，我们知道贾珍逼奸秦可卿，所以贾珍在秦可卿死亡前后表现的热情比所有人都高。一方面是因为他爱这个媳妇，这个爱已经不是公公对媳妇的爱，而是他曾染指于她；另一个部分是为了要掩盖他逼死了秦可卿，他在丧礼上哭得比别人都过分。贾珍此时就说：“可是。这孩子也糊涂，何必脱脱换换的，倘或又着了凉，更添一层病，那换了的衣裳任凭是什么好的，可又值什么呢，孩子的身子要紧。就是一天穿一套新的，不值什么。”然后又说：“我正进来要告诉你：方才冯紫英来看我，他见我有些抑郁之色，问我是怎么了。我才告诉他说，媳妇忽然身子有好大不爽快，因为不得个好太医，断不透是喜是病，又不知有妨无妨，所以我这两日心里着实急。冯紫英因说起他有一个幼时从学的先生，姓张名友士，学问最渊博，更兼医理精明，且能断人的生死。”

## 独一无二的文学经验

《红楼梦》里人物繁多，我们很想把这个小说里人物的所有脉络弄清楚，曾有人做了一个红楼梦人物关系图，但是很难全面说明人物关系。因为关系非常复杂，不只是血缘跟伦理的关系，还有很多其他复杂的关系。比如秦钟跟宝玉的关系，大部分的人注重的是伦理关系，可是更多的错综复杂的关系是人跟人交往的关系。

我一直建议大家用读短篇小说的读法，去框住它的某一个特性，如宝玉要去读书是一个完整的短篇；宝玉读书时跟班级里同学打架是一个完整的短篇；然后璜大奶奶要去告状，带出贾珍太太尤氏，又是一个短篇；贾珍夫妻提到要找医生来给秦可卿看病是另一个短篇。每一章、每一回都有独立的可能性，然后由它来架构起一部巨大的长篇小说，这个结构的形式恐怕没有比“章回”这种叫法更好的。

中国小说的结构事实上就是章回，要把章回这两个字翻译成西方文字确实很难，它并不是所谓的 chapter 的意思，西方文学里分的虽是第一章、第二章，但它们之间有连贯性。而中国小说的章与回都有独立性，所以这一章、这一回有一个独立的名字，譬如“金寡妇贪利权受辱”，就是讲金寡妇这一段，能独立出来，看病的这一段也能独立出来，所以整个小说里又有很多细的主题。有点像传统的戏剧，一折一折的。有一个大戏叫《白蛇传》，可我们有时候只看《断桥》，或者《游湖》，都是独立的。这跟西方戏剧与文学的结构是非常不同的。

《红楼梦》保留了传唱文学说书的体例。今天大部分的艺术理论受到西方的影响，我们套用这些理论的时候会把原有的理论忘掉了。我们为什么就用章回来分析它呢？就像我们中国传统绘画的长卷，是西方绘画的空间无法解释的。《红楼梦》提供给我们的经验应该是独一无二的，今天硬要切割了放到西方的文学理论中去，可能会遗漏其中非常重要的部分。比如下面一段，讲的是在东方有一个医药传统——切脉。

## 十七世纪中国的百科全书

东方的切脉跟西医绝对不一样。我们常看到西医也把手放在手腕的动脉这里，他测的是脉搏跳动的次数；而中医把手放在这里，一定是三个指头。中指扣住的是肝，就是“关”这个地方；中指压了之后，然后无名指按在“寸”位，听心脏的问题；换过来食指听肾脏的部分，就是“尺”位。三个地方分别称为寸、关、尺。好的中医手指压下去不是不动的，一定是三个指头不停地轻重互动，因为他要探的是不同的部分。左手探完一定探右手，右手的寸关尺又是不同的东西，探命门、肺脏和脾胃。现在已经有人用科学的方法整理中医的理论，发现它具有相当严密的科学体系。如果我们要用西医的理论来框架中医，很可能把原有的系统整个搞乱掉。这个系统有它的优点和缺点，中医的优点是能够发现人体本身很多的平衡和互动。当探脉的时候，碰到你不同的脏脉之间的互动关系，他绝对不会说因为你有肝炎就只治肝，他发现这个肝的部分属于木，这个木可能跟肾的水有关，必须要一起调养，才能够达到平衡。

现在，很多医学界的人士在探索将不同的医学理论结合，寻求更大的视野，我想文学也是如此。《红楼梦》这样一部小说在2000年选世界一百部文学名著时竟然榜上无名，其实蛮好笑的。就是由于西方有一个框架以后，大家一定要把所有的东西放进那个框架里。他们没有办法了解这个框架之外的东西。可是在我们自己的文学传统、医药传统里面，也许慢慢会发现，有一些自信可以找回来，等一下你就可以看到这个张太医在探脉的时候清清楚楚，体现的是在还没有跟西方的医学接触之前，中国传统医学的探脉系统，而这个系统的长处今天又重新被认识了。有一段时间它被暴露出来都是缺点，“五四”时期的鲁迅最痛恨的就是中医，他觉得父亲就是死在中医手中，所以他后来去日本仙台学西医。孙中山在肝病很严重的时候，很多人劝他去看中医，他就是不肯，因为他相信的是西医的系统。也许在某个阶段，人们会因为这个传统有很多的弊病，认为这个传统完全要不得，全部要改成德先生（即民主）、赛先生（即科学），可是现在，在已经吸收了西方的东西以后，再把中国传统中好的东西融进来，其实是一个非常好的互补。

我们在谈《红楼梦》的时候，会发现它给我们带来很多对于宇宙、自然、医药的观察。前面有过一段跟医药有关系的是薛宝钗的冷香丸，它在讲节气，很多的花，不同节气里的水，它的一个观念是调养。所谓调养是说人的身体是一个宇宙，整个大宇宙要风调雨顺，人的身体也是如此。主金的肺，主木的肝，主火的心，主土的脾胃，主水的肾，其实就是五行，其中有互动的关系。中医对于人体的理解，不是头痛医头、脚痛医脚，是把人体当成一个大的循环来看，能够兼顾。

通过看《红楼梦》可以对中国传统的很多系统有所了解，《红楼梦》里有关于命理、药理、音乐、绘画等各个领域的记述，它像一部百科全书，整个十七世纪中国各个方面的形态全部集中在里面了。

## 聘名医为秦可卿看病

冯紫英是贾家的好朋友，也是世袭将军，他看到贾珍脸色不好，问家里有什么事情，贾珍就说儿媳妇生病了。冯紫英就推荐了一个叫张友士的太医，说他医理精明，且能断人的生死，今年刚好来京城给儿子捐官，住在冯家。清朝有些官可以买，是国家定的，不是私相授受的，由民间有钱的人捐给国家多少钱，增加国库的银子，然后就给他这个官，这种官通常只是挂名，是闲差。名医在过去非常抢手，很多人会抢着让他们住在家里，他这次来就住在冯紫英家里。

我想曹雪芹一定对中医很有兴趣，所以他写到一个医生的医理，能写出这么多细节。写到秦可卿的病，他竟然真的像一个名医，可以探脉和看病。这个张友士住在冯紫英家，冯紫英就说，这么看来，贾珍的媳妇秦可卿的病“在他手里除灾，亦未可知”。贾珍就赶快派人拿了名帖，去把人请到家里。贾珍是做官的人，特别下名帖，是非常高级的礼节。他就跟尤氏说：“我即刻差人拿我的名帖请去了。今日倘或天晚了不能来，明日想必一定来。”冯紫英就立刻回家去求这位太医，说这是我的好朋友，务必要看一看。

夫妻俩在谈媳妇的病，尤氏听了心中很高兴，觉得总算找到了一个有盼头的医生，然后又跟他讲说，后天就是太爷的寿日，也就是贾珍爸爸的生日，要怎么办呢？

贾珍说道："我方才到了太爷那里去请安，兼请太爷来家，受一受一家子的礼。"贾珍的爸爸一直不怎么住在家里，而是在道观里修行，贾珍就问他这个生日要不要回家。寿诞很重要，子孙都要来磕头的，他在道观里修行，后辈就很难处理。结果他爸爸就说："我是清净惯了的，我不愿意往你们那是非场中闹去。"他让儿子用那些钱刻几部善书、佛经什么的去施舍，做一些功德，说这比自己受人磕头要好得多。

《红楼梦》第十回的主线是秦可卿的病，可如果一直在主线里绕，小说会很单调，所以就要有一些旁支来陪衬。贾珍夫妇不可能每天愁眉苦脸地只谈媳妇的病。旁支是文学里的血肉，文学除了骨干，一定要有血肉才能丰富起来。这一段是旁支，是跟秦可卿的病没有关系的另一些家事。贾敬还说："倘若明日后日这两日一家子要来，你就在家里好好的款待他们就是了。也不必给我送什么东西来，连你后日也不必来。"因为他是"文"字辈，"玉"字辈以下都要来给他磕头拜寿。所以他交代说你们玩你们的，我就不回家了。还特别嘱咐贾珍后天也不要来了，"你若心中不安，你今日就给我磕了头去。倘或后日你来，又跟随多少人来闹我，我必和你不依。"贾敬已经清楚地交代了自己的寿诞怎么过。贾珍就跟尤氏说，因为爸爸如此叮咛，所以后天自己是不敢去的。

他们就开始盘算预备两天的宴席，然后再去荣国府请老太太、大太太、二太太、琏二婶子来逛逛。这些老人家庆寿也很可怜，大家不过是借着他们庆寿在玩。他不回来，也不接受大家的磕头，家里照样要摆酒席、演戏，照样要把贾母、王夫人、邢夫人、王熙凤都请来。有时候，这种富豪人家的喜事、生日其实是一个借口，实际上变成了生活里的一种排场。薛宝钗过生日，林黛玉过生日都要请客，大家凑份子，找戏班子来演戏，因为日子也怪无聊的，平常又不知道干什么，便借着生日的名义吃饭、赏酒，进行一些活动。

夫妻两个正说着，儿子贾蓉来请安，尤氏就把上面的话一一交代了。然后又说："你父亲今日又听见一个好大夫，业已打发人去请了，想明日必来。你可将他这些日子的病症，细细告诉他。"至此，小说又绕回秦可卿的病这个主线上。

## 名医出场

"贾蓉一一的答应着出去了。正遇着方才去冯紫英家请那张先生的小子回来了。"这个小子就跟贾蓉汇报，说："奴才方才到了冯大爷家，拿了老爷的名帖请那张先生去。那先生说道：'方才这里大爷也向我说了。但是今日拜了一天的客，才回到家。'"这个张医生可能到处去为儿子捐官，要去拜访很多人，肯定也要帮人家看病。名医探脉是有一定数量的，因为他自己要调气，他必须在非常敏感、精神很好的状况，才能够探清楚这个脉。张太医自己特别解释为什么今天不能来。"他说等待调息一夜，明日务必到府。"他又说："医学浅薄，本不敢当此重荐，因我们冯大爷和府上太爷既已如此说了，又不得不去，你先代我回明了太爷就是了。太爷的名帖实不敢当。"他表明我会去，可是你拿名帖来请太过隆重了，我得把名帖退回。这是当时的礼节。在今天如果你拿了一个名片，对方又把它退回来，你以为不礼貌，在古代是表示我实在不敢当，拿名帖去请一个人在当时是非常大的礼，所以他才一定要把名帖拿回来。

这个奴才就跟贾蓉说，你替奴才回一声。贾蓉本来已经要走，就又转身进去了，跟他爸爸妈妈说医生明天一定会来。他又出去叫了家人来升，吩咐预备两日的宴席。

这些都是旁支，接着又绕回主线。“且说次日午时间，人回道：‘请的那张先生来了。’”大家看，这里很像推理小说，读者一直想知道这个医生到底有什么高明之处，先安排几个乱七八糟的医生，连到底是怀孕还是生病都分不清楚，现在让你觉得来了一个名医。这个名医还要调息一夜才来，这些都是文学手法，让你觉得这个医生真的是名医，不知不觉间你会有很多期待，想知道究竟。

## 名医探脉

“贾珍遂延入大厅坐下。茶毕，方开言道：‘昨承冯大爷示知老先生人品学问，又兼深通医学，小弟不胜钦仰之至。’”过去的礼节，绝对不是一来就急着看病，一定是先奉茶，等喝完茶才敢问。这个人不是专业医生，他是一个读书人，兼通医理，所以见他都要经过特殊的渠道，贾珍就先表示了钦佩之意。张先生回答说：“晚生粗鄙下士，本来见知浅陋，昨因冯大爷示知，大人家谦恭下士，又承呼唤，敢不奉命？但毫无实学，倍增汗颜。”不管年龄如何，贾珍的官位很高，所以这个人必须要说自己是一个没怎么读过书、没什么见识的人，这是一些客套话。医生本身的谦虚与自尊都融在语言中了。贾珍道：“先生何必过谦。就请先生进去，看看儿妇，仰仗高明，以释下怀。”贾蓉就带了医生进去。

到了贾蓉房间，见了秦氏，就问贾蓉说：“这就是尊夫人了？”贾蓉说："正是。请先生坐下，让我把贱内的病源说一说，再看脉，如何？"中医讲望闻问切，先看气色，然后听声音，然后再问病症，最后切脉。可这个医生很特别，他大概也有一点想要证明自己不是那种庸医，就说："依小弟的意思，先看过脉，再说的为是。我是初造尊府的，本不晓得什么，但我们冯大爷务必叫小弟过来看看，小弟所以不得不来。如今看了脉息，看小弟说的是不是，再将这些日子的病势讲一讲，大家斟酌一个方儿，可用不可用，那时大爷再定夺。"这个医生一出手就不凡，因为大部分的医生会先问病人最近情况怎么样，哪里不舒服，问了一大堆之后，已经从你的话里套出了很多东西。可是这个医生直接切脉。贾蓉道："先生实在高明，如今恨相见之晚。就请先生看一看脉息，可治不可治，以便使家父放心。"于是，让家里的媳妇们拿了中医看病时用的迎枕来。

今天的医学系统基本上已经是西医了，中医系统往往被认为是跟迷信、神秘的东西连在一起，很多人认为它并不科学。鲁迅最痛恨中医，因为他的父亲都要死了，中医还在说，你去找一对原配蟋蟀做药引，他觉得中医简直是可笑到极点。这些后来成为人们攻击中医很重要的依据。可是应该说中医是一个博大精深的医药系统，所有的名医都有自己的家学，而且常常是私相授受，变得越来越神秘。你会发现，很多中医，每一次开的药方都不太相同，我们也不太确定真的是每一次病都需要换药、添药，还是有些名医也要预防别人盗用他的药方，便加一些别人不太知道的东西以混淆视听。比如药引这种东西就很神秘。当他要保有自己家学上的秘方时，就要刻意做一些伪装。你拿到中药店去抓药，说这是某某名医开的，治什么病的，以后大家就用那个药治病，可是不灵，你还是要找这个医生才行。在中医里从探脉到开药方都有这样的现象。中医系统后来的神秘化有很多的原因，最大的原因是西医的引进。西医有很多的科学逻辑，它可以用化学仪器证明很多东西，此时的中医系统就沦落到非常神秘的境地。

## 气滞血亏

秦氏拉着袖口，开始让医生把脉。此时很开明了，以前大户人家女子看病的时候，至少都是用帐子隔着的，根本不能见到人。“先生方伸手按在右手脉上，调息了次数，宁神细诊了有半刻的工夫，方换过左手，亦复如是。”调息，就是探脉的同时把自己的呼吸调准，他才能够感觉到对方五脏之间的关系。凝神是说很专注，完全安静下来，你才能听得到脉息。曹雪芹把医理探脉的部分讲得非常细。“诊毕脉，说道：‘我们外边坐罢。’”

贾蓉就同这先生到外边暖房里坐下，有一个婆子端了茶来，贾蓉就说：“先生请茶。”他没有立刻急着问病情到底怎么样，可治不可治之类的，而是按规矩先奉茶，这是大户人家的礼貌。然后才问：“先生看这脉息，还治得治不得？”先生说道：“看得尊夫人这脉息：左寸沉数，左关沉伏；右寸细而无力，右关虚而无神。”沉脉、浮脉是二十八脉象中的一些内容，沉脉一般是压得很重以后才听得到的脉息，浮脉是说轻轻地碰上去感觉反而很重，可是你压重了以后，它反而不见了，用这个来探内脏部分出了什么毛病。曹雪芹把自己平时对医学关心、好奇的知识都用在这里，讲得很内行。现在很多中医会从《红楼梦》中找出中医的药方与对脉息的看法，发现这本书不只是一部小说，竟然有科学的部分。一个好的文学家，一定是对生活充满了好奇心的人。因为小说绝对不是论文，要等你需要的时候才去搜集材料，它需要平时有很多的积累。创作者比研究者需要更多的好奇心和观察力，因为创作本身包含了创作者对于人生现象的全方位体会、观察，而这一切都是在没有任何目的性的情况下进行的。《红楼梦》像百科全书，它几乎包容了人生的各个面向。也许曹雪芹有一次碰到了一个医生，然后谈到过关于脉象的医理，他根本没有想到有一天会写进这部小说。

讲到“左关沉伏，右寸细而无力”，左关是肝，左手边的关这个中指压的地方就是肝的部分。右寸，右寸是肺，肺部的呼吸细而无力，秦可卿的病是肝与肺之间失调。“右关虚而无神”，右关是脾胃，因为肝不好，所以影响到脾和胃。“其左寸沉数者，乃心气虚而生火。”左寸是心脏，所以又影响到了心脏。他这里讲的左关、右寸，右关、左寸，左关是肝，右寸是肺，又回到右关的时候是脾胃，然后左寸沉数，左寸是心脏。因为心是主火的，心气就虚了，虚了以后就主火。所以“左关沉伏者，乃肝家气滞血亏”。中医理论认为，血运行得畅不畅通跟气有关，气率血行，可是因为秦可卿很容易生气，生了气又能不让别人看出来，肝气是郁结的，血就不通了。这就是中医里讲的气滞血亏，最主要的是肝，是情绪问题，跟婆婆尤氏讲她的这种个性有关，她什么事都要最好，一旦什么事情不对，三五天都睡不好觉。

“右寸细而无力者，乃肺经气分太虚”，右寸是肺，右寸探起来很细，没有力气，肺的力量已经非常虚了。肺是主金的，所以心火、肝木、肺金都出了问题。秦可卿的病，是因为五脏之间严重失调所致。然后又讲到右关，就是脾胃，“右关虚而无神者，乃脾土被肝木克制”，因为脾主土，脾胃在中医里是连在一起的。肝是主木的，肝太强了就把脾胃这个部分伤了，人就没有胃口。这里用了一整套的中医五行学说。我们的心是火，肺是金，肝是木，脾胃是土，它们之间互相牵连，五行的学说认为木在东方，是生长现象；水在北方，是寒凉现象，水就是肾脏；火在南方，是心脏；金在西边，就是肺。这些东西有内在的循环机制循环，一旦失调，身体就失去平衡。所以就算是肝的问题，他调的时候，也不一定调肝，而是要调理整个系统。这里可以看到，中医中有很系统的对于人体这个大自然各个系统间相互牵制平衡的理论。它治病其实就是让身体恢复平衡状态。

## 病由心造

前面在讲病原，下面就要讲现象。西医看现象，可是中医认为更重要的不是现象，而是现象背后的原因。“心气虚而生火，应现经期不调，夜间不寝。”“肝家血亏气滞者，必然肋下疼涨，月信过期，心中发热。肺经气分太虚者，头目不时眩晕，寅卯间必然自汗，如坐舟中。”有肝病的人肋下会疼胀，月经延期。寅是三点到五点，卯时是五点到七点。黎明时会出一身冷汗，好像坐在船里一样，头晕目眩。“脾土被肝木克制者，必然不思饭食，精神倦怠，四肢酸软。”肝不好，会影响脾胃，胃口也会不好。

很多人对于这段描述一知半解，比较好的注解版本已经把这里细节全部注出来了，曹雪芹并不是在乱写，他是真的有医学上的一些依据，用中医的理论和系统对秦可卿的病做了描绘。作为写实文学，很少有作者能写到这么多细节，连左关右寸全都讲到了，而且全部是精准的。这是为什么《红楼梦》会变成红学，因为它已经不只是一个文学作品，而是一个文化宝藏。如果我们在这里只看到秦可卿的病，只是三言两语交代过去了，大概我们不会这么满足，也不会反复地看。记得我第一次看的时候，根本没有注意到什么左关右寸，一下就翻到秦可卿死掉的那一段，因为我急着要知道大的故事情节。可是现在觉得随便翻哪一段看看都很有趣，因为它的细节太迷人了。

所以接下来他说："据我看这脉息，应当有这症候才对。或以这个脉为喜脉，则小弟不敢从其教也。"医生在断症了。

旁边有一个贴身服侍的婆子，每天照顾秦可卿，她说："何尝不是这样呢。真正先生说的如神，倒不用我们告诉了。"这个婆子感觉医生说得很准确，因为这些事情有些连贾蓉都不知道，必须是贴身照顾她的人才清楚。"如今我们家里现有好几位太医老爷瞧着呢，都不能说这么真切。有一位说是喜，有一位说是病，这位说不相干，那位说怕冬至，总没有个真实话儿。"通过贴身婆子的描述，读者会觉得这个医生真是名不虚传。贴身婆子就拜托医生说："求老爷明白指示指示。"

医生笑了说："大奶奶这个症候，可是那众位耽搁了。"他很自信，也很敢批评。他说："要在初次行经的日期，就用药治起来，不但断无今日之患，而且此时已痊愈了。"高明的医生因为自信，才敢讲这种很确定的话。他说："如今既是把病耽误到这个地位，也是应有此灾。"中医常常认为医有医缘，他们认定治病与天命之间有关系。因为中医里面讲到心火、肝木、脾土，就是牵制与克制，本身就像一个宇宙一样，病人和宇宙之间也有因果缘分。在东方的医学乃至东方的人生哲学中，都认定命中所谓的吉凶各有因果。在传统医学中，最高明的医生不只是治病，还是病人人生哲学的重要导师，因为生理与心理本身是互动的。秦可卿的病真的是因为她太过精明，对生命太认真，她的病有性格的因素在其中。

“依我看来，这病尚有三分治得。”已经很严重了，十分里面七分已经不可治了。“吃了我的药看，若是夜间睡的着，那时又添了二分拿手了。”如果吃药见效，那就是有五分的机会了。下面他就分析秦可卿的性格。“据我看着脉息：大奶奶是个心性高强聪明不过的人；聪明忒过，则不如意事常有。”看病的时候，西医不会讲这些，而中医绝对要讲。

这种讨论很有意思。在世间行走，如果你憨憨的，会觉得一切都很如意；可如果你精明太过，不如意的事一定很多。如意和不如意并不是绝对的东西，是自己的主观感受。同样一件事情发生在我身上，我觉得如意，可能另外一个人就觉得不如意。这个医生不止在讲她的病，也在讲她的性格，她总是觉得身边的事情不如意，总是在思虑，希望做得更完美，“此病是忧虑伤脾，肝木忒旺，经水所以不能按时而至”。五行里面木跟水是连在一起的，肝木太旺的时候，肾水不够，肝木的部分就会枯竭。张太医推断：“大奶奶从前的行经的日子，问一问，断不是常缩，必是常长日子的。是不是？”婆子就回答：“可不是，从前没有缩过，或是长两日三日，以至十日都长过。”这个先生听了就说：“妙啊！这就是病源了。从前若能以养心调经之药服之，何至于此。这如今显出一个水亏木旺的虚症候来。”最后又归回到五行，身体中水不够，木太旺，当然要出问题了。

他说：“待用药看看。”于是写了一个方子递与贾蓉，上面写的是益气养荣补脾和肝汤，下面就是一个具体的药方，后面有一个药引——建莲子七粒去心、红枣二枚。

贾蓉看了当然很高兴，更急着知道这个病到底对性命有没有妨碍。医生就笑了说："大爷是最高明的人。人病到这个地位，非一朝一夕的症候，吃了这药，也要看医缘。"回答很委婉，他不敢说能不能治好，说吃了药以后要看缘分。贾蓉是个聪明人，当然听得懂，知道这个病不好治，就不往下细问了。送走了医生，赶快去调药，接着就骂家里那些医生，说他们原来都是混饭吃的。

下一回就要讲秦可卿的死，她的死亡是《红楼梦》第一个巨大幻灭的开始。秦可卿也变成了警幻仙姑，此后每当这个家族发生什么大事，她的鬼魂就回来了。她是最早死去的人，可是后来变成最重要的人，始终阴魂不散地预告着这个家族中的很多事情。